W0237028

ullstein

Das Buch

Hetty ist frustriert. Ihre Familie scheint in ihr nur die Putzfrau und Köchin zu sehen. Nicht mal an ihrem Geburtstag nimmt man sich Zeit für sie. Da muss sich was ändern. Sie folgt dem Rat ihrer Freundin Pippa, lässt ihren Mann und die achtzehnjährige Tochter in London zurück und fährt nach Schottland zu ihrem kranken Großonkel in Abbotswood Castle. Auf der Reise zu sich selbst, jagt sie mit dem attraktiven Schreiner aus der Nachbarschaft einem Tagebuch hinterher, um dem schusseligen Schlossgespenst Rose zu helfen, endlich zu ihrem Liebsten zu kommen. Ihr eigenes Herz geht auf dieser Suche hoffnungslos verloren.

Die Autorin

Alexandra Zöbeli lebt gemeinsam mit ihrem Mann im Zürcher Oberland in der Schweiz. Sie bekennt sich selbst als Britoholikerin – verrückt nach allem, was von der Insel kommt. Für Alex gibt es kaum etwas Schöneres, als die verschiedenen Ecken Großbritanniens zu entdecken und sich dabei vorzustellen, welche Geschichte sich an Ort und Stelle gerade abspielen könnte. Seit sie das Schreiben für sich entdeckt hat, leidet zwar der Haushalt, aber zumindest hat ihr Kopfkino endlich ein Ventil erhalten. Unter der Aufsicht ihres Katers Noah, der mit Vorliebe neben Alex' Laptop schläft, sind bisher sechs Romane entstanden.

Von Alexandra Zöbeli sind bereits erschienen:

Ein Bett in Cornwall
Ein Ticket nach Schottland
Die Rosen von Abbotswood Castle
Der Himmel über den Black Mountains
Der Pub der guten Hoffnung
Die Sterne über den Black Mountains

Alexandra Zöbeli

Die ROSEN von ABBOTSWOOD CASTLE

Roman

Ullstein

Besuchen Sie uns im Internet:
www.ullstein-buchverlage.de

MIX
Papier
FSC® C083411

Neuausgabe im Ullstein Taschenbuch
1. Auflage Juli 2019
© Ullstein Buchverlage GmbH, Berlin 2016 / Forever
Umschlaggestaltung: zero-media.net, München
Titelabbildung: © FinePic®, München
Gesetzt aus der Quadraat Pro powered by pepyrus.com
Druck und Bindearbeiten: CPI books GmbH, Leck
ISBN 978-3-548-06056-9

1. Kapitel

Hetty blätterte lustlos in einem Klatschheftchen, das ihre Tochter Becky beim letzten Besuch mitgebracht hatte. Doch in Wirklichkeit interessierte es sie überhaupt nicht, was die Stars und Sternchen dieser Welt von sich gaben, was für Kleider sie trugen oder welche Partner sie gerade wieder mal eingetauscht hatten. Ihr war langweilig – stinklangweilig, und das an ihrem Geburtstag! Oliver hatte ihr nach dem Frühstück einen flüchtigen Kuss aufgedrückt und gemeint, dass sie dann am Abend feiern gehen würden. Er hätte noch ein wichtiges Golfspiel mit irgendwelchen Kunden, die kurz davor wären, in ein großes Geschäft einzusteigen. Sie sollte sich doch einen schönen Tag machen, mal wieder zum Friseur gehen und sich ein hübsches Kleid kaufen. Hetty schnaubte verärgert auf, sie hatte sich schon so darauf gefreut, mal wieder etwas gemeinsam mit ihrem Mann zu unternehmen. Doch der Golfplatz ging mal wieder vor. Wie hatte sie nur glauben können, dass er sie überraschen und irgendwohin ausführen würde?! Im Flur gackerte ein Huhn, und Hetty musste augenblicklich schmunzeln. Becky hatte ihr geholfen, diesen Klingelton auszusuchen und auf ihr Handy zu laden, mit dem sich Hetty immer noch nicht angefreundet hatte. Wozu brauchte sie ein Telefon, das fotografieren, Musik abspielen und all das anderen Chichi machen konnte, wenn sie doch nur telefonieren wollte? Sie legte die Zeitschrift zur

Seite und ging hinüber in den Flur, wo ihre Handtasche auf einem kleinen antiken Schrank stand. Natürlich war das Handy mal wieder zuunterst in der Tasche, und beinahe hätte das Huhn zu gackern aufgehört, bevor sie den Anruf entgegennehmen konnte. Auf dem Display lächelte ihr Becky entgegen.

»Hallo, Liebes«, begrüßte sie ihre Tochter und ließ sich dabei nicht anmerken, wie frustrierend der heutige Tag für sie war.

»Happy birthday to youuuuu, happy birthday to youu«, sang Becky lauthals und zum Gotterbarmen falsch in ihr Ohr. »Ich wünsche dir alles Liebe! Du bist die beste Mutti der Welt!«

Hettys Laune verbesserte sich schlagartig. »Danke, Becky. Wie geht es dir?«

»Ich lerne, bis mir der Kopf raucht, so wie es Dad mir eingebläut hat. Die Anforderungen hier in Oxford sind schon um einiges höher als zu Hause auf dem College.«

»Macht es dir auch Spaß?«

»Machst du Witze, Mum?! Ich bin hier, um zu studieren, nicht um Spaß zu haben!«

Hetty lächelte. Ihre Tochter kam ganz nach Oliver, nur die blauen Augen und die Sommersprossen, die hat Becky von ihr geerbt.

»Und was machst du heute an deinem Geburtstag? Plant ihr einen Ausflug?«, fragte Becky neugierig.

»Schön wär's. Aber dein Dad hat keine Zeit.« *Weil er lieber mit seinen Geschäftskollegen auf dem Golfplatz ist*, fügte sie im Stillen hinzu und spürte, wie der Ärger wieder in ihr hochkroch.

»Hmm, das ist blöd. Aber ihr könnt ja danach noch was unternehmen. Du, sag mal, kannst du mir am Wochenende meine Kleider waschen? Es ist hier so mühsam mit den Waschautomaten.«

»Natürlich, Liebes. Heißt das, du kommst nach Hause? Ich

freue mich so! Wir könnten zusammen ins Kino gehen, so wie früher.«

»Nicht böse sein, Mum, aber ich habe mich bereits mit ein paar Freunden aus der Zeit vom College verabredet. Oh, ich muss los, die Pause ist vorbei. Tschüss, Mum.«

Hetty wollte ihr Handy gerade zurück in die Handtasche stecken, als es erneut gackerte. Dieses Mal erschien ihre Mutter auf dem Display. »Hallo, Mum«, meldete sie sich und klang dabei selbst in ihren eigenen Ohren wie Becky.

»Guten Morgen, Henrietta. Gut, dass ich dich erwische. Wir haben heute kurzfristig über Mittag ein Familienessen geplant. Schau doch bitte, dass du kommen kannst.«

Einen Augenblick war Hetty sprachlos. Dann besann sie sich eines Besseren und dachte, vielleicht hätte die Familie ja ein Überraschungsessen für sie auf die Beine gestellt.

»Bist du noch dran, Henrietta?«

»Ja, klar, Mum. Es ist zwar wirklich etwas kurzfristig, aber ich werde da sein. Oliver wird allerdings nicht kommen können, er ist auf dem Golfplatz.«

»Das macht nichts, es geht sowieso um die Familie.«

»Mum, er ist mein Mann, er ist Familie!«, erinnerte sie ihre Mutter leicht genervt.

»Ja, ja, nun reg dich nicht gleich auf. Wir sehen uns also zum Mittagessen. Ach, und könntest du bitte noch ein Dessert mitbringen? Ich komme leider nicht mehr dazu, selbst etwas zu machen, und du kannst das doch so gut.«

Hetty seufzte: »Ja, natürlich.«

Super, nun durfte sie an ihrem Geburtstag auch noch ihren eigenen Kuchen backen.

Zwei Stunden später fuhr Hetty mit ihrem teuren Jaguar vor ihrem

Elternhaus vor. Oliver hatte darauf bestanden, dass sie als Frau eines Bankmanagers in einem entsprechenden Statussymbol herumfuhr, obwohl sie ihren ersten Wagen, einen alten Vauxhall, viel lieber mochte. Aber sie wollte mit Oliver wegen so etwas nicht streiten und hatte sich daher nicht gewehrt, als er den Vauxhall nach seiner Beförderung in der Bank vor fünf Jahren einfach verkauft hatte. Der Jaguar, den er ihr dann geschenkt hatte, war zwar schön und bequem, aber sie kam sich darin völlig dekadent vor. Zudem befürchtete sie immer, sich irgendwo einen Kratzer in den teuren Lack einzufangen. Sie wusste, wie ihr Mann sich über solche Kleinigkeiten aufregen konnte und versuchte daher gar nicht erst in diese Situation zu geraten. Das eine Mal hatte ihr völlig gereicht.

Hetty griff nach dem herrlich duftenden Schokoladengugelhupf auf dem Rücksitz und ging entlang dem Wagen ihrer Schwester zur Haustür. Noch immer dachte sie, dass alle nur auf sie warteten, um dann laut »Überraschung!« zu rufen. Sie drückte auf die Klingel und musste sich einen Moment gedulden, bis ihre Mutter die Tür öffnete. »Ah, da bist du ja endlich. Komm rein, Henrietta! Lucy ist auch schon da, und wir haben mit dem Essen nur noch auf dich gewartet.«

Hetty zog den Mantel aus und ging ins Esszimmer, wo sie ihren Dad und ihre Schwester Lucy begrüßte, die bereits am Tisch saßen. Niemand gratulierte ihr zum Geburtstag und ihr wurde schnell klar, dass es hier um etwas anderes ging. Sie setzte sich und wartete, bis ihre Mutter allen das Essen auf den Tellern serviert hatte. Es gab Kartoffelbrei, einen trockenen Schweinebraten mit einer pampigen Soße und dazu Möhrchen in einer zu sauren Balsamico-Soße. Ihre Mutter war keine große Köchin, aber niemand wagte es, das Mahl zu kritisieren. Im Gegenteil, ihr Vater lächelte seine Frau an und nickte anerkennend: »Köstlich, meine Liebe, sehr köstlich.«

Hetty verkniff sich ein Lächeln, ihr Vater war wirklich ein herzensguter Charmeur.

»Ihr wisst ja«, griff ihre Mutter schließlich das Thema auf, weswegen sie die ganze Familie zusammengetrommelt hatte, »dass ich euren Vater damals gegen den Widerstand meiner Familie geheiratet und daher kaum noch Kontakt zu ihr habe.«

Ja, das hatte sich Hetty in ihrer Jugend bis zum Abwinken anhören müssen. Ihre Mutter stammte aus einem schottischen Adelsgeschlecht und dass sie da ausgerechnet einen einfachen englischen Büroangestellten geheiratet hatte, ging der Familie total gegen den Strich. Janes Familie war der Trauung ferngeblieben und hat seither keinen Kontakt zu den beiden aufgenommen. Hettys Vater hatte sich beruflich hochgearbeitet und mittlerweile gehört ihm das Hotel, in dem er als kleiner Lehrling begonnen hatte. Ihre Mutter hat ihn stets unterstützt, half im Hotel bei der Organisation von größeren Anlässen mit und war ansonsten in verschiedenen Wohltätigkeitsprojekten engagiert. Auch die Erstgeborene des Paares, Lucy, hat Karriere gemacht. Sie ist Kinderärztin geworden und arbeitet nun als Kinderchirurgin im Saint Mary's Hospital in London.

Nur Hetty passte irgendwie nicht so richtig in die beruflich ehrgeizige Familie. Kurz nach ihrem neunzehnten Geburtstag hatte sie den Banker Oliver auf einer Party einer Freundin kennengelernt. Nach nur sechs Monaten wurde Becky aufgrund eines geplatzten Kondoms gezeugt. Oliver stand zu seiner Verantwortung und heiratete Hetty, denn eine Abtreibung kam für sie nicht infrage. Manchmal fragte eine kleine leise Stimme in ihr, ob Oliver und sie aus den richtigen Gründen geheiratet hatten und ob er sie auch wirklich liebte. Wenn sie ehrlich war, war sie sich hin und wieder selbst nicht sicher, ihren Mann aufrichtig und aus vollstem Herzen zu lieben. Doch war das nicht normal? Gewöhnte man sich nicht mit der Zeit so sehr aneinander, dass der Partner einfach Familie, nicht aber mehr Liebhaber ist? Dass das Herzklopfen ausbleibt, wenn er nach Hause kommt, und man einfach nur auf einen friedlichen Abend nebeneinander hofft?

»Henrietta! Hörst du überhaupt zu?«, fragte ihre Mutter spitz und holte sie aus ihren Gedanken zurück.

»Ja ... natürlich, Mum. Es geht um deine Familie.«

»Es wäre schön, wenn du möglichst bald nach Schottland fahren könntest, um dich um Maxwell zu kümmern.«

»Was? Wie?! Das geht nicht! Und überhaupt, wer ist Maxwell?«

»Das habe ich doch gerade eben erklärt!«, schimpfte ihre Mutter.

»Maxwell ist ein Onkel von Mum. Er ist über achtzig, zuckerkrank und braucht nun jemanden, der sich um ihn kümmert«, erklärte Lucy um des lieben Friedens willen. »Wenn er stirbt, erbt ansonsten Mums Schwester Liz das Schloss, und wir gehen leer aus. Das wollen wir doch alle nicht, nicht wahr?«

»Lucy!«, wies ihr Vater seine Älteste zurecht.

»Na, wenn wir ehrlich sind, ist das doch genau der Punkt, oder, Mum?«, seufzte Lucy.

»Ähm ... natürlich nicht, Lucy! Als ich noch ein Kind war, habe ich Maxwell immer gemocht.«

»Und warum fährst du dann nicht selbst nach Schottland?«, fragte Hetty.

»Du weißt doch, Henrietta, ich habe immer so viel um die Ohren. Und du hast von uns allen am ehesten Zeit. Deine Schwester ist in ihrem Job zu sehr eingespannt, und ich muss mich um die Wohltätigkeitsorganisationen und um deinen Dad kümmern.«

»Ich habe auch Familie«, wandte Hetty etwas beleidigt ein.

»Ja, aber deine Tochter ist mittlerweile an der Universität und dein Mann wird wohl mal eine Weile ohne dich auskommen.«

Ihre Mutter sah sie fordernd an und schien keinen Widerspruch zu dulden.

»Aber ich kenne diesen Maxwell doch noch nicht einmal!« Hetty wollte nicht so einfach klein beigeben.

»Dann ist es doch eine gute Gelegenheit, ein Mitglied meiner Familie kennenzulernen. Nun gib dir schon einen Ruck, Henrietta.«

»Wie kommt es überhaupt, dass wir um Hilfe gebeten werden, wo du doch gar keinen Kontakt mehr zu deiner Familie hast, Mum?« Hetty wollte Zeit schinden, um einen Ausweg aus der Misere zu finden.

»Maxwell und Liz sind anscheinend auch verkracht. Ich denke, er hat uns genannt in der Hoffnung, wir würden sowieso nichts unternehmen, weil wir zu weit weg wohnen. Die Krankenschwester meinte, er wolle daheim einfach so weitermachen wie vor dem Zusammenbruch, aber das wäre sehr riskant. Anscheinend gibt es einen Nachbarn, der hin und wieder nach ihm schaut. Dieser Nachbar war es auch, der ihn gefunden und den Notruf alarmiert hat. Maxwell hatte mehr Glück als Verstand.«

»Was soll ich denn da, wenn er niemanden von uns bei sich haben will?«

»Hilfe organisieren. Ich erwarte von dir, dass du hinfährst, schaust, was er braucht, und eine entsprechende Person engagierst, die es mit ihm aushält und für ihn sorgt. Ich habe der Schwester auch bereits zugesichert, du würdest kommen und ihn vom Krankenhaus abholen.«

Hetty stöhnte auf.

Lucy lachte etwas schadenfroh: »Was hast du hier schon Wichtiges zu tun, Schwesterchen? Es schadet dir bestimmt nicht, dich mal um jemand anderen zu kümmern als um dich selbst.«

Hetty erhob sich von ihrem Stuhl und schaute in die Runde. »Na, dann weiß ich jetzt ja, was ihr von mir haltet. Auch wenn ich mich nur um mich selbst kümmere, wünsche ich euch einen guten Appetit bei meinem selbstgebackenen Geburtstagskuchen. Ich kehre jetzt in mein langweiliges und egoistisches Leben zurück.«

Damit drehte sie sich um und verließ mit einem lauten Türknaller ihr früheres Zuhause. Sie hatte so eine Wut im Bauch! Nicht auf diesen Maxwell, den kannte sie ja noch nicht einmal, sondern auf ihre Familie, die einfach über ihr Leben bestimmte. Wie kamen sie dazu?! In ihrer Handtasche gackerte erneut ihr Handy. Bestimmt war es ihre Familie, die sich dafür entschuldigen wollte, dass sie ihren Geburtstag vergessen hatte. Doch die konnten ihr jetzt alle den Buckel runterrutschen. Sie stellte den Jaguar vor ihrem Haus ab, ging hinein und ließ auch da die Tür geräuschvoll ins Schloss fallen.

Und nun? Wohin mit all der aufgestauten Wut? Es war niemand da, der ihr hätte zuhören können oder den sie hätte anschreien und an dem sie sich hätte abreagieren können. Hetty schälte sich aus ihren Kleidern, ging zum Putzschrank und griff zum Backofenreinigungsmittel. Sie würde ihren Ärger am Ofen auslassen, so hätte sie wenigstens am Ende ein blitzblankes Gerät. Sie schrubbte und schimpfte dabei laut vor sich hin. Ihr Huhn in ihrer Handtasche hatte zwischendurch immer mal wieder aufbegehrt, aber Hetty hatte es ignoriert. Erst als der gröbste Ärger im Reinigungsschaum ertränkt war und sie ihr Spiegelbild im Backofen wieder erkennen konnte, zog sie sich die Putzhandschuhe aus und sank auf den Küchenboden. Sie wischte sich eine ihrer rotgoldenen Haarlocken aus dem Gesicht. Sollte sie nun wirklich nach Schottland fahren? Dieser Maxwell konnte ja schließlich nichts dafür, dass ihre Familie war, wie sie war. Vor ihrem inneren Auge entstand ein Bild von einem alten gebrechlichen Mann, der am Boden lag und auf Hilfe wartete. Konnte sie das wirklich mit ihrem Gewissen vereinbaren, ihn dort liegen zu lassen? Ihr Festnetztelefon riss sie aus ihren Gedanken. Sollte sie rangehen? Bestimmt wäre es bloß wieder ihre Mutter, die nun eine Antwort von ihr wollte. Ach, was soll's, irgendwann musste sie ja sowieso wieder mit ihr reden. »Was denn noch?!«, knurrte sie in den Hörer, als sie das Gespräch entgegennahm.

»Hallo, Schatz. Was ist denn los?«

Es war Oliver. Hetty massierte ihre Stirn mit dem Daumen und Zeigefinger. Sollte sie ihm jetzt schon erzählen, dass sie nach Schottland würde fahren müssen? Sie entschloss sich dagegen. Das wollte sie ihm lieber in Ruhe mitteilen.

»Hallo, Oliver. Tut mir leid, ich hatte gerade eine kleine Meinungsverschiedenheit mit meiner Familie.«

»Oh ... ah, okay. Du, Henrietta, ich rufe nur kurz an, um dir zu sagen, dass es heute doch später wird. Ich muss mit dem Direktor einer großen Informatikfirma essen gehen. Es geht um einen für die Bank sehr wichtigen Auftrag. Können wir dein Geburtstagsessen nicht morgen nachholen?«

Na, super! Das passte perfekt zum heutigen Tag. Sie seufzte laut in den Hörer, was Oliver gleich als Zustimmung betrachtete.

»Danke, Henrietta. Wusste ich doch, du hast Verständnis dafür. Ich muss dann auch schon los. Wir sehen uns später. Tschüss!«

Als sie den Hörer aufgelegt hatte, war sie den Tränen nahe. Was für ein bescheuerter Geburtstag! Wenn sie ihn jetzt nicht heulend auf dem Sofa verbringen wollte, musste sie unbedingt was tun. Erneut griff sie zum Telefon und wählte die Nummer ihrer Freundin Pippa. Kaum meldete die sich am anderen Ende, schoss Hetty auch schon los: »Hallo, Pippa. Hast du Zeit? Können wir uns im Pub treffen?«

Pippa lachte vergnügt: »Erst mal alles Liebe und Gute zu deinem Geburtstag! Ich wollte gleich noch bei dir reinschauen, um dir dein Geschenk vorbeizubringen.«

Hetty lächelte. »Ich brauche kein Geschenk, aber dich, dich könnte ich grad ganz gut gebrauchen.«

»Sag mir, welches Pub, und ich werde da sein«, versprach Pippa, die der Stimme ihrer Freundin anhörte, dass da was im Busch war.

Am frühen Abend trafen sich die beiden Freundinnen im *Red Inn*, einem kleinen Pub in der Nähe von Pippas Wohnung.

»Ich hole die Getränke, bleib du sitzen, immerhin hast du heute Geburtstag«, ordnete Pippa an.

Hetty lächelte dankbar. Nach diesem Tag tat es einfach nur gut, sich von jemandem etwas verwöhnen zu lassen. Sie stießen mit Prosecco an, bevor Pippa sie aufmerksam musterte.

»Und nun erzähl mir, warum du mit deiner Freundin im Pub sitzt, anstatt mit deinem Ehemann deinen Geburtstag zu feiern.«

Hetty seufzte und schüttete Pippa ihr Herz aus. Sie endete damit, dass ihre Familie sie nach Schottland zu diesem Großonkel Maxwell beordert hatte.

Empört schnaubte Pippa auf: »Haben die noch alle Tassen im Schrank?«

»Nun ja«, meinte Hetty schon wieder etwas versöhnlicher, denn jetzt, wo sie das Ganze Pippa erzählt hatte, fand sie alles gar nicht mehr so dramatisch. »Irgendwie haben sie ja schon recht. Ich meine, ich habe zu Hause wirklich nicht mehr so viel zu tun und könnte es mir schon einrichten ...«

»Hetty! Hör auf damit! Du bist nicht Mutter Teresa! Ich verstehe sowieso nicht, wie du dich für deine Familie so aufopfern kannst. Es kommt ja noch nicht mal ein Dankeschön über ihre Lippen. Deine Tochter kommt nur nach Hause, um sich die Wäsche machen zu lassen und dein Mann lässt dich sogar an deinem Geburtstag allein rumhocken.«

»Das hat er doch nicht mit Absicht gemacht«, nahm ihn Hetty gleich in Schutz.

»Hetty, weißt du, an was mich das Ganze erinnert?«

Hetty war sich nicht sicher, ob sie das hören wollte. Denn innerlich wusste sie ja selbst, dass in ihrer Familie etwas gründlich schieflief.

»Erinnerst du dich, als wir uns zusammen den Film *Die Brücken am Fluss* angesehen haben? Es ist schon ein Weilchen her, aber Hetty ... du bist zu Meryl Streep geworden! Deine Familie behandelt dich wie Luft, genau wie im Film. Du bist für sie selbstverständlich geworden – so wie ein Küchenstuhl. Du stehst einfach immer da, man muss dich nicht pflegen, kann dich hin- und herschieben und sich auf dir ausruhen.«

Hetty, die sich schon den ganzen Tag zusammengerissen hatte, liefen mittlerweile die Tränen übers Gesicht. Sie wühlte in ihrer großen Handtasche verzweifelt nach Taschentüchern, doch Pippa war schneller und reichte ihr eines über den Tisch. Während Hetty sich die Nase putzte, setzte Pippa sich zu ihr auf die Bank und nahm sie in die Arme.

»Es tut mir leid, Liebes, dir das ausgerechnet an deinem Geburtstag sagen zu müssen, aber es ist höchste Zeit, etwas an der Situation zu verändern. Mir ist das schon seit Längerem aufgefallen, und wenn du ehrlich bist, siehst du doch selbst, wie unglücklich du bist. Du hast mir damals nach dem Film gesagt, dass du, wärst du Meryl gewesen, mit Clint abgehauen wärst.«

Hetty lächelte unter Tränen. »Aber Clint Eastwood ist nicht aufgetaucht.«

Pippa tätschelte ihre Hand. »Auf die Clints dieser Zeit ist eben auch kein Verlass mehr. Du kannst nicht warten, bis er zufällig an deine Türe klopft. Du musst selbst was tun!«

»Und was? Ich mag Oliver, ich will keinen anderen. Und Becky ist einfach alles für mich.«

»Vielleicht musst du ihnen nur vor Augen halten, dass sie dich nicht als gegeben hinnehmen können. Dass sie sich auch etwas um dich bemühen müssen.«

»Und wie stelle ich das an?«

Pippa nippte an ihrem Prosecco und überlegte. Dann schaute sie Hetty wieder an. »Fahr nach Schottland!«

»Aber das ist doch genau das, was meine Familie will.« Auch Hetty griff zu ihrem Glas und nahm einen kräftigen Schluck.

»Schon möglich, aber man weiß oftmals erst, was einem fehlt, wenn es nicht mehr da ist. Deine Eltern und deine Schwester sind jetzt erst mal egal, wir kümmern uns zuerst um deinen Mann und deine Tochter. Wenn du ihnen mal nicht ständig den Hintern abwischst, nicht zur Verfügung stehst und sie sich selbst mal etwas anstrengen müssen, merken sie vielleicht, was du alles für sie getan hast.«

Hetty seufzte tief: »Dann werden sie ihr Dienstmädchen vermissen, nicht mich.«

»Doch, Hetty, denn du bist viel mehr als das. Du hast ihnen zugehört, wenn sie dir von ihren Sorgen berichtet haben, du hast sie getröstet, sie zum Lachen gebracht, du warst immer da für sie. Ich bin sicher, es tut ihnen mal ganz gut, dich zu vermissen. Und wer weiß, womöglich wartet im hohen Norden ja doch Clint auf dich.« Pippa lächelte verschmitzt.

»Du spinnst! Ich weiß nicht, der Gedanke gefällt mir irgendwie nicht recht. Ich meine, ich kenne diesen Maxwell doch überhaupt nicht. Meine Mutter hat mir immer erzählt, wie schlecht ihre Familie sie behandelt hätte, und nun soll ich dahin fahren und mich um einen von ihnen kümmern?«

»Wie alt ist Maxwell noch mal? Achtzig oder neunzig? Ich glaube nicht, dass du einen alten und kranken Mann fürchten musst. Hetty, gönn dir eine Familienpause im Norden, und werde dir darüber klar, was du in deinem Leben verändern willst. Vielleicht wird es auch Zeit, dass du dir wieder eine Beschäftigung suchst.«

Hetty schaute ihre Freundin zweifelnd an. »Ich weiß ja, du hast recht, Pippa. Doch irgendwie macht es mir eine Heidenangst, so alleine nach Schottland zu fahren.«

»Warum denn? Du warst früher immer so abenteuerlustig. Denk nur mal an all den Mist, den wir zusammen angestellt haben.«

»Ja, aber da warst du dabei.«

Pippa kicherte: »Die Ideen stammten meistens von dir, wenn ich mich richtig erinnere. Hetty, du schaffst das auch ohne mich, und wenn was schiefläuft und dieser Maxwell einfach nur furchtbar ist, dann setzt du dich wieder in deine Nobelkarre und fährst zurück. Was ist schon dabei?«

Hetty schaute in ihr Glas. »Vielleicht sollte ich das wirklich tun. Ich meine, wenn es diesem Maxwell wirklich so schlecht geht, wäre er bestimmt froh, wenn ich komme.«

Pippa grinste. »Du hast eindeutig ein Helfersyndrom, meine Liebe. Aber wenn es hilft, dich von deiner Familie loszureißen, damit denen endlich mal klar wird, was sie an dir haben, habe ich nichts dagegen einzuwenden.« Sie hob ihr Glas und stieß es klirrend an das von Hetty. »Auf Schottland!«

»Na, mal sehen, ich lasse es mir noch mal durch den Kopf gehen.«

Später lag Hetty allein in ihrem Bett. Oliver war noch immer nicht nach Hause gekommen, und es war schon beinahe Mitternacht. Sie konnte nicht schlafen, weil ihr die Worte von Pippa durch den Kopf gingen. Sollte sie wirklich nach Schottland fahren? Immerhin gehörte dieser Maxwell auch zur Familie. Wenn er am Ende völlig verwahrlost starb, nur weil sie sich von ihrer eigenen Familie ungerecht behandelt fühlte und ihren Stolz nicht überwinden konnte, würde sie sich wohl ewig ein schlechtes Gewissen machen. In dem Moment hörte sie unten die Tür ins Schloss fallen. Oliver gab sich nicht gerade Mühe, leise zu sein. Es dauerte kaum eine Minute, da kam er ins Schlafzimmer gewankt und ließ sich neben ihr aufs Bett fallen. Hetty machte das Licht an.

»Oh, verdammt, mach das Licht aus, Henrietta! Mir dreht sich alles.«

Na super, Oliver war komplett blau. Sauer warf Hetty ihre Bettdecke zurück, stand auf und begann, ihm die Schuhe auszuziehen.

Plötzlich setzte sich Oliver auf. »Scheiße, ist mir schlecht.«

Geistesgegenwärtig griff Hetty zum Papierkorb und schaffte es gerade noch, den ihrem Mann unter die Nase zu halten, bevor der sich tatsächlich übergeben musste. Das brachte das Fass nun endgültig zum Überlaufen! Wütend griff sie nach ihrer Bettdecke und ihrem Kissen und stapfte aus dem Schlafzimmer. Sie hörte noch, wie Oliver hinter ihr herjammerte: »Schatz, Schatz ...«

Sie stellte sich taub und versuchte ihr schlechtes Gewissen zu ignorieren. Irgendwann war es auch einfach mal genug! In Beckys Zimmer hätte es noch ein Bett frei gehabt, doch das war zu nahe an ihrem eigenen Schlafzimmer. Sie wollte weder sehen, wie sich Oliver erneut übergab, noch wollte sie ihn schnarchen hören. Langsam, aber sicher konnte sie Frauen verstehen, die ihre Ehemänner im Schlaf um die Ecke brachten. Als sie sich auf dem Sofa im Wohnzimmer einrichtete, war ihr dennoch schon klar, dass sie für den Rest der Nacht auch keine Ruhe finden würde.

Morgens um fünf Uhr beschloss sie, Schottland eine Chance zu geben. Pippa hatte recht: Sollte ihre Familie doch ruhig mal eine Weile ohne sie auskommen. Vielleicht würde sie sie danach wieder mit etwas mehr Respekt behandeln. Da sie sowieso nicht mehr schlafen konnte, stand Hetty auf, holte zwei Koffer vom Dachboden und begann im Ankleidezimmer ein paar Kleider zusammenzupacken. Anschließend duschte sie, kochte sich einen Kaffee und wartete, bis der Zeiger auf der Küchenuhr auf halb acht sprang. Um diese Zeit waren ihre Eltern für gewöhnlich wach, und sie konnte sie anrufen. Eigentlich wäre sie am liebsten einfach so losgefahren, ohne jemandem Bescheid zu geben, aber sie musste ja noch wissen, wo Maxwell überhaupt im Krankenhaus lag.

Ihre Mutter klang sehr zufrieden mit sich, als Hetty ihr sagte, sie würde nach Schottland fahren, um nach Maxwell zu sehen. »Ich wusste doch, dass du zur Vernunft kommen würdest, Henrietta.«

Hetty schluckte ihre Antwort hinunter und wartete darauf, dass ihre Mutter ihr die Adresse des Krankenhauses durchgab. Dann rief sie dort an und verlangte nach der Schwester, die mit ihrer Mutter gesprochen hatte.

»Ich bin sehr froh zu hören, dass Sie sich um Mr Gordon kümmern werden. Er hat sich gestern leider selbst entlassen, und ich mache mir Sorgen um ihn. Er meinte zwar, er hätte einen Nachbarn, der nach ihm sehen würde, aber ich bin mir nicht sicher, dass das reicht.«

»Steht es denn so schlimm um ihn?«, fragte Hetty besorgt.

»Na ja, er muss sich halt regelmäßig Insulin spritzen. Und Mr Gordon ist etwas vergesslich geworden. Auch bin ich mir nicht sicher, ob er sich an die Diät hält, die wir ihm auferlegt haben. Sollte er das alles nicht machen, könnte er in einen Zuckerschock fallen und wenn ihn dann niemand findet ...«

Den Rest ließ die Schwester ungesagt.

Hetty schluckte schwer. »Hören Sie, ich weiß nicht, ob ich die Richtige für diese Aufgabe bin. Ich habe keine Erfahrung in Krankenpflege.«

Die Frau am anderen Ende lachte. »Oh, entschuldigen Sie bitte, wenn ich Ihnen jetzt Angst gemacht habe, das war nicht meine Absicht. Eigentlich ist das alles nicht besonders schwierig, und Mr Gordon kann sich die Spritze auch selbst setzen. Man muss ihn nur dazu anhalten. Wenn Sie wollen, können Sie gerne bei uns auf der Station vorbeischauen, da kann ich Ihnen alles in Ruhe erklären und zeigen.«

»Ich glaub', ich fahre zuerst mal zu meinem Großonkel, und dann sehen wir weiter. Danke für das Angebot.«

»Gern geschehen. Ich mag Mr Gordon, man muss ihn einfach zu nehmen wissen. Wenn Sie Hilfe brauchen, rufen Sie mich an, ja?«

»Danke, das mache ich.«

Hetty verstaute nach dem Gespräch ihre Koffer im Jaguar, dann zog sie ihren Mantel an und ging nach oben in das Schlafzimmer, das sie mit Oliver teilte. Er lag noch immer angekleidet auf dem Bett. Daneben stand der Eimer und verbreitete einen fürchterlichen Gestank im Zimmer. Hetty ging zum Fenster, zog die Vorhänge beiseite und öffnete es weit, um frische Luft in den Raum zu lassen. Unwillig stöhnte ihr leidender Gatte vom Bett aus auf und legte sich den Arm über die Augen, um sie vor dem grellen Licht zu schützen.

»Schließ die verdammten Vorhänge wieder!«, schimpfte er.

»Hör zu«, sagte Hetty unbeeindruckt. »Ich werde für eine Weile nach Schottland fahren, um mich um meinen Großonkel zu kümmern.«

Oliver zog den Arm etwas zur Seite und blinzelte sie aus einem fahlen Gesicht an. »Was?!«

»Ich werde eine Weile weg sein.«

»Wir diskutieren das später, Henrietta. Ich fühle mich grad ziemlich beschissen.«

»Daran bist du selbst schuld, und nein, wir diskutieren das nicht später. Maxwell braucht mich jetzt. Becky wird am Wochenende nach Hause kommen. Sie braucht saubere Wäsche, aber sie weiß, wo unsere Waschmaschine steht und kann das auch mal selbst erledigen.«

Mit einem Mal war Oliver wach. »Du kannst uns hier nicht einfach zurücklassen! Und wer ist dieser Maxwell überhaupt?«

»Das sagte ich bereits, mein Großonkel. Und doch, es wird höchste Zeit, dass ich das mal tu.«

Oliver sah sie misstrauisch an. »Was soll das jetzt heißen?«

»Dass du und der Rest meiner Familie mich wie den letzten Dreck behandelt. Mir ist gerade gestern sehr deutlich vor Augen gehalten worden, was ich wirklich für euch bin: Putzfrau und Köchin. Mehr nicht.«

»Ach, komm jetzt. Nur weil wir deinen Geburtstag mal nicht zusammen gefeiert haben?! Diesen Floh hat dir bestimmt wieder deine unmögliche Freundin Pippa ins Ohr gesetzt.«

»Meine unmögliche Freundin hat sich wenigstens nicht mit ihren Golfkumpanen bis fast zur Besinnungslosigkeit besoffen, während ich zu Hause saß. Und es ist ja nicht nur das. Ich spüre einfach nicht, dass du mich noch liebst.« Hettys Augen schimmerten verdächtig feucht, aber sie riss sich zusammen. Sie wollte jetzt nicht heulen, nein, das ließ ihr Kopf nicht zu. »Ich bin für dich so selbstverständlich geworden! Hauptsache, am Abend steht ein Essen auf dem Tisch, die Wäsche ist gemacht und das Haus glänzt …«

»Das darf ich doch wohl auch erwarten, schließlich musst du nicht zur Arbeit gehen, wie es der Rest deiner Familie tut!«

»Siehst du …«, Hettys Stimme drohte ihr nun doch den Dienst zu versagen. »Das ist genau das, was ich meine. Wenn ich dir wirklich noch etwas bedeuten würde, hättest du jetzt gesagt, wie sehr du mich liebst und mir nicht vorgehalten, dass du für mich das Geld verdienst. Ich glaube, es tut uns ganz gut, wenn wir eine Weile etwas Abstand haben.«

»Du hast eindeutig zu viel Zeit, um Kitschfilme zu schauen und Liebesromane zu lesen, Henrietta. Werde endlich erwachsen, diese Welt gibt es nicht! Wenn du das Gefühl hast, ungerecht behandelt zu werden, dann geh doch! Geh und schau, wie du in der Welt da draußen zurechtkommst, ohne dass jemand für dich sorgt! Vielleicht bringt dich das zur Vernunft und du schätzt wieder, was du hier zu Hause hast. Erwarte bloß nicht, dass ich dir wie ein hirnamputierter verliebter Trottel hinterherlaufe.«

Mit Tränen in den Augen drehte sich Hetty um und verließ den Raum. Sie stieg in ihren Wagen, ließ den Motor an und fuhr einfach los, ohne darauf zu achten, welche Richtung sie einschlug. Erst als sie die Stadt hinter sich gelassen hatte, hielt sie am Straßenrand an und heulte sich die Seele aus dem Leib.

Als ihre Schluchzer etwas verebbt waren, griff Hetty zum Handy und rief Pippa an. »Ich glaube, ich hab' grad Mist gebaut«, schniefte sie in ihr Handy.

»Hetty? Was ist denn los? Wo steckst du?«

»Ich habe keine Ahnung. Nach dem Streit mit Oliver bin ich

einfach losgefahren. Ich bin auf dem Weg nach Schottland. Pippa, ich weiß grad nicht, ob ich meine Ehe in den Sand gesetzt habe.«

»Nur weil du nach Schottland fährst?«

»Nein, nicht nur deswegen. Ich habe Oliver einige unschöne Dinge an den Kopf geworfen.« Hetty erzählte kurz und knapp, was zuvor geschehen war.

Pippa hörte zu und meinte am Ende: »Ich denke, das war mal höchste Zeit. Deine Familie brauchte einen Denkanstoß. Dass du nach Schottland fährst, ist das Beste, was du machen kannst. Du bist mehr als nur ihr Putzlappen und ihre Köchin, Herrgott noch mal!«

»Oliver hat aber gemeint, er werde nicht hinter mir herlaufen ...«

Pippa lachte höhnisch. »Ich gebe ihm maximal eine Woche und er wird angekrochen kommen, Hetty.«

»Er muss doch gar nicht angekrochen kommen. Und vielleicht habe ich ja auch völlig überreagiert?! Und was, wenn er mich nicht mehr zurückhaben will? Oh, Pippa, ich glaube, ich habe ihn gerade verloren.«

»Unsinn, Mädel! Und wenn du jetzt umkehrst und zu ihm zurückkriechst, dann kriegst du Ärger mit mir, verstanden?«

Hetty gab ein kleinlautes Geräusch von sich, das man als Ja interpretieren konnte.

»Du fährst jetzt nach Schottland, kümmerst dich um diesen Maxwell, genießt den Abstand zu deiner Familie, und danach sieht die Welt bestimmt wieder für alle ganz anders aus.«

»Mag sein.«

»Nein, nicht ›mag sein‹, das ist so! Und jetzt benutze dein Navi, damit du auch wirklich in Schottland ankommst und nicht etwa in Südfrankreich. Und ruf mich an, wenn du da bist.«

»Ja, Mutti«, lächelte Hetty. »Danke, Pippa. Danke, dass du so geduldig mit mir bist.«

»Nun mach dich schon auf den Weg«, knurrte Pippa leicht verlegen.

2. Kapitel

»Sie haben Ihr Ziel erreicht!«, klang es aus dem Navi. Aber wenn Hetty sich umsah, sah sie weit und breit kein Schloss. Sie war vor wenigen Augenblicken an dem Ortsschild von Percie vorbeigefahren. Es war nur ein kleiner Weiler mit einem Pub und einem Gemischtwarenladen. Oftmals waren Schlösser und Burgen etwas außerhalb von Ortschaften zu finden und die Wege dahin gut ausgeschildert, damit die Touristen sie auch fanden. Das war hier nicht der Fall. Nicht ein Schild mit dem Hinweis *Abbotswood Castle* war zu sehen. Sie folgte der kleinen Straße entlang des Flusses und gelangte schließlich in einen Wald. Seufzend gestand sie sich ein, dass dieser Weg wohl auch nicht zum Ziel führen würde. Sie beschloss, an der nächsten möglichen Stelle zu wenden und nach Percie zurückzufahren, um dort jemanden nach dem Weg zu fragen. Da tauchten vor ihr zwei Gebäude auf, die sie an kanadische Blockhäuser erinnerten. Auf dem Parkplatz wurden Baumstämme und Äste gelagert. Es musste wohl eine Schreinerwerkstatt sein. Sie parkte ihren Wagen neben einem Holzstapel und stieg aus. Der Duft von Waldboden und Holz war herrlich und eine angenehme Abwechslung zu der Stadtluft, die Hetty sonst gewohnt war.

»Hallo?«, rief sie etwas zögerlich, erhielt aber keine Antwort.

Aus dem einen Blockhaus hörte sie Maschinengeräusche, da

war wohl jemand bei der Arbeit. Vorbei an dem Stapel mit Baumstämmen, ging Hetty zu der Tür, die einen Spaltbreit geöffnet war. Da sie sowieso niemand hören würde, wenn sie anklopfte, trat sie einfach hindurch. Es schien ein Einmannbetrieb zu sein, denn es stand nur ein Arbeiter, mit dem Rücken gegen sie zugewandt, an einer Maschine, die ein lautes ratterndes Geräusch von sich gab.

»Hallo!«, rief sie erneut mit kräftiger Stimme, um gegen den Lärm anzukommen. Doch der Mann trug Ohrenschützer und konnte sie nicht hören. Da ihr seine Statur die Sicht versperrte, sah sie nicht, was er gerade tat. Neben ihm auf einem Tisch stand ein halbfertiges Möbelstück, das vermutlich mal einen Gartenstuhl abgeben würde. Hetty überlegte kurz, was sie machen sollte, um auf sich aufmerksam zu machen. Sie könnte warten, bis er die lärmende Maschine ausschaltete, aber das könnte noch ewig dauern. Also tippte sie ihm kurz auf die kräftige Schulter. Der Typ erschrak so heftig, dass er mit dem Stück Holz, das er an dem Schleifband bearbeitete, abrutschte, und mit dem Handballen auf das Band geriet. Er gab einen kurzen Schmerzenslaut von sich, fluchte und stellte das Gerät aus, bevor er sich zu ihr umdrehte. Mit seiner gesunden Hand drückte er auf den verletzten Handballen.

»Verdammt noch mal, wollen Sie mich umbringen?! Wenn ich an der Kreissäge gearbeitet hätte, wäre die Hand jetzt weg!«

»Tut mir leid«, sagte Hetty kleinlaut.

»Was?«

Erst jetzt bemerkte er, dass er noch den Hörschutz trug. Er streifte ihn ab und blickte auf den leicht blutenden Handballen. Dann griff er zu einem Lappen und wollte ihn sich auf die Wunde drücken.

»Das sollten Sie besser nicht tun. Der ist ja voller Holzstaub. Haben Sie ein Badezimmer hier?«

Weil er dachte, die Frau müsste mal auf die Toilette, deutete er nur mit dem Kopf in die Richtung des Klos. Hetty ging zur Tür und als sie bemerkte, dass er ihr nicht folgte, drehte sie sich zu ihm um. »Na, nun kommen Sie schon.«

Begriffsstutzig sah er sie an.

»Von allein wird die Wunde nicht sauber. Die muss ausgewaschen und versorgt werden.«

»Was verstehen Sie schon davon?«, knurrte er, folgte ihr aber dennoch.

Hetty lachte gutmütig. »Als Mutter einer Tochter, die dachte, sie sei Lara Croft, eine ganze Menge.«

Er trat an ihr vorbei und zog aus dem kleinen Schrank im Badezimmer eine Erste-Hilfe-Box hervor. Während er seine Hand unter den Wasserstrahl beim Waschbecken hielt und das Blut abwusch, suchte Hetty aus der Box die benötigten Materialien hervor.

»Das sollte reichen«, sagte sie und stellte das Wasser ab. Vorsichtig tupfte sie die Hand trocken, dann griff sie zum Desinfektionsmittel. Er sog die Luft scharf ein, als die Flüssigkeit brennend auf die Wunde traf, und zog ruckartig seine Hand weg.

»Nun stellen Sie sich nicht so an! Meine Tochter war da weitaus weniger wehleidig.«

»Nun ja, sie ist ja auch Lara Croft ...«, sagte er.

Um seine Augen bildeten sich kleine Lachfältchen, die ihm gut standen. Hetty schmunzelte und schnitt ein großes Pflaster zurecht.

»Es tut mir leid, ich wollte Sie nicht erschrecken«, versuchte sie sich zu entschuldigen.

Er hielt ihr die Hand wieder hin, damit sie das Pflaster befestigen konnte. »Dafür haben Sie sich aber geschickt angestellt. Haben Sie denn die Klingel beim Eingang nicht gesehen? Wenn man die drückt, geht nicht nur ein akustisches Signal durch die Werkstatt, sondern es blinkt zusätzlich ein Licht, damit ich sehe, dass Besuch da ist.«

»Entschuldigung«, sagte Hetty kleinlaut. »Die habe ich wirklich nicht gesehen. Die Tür stand offen, und da bin ich einfach eingetreten.«

Sie blickte in seine warmen olivgrünen Augen, die belustigt funkelten.

»Na ja, als Mutter von Lara Croft ... die hätte bestimmt auch nicht geklingelt, sondern die Hütte gleich gestürmt. Ich schätze, ich kann von Glück reden, dass Sie mich am Leben gelassen haben.«

Sein Lächeln war umwerfend, und überhaupt sah er ziemlich gut aus mit seinen breiten Schultern, die von körperlicher Arbeit zeugten, seinen hellbraunen Haaren, die an den Schläfen bereits leicht ergraut waren, und diesem spitzbübischen Lächeln, das wohl so manches Frauenherz in Schwierigkeiten brachte. Auf einmal schien das Badezimmer zu schrumpfen und es schien ihr ziemlich eng da drin.

»Das hätten wir«, sagte sie daher und verließ eiligst den Raum.

»Danke.« Er räumte die Erste-Hilfe-Box wieder an ihren Platz zurück und folgte dann Hetty zurück in die Werkstatt. »Und was kann ich für Sie tun?«, fragte er.

Hetty hätte beinahe vergessen, warum sie in die Werkstatt gekommen war. »Ich suche Abbotswood Castle und muss mich wohl ziemlich verfahren haben. Das Navi scheint die Adresse nicht zu kennen und eine Ausschilderung habe ich auch nicht gesehen.«

»Ja, das liegt daran, dass das Schloss in Privatbesitz ist und der Besitzer keine Besucher möchte, die das Schloss besichtigen wollen. Es ist nämlich nicht für Touristen geöffnet.«

»Ich bin keine Touristin.«

»Nein? Was wollen Sie dann in Abbotswood Castle?« Der Typ schaute sie prüfend an.

»Ich wüsste nicht, was Sie das angeht, Mr …«

»Webster … Jules Webster. So wie es draußen an der Klingel steht, die Sie nicht gefunden haben.« Das Lächeln war noch nicht aus seinem Gesicht verschwunden, war jetzt aber einen Hauch spöttischer.

»Es tut mir leid … Mr Webster. Ich weiß nicht, wie oft ich mich noch entschuldigen soll.«

»Och, Sie machen das doch ganz gut.«

Hetty merkte, dass er sie aufzog, was sie irgendwie ärgerte. »Können Sie mir jetzt sagen, wie ich zum Schloss komme?«

»Könnte ich … wenn Sie mir sagen, was Sie von dem alten Maxwell wollen.« Sein Blick war auf einmal nicht mehr freundlich lächelnd, sondern schien sie festnageln zu wollen.

»Er ist mein Großonkel, und ich bin hier, um mich um ihn zu kümmern. Aber wie gesagt, das geht Sie eigentlich nichts an!«

»Dann gehören Sie also auch zu dieser geldgierigen Sippe, die Maxwell aus seinem Zuhause vertreiben will, um sich das Schloss selbst unter den Nagel zu reißen.«

In Hettys meerblauen Augen brodelte sich ein Sturm zusammen. Wie konnte dieser ungehobelte Kerl es wagen!? »Mr Webster, ich weiß nicht, wie Sie auf diese absurde Idee kommen. Meine Familie wurde vom Krankenhaus verständigt, weil Maxwell uns als nächste Angehörige angegeben hat. Und weil meine Familie so überaus beschäftigt ist und denkt, ich wäre die Einzige, die zu Hause nur Däumchen dreht, wurde ich hierher in die Pampa geschickt. Ich wäre Ihnen dankbar, wenn Sie mir jetzt einfach den Weg zum Schloss zeigen könnten, damit ich nach dem Rechten sehen und möglichst schnell zurück nach London fahren kann, wo ich meinen Mann ziemlich wütend zurückgelassen habe.«

Jules blickte kurz auf seine Schuhspitze und dann wieder zurück zu ihr. »Es tut mir leid. Ich dachte, Liz hätte Sie geschickt.«

»Liz ist meine Tante, aber ich kenne sie nicht, weil ... ach, Herrgott noch mal, das geht Sie nun wirklich nichts an!«

»Schön«, gab Jules schließlich nach. »Wenn Sie die Straße einfach weiterfahren, kommen Sie bald an eine Abzweigung. Nehmen Sie die linke Straße, die über den Fluss führt, und fahren Sie die Allee entlang. Nicht erschrecken, die ist ziemlich lang und es geht steil bergauf. Am Ende dieser Straße liegt das Schloss.«

»Danke«, sagte Hetty mit stolz erhobenem Kopf und geröteten Wangen. »Und es tut mir leid, es war nicht meine Absicht, Sie zu erschrecken.«

Jules nickte und blickte ihr hinterher, als sie die Werkstatt verließ. Er wusste nicht, ob er mit seinem Freund Max Mitleid haben oder sich für ihn freuen sollte.

3. Kapitel

Hätte dieser Webster sie nicht gewarnt, dass die Allee lang wäre, hätte sie tatsächlich bereits kehrtgemacht. Es war ein furchteinflößender Weg, der hoch zum Schloss führte. Die Allee bestand aus riesigen, dunklen Blutbuchen, die kaum einen Sonnenstrahl auf die Straße ließen. Und das mitten in einem Wald. So etwas hatte Hetty wirklich noch nie gesehen.

Nach einer gefühlten Ewigkeit war die Straße plötzlich zu Ende. Rechts führte der Weg auf einen großen Parkplatz und links erhob sich dunkel und bedrohlich die Schlossmauer. Sie lenkte den Jaguar auf den Parkplatz und ließ ihr Gepäck erst mal im Wagen, als sie ausstieg. Was ihr als Erstes auffiel, war diese unglaubliche Stille. Sie hörte nichts außer leisen Vogelgesang. Es war fast so, als trauten sich selbst die Vögel nicht, munter und unbekümmert draufloszuzwitschern. Unweigerlich streckte Hetty ihren Rücken durch und kniff ihren Hintern zusammen. Sei kein Angsthase, sagte sie zu sich selbst. Schließlich hatte die Krankenschwester ja gesagt, dass er eigentlich ein netter Kerl war, wenn man ihn denn zu nehmen wüsste.

Ein Torbogen unterbrach die Schlossmauer und gab den Blick auf einen Innenhof frei. Entschlossen ging Hetty durch den Bogen hindurch, und was sie da sah, war einfach atemberaubend und wunderschön. Das alte Schlossgemäuer war mit Kletterrosen bewachsen, die gerade in voller Blüte standen. Rechts vom Schloss war ein formaler Garten angelegt, der zwar mal wieder eine pflegende Hand gebrauchen könnte, aber zu seiner besten Zeit sehr edel ausgeschaut haben muss. Hinter dem Garten fiel das Gelände ab, und man hatte das Gefühl, über die steinerne Brüstung springen, die Flügel spreizen und wie ein Vogel einfach durch die Luft fliegen zu können. Sie sah nichts als Himmel und noch mal Himmel.

Begeistert ging sie zur Brüstung. Das Schloss war auf einer Hügelebene angelegt. Von dieser Terrasse fiel eine steile Mauer ab, und etwa fünf Meter unter ihr wurde das Gelände ebener. Auch da war ein riesiger Garten angelegt mit Buchs, Thuja und Eiben, die leider etwas aus ihrer Schnittform gewachsen waren, aber dem Besucher dennoch zeigten, wie prächtig dieser Garten einst gewesen sein musste. Die Schlossmauer kroch wie eine dicke steinerne Schlange um das weitläufige Gelände. Dahinter waren Felder und eine Hügelkette zu sehen. Rechts in der Ferne konnte sie ein Dorf ausmachen.

»Sie befinden sich auf Privatbesitz! Ich muss Sie auffordern, das Schlossgelände sofort zu verlassen!«, riss eine herrische Stimme sie aus ihrer Schwärmerei.

Hetty drehte sich um und sah zunächst niemanden.

»Sind Sie taub, oder was?! Verlassen Sie sofort mein Grundstück!«

Erst jetzt sah Hetty den alten Mann am Fenster im ersten Stock des Schlossgebäudes.

»Sind Sie Maxwell Gordon?«, fragte Hetty unsicher und kam wieder näher an das Schloss heran, um den Mann besser sehen zu können.

»Wer will das wissen?«

»Ich bin Hetty, Ihre Großnichte.«

Der Alte schaute sie skeptisch an: »Sie irren sich. Ich habe keine Großnichte, und nun verschwinden Sie endlich!«

»Ich bin die Tochter von Jane und James. Jane Brandon? Ihre Nichte?«

Maxwell rieb sich am unrasierten Kinn: »Ah, ich erinnere mich. Das ist die, die diesen Engländer geheiratet hat, nicht wahr? Und was willst du nun plötzlich hier? Zu erben gibt es hier noch nichts!«

Hetty sog scharf die Luft ein. Die Verwandtschaft ihrer Mutter schien wirklich etwas speziell zu sein, um es gelinde auszudrücken. »Das Krankenhaus hat uns verständigt und ich bin hier, um mich um dich zu kümmern.«

»Sehe ich etwa pflegebedürftig aus?! Herrgott noch mal, ich habe der Krankenschwester doch nur den Namen deiner Mutter genannt, weil ihr am weitesten weg wohnt und ich nicht damit gerechnet hätte, dass sie euch überhaupt findet.«

»Das hat sie aber, und nun bin ich hier. Hör mal, Max, könntest du mich nicht reinlassen und wir besprechen das in Ruhe?«

»Ich heiße Maxwell, und nein, du kommst mir hier nicht rein. Du kannst gleich wieder nach Hause fahren und deiner Mutter sagen, dass ihr verdammten Engländer dortbleiben könnt, wo ihr seid. Sie wird das Schloss nie erben, auch dann nicht, wenn sie mir ihre Tochter als Pflegerin herschickt!«

Hetty hatte etwas Mühe, den starken schottischen Akzent zu verstehen, zumal Maxwell sich keine Mühe gab, langsamer zu sprechen. Das war bestimmt auch Absicht, dachte Hetty aufgebracht.

»Du bist genauso unmöglich, wie meine Mutter mir ihre Familie beschrieben hat. Ich dachte immer, sie übertreibe, doch wie ich gerade sehe, hat sie das nicht. Weder meine Mutter noch ich haben Interesse an diesem ... diesem ... alten Kasten. Wir haben ein glückliches Leben in London, wo wir alles haben, was wir brauchen. Ich bin auf Wunsch meiner Mutter hergekommen, weil sie sich Sorgen um dich gemacht hat. Deinetwegen habe ich mich mit meinem Mann verkracht und bin den ganzen Weg von London hier heraufgefahren.«

»Ich habe dich nicht darum gebeten!«, stellte Maxwell klar.

Hetty stemmte die Hände in ihre Hüfte und schaute ihn auffordernd an. »Aber du solltest zumindest so viel Anstand haben, mir wenigstens eine Tasse Tee anzubieten. Diese Sitte sollte auch den Schotten bekannt sein.«

»Und danach fährst du wieder zurück?«, fragte er misstrauisch.

Hetty nickte. Sie wollte sich nur ein Bild davon machen, ob es dem alten Kauz wirklich gut ging, dann könnte sie ihrer Mutter berichten, dass sie überflüssig war und er gut allein zurechtkäme.

»Na schön.«

Er verschwand vom Fenster. Hetty ging zur Tür, die aus massivem Nussbaumholz war und größer schien als jede andere Tür, die Hetty je zuvor gesehen hatte. Sie wartete. Nichts geschah. Bestimmt dauerte es eine Weile, bis ein alter Mann den Weg nach unten zurückgelegt hatte, dachte sie bei sich. Dann hörte sie plötzlich ein Rumpeln aus dem Inneren des Schlosses und daraufhin Hundegebell.

»Maxwell, ist alles okay?«

Sie erhielt keine Antwort. Verunsichert trat sie ein paar Schritte von der Tür zurück in der Hoffnung, dass sich an einem der Fenster etwas tun würde. Doch es regte sich nichts. Nur der Hund bellte immer noch wie verrückt. Was sollte sie bloß tun? Sie drückte die Klingel, vielleicht war ja sonst noch jemand im Haus, der ihr öffnen könnte. Doch es kam niemand, um sie einzulassen. Vorsichtig drückte sie die Klinke nach unten, aber die Tür war verschlossen. Hoffentlich war dem alten Mann nichts passiert. Womöglich war er über den Hund gestolpert und lag nun hilflos in einer Blutlache auf dem Boden. Umsonst bellte der Hund ja schließlich nicht. Ich muss Hilfe organisieren, sagte sie sich. Aber was, wenn er nur vergessen hat, an die Tür zu gehen, weil er nicht mehr weiß, dass ich überhaupt da bin? Er würde noch wütender werden, als er es eh schon war.

Sie beschloss, erst mal um das Haus zu gehen, um zu sehen, ob es nicht noch einen weiteren Eingang gäbe, der eventuell offen stand. Auf der dem Wald zugewandten Seite wurde sie schließlich fündig. Im zweiten Stock stand ein Fenster offen. Es war zwar klein, aber sie würde wohl schon hindurchpassen. Sie müsste sich lediglich zuerst auf die kleine Gartenmauer hochziehen, von da konnte sie auf die Balkonbrüstung im ersten Stock klettern, und weiter über das Spalier der Kletterrose, in der Hoffnung, dass die Rose nicht allzu hässliche Dornen hätte, und schon wäre sie oben. Wie schwer konnte das schon sein?

Entschlossen stellte sie ihre Handtasche auf den Boden und hievte sich die kleine Gartenmauer hoch. Auch auf die Balkonbrüstung gelangte sie ohne größere Probleme. Vorsichtig stellte sie dann einen Fuß auf das hölzerne Rosenspaliergitter. Hetty hoffte, es war stabil genug, damit es ihr Gewicht trug. Bevor sie den anderen Fuß auch daraufstellte, rüttelte sie an dem Gitter, um zu prüfen, ob es auch fest in der Mauer verankert war. Es hielt. Tief Luft holend, kletterte sie nun vom Balkon ganz auf das Spalier hinüber. Autsch! Diese Rose hatte doch ziemlich stachelige Dornen, wie Hetty schmerzhaft feststellen musste. Zum Glück wuchsen die Triebe hier nicht allzu dicht, so fand Hetty immer wieder eine Lücke, wo sie ihre Hände sicher platzieren konnte. Nur nicht nach unten sehen, sagte sie sich und kletterte immer weiter nach oben. Gleich wäre es geschafft. Erleichtert fühlte sie unter ihren

Händen endlich den rettenden Fenstersims. Sie stieß sich gerade noch mal ab, um sich mit dem Oberkörper über den Sims zu ziehen, als der Spross unter ihrem Fuß krachend zersplitterte. Zitternd atmete sie aus. Wie gut, dass das nicht weiter unten geschehen war.

Ihre Füße baumelten im Leeren, während sie mit dem Kopf bereits ins offene Badezimmerfenster hineinschaute. Leider war an dieser gekachelten Wand nichts, woran sie sich hätte festhalten und in den Raum ziehen können. So stemmte sie ihre Hände gegen die Wand und versuchte, weiter in den Raum hinein zu robben. Verflixt noch eins, die Öffnung war enger, als sie gedacht hatte. Die Haut an ihrer Seite brannte bereits, da sie sie am Fensterrahmen aufgescheuert hatte. Aber sie musste jetzt einfach da hindurchpassen! Ein Zurück gab es nicht mehr. Sie ächzte und stöhnte, drückte und zerrte, doch es half alles nichts. Es ging plötzlich keinen Millimeter mehr weiter. Sie schien sich irgendwo verhakt zu haben. Da die Öffnung so eng war, konnte sie nicht mit den Händen nachsehen. So hing sie völlig ausgeliefert mit dem Kopf nach unten an der Badezimmerwand. Suuuuper gemacht, Hetty! Echt prima!

Jules fuhr seinen Wagen die Allee hinauf. Es hatte ihm einfach keine Ruhe gelassen und er wollte nachsehen, ob Max mit der Fremden zurechtkam. Er ärgerte sich, sie nicht mal nach ihrem Namen gefragt zu haben. Als er auf den Parkplatz fuhr, sah er, dass ihr Nobelschlitten noch dastand. Dann hatte Max sie also nicht gleich wieder fortgeschickt. Vielleicht kannte er sie ja doch und hatte ihm gegenüber bisher nur nie erwähnt, eine Großnichte zu haben. Wie auch immer, er schaute lieber rasch nach, ob alles in Ordnung war. Er betätigte die Glocke, doch der Einzige, der ihm antwortete, war Max' Basset George. Da stimmte irgendwas nicht. Er zückte den Schlüssel, den Max ihm einmal gegeben hatte, und steckte ihn in das große Schloss. Er öffnete die Tür und rief hinein: »Max?«

Doch er bekam keine Antwort. George kam die Eingangshalle entlanggewatschelt und begrüßte ihn freudig mit dem Schwanz wedelnd.

»Hallo, Kleiner. Wo ist dein Herrchen?«

Doch George schaute ihn nur verständnislos aus seinen traurigen Augen an. Jules ging weiter durch die Halle, er kannte das Schloss so gut wie sein eigenes Haus.

»Max, wo steckst du?« Da hörte er auf einmal ein Stöhnen. »Max!« Jules rannte um die Ecke und fand seinen Freund am Ende der Treppe am Boden liegen. »Um Himmels willen, was ist denn passiert!?«

Max öffnete flatternd die Augen und erkannte Jules. »Ich wollte zur Tür … dann ist mir schwarz vor Augen geworden.«

Er wollte sich aufrappeln, doch Jules hielt ihn zurück.

»Langsam, Max. Tut dir irgendwas weh?«

»Frag lieber, was nicht wehtut. Ahh … verdammter Mist!«, wetterte der alte Mann.

»Ich rufe einen Krankenwagen.«

»Nein, Jules. Es geht mir schon wieder gut.«

Jules sah seinen Freund zweifelnd an. »Die Wunde an deiner Schläfe muss genäht werden, und wir müssen sichergehen, dass du keine Gehirnerschütterung davongetragen hast. Außerdem wird man nicht einfach so ohnmächtig, das muss abgeklärt werden. Vermutlich haben die dich einfach zu früh aus dem Krankenhaus entlassen.«

»Ich will nicht zurück in diesen Laden! Mich hat nur dieses Weibsbild aufgeregt, das sich partout nicht vertreiben ließ. Sie wollte eine Tasse Tee, dann würde sie gehen, hat sie gemeint. Da wollte ich sie reinlassen. Wo steckt sie überhaupt?«

Verwirrt blickte Max um sich.

»Ihr Wagen steht auf dem Parkplatz, sie muss noch irgendwo auf dem Gelände sein.«

»Such sie bitte. Ich will nicht, dass sich hier jemand rumtreibt, der nicht hierher gehört.« Stöhnend hielt sich Max den brummenden Schädel.

»Das mache ich gleich, Max, doch zuerst kümmere ich mich um dich.« Er ging in die Küche im ersten Stock, holte ein Glas Wasser und ein Küchentuch. Das Tuch hielt er an Max' Schläfe, um die Blutung zu stoppen. Danach half er Max, sich aufzusetzen und drückte ihm das Glas Wasser in die Hand. »Trink das, und ich schaue währenddessen nach, wo deine Großnichte steckt.«

»Du weißt, wer sie ist?«, fragte Max erstaunt.

»Sie hat sich bei mir nach dem Weg erkundigt, weil sie dir helfen wollte«, gestand Jules seinem Freund.

»Du hättest sie besser gleich wieder weggeschickt, Jules«, beklagte sich Max.

»Sie hat mir versichert, nicht von Liz zu kommen, und ich dachte mir, ein bisschen Hilfe könnte dir zurzeit nicht schaden. Lass uns später darüber reden, ich schaue jetzt erst mal, wo sie steckt und danach fahre ich dich zum Arzt.«

Mit George im Schlepptau ging Jules wieder nach draußen und lief um das Schloss herum. Er hätte sie nicht bemerkt, wenn George nicht neugierig an der Handtasche am Boden geschnüffelt hätte. Erst dann wanderte sein Blick nach oben, wo er zwei zappelnde Beine und ein wohlgeformtes Hinterteil aus dem Badezimmerfenster ragen sah. Das Bild war einfach zu köstlich, und er musste laut losprusten.

»Hallo? Ist da wer?«, hörte er sie verzweifelnd rufen.

»Ja, ich komme gleich hoch und helfe Ihnen.«

Er nahm ihre Handtasche an sich und ging zurück ins Haus.

»Hast du sie?«, fragte Max, der schon wieder etwas kräftiger klang.

Jules schaute ihn belustigt an: »Ich denke, es könnte sie sein. Ihr Hintern hängt gerade aus deinem Badezimmerfenster.«

»Was?«

Jules stellte die Handtasche neben Max ab. »Den Rest bringe ich dir gleich.«

Mit großen Schritten ging er die Treppe hoch in den zweiten Stock. Als er die Badezimmertür öffnete, war das Bild, das sie bot, noch besser. Mit hochrotem Kopf hing sie über dem Fenster. Vermutlich hatte sie schon länger versucht, sich selbst aus der Situation zu befreien, denn sie sah ziemlich abgekämpft aus. Sie tat ihm schon fast etwas leid. Als sie hörte, wie die Badezimmertür geöffnet wurde, versuchte sie, ihren Oberkörper so weit hochzustemmen, dass sie ihn ansehen konnte, aber dazu fehlte ihr die Kraft.

So krächzte sie lediglich: »Gott sei Dank! Ich dachte schon, ich würde mein Leben über einer Badezimmerbrüstung aushauchen.«

Jules lachte und ging zu ihr hin. »Ich fasse Sie unter den Armen und zieh' Sie raus. Okay?«

Hetty erkannte seine Stimme. »Oh, Sie sind's, Mr Webster.«

»Ja, Lady Croft, und ich hätte gedacht, Sie würden sich etwas geschickter anstellen beim Einbrechen.«

»Ich wollte nicht ... ich hab's rumpeln gehört und mir Sorgen um Max ... Maxwell gemacht ... ähm, könnten wir das später klären?«

»Sicher doch.« Er griff sie unter den Schultern und wollte sie aus der Fensteröffnung ziehen. Ihre Gesichter waren sich dabei so nahe, dass sie sein herbes Rasierwasser riechen konnte.

»Autsch, autsch, autsch!«, rief sie, und er hielt sofort inne beim Ziehen. »Das geht nicht. Irgendwas hat sich an meiner Hose verhakt«, jammerte sie.

»Okay, ich öffne jetzt zuerst Ihre Hose und dann versuchen wir's noch mal.«

»Geht nicht. Der Gürtel und der Knopf liegen genau auf Höhe des Fensterrandes. Ich komm' da ja selbst nicht hin.« Sie hätte vor Scham und Verzweiflung heulen können.

»Nicht aufgeben, Lady Croft«, tröstete er sie. »Sie halten sich jetzt an meinen Schultern fest, dann versuchen Sie, etwas zurückzurobben, bis Sie an den Verschluss kommen. Ich halte Sie und lasse Sie nicht fallen. Versprochen.«

Und tatsächlich schaffte sie es auf diese Weise, die Verschlüsse zu öffnen. Mit einem kräftigen Zug nach vorne, hielt Jules sie schließlich im Inneren des Badezimmers in seinen Armen. Erschöpft lehnte sie sich einen Moment an seine Brust, bis ihr bewusst wurde, dass sie im Unterhöschen vor ihm stand.

»Umdrehen!«, befahl sie ihm entsetzt und blickte sich verzweifelt um. Da, da hing ein Badetuch über der Heizung. Es hatte zwar schon bessere Tage gesehen, aber zur Not würde es gehen. Sie zog es sich um die Hüfte und hielt es mit einer Hand fest.

»Danke für Ihre Hilfe, Mr Webster«, sagte sie schließlich so würdevoll, wie es noch ging.

Belustigt drehte Jules sich wieder zu ihr um. »Ich denke, unter diesen Umständen reicht Jules völlig aus.«

»Hetty.« Sie streckte ihm die Hand hin, um sich per Handschlag zu bedanken. Doch stattdessen führte er sie an seine Lippen und platzierte einen hauchzarten Handkuss darauf. »Es ist mir eine Ehre.«

»Du brauchst dich nicht über mich lustig zu machen, Jules!« In dem Moment kam ihr der Grund wieder in den Sinn, weshalb sie diese Kletteraktion auf sich genommen hatte. »Maxwell?! Ich muss nach Maxwell sehen.«

Sie schaute aus dem Fenster, wo ihre Hose noch immer an dem Haken hing, schnappte sie sich und bedeutete Jules mit einer Handbewegung, sich erneut umzudrehen, damit sie wieder in die Hose schlüpfen konnte. Sie wunderte sich kurz, weshalb man einen Haken außerhalb des Badezimmerfensters anbrachte. Es gab Dinge, die musste man wohl einfach nicht verstehen.

»Er sitzt unten an der Treppe, die er runtergefallen ist. Ich habe nach ihm gesehen, bevor ich dich aus deiner prekären Lage befreit habe. Ich denke, ich sollte ihn jetzt besser zum Arzt fahren.«

»Hat er sich schwer verletzt?« Sie stand bereits wieder neben ihm und deutete ihm an, vorzugehen, da sie sich ja im Schloss nicht auskannte.

»Er hat sich den Kopf angeschlagen. Die Wunde sollte versorgt werden, und ich hoffe, er hat keine Gehirnerschütterung davongetragen. Ich mache mir allerdings Sorgen darüber, weshalb er ohnmächtig geworden war.«

»Er hat Zucker, und die Schwester aus dem Krankenhaus hat mir erzählt, dass er nicht immer daran denkt, sich die Insulinspritzen zu setzen. Deshalb bin ich ja hier.«

»Davon hat er mir nichts gesagt. Er meinte, er müsse lediglich ein paar Tabletten schlucken und etwas weniger Whisky trinken.«

Max lehnte noch immer an dem Pfosten, an dem Jules ihn zurückgelassen hatte.

»Was hast du in meinem Haus zu suchen?«, schimpfte er gleich los, als er Hetty erkannte.

»Wie schön, es scheint dir ja bereits wieder besser zu gehen, Onkel Maxwell. Ich habe es draußen rumpeln gehört, und dein

Hund hat wie verrückt gebellt. Da habe ich mir eben Sorgen gemacht und wollte nachsehen. Kannst du aufstehen?«

Sie wollte ihm stützend unter die Arme greifen, doch Maxwell wehrte ihre helfenden Hände ab. »Ich kann das selbst!«, blaffte er sie an.

»Max, benimm dich, sie will doch nur helfen!«, versuchte Jules ihn zu beschwichtigen und griff seinerseits nach Max' Schultern, um seinem Freund aufzuhelfen.

»Sie ist doch schuld an dem allen!«, wetterte Maxwell weiter.

»Ach ja? Habe ich dich etwa die Treppe hinuntergestoßen? Da riskiere ich Kopf und Kragen, um dir zu helfen ...«, sie unterbrach sich, als der alte Mann aufstöhnte. Er hatte versucht aufzutreten, aber der Schmerz in seinem Knöchel ließ das nicht zu. »Wir müssen einen Krankenwagen rufen«, meinte Hetty besorgt.

»Nein, ich kehre nicht ins Krankenhaus zurück! Da jage ich mir eher eine Kugel in den Kopf.«

»Max, sei nicht albern!«, beruhigte Jules ihn. »Ich fahre meinen Wagen vor die Tür und bringe dich erst mal zu Doc McInnerty. Wenn der sagt, dass du ins Krankenhaus musst, dann geht es ins Krankenhaus, verstanden?«

Widerwillig nickte Maxwell. Hetty blieb bei ihm, während Jules seinen Wagen holte. Zum ersten Mal betrachtete sie ihren Großonkel etwas genauer. Das orangerote Samtsakko mit eingesteppten Ornamenten, unter dem er ein weißes Rüschenhemd trug, verlieh ihm das Aussehen eines altehrwürdigen Schlossherrn. Gut, das war er ja auch, gestand sie ihm zu. Nur seine hellgrauen, durchgewuselten und ungepflegt wirkenden Haare und sein unrasiertes Kinn passten nicht zum Erscheinungsbild. Ähnlichkeiten zu ihrer Mutter konnte sie in seinem Gesicht nicht erkennen.

»Schau mich nicht so an!«, blaffte er sie an.

Unwillkürlich musste Hetty grinsen, denn sein Wesen entsprach ganz eindeutig dem ihrer Mutter. Trotzdem wandte sie ihren Blick von ihm auf George, der sie ebenfalls neugierig musterte. Als sie ihn ansprach, kam er auf sie zugetrottet und schnupperte an ihrer Hand.

»Der beißt!«, warnte Maxwell, doch Hetty lachte nur.

»Ja, genau, so schaust du aus, mein Süßer.« George ließ sich von ihr hinter den Schlappohren kraulen und warf sich dann auf den Rücken, damit sie auch seinen Bauch erreichen konnte.

»Verräter!«, zischte Maxwell.

»Der Wagen steht bereit.« Jules kam mit großen Schritten durch die Eingangshalle. »Komm, stütz dich auf mich, Max«, wies er ihn an und legte seinen Arm um seine Mitte. Hetty packte auf der anderen Seite mit an.

Als sie sich auch in den Wagen setzen wollte, meinte Maxwell herrisch: »Die braucht nicht mitzukommen!«

»Maxwell, ich bin nun mal deine Großnichte, ob dir das passt oder nicht! Ich komme mit, denn vielleicht bin ich deine einzige Chance, dass du nicht ins Krankenhaus musst.«

Der größte Teil der Fahrt verlief schweigend. Jules hatte hin und wieder in den Rückspiegel geschaut und bemerkt, wie Hetty sorgenvoll aus dem Fenster blickte. Es hatte ihn beeindruckt, wie sie, ohne einen Gedanken an sich selbst, das Spalier hochgeklettert war, um nach ihrem Großonkel zu sehen. So jemand konnte kein schlechter Mensch sein, sagte er sich. Hettys Blick wandte sich vom Fenster ab und traf auf seinen im Rückspiegel.

Ich bin verheiratet, schrillte es auf einmal laut durch Hettys Kopf, und sie fragte sich zugleich, weshalb. Seit sie Oliver geheiratet hatte, hatte sie noch nie einen Blick für einen anderen Mann übriggehabt. Aber dieser hier brachte sie irgendwie durcheinander. Innerlich schimpfte sie mit sich, schließlich war sie kaum mehr als einen Tag von zu Hause weg und schon schafften es ein Lächeln und ein olivgrünes Augenpaar, sie aus der Fassung zu bringen. Sie kniff ihre Augen zusammen, hielt seinem Blick im Rückspiegel aber stand. Seine Lippen verzogen sich zu einem schrägen Grinsen, während er sich wunderte, was wohl in diesem hübschen Köpfchen vorging.

»Solltest du nicht besser auf die Straße schauen?«, fragte sie zuckersüß.

Er lachte unbeschwert auf und fühlte sich nicht im Geringsten ertappt oder gar verlegen.

Sie mussten nicht lange im Wartezimmer Platz nehmen, bevor die Arztgehilfin sie aufrief. Hetty folgte Jules und Max Richtung Sprechzimmer. Der Arzt begrüßte sie per Handschlag und hielt ihnen die Tür auf, damit sie eintreten konnten.

»Die da bleibt draußen!«, sagte Max grimmig und deutete mit einer Kopfbewegung zu Hetty.

»Ist ja gut«, Hetty hob beschwichtigend die Hände und ging zur Arzthelferin. »Sie sollten seine Zuckerwerte überprüfen. Bestimmt wird er dem Doc davon nichts erzählen, aber ich vermute, er hat vergessen, sich seine Insulindosis zu spritzen. Er wurde erst kürzlich mit der Diagnose Diabetes aus dem Krankenhaus entlassen.«

»Danke für den Hinweis. Ich werde es dem Arzt gleich stecken.« Mit einem Zwinkern ging die junge Frau in das Untersuchungszimmer. Geduldig setzte sich Hetty auf einen Stuhl und wartete. Kurz darauf drang ein lautes Stimmengewirr an ihr Ohr. Aha, der Arzt hat ihre Vermutung wohl laut geäußert. Während sie warten musste, nahm Hetty ihr Handy aus der Handtasche und überprüfte es auf neue Nachrichten. Oliver hatte sie nicht angerufen. Er scheint seine Warnung, ihr nicht hinterherzulaufen, in die Tat umzusetzen. Hetty seufzte und fragte sich, ob es das alles wert war. Schließlich wollte ihr Großonkel sie auch nicht hierhaben, obwohl er wirklich auf ihre Hilfe angewiesen zu sein schien. Dabei riskierte sie ihre Ehe für ihn. Wenn sie allerdings ehrlich war, musste sie Pippa recht geben: Oliver und sie brauchten eine Auszeit. Sie würde Oliver noch ein Weilchen schmoren lassen und sich dann, in ein oder zwei Tagen, bei ihm melden.

Nach einer gefühlten Ewigkeit kam Jules durch die Tür. »Kannst du bitte auch mal reinkommen?«

Sie folgte ihm ins Sprechzimmer, wo Max unglücklich auf der Liege lag. Der Arzt hatte seine Wunde am Kopf getapt und war nun dabei, seinen Fuß in einen Gips zu packen.

Er blickte nur kurz hoch, als Hetty eintrat. »Ah, da sind Sie ja. Also, Max weigert sich standhaft, zurück ins Krankenhaus zu gehen. Da das nächste Krankenhaus nicht gerade um die Ecke ist, haben wir in der Praxis ein Patientenzimmer für leichtere Fälle eingerichtet. Ich kann ihn daher bis morgen hierbehalten und überwachen. Wenn bis dahin alles gut ist, darf er nach Hause, sofern dort jemand auf ihn achtgibt.«

»Ich brauche kein Kindermädchen!«, knurrte Max.

Der Doc schaute ihn streng an. »Wenn du nicht genau das machst, was ich dir sage, Max, bist du schneller im Krankenhaus zurück, als du ›Piep‹ sagen kannst. Verstanden?«

»Ist ja gut.«

Der Arzt fuhr damit fort, den Fuß einzugipsen, und blickte nur kurz zu Hetty. »Könnten Sie diese Aufgabe übernehmen? Jemand muss ihn unbedingt daran erinnern, sich das Insulin zu spritzen und seine Medikamente zu nehmen.«

»Deswegen bin ich ja hergekommen. Wenn Sie mir genau aufschreiben, was er braucht, dann werde ich dafür sorgen, dass alles so gemacht wird, wie es nötig ist.«

Der Arzt nickte zufrieden. »Du kannst von Glück reden, Max, dass du jemanden wie sie hast.«

»Bleibt nur noch die Frage, wo ich bis morgen bleibe. Gibt es hier in der Nähe ein Hotel?«

»Das ist doch Unsinn, das Schloss hat reichlich Zimmer. Max, gib ihr schon deinen Schlüssel«, wies der Arzt seinen Patienten an.

»Und dann stöbert sie in meinen Sachen rum? Kommt gar nicht infrage.« Trotzig wie ein kleines Kind hielt er die Arme vor sich verschränkt.

»Max!«, wies ihn Jules zurecht. »Nun benimm dich nicht wie ein störrischer alter Sturkopf! Sie ist deine Großnichte!«

»Die ich noch nie zuvor gesehen habe!«, konterte Max.

Hetty stieß ihren Atem laut aus. »Wie oft soll ich das noch sagen? Ich habe kein Interesse an deinem alten Kasten oder deinen Sachen. Ich habe ein Leben in London, zu dem ich möglichst bald zurückwill. Was tu ich eigentlich hier?«, fragte sie sich laut und hielt sich dabei eine Hand an die Stirn, als müsste sie wirklich ernsthaft darüber nachdenken. »Da du mich ja sowieso nicht um dich haben willst, kann ich ja auch gleich zurückkehren.« Hetty ging zur Tür und hatte bereits die Klinke in der Hand, als Max wohl endlich kapierte, dass er auf sie angewiesen war.

»Nun sei nicht gleich eingeschnappt, Mädchen. Such dir meinetwegen ein Zimmer im Schloss aus, aber halte dich von meinen Sachen fern!«

Hetty grinste zufrieden, doch als sie sich wieder zu ihm umdrehte, hatte sie es gekonnt versteckt. »Na schön. Dann bleib' ich noch einen Moment. Aber wenn du dich weiterhin so unfreundlich mir gegenüber verhältst, bin ich ratzfatz weg.«

Jules fuhr Hetty zurück zum Schloss. Je länger sie darüber nachdachte, die Nacht allein in dem großen, alten Gebäude verbringen zu müssen, desto mehr fürchtete sie sich davor. »Spukt es eigentlich in dem Schloss?«, fragte sie Jules und versuchte, ihre Angst nicht durchklingen zu lassen.

Er warf ihr kurz einen Blick von der Seite zu, konzentrierte sich aber gleich wieder auf die Straße. »Hast du etwa Schiss?«

»Natürlich nicht. Jedes Kind weiß doch, dass es keine Geister gibt …« Ihr Lachen klang etwas nervös.

»Warum fragst du dann?«

Hetty antwortete darauf nicht und starrte so grimmig zum Fenster hinaus, dass Jules lachen musste. »Nenn mir ein Schloss, um das sich keine Geistergeschichten ranken. Natürlich erzählen sich die Leute, dass es in Abbotswood Castle spukt.« Als er Hettys blasses Gesicht sah, fügte er rasch hinzu: »Aber ich kann dich beruhigen, ich habe noch nie etwas Ungewöhnliches gesehen oder gehört, wenn ich im Schloss war. Und ich bin oft dort. Wenn du dich fürchtest, nimmst du einfach Max' Hund, George, zu dir ins Zimmer, der wird sich schon bemerkbar machen, wenn etwas nicht stimmt.«

Hetty erinnerte sich an den gutmütigen Hund und war sich sicher, dass der keine große Hilfe sein würde. »George wäre wohl der Erste, der sich bei Gefahr verdrücken würde«, stellte sie nicht ohne ein Schmunzeln fest.

»Ich würde dir ja gerne ein Gästezimmer bei mir anbieten, aber so was führe ich nicht.«

»Ist schon gut. Wenn Geister den Lebenden etwas antun würden, hätte man irgendwann mal in den Nachrichten davon gehört.« Hetty verstellte ihre Stimme zu der einer Nachrichtensprecherin: »In der Nacht auf Sonntag wurde eine Frau von einem Geist erdolcht. Der Verdächtige wurde gefasst, konnte aber durch die Gitterstäbe im Gefängnis entschweben.«

Jules grinste. »Du hast eine blühende Fantasie.« Er stellte den Wagen auf dem Parkplatz vor dem Schloss ab. »Ich komme mit dir rein und zeige dir alles.«

George kam ihnen schwanzwedelnd entgegengeeilt, als Jules die Tür öffnete. »Hallo, mein Guter«, begrüßte ihn Jules. »Du hast wohl Hunger, was?« Dann wandte Jules sich Hetty zu. »Geh doch schon mal in den zweiten Stock und such dir ein Zimmer aus. Wenn ich den Hund gefüttert habe, komme ich hoch und zeige dir, wo du den Wäscheschrank findest.«

Hetty ging die Treppe hinauf und öffnete jede Tür. Außer in Max' Zimmer waren alle Möbel mit weißen Tüchern abgedeckt. Das ließ alles noch viel gruseliger erscheinen, so als ob jemand gestorben wäre. Es half nichts, sie musste sich für ein Zimmer entscheiden. Sie wählte am Ende den Raum mit gemütlichem Kamin und Balkon Richtung Garten aus. Die Tapeten waren mit einem zarten Rosenmuster versehen. Vermutlich war es mal das Schlafzimmer einer Frau gewesen. Als sie die Leinentücher entfernte, trat Jules ein.

»Warum ist hier alles abgedeckt?«, fragte sie ihn. »Das wirkt total gruselig.«

»Das hat nur putztechnische Gründe«, beruhigte er sie. »Die Möbel werden so nicht staubig. Max hat zwar eine Putzfrau, aber die könnte sich unmöglich um das ganze Schloss kümmern. Sie ist nicht mehr die Jüngste, aber Max lässt sich partout nicht dazu überreden, noch jemanden einzustellen, dabei putzt sie wirklich nicht mehr so sauber wie zu ihren besten Zeiten. Sie kümmert sich jetzt nur noch um Max' Zimmer, die Küche und das Bad.«

»Aha«, sagte Hetty und ging zum großen Balkonfenster und öffnete dessen Flügeltüren weit, um frische Luft in den Raum zu lassen. Sie trat auf den Balkon hinaus und blickte über den Garten, der ebenfalls schon bessere Zeiten gesehen hatte, genau wie das Schloss. Schade, dass alles so verkommt, dachte sie bei sich. Jules trat ebenfalls hinaus. »Schön, nicht?«, sagte er leise.

»Ja, der Garten muss mal ein Traum gewesen sein.«

»Der Gärtner kommt nur noch ein oder zwei Mal im Jahr, den Rest versucht Max selbst zu bändigen. Der erste Schlossbesitzer hatte den Garten für seine Frau angelegt. Daher ist die Aussicht von diesem Balkon aus auch am schönsten. Dies war ihr Zimmer.« Als er ihren erstaunten Blick auffing, fügte er erklärend hinzu: »Max hat es mir mal erzählt. Komm, ich zeige dir jetzt noch den Wäscheschrank und die Küche.«

»Muss ich noch über dem offenen Feuer kochen?«, fragte sie grinsend.

Glücklicherweise war das nicht notwendig. Jules erzählte, dass die Küche in den Siebzigern renoviert wurde, was auch die schrillen Farben erklärte. Die Geräte machten aber, abgesehen von dem alten Aga-Herd, einen neueren Eindruck. Hetty öffnete den Kühlschrank und seufzte laut, als sie den Inhalt sah. Alles nur Fertigprodukte. »Kein Wunder, dass der Mann krank geworden ist«, sagte sie missbilligend.

»Was ist gegen Pizza einzuwenden? Ich habe ihm die vorbeigebracht, damit er in den ersten Tagen nach dem Krankenhaus etwas Warmes in den Magen bekommt. Wenn wir Gemüse essen wollen, gehen wir in den Pub.«

Hetty sah ihn skeptisch an. »Du ernährst dich auch so?«

»Wir sind Männer, was sollen wir sonst tun? Etwa kochen?«

Sie musste unweigerlich lachen. »Zum Beispiel. Gut, für heute wird es gehen, aber morgen besorge ich frische Lebensmittel.«

»Kann ich dich jetzt allein lassen?«

»Ja klar.« Hetty war der Gedanke, allein in diesem großen Kasten zu sein, noch immer etwas unheimlich. »Das heißt, wenn du magst, kannst du später gerne zurück zum Abendessen kommen.

Es gibt Pizza.« Himmel, was tat sie da?! Der Mann hatte bestimmt eine Frau, die auf ihn wartete. »Also, du musst natürlich nicht. Bestimmt wartet jemand auf dich, und ähm, fühl dich bitte nicht verpflichtet …«

Er unterbrach ihr Gestammel mit einem angedeuteten Lächeln. »Ich komme gern. Soll ich eine Flasche Wein mitbringen?«

»Salat wäre mir lieber.«

»Okay, Salat und Wein. Bis später.«

Als er weg war, ging sie hinaus auf den Parkplatz, um die beiden Koffer mit ihren Kleidern aus dem Wagen zu holen. Dann bezog sie das Bett in ihrem Zimmer mit frischer Wäsche und prüfte, ob sie auch Strom in dem Raum hatte. Natürlich nicht, was hatte sie erwartet? Sie würde Jules nachher fragen, ob er wusste, wo man ihn einschalten konnte. Denn Lampen waren in dem Raum vorhanden, also musste es auch Strom geben. Sicherheitshalber suchte sie trotzdem noch nach Kerzen und Streichhölzern, damit sie das später nicht im Dunkeln tun musste. Danach ging sie in die Küche zurück und suchte sich Putzsachen zusammen. Bevor sie hier etwas kochen konnte, musste es sauberer werden. Die Putzfrau schien nicht nur alt, sondern auch blind zu sein, dachte Hetty grimmig und schrubbte gleich als Erstes den Backofen und die Spüle sauber. Wenn Max zurück war, würde sie der Putzfrau Bescheid geben, dass sie in nächster Zeit nicht mehr zu kommen bräuchte.

Sie war gerade fertig damit, den Tisch zu decken, als Jules die Klingel neben der Haustür drückte. George war noch vor ihr an der Tür. Als sie sie öffnete, begrüßte der Hund Jules, als hätte er ihn seit Monaten nicht mehr gesehen.

»Ist ja gut, mein Junge.« Jules knuddelte ihn gutmütig und

streckte Hetty gleichzeitig einen Korb hin, in dem sich eine Flasche Wein und der Salat befanden.

»In meinem Zimmer gibt es noch keinen Strom. Könntest du, falls George es zulässt, mal danach sehen? Ich habe von so was absolut keine Ahnung. In der Zwischenzeit kümmere ich mich um den Salat und die Pizza.«

»Yep, mach' ich.«

Sie war verblüfft, wie rasch Jules zurück bei ihr in der Küche war. »Die Sicherung war drin, und die Lampen funktionieren. Hast du die richtigen Schalter benutzt?«

»Natürlich, ich bin ja nicht doof.« Ungläubig starrte sie Jules an und ging dann an ihm vorbei die Treppe hoch in ihr Zimmer. Tatsächlich, wenn sie den Schalter drückte, sprang augenblicklich das Licht an. Sie ging zurück in die Küche und sah Jules vorwurfsvoll an. »Du brauchst mir nicht zusätzlich Angst einzujagen.«

»Das war nicht meine Absicht! Aber ich habe am Sicherungskasten wirklich nichts gemacht. Vermutlich war es nur eine vorübergehende Störung. Die Stromversorgung hier im Schloss hat auch schon bessere Tage gesehen.«

Das beruhigte Hetty nicht sonderlich, wenn sie an die bevorstehende Nacht dachte. »Mag sein. Für den Notfall habe ich schon mal Kerzen in mein Zimmer gestellt.«

»Das ist bestimmt sinnvoll. Kann ich helfen?«, fragte er, während sie den Salat aus dem Korb nahm und in die Spüle legte.

»Ich glaube, die Pizza auszupacken kriege ich gerade noch hin«, schmunzelte Hetty. »Aber du könntest uns schon mal ein Glas Wein einschenken.« Sie öffnete einen Küchenschrank nach dem anderen auf der Suche nach Salatsoßenzubehör. Essig und Öl musste es doch in jedem Haushalt geben.

»Was suchst du?«

»Etwas, womit ich den Salat zubereiten könnte. Essig und Öl wäre schon mal nicht schlecht.«

»Mist, daran hätte ich auch denken können. Es ist unwahrscheinlich, dass Max so was in seiner Küche hat. Schau mal in den Kühlschrank, vielleicht gibt es ja eine Fertigsoße?«

Aber auch das war nicht der Fall. Am Ende stellte sie Salz, Pfeffer und eine Flasche Worcestersoße auf den Tisch, mehr war nicht zu finden. Dann setzte sie sich Jules gegenüber und wartete, bis die Pizza fertig war.

»Wie kommt es eigentlich, dass du dich hier im Haus so gut auskennst?«, fragte Hetty.

»Ich helfe Max hin und wieder. Das Dach ist nicht mehr ganz so dicht und in manchen Räumen tropft es rein, wenn es regnet. Max hat nicht die finanziellen Mittel, um es ganz sanieren zu lassen. Wann immer es geht, bin ich hier und versuche zu retten, was zu retten ist.«

»Warum wendet er sich nicht an den National Trust? Die würden ihm bestimmt helfen.«

Jules zog die Augenbrauen nach oben. »Weißt du eigentlich, wie viele Schlösser es in Großbritannien gibt? Der Trust kann sich nicht um jedes einzelne davon kümmern.«

»Hat er es denn schon versucht?«

Jules schüttelte den Kopf. »Max will das nicht. Er meint, der Trust würde Auflagen stellen. Zum Beispiel müsste er Besucher in das Schloss lassen, und das möchte er nicht.«

»Lieber lässt er den Kasten verfallen«, grummelte Hetty und stand auf, um die Pizza aus dem Ofen zu nehmen. Der Duft war wundervoll und ließ ihr das Wasser im Mund zusammenlaufen, doch das hätte sie Jules gegenüber nicht eingestanden.

Als sie wieder am Tisch saß, hob Jules sein Glas hoch: »Auf

Max und dass er rasch gesund wird, und auf dich und darauf, dass du hier bist.«

Etwas verlegen hob Hetty ihr Glas. »Auf Max.«

Sie aßen einen Moment schweigend, dann schaute Hetty Jules erneut fragend an: »Warum hilfst du diesem alten Griesgram eigentlich? Ich meine, er ist mein Großonkel, da ist es noch halbwegs verständlich, dass ich hier bin. Aber du?«

Jules schluckte seinen Bissen herunter, bevor er antwortete: »Er ist nicht so grantig, wie er bei dir tut. Wenn du ihn erst mal besser kennst, wirst du sehen, er ist ein ganz anständiger, netter Kerl.«

Hetty schnaubte.

»Nein, wirklich, Hetty. Dein Manko ist, dass du eine Verwandte und dazu noch eine Engländerin bist.«

»Entschuldige, aber dafür kann ich nichts.«

Er lächelte. »Das ist mir schon klar. Und du bist auch wesentlich netter als deine Tante Liz. Sie hat versucht, Max das Schloss wegzunehmen, indem sie ihn als unzurechnungsfähig erklären lassen wollte.«

»Wie bitte?« Hetty wusste ja, dass die Familie ihrer Mutter schräg drauf war, aber das ging definitiv zu weit.

»Ja, aber Doc McInnerty konnte das verhindern. Gib Max etwas Zeit. Wenn er merkt, dass du und deine Eltern das Schloss wirklich nicht wollen, wird er auftauen.«

Hetty dachte zurück an das Gespräch am Mittagstisch ihrer Eltern. Eigentlich war ja schon das Schloss der Grund gewesen, warum sie hergeschickt worden war. Ihr war das alte Gemäuer egal, ihr ging es nur um Maxwell und darum, mal etwas rauszukommen aus ihrem Alltag und ihrer Ehe.

»Max ist wirklich okay. Ohne seine Hilfe wäre ich heute nicht da, wo ich jetzt bin. Er hat mir zu der Schreinerei verholfen. Da ist es nur gut und recht, wenn ich ihm etwas unter die Arme greife. Nächste Woche muss ich allerdings nach Aberdeen und kann mich nicht um ihn kümmern. Daher wollte der Doc, dass er ins Krankenhaus geht oder dass du nach ihm siehst. Und wie es ausschaut, ist es zurzeit wohl auch notwendig, dass jemand direkt im Schloss bei ihm wohnt, und das kann ich nicht mit meinem Job und der Werkstatt.«

Hetty nickte. »Das wäre ja auch etwas viel verlangt von jemandem, der nicht mit ihm verwandt ist.«

»Wie lange kannst du hierbleiben, Hetty? Kannst du denn deine Familie so lange allein lassen, du hast doch eine Tochter!?«

Unweigerlich kicherte Hetty. »Ja, aber die ist nicht mehr so klein. Becky ist an der Universität ...«

»An der Uni?! Das hätte ich jetzt nicht gedacht, du schaust so jung aus.« Sein Blick musterte sie unverhohlen im schwachen Licht der Küchenlampe.

»Ich war noch ziemlich jung, als ich mit Becky schwanger war. Und du, hast du keine Kinder?«

»Nicht dass ich wüsste.«

Hetty musste über diese Aussage lachen. Sie fühlte, wie der Wein ihr langsam in den Kopf stieg.

»Auch keine Frau?«, fragte sie keck.

»Nein.«

»Wie kommt das?«

»Du bist ziemlich neugierig, Hetty.«

»Ich mache nur Konversation.« Sie schob sich das letzte Stückchen Pizza in den Mund und schaute ihn herausfordernd an. Er griff zu seinem Glas, nahm einen Schluck Wein und schien in Gedanken versunken zu sein. Als sie schon dachte, er würde die Frage übergehen, schaute er sie ziemlich ernst an.

»Es gab eine Zeit, da hätte es wohl niemand länger bei mir

ausgehalten. Ich war ein ziemliches Ekelpaket und darauf bin ich nicht gerade stolz. Wie schon gesagt, ohne Max wäre ich nicht da, wo ich nun bin. Er hat mir wirklich sehr geholfen.« Er drehte das Glas in seinen Händen und schaute in die dunkelrote Flüssigkeit.

Hetty hätte viel dafür gegeben, jetzt in seinen Kopf schauen zu können. Was mochte in ihm vorgehen? Dennoch fragte sie nicht nach, schließlich kannten sie sich erst seit heute und vermutlich wollte er nicht vor einer Wildfremden sein Leben ausbreiten.

Er lehnte sich in seinem Stuhl zurück und drehte das Gespräch abrupt um: »Und wie ist dein Mann so?«

»Er ist Banker, nett, ordentlich, zuverlässig ... ein guter Ehemann eben.«

»Aha.«

»Was heißt hier ›Aha‹?! Das klingt so, so ...«, sie suchte nach dem richtigen Wort. »Abwertend«, beendete sie schließlich den Satz.

»Entschuldige, das sollte es nicht. Aber ich konnte ja auch nicht wissen, dass ihr in einer Krise steckt.«

»Hä?! Wie kommst du jetzt da drauf?« Entgeistert starrte sie ihn an.

»Wenn meine Frau mich so beschreiben würde wie du deinen Mann eben, dann hätte ich wohl etwas falsch gemacht. Ich meine, ›nett‹ und ›ordentlich‹?« Er hob eine Augenbraue an.

»Entschuldige bitte, wenn ich vor Fremden nicht gleich mein ganzes Gefühlsleben offenbare. Ich kann dir ja schlecht sagen, dass wir jeden Abend übereinander herfallen und den unglaublichsten Sex aller Zeiten haben!«

Kleine Lachfältchen bildeten sich um seine Augen, als er sie amüsiert betrachtete. »Das kann ich durchaus verstehen. Ist es denn so?«

Sie schnappte nach Luft. »Das geht dich nichts an!«

»Mag sein, ich würde es dir wünschen, auch wenn ich denke, dass dem nicht so ist. Weißt du, wie ich meine Frau beschrieben hätte?«

Sie war sich nicht sicher, ob sie es hören wollte, und stand daher auf, um die schmutzigen Teller zur Spüle zu tragen. »Du wirst es mir wohl gleich sagen.«

»Ich hätte ganz einfach gesagt: Ich liebe sie. Es braucht nicht mehr Worte, um jemanden zu beschreiben, der einem am Herzen liegt.«

Innerlich wusste sie, er hatte recht, aber das würde sie bestimmt nicht zugeben. »Und das aus dem Mund eines Mannes, der allein in einer Blockhütte lebt.« Sie wusste, dass sie gehässig klang. »Was weißt denn du schon? Mein Mann und ich sind seit achtzehn Jahren verheiratet. Klar mögen wir uns, aber wir sind auch keine Teenager mehr, die ständig herumposaunen müssen, wie sehr sie sich lieben. Nach so langer Zeit ist es doch nur verständlich, dass die Liebe sich verändert.«

Jules erhob sich nun ebenfalls von seinem Stuhl. »Wahre Liebe hat kein Verfallsdatum. Sie wird mit der Zeit nicht schlecht oder gar schimmelig, sondern«, er hielt sein Weinglas hoch, »wie ein guter Wein vollmundiger, kräftiger …«

Hetty rollte mit den Augen. »Wie poetisch … und wie weltfremd!«

Mit einem Lächeln auf den Lippen schaute er sie an. »Meinst du? Ich denke eher, dass manche Paare aus den falschen Gründen heiraten und zusammen sind. Bestimmt kann sich auch daraus eine tiefe Liebe entwickeln, meistens aber wohl eher nicht.«

»Unterstellst du mir etwa, ich hätte aus den falschen Gründen geheiratet?! Wie kommst du dazu? Du kennst weder die Umstände noch Oliver! Und mich kennst du auch nicht!«

Jules merkte, dass er eindeutig eine Grenze überschritten

hatte. »Du hast recht, es geht mich nichts an. Ich bin zu weit gegangen. Entschuldige, das liegt bestimmt am Wein. Ich würde dir ja noch beim Abwasch helfen, aber irgendwie hab' ich das Gefühl, dir wär's lieber, ich verschwände.«

»Ja, da muss ich dir ausnahmsweise mal zustimmen.«

»Gut. Ich schreibe dir noch meine Nummer auf den Notizblock neben dem Telefon im Flur. Du kannst mich jederzeit anrufen, wenn was ist. Ach, und dein Handy funktioniert im Haus übrigens nicht, du hast hier kein Netz. Du müsstest raus in den Garten, hinten beim Teich hast du Empfang.«

Sie nickte.

»Danke für die Pizza!« Seine zuvor ehrlichen Worte taten ihm leid, als er sah, wie sie mühsam beherrscht versuchte, nicht zu heulen. »Es tut mir wirklich leid, ich hätte das alles nicht sagen sollen ...«

»Schon gut. Geh bitte.«

Er nickte und kam sich vor wie der letzte Schuft. »Nimm George mit ins Schlafzimmer. Er passt auf dich auf.«

Als er gegangen war, ließ Hetty Wasser in die Spüle und begann die Teller abzuwaschen. ›Ich liebe ihn‹, warum war ihr das bloß nicht in den Sinn gekommen, als er sie nach Oliver gefragt hatte? Ihre Worte klangen wirklich wie eine Beschreibung eines Mitarbeitenden: nett und ordentlich. Sie hatten damals wirklich wegen Becky geheiratet, aber sie hatten sich doch auch geliebt? Oder? Als sie sich etwas beruhigt hatte, erinnerte sie sich an das Herzklopfen, das sie hatte, als sie zum ersten Mal mit Oliver ausgegangen war. Er hatte so gut ausgesehen. Es hatte sie beflügelt, dass jemand sich für sie interessierte und um sie warb. Sonst war immer Lucy diejenige gewesen, die Verehrer mit nach Hause brachte. Sie hatte ihn voller Stolz ihren Eltern vorgestellt, denn mit seinem Job in der Bank war er ihnen mehr als recht. Lächelnd erinnerte sie sich an die Angst, die sie gehabt hatte, Oliver zu gestehen, dass sie schon nach so kurzer Zeit schwanger geworden war wegen dieses verflixten geplatzten Gummis. Dabei hatte sie ihm, als sie es bemerkt hatten, noch versichert, dass sie ihren Berechnungen zufolge gar nicht hätte schwanger werden können. Ein Irrtum, wie sich wenige Wochen später herausstellte. Er hatte sie einfach in die Arme gezogen und ihr versichert, dass er sie heiraten und für sie sorgen werde. Das hat er dann auch getan.

Oliver hat ihr zu einem eigenen Haus verholfen und war stets korrekt und liebevoll gewesen. Nur ein kleines Stimmchen begehrte zwischendurch in ihrem Herzen auf und meinte, sie hätte sich doch immer nach mehr gesehnt. Wenn sie als Teenager von der großen Liebe geschwärmt hatte, die sie auf Wölkchen schweben lassen würde – so wie in den Filmen und Büchern, die sie verschlang –, hatte ihre Mutter sie sorgenvoll angeschaut und gemeint: »Kind, das ist nicht das wahre Leben, das ist nicht die Realität. Das Verliebtsein legt sich irgendwann und dann kommen die nackten Tatsachen ans Licht, und die sind nicht immer schön. Aber man gewöhnt sich aneinander und akzeptiert die Macken des anderen.«

»Aber du bist Dad doch sogar nach England gefolgt. Das hättest du doch nicht getan, wenn du nicht so verliebt gewesen wärst.«

»Natürlich war ich bis über beide Ohren in deinen Vater verschossen. Doch zurück in England, mussten wir am Anfang ziemlich hart arbeiten. Es war keine leichte Zeit, und wir hätten uns auch fast einmal getrennt. Es ist nicht einfach, weiterzumachen, wenn der erste Lack ab ist, die rosa Wölkchen sich verzogen haben und das normale Leben Einzug hält. Daher rate ich dir, bei der Wahl deines Mannes nicht zu sehr auf dein Herz, sondern auf deinen Verstand zu hören.«

Hatte sie das am Ende getan? Tränen brannten in Hettys Augen, und sie rubbelte die Teller energisch trocken. Oliver hatte dafür gesorgt, dass sie nie arbeiten gehen musste und es ihr an nichts fehlte. Er war freundlich zu ihr, außer das eine Mal, als er völlig ausgerastet war. Zu Recht, wie sie am Ende eingestehen musste. Sie war mit Pippa unterwegs gewesen, und Oliver hatte ihr seinen Mercedes geliehen, weil ihr Jaguar gerade in der Werkstatt war. Der Abend war so lustig gewesen, und sie hatte kaum bemerkt, wie viel sie getrunken hatte. Auf dem Heimweg war es dann passiert: Sie wollte den Wagen bei Pippa vor dem Haus parken und erwischte dabei prompt mit dem Heck die Straßenlaterne. Kichernd waren sie ausgestiegen und hatten sich das Malheur angesehen. Das Rücklicht hing runter, und das Blech war mächtig eingedrückt worden. »Oh, oh, da hast du Olivers Statussymbol aber eine mächtige Delle verpasst«, hatte Pippa gelacht, und sie hatte wie ein albernes Huhn mitgekichert. Zu Hause war Oliver dann völlig ausgerastet. Er hatte sie angeschrien und ihr sogar eine schallende Ohrfeige verpasst. Selbst erschrocken über seine Tat, hatte er sich gleich bei ihr entschuldigt und ihre aufgeplatzte Lippe versorgt. Er hatte sich gerechtfertigt, indem er meinte, sie hätte betrunken nicht Autofahren dürfen. Sie hätte damit ihr Leben und das anderer aufs Spiel gesetzt.

Pippa hatte sie davon nichts erzählt, denn sie wusste selbst, dass Oliver übers Ziel hinausgeschossen war. Aber er war danach sehr nett und fürsorglich gewesen. Seither war ihm die Hand nie wieder ausgerutscht, und das war jetzt doch schon vier Jahre her. Bestimmt hatte er sich einfach ganz fürchterlich erschrocken, als er gehört hatte, was passiert war.

Hetty dachte an gestern Morgen zurück. Es war nicht richtig, dass sie ihn im Streit zurückgelassen hatte. Sie ging in den Flur zum Telefon und wählte die Nummer von zu Hause. Obwohl es bereits neun Uhr abends war, nahm niemand das Gespräch entgegen. Wo er wohl steckte? Vermutlich war er noch bei der Arbeit. Ein etwas schlechtes Gewissen kroch in ihr hoch. Er arbeitete so hart, und sie war noch nicht mal zu Hause, um wenigstens eine warme Mahlzeit für ihn bereitzuhalten.

Der Anrufbeantworter sprang an. »Hallo, Schatz. Ich wollte dir nur kurz sagen, dass ich gut angekommen bin. Vermutlich muss ich noch ein oder zwei Wochen hierbleiben, denn Max hat nun auch noch den Fuß im Gips und ist auf meine Hilfe angewiesen. Ich komme zurück, sobald ich kann. Unser Streit tut mir sehr leid …«, fügte sie leise an. »Aber wenn du den alten Mann sehen würdest, könntest du mich verstehen. Ich werde hier wirklich dringend gebraucht.« Sie hinterließ ihm noch ihre Festnetznummer für den Fall, dass er sie erreichen möchte. »Du fehlst mir, Oliver. Schlaf gut.«

Als sie auflegte, sah sie zu George hinunter, der neben ihren Füßen saß. »Na, dann gehen wir wohl auch am besten zu Bett.«

Sie hatte gedacht, noch lange wach zu liegen, nach allem was ihr durch den Kopf schwirrte, und auch, weil ihr das große Schloss nach wie vor Angst einjagte. Am Anfang horchte sie wirklich noch auf jedes einzelne Geräusch, aber der anstrengende Tag und das gleichmäßige Atmen des Hundes, der es sich auf dem Teppich neben ihrem Bett gemütlich gemacht hatte, ließ sie schnell einschlummern.

4. Kapitel

Die Sonne schien in ihr Zimmer, und am Fenster stand eine wunderschöne Frau. Sie trug ein winterweißes Kleid mit zarter Spitze, ihre Taille war beneidenswert schmal, die Haut schimmerte blass, aber das passte hervorragend zu ihren rotblonden feingelockten Haaren, die sie hinten locker zusammengebunden hatte.

»Gut, dass du da bist«, sagte sie zu Hetty.

»Wer sind Sie und wie kommen Sie in mein Zimmer?«

»Ich bin Rose und ich bin nicht in deinem Zimmer, sondern du in meinem.« Roses Stimme war sanft, aber auch etwas tadelnd.

»Das kann nicht sein. Max hat mir nichts über einen Gast gesagt. Und ich bin sicher ...«

»Ich bin nicht zu Besuch, ich wohne hier. Aber ich kann Max nicht helfen, ich kann ja nicht mal mir selbst helfen.« Rose blickte einen Moment sehnsuchtsvoll aus dem Fenster, dann richtete sie ihre blauen Augen, die so klar waren wie ein wolkenloser Himmel, auf Hetty: »Doch du ... du kannst zumindest Max helfen!« Das Fenster öffnete sich wie von selbst.

»Nicht«, meinte Hetty, »mir ist schon so kalt.«

»Kalt? Du hast keine Ahnung davon, was Kälte bedeutet. Mein Herz ist schon seit Jahren von einer Eisschicht umhüllt. Ich kann und ich will nicht mehr.«

Sie ging zum Balkon, und Hetty rief noch: »Nein, was tust du da?!« Doch ihr Ruf erreichte die junge Frau nicht mehr, denn sie war bereits über die Brüstung gesprungen.

Mit einem erstickten Schrei schreckte Hetty aus ihrem Schlaf hoch. Gott sei Dank, es war nur ein Traum gewesen. Doch woher kam dieser intensive Duft nach Rosen? Sie wollte die kleine Lampe auf ihrem Nachttischchen anmachen, doch wieder funktionierte das blöde Teil nicht. Mit vor Angst zitternden Fingern griff sie zu der Zündholzschachtel neben ihrem Bett. Sie entfachte ein Streiholz, doch ein Windhauch blies es gleich wieder aus. Der Mond leuchtete ins Zimmer. Verflixt, das Fenster stand weit offen! Hetty war sich sicher, es nicht geöffnet zu haben, als sie ins Bett gegangen war.

Es war eisig kalt in dem Raum, aber sie schien allein zu sein, abgesehen von dem mittlerweile leise vor sich hin schnarchenden George. Die fremde Frau aus ihrem Traum war nicht zu sehen.

»Hör zu, Rose«, sagte Hetty leise und kam sich dabei ziemlich albern vor. »Solltest du hier noch irgendwo rumspuken, dann tu mir bitte nichts. Ich habe fürchterliche Angst vor Gespenstern … auch wenn du bestimmt ein netter Geist bist. Bitte lass mich schlafen. Ich verspreche dir auch, Max zu helfen, so gut ich kann.«

Sie legte sich zurück in die Kissen, zog sich die Decke bis unters Kinn und wartete. Nichts geschah. Erneut drückte sie den Lichtschalter und – oh Wunder – dieses Mal sprang das Licht an. Ein Blick auf die Uhr zeigte ihr, dass die Geisterstunde längst vorbei war, es war drei Uhr morgens. Bestimmt war das Ganze einfach ein Albtraum gewesen, was ja in dieser Umgebung auch nicht weiter verwunderlich war. Sie rief sich Jules' Worte über die mangelnde Zuverlässigkeit der Stromversorgung in Erinnerung. Etwas zitternd kletterte Hetty aus dem Bett, hastete zum Fenster und schloss es. Nachdem sie die Vorhänge auch wieder zugezogen hatte, schlüpfte sie zurück unter die Decke. Sie ließ das Licht brennen, während sie versuchte einzuschlafen. Doch ihr Herz pochte immer noch zu heftig, um wieder zur Ruhe zu kommen. Gerne hätte sie etwas gelesen, das hätte sie bestimmt abgelenkt. Aber sie hatte kein Buch dabei und traute sich nicht, ihr Zimmer zu verlassen und durch die dunklen Gänge im Schloss zu gehen, um die Bibliothek zu suchen. So starrte sie einfach nur vor sich hin und überlegte, was sie am nächsten Morgen alles tun könnte.

Irgendwann schlummerte sie wieder ein und wachte erst auf, als durch den Spalt zwischen den Vorhängen bereits Sonnenlicht eindrang. George saß neben ihrem Bett und schaute sie erwartungsvoll an. Hetty warf die Bettdecke zurück und ging ans Fenster, um die dicken, schweren Vorhänge ganz zurückzuziehen. Der Blick über den Garten war atemberaubend schön.

»Da gehen wir beide gleich spazieren, nicht wahr, George?«, sagte sie an den Hund gewandt, der bereits ungerührt zur Schlafzimmertür tapste. Sie ging mit ihm hinunter in die Küche und füllte seinen Napf. Während er geräuschvoll fraß, stieg sie unter die Dusche. Kaum war sie wieder unten in der Küche, da klingelte das Telefon. Das wird bestimmt Oliver sein, dachte Hetty erfreut. Sie ging zum Apparat und meldete sich munter mit den Worten »Hallo, Schatz«.

»Ähm ... das ist eine nette Begrüßung, aber ich vermute mal, du hast damit nicht wirklich mich gemeint.«

Es war Jules.

»Oh, nein, ich dachte es sei Oliver«, stammelte sie mit glühenden Wangen.

Sein Lächeln klang warm an ihr Ohr. »Ich wollte nur rasch sehen, ob du die erste Nacht gut überstanden hast. Und ich wollte mich für gestern Abend bei dir entschuldigen. Es stand mir wirklich nicht zu …«

»Ist schon gut«, unterbrach sie ihn, da sie keine Lust hatte, noch mal mit ihm über ihre Ehe zu reden. »Ich hab's überlebt, auch wenn es schon etwas gruselig war, so allein in dem alten Gemäuer. Der Strom war wieder ausgefallen, und es war ziemlich kalt.« Bei sich dachte sie, dass Max dem Ruf der Schotten, jeden Penny zwei Mal umzudrehen, mehr als gerecht wurde. Der alte Geizkragen sollte das Schloss wirklich besser beheizen.

»Du hast einen Kamin im Schlafzimmer. Holz findest du im alten Schuppen draußen im Garten. Am besten feuerst du ihn eine halbe Stunde bevor du zu Bett gehst ein, dann hast du's schön warm und gemütlich.«

»Danke, das werde ich heute Abend machen.«

»Hör mal, ich muss gleich los nach Aberdeen. Ich kann dir aber noch meine Handynummer geben, falls was ist.«

»Das wird nicht nötig sein. Max und ich werden schon zurechtkommen. Ich rufe nachher noch in der Arztpraxis an, um zu fragen, ob ich ihn abholen kann.«

»Okay. Wenn doch was sein sollte, hat Max meine Nummer.«

»Alles klar.«

Es entstand eine kleine Pause.

»Na dann …«, sagte Jules, der endlich merkte, dass sie nicht mit ihm reden wollte.

»Danke für deinen Anruf. Ich muss jetzt mit George raus, der steht schon erwartungsvoll an der Tür. Tschüss.«

Damit hängte sie den Hörer auf die Gabel zurück. Das mit dem Hund war eine Lüge gewesen, denn George saß immer noch zufrieden vor seinem Futternapf und vertilgte sein Frühstück. Aber dieser Typ brachte sie einfach durcheinander und war für ihr Seelenheil alles andere als gut. Sie ging zurück in die Küche und kochte sich eine Tasse Tee, bevor sie in der Praxis anrief. Max hatte eine gute Nacht gehabt, und seine Werte waren in den normalen Bereich gesunken. Wenn die Werte bis am Nachmittag so blieben, könne sie ihn abholen.

Nach dem Telefonat drehte sie draußen mit George eine Runde im Garten und entdeckte den Schuppen, in dem das Holz gelagert war. Es war bereits in Scheite gehackt, sodass sie es problemlos in den Feuerholzkorb legen konnte, der in ihrem Zimmer stand. Als auch das erledigt war, fuhr sie mit dem Wagen ins Dorf, um frische Lebensmittel einzukaufen. Diese Tiefkühlpizzen waren nichts für einen Zuckerkranken. Sie packte frisches Gemüse, Vollkornprodukte, Olivenöl, Fisch und Hühnchen in ihren Einkaufswagen. An der Kasse legte sie die Sachen aufs Band, während die Kassiererin sie prüfend ansah. »Machen Sie hier Urlaub?«

»Nein«, Hetty fuhr fort, den Inhalt ihres Einkaufswagens aufs Band zu legen.

»Ich hab' Sie aber noch nie gesehen.« Die Kassiererin musterte sie weiterhin unverhohlen und hatte noch nicht mal begonnen, die Ware einzutippen.

»Ich kümmere mich um meinen Großonkel. Könnten Sie bitte …«, Hetty deutete auf die Kasse. »Ich bin ein wenig in Eile.«

»Ja, ja, wer nicht. Wer ist denn Ihr Großonkel?«

Entgeistert schaute Hetty die Kassiererin an. »Könnte ich bitte einfach bezahlen? Ich möchte hier nicht meine Familiengeschichte erörtern.«

Mit einem abschätzenden Blick griff die neugierige Frau endlich nach den Sachen auf dem Band und tippte sie in die Kasse ein. »Man wird ja wohl noch fragen dürfen«, brummte sie eingeschnappt vor sich hin.

Hetty beeilte sich, die Sachen in Tüten zu verpacken und das

Geschäft möglichst schnell zu verlassen. Als sie wieder im Auto saß, gackerte ihr Handy aus der Handtasche. Es war Becky.

»Mum, wo steckst du?«

»Hallo, Becky. Hat dir das dein Dad nicht gesagt? Ich bin bei meinem Großonkel in Schottland.«

»Doch hat er, aber ich versteh's nicht. Du wusstest doch, dass ich an diesem Wochenende heimkomme und meine Wäsche gewaschen werden muss.«

»Liebes, du weißt, wo die Waschmaschine steht, und du bist alt genug, sie selbst zu bedienen. Max braucht mich jetzt dringender als du.«

»Was hat er denn?«

»Zucker und ...«

»Das haben viele Menschen im Alter, das ist nicht schlimm, Mum. Deswegen hättest du doch nicht zu ihm fahren müssen.« Becky redete mit ihr, als hätte sie das geistige Niveau eines Kleinkindes.

Genervt hob Hetty die Hand an die Stirn. »Becky, ich weiß, was Zucker ist. Max wohnt allein, ist alt und überfordert mit den Aufgaben des Alltags. Er hat hier niemanden, der sich um ihn kümmern könnte. Bis das geregelt ist, bleibe ich hier. Ist dein Dad in der Nähe? Ich würde ihn gerne mal sprechen.«

»Nein, er ist einkaufen gefahren. Stinkwütend, übrigens.«

Hetty seufzte. Die beiden waren es einfach nicht gewohnt, mal selbst für sich zu sorgen. »Sag ihm bitte, er soll mich später zurückrufen unter der Nummer, die ich ihm angegeben habe.«

»Okay. Mum, es wäre gut, wenn du bald wieder heimkommst. Dad wirkt ziemlich gestresst.«

Innerlich etwas aufgewühlt und verärgert über ihre eigene Familie, fuhr Hetty zur Arztpraxis, nachdem sie ihr Handy wieder in der Tasche verstaut hatte. Die beiden sollten wirklich in der Lage sein, mal für ein paar Wochen auf sich selbst zu achten, ohne dass sie ihnen immer alles hinterhertrug.

»Schön, Sie wiederzusehen«, begrüßte die Praxishelferin sie mit einem freundlichen Lächeln. »Der Arzt ist gerade noch bei Ihrem Großonkel, aber danach können Sie ihn mitnehmen.« Sie zog ein Blatt aus der Ablage hervor und hielt es Hetty hin. »Ich denke, dieses Merkblatt hat Max bestimmt auch schon vom Krankenhaus erhalten. Er sollte sich unbedingt daran halten.«

»Ich werde mein Bestes geben. Können Sie mir noch einen Tipp geben, wie ich eine Pflegerin und Haushälterin für ihn finden kann?«

Die junge Frau lächelte wissend: »Ich glaube, das Finden ist weniger das Problem als das Bleiben.«

Hetty lachte: »Da könnten Sie recht haben.«

»Schalten Sie doch ein Inserat in der Zeitung. Und wenn Sie wollen, könnte ich hier auch einen Aushang aufhängen.«

»Danke, darauf komme ich eventuell zurück.«

In dem Moment kam Max mit dem Arzt aus dem Untersuchungszimmer.

»Dann ist jetzt ja alles klar ...«, sagte der Arzt zu seinem Patienten. »Achte jetzt künftig genau darauf, was du isst, und vergiss die Insulinspritze und die Blutverdünnungstabletten nicht. In einer Woche will ich dich hier noch mal zur Kontrolle sehen.«

Max grummelte irgendetwas Unverständliches und humpelte an den beiden Krücken zu Hetty. »Hast du dein Kaffeekränzchen beendet? Können wir los?«

Hetty und die Arzthelferin warfen sich einen verständnisvollen Blick zu.

»Fühlst du dich besser?«, fragte Hetty später im Auto.

Wieder grummelte Max irgendwas vor sich hin und schaute unwillig zum Fenster hinaus.

»Wie du willst. Wir müssen uns nicht unterhalten.«

Schweigend fuhren sie die dunkle Allee zum Schloss hoch. Während Max an den Krücken hineinging, lud Hetty die Einkäufe aus und brachte sie in die Küche. Dann kochte sie für sich und Max einen Tee. Sie ging davon aus, dass er ihn nicht gemeinsam mit ihr trinken wollte und brachte ihm daher eine Tasse ins Wohnzimmer, wo er auf dem Sofa saß und so tat, als lese er die neueste Ausgabe eines Jagdmagazins. George lag auf dem Teppich neben dem Sofa und gönnte sich ein Nickerchen. Er hob nicht mal den Kopf, als Hetty eintrat, genau wie sein Herrchen. Hetty stellte die Tasse auf den kleinen Tisch, wo Max sie gut erreichen konnte. Danach zog sie einen Stuhl heran, damit Max den verletzten Fuß hochlegen konnte.

»Du musst mich nicht wie ein Kleinkind bemuttern«, knurrte er.

»Ein ›Danke, Hetty‹ hätte mir auch gereicht«, sagte sie gelassen. »Hast du was dagegen, wenn ich deinen Telefonapparat benutze? Ich wollte noch ein Gespräch führen, aber das Handy funktioniert hier ja nicht.«

»Nein, dagegen habe ich nichts, solange du das Geld für das Gespräch in die Kasse daneben wirfst.« Max wusste nicht wirklich, warum er so gehässig zu Hetty war. Denn widerstrebend musste er zugeben, dass er sie durchaus nett fand. Normalerweise war es ihm auch ziemlich egal, wer wie lange von seinem Apparat telefonierte. Aber der kleine Teufel in ihm befahl ihm, sie etwas zu reizen und eine Reaktion von ihr heraufzubeschwören.

Doch Hetty ließ sich nicht provozieren. Sie nickte nur und fühlte sich in ihrer Annahme bestätigt, dass ihr Großonkel ein alter Geizhals war. Sie schloss die Tür des Wohnzimmers hinter sich. Max müsste ja nicht mitbekommen, was sie mit Oliver zu besprechen hatte. Beckys Worte waren ihr nicht mehr aus dem Kopf gegangen, daher wollte sie nicht den Anruf von Oliver abwarten, sondern sich gleich bei ihm melden. Er hatte nun wirklich keinen Grund, sauer zu sein. Wenn jemand einen Grund dazu hatte, dann wohl sie. Bereits nach dem zweiten Klingeln meldete er sich.

»Hallo, Schatz«, sagte sie und war bemüht, wieder Frieden zu stiften. »Alles klar bei euch?«

»Eher nicht, wenn meine Frau beschließt, ihre Familie im Stich zu lassen und sich stattdessen lieber um einen wildfremden Mann kümmert«, blaffte er sie gleich an.

»Dieser wildfremde Mann ist zufälligerweise mein Großonkel, und meine Familie hatte mich gebeten, nach ihm zu sehen, falls du das vergessen haben solltest. Warum hast du nicht zurückgerufen, Oliver?«

»Ich habe dir gesagt, ich werde dir nicht hinterherrennen.«

»Das hat doch damit nichts zu tun! Du hättest lediglich mal fragen können, wie es mir geht! Maxwell braucht mich hier wirklich. Er ist gestern gestürzt und muss nun auch noch einen Gips …«

»Das interessiert mich alles nicht, Hetty. Er könnte ebenso gut im Krankenhaus behandelt werden. Oder er könnte eine Pflegerin einstellen. Du hast zu diesem Menschen bisher keinen Kontakt gehabt, es ist nicht deine Aufgabe, dich um ihn zu kümmern! Du hast eine Familie, die dich hier braucht!«

Hetty war bisher nie aufgefallen, wie egoistisch Oliver sein konnte. »Wozu? Um eure Wäsche zu waschen und um für euch zu kochen? Das schafft ihr auch mal ein paar Wochen ohne mich.«

»Ein paar Wochen?! Wie lange gedenkst du dortzubleiben?«, fragte Oliver spitz.

»Das weiß ich nicht, Oliver«, gestand Hetty. »Vorerst muss ich selbst mal schauen, was Maxwell im Alltag so braucht und dann erst werde ich eine Haushaltshilfe für ihn suchen und vielleicht auch eine Pflegerin.«

»Ich sag' dir jetzt mal was, Hetty!«, schnauzte Oliver in den Hörer. »Wenn du bis zum kommenden Wochenende nicht zu Hause bist, drehe ich dir den Geldhahn zu.«

»Was?« Hetty glaubte sich verhört zu haben.

»Du hast mich richtig verstanden: Ich werde meine Konten für dich sperren lassen, solltest du bis dahin nicht zurück sein. Ich schaue doch nicht dabei zu, wie du mein hart verdientes Geld einem Fremden in den Rachen stopfst!«

»Bist du jetzt völlig übergeschnappt?! Erstens stopfe ich es niemandem irgendwohin und zweitens verdiene ich zwar kein eigenes Geld, aber das nur deswegen, weil ich zu Hause für dich und Becky sorge ...«

»Und sobald du das wieder tust, kriegst du auch wieder Zugang zu meinen Konten.«

»Du kannst mich mal!« Wütend und verletzt knallte Hetty den Hörer auf die Gabel zurück.

Sie hatte nicht bemerkt, wie Max während ihres Gesprächs aus dem Wohnzimmer gehumpelt war und nun ebenfalls im Korridor stand. Nachdenklich starrte sie auf den Telefonapparat und zuckte vor Schreck zusammen, als Max sie ansprach.

»Du solltest nach Hause fahren. Ich will nicht, dass du meinetwegen Ärger mit deinem Mann bekommst.«

Zum ersten Mal seit sie hier auf dem Schloss angekommen war, klang Max freundlich. Misstrauisch schaute sie ihn an.

»Netter Versuch, Maxwell, aber du wirst mich nicht los.«

Er lächelte schelmisch. »Ein Versuch war es wert.«

»Ich gehe mal kurz mit George raus«, sagte sie. »Dein Hund und ich können beide ein wenig frische Luft gebrauchen.«

Max beobachtete vom Wohnzimmerfenster aus, wie sie mit George durch den Garten ging. Dann setzte sie sich auf eine Bank und vergrub ihren Kopf in den Händen. Ob sie wohl heulte? Ihr Mann musste ein ziemlicher Idiot sein, dachte Max und wandte sich ab.

Später hörte er sie in der Küche herumwuseln und gesellte sich zu ihr. Sie war gerade dabei, am Küchentisch Gemüse zu putzen und klein zu schneiden.

»Brauchst du etwas?«, fragte sie, als sie ihn bemerkte, und legte bereits das Messer zur Seite.

»Nur etwas Gesellschaft, wenn du nichts dagegen hast.«

Hetty lächelte, Max schien langsam aufzutauen. »Setz dich doch zu mir an den Tisch.« Sie stand auf und goss ihm eine Tasse Tee ein.

Mit dem Kopf deutete Max zum Gemüse. »Das erinnert mich an Hazel. Sie hat auch immer darauf geachtet, dass wir uns gesund ernähren.«

»Hazel? War das deine Frau?«

Max nickte, und ein trauriges Lächeln umspielte seine Mundwinkel. »Sie war eine gute Frau. Bestimmt hätte sie Jules und mir die Leviten gelesen, wenn sie mitbekommen hätte, dass wir uns von Tiefkühlpizza ernähren.«

»Sie fehlt dir, nicht? Ist sie schon lange …?«

»Vor fünf Jahren, und ja, sie fehlt mir an jedem einzelnen Tag.« Ernst blickte er Hetty an. »So wie du und dein Mann vorhin am Telefon miteinander geredet habt, so etwas hätte es bei uns nie gegeben. Wir waren auch nicht immer einer Meinung, aber wir hatten Respekt voreinander. Kann es sein, dass du nicht nur meinetwegen hier bist?«

Hetty seufzte tief. »Ganz ehrlich? Irgendwie kam die Bitte meiner Eltern wirklich gerade zum richtigen Zeitpunkt. Ich muss mir über einiges klar werden. Ist das sehr schlimm?«

Max lachte. »Nein, im Gegenteil. Ich bin nämlich noch kein hilfloser, alter Mann, der bemuttert werden muss. Du kannst hier so lange bleiben, wie du willst. Solltest du dich aber in eine Glucke verwandeln, fliegst du raus.«

Hetty schmunzelte und nahm die Schüssel mit dem klein geschnittenen Gemüse mit zum Herd. Sie setzte zuerst den Reis auf und gab dann ein kleines bisschen Butter in die Pfanne, um das Gemüse darin anzudünsten.

»Ich weiß, es geht mich nichts an, aber was ist da los bei euch zu Hause?«, fragte Max und klang aufrichtig interessiert.

Hetty schwieg einen Moment. Max glaubte schon, keine Antwort auf seine Frage zu erhalten, doch dann bekannte sie offen: »Mir ist in den letzten Tagen bewusst geworden, wie unglücklich und unzufrieden ich mit meinem Leben bin. Es kommt mir manchmal vor, als wären Oliver und ich nur wegen Becky zusammengeblieben. Und nun ist Becky an der Uni, und ich muss mir darüber klar werden, wie es weitergehen soll, was ich mit meinem Leben anfangen möchte. Nicht nur Oliver, sondern auch der Rest meiner Familie verfügt über mein Leben und schiebt mich umher, wie es ihnen passt. Und schuld daran bin nur ich, weil ich es zulasse, verstehst du?« Sie wartete seine Antwort gar nicht erst ab und fuhr fort: »Es war für alle immer klar, dass man, wenn Not an der Frau war, schnell Hetty anruft. Die hat ja Zeit, die macht das schon. Für Oliver scheine ich eher eine Angestellte zu sein als seine Ehefrau.«

»Und was ist er für dich?«, fragte Max betroffen.

»Keine Ahnung … auf alle Fälle nicht mein Chef. Es fällt mir schwer, ihn im Moment zu lieben.« Sie rührte in dem vor sich hin brutzelnden Gemüse, das einen herrlichen Duft in der Küche verbreitete. »Er hat mir gedroht, die Konten zu sperren, wenn ich nicht innerhalb einer Woche heimkehre.«

»Was für ein Idiot. Falls er damit ernst machen sollte, hast du hier auf alle Fälle ein Dach über dem Kopf.«

»Danke, Maxwell. Oh, ich muss das Telefonat noch bezahlen. Das habe ich in der Aufregung glatt vergessen.«

»Lass stecken, Mädel. Das habe ich doch nur gesagt, um dich ein bisschen zu ärgern.«

»So wie, dass ich dich Maxwell nennen soll, obwohl alle anderen dich hier mit Max ansprechen?«

Er schmunzelte. »Erwischt. Im Kühlschrank steht noch eine Flasche Weißwein. Schenkst du uns ein Glas ein?«

Hetty holte zwei Gläser aus dem Schrank. »Aber es gibt nur ein Glas, mehr ist nicht gut für dich.«

»Himmel, kaum ist eine Frau im Haus, fängt die Beaufsichtigung schon an.«

Später beim Essen erkundigte Max sich nach ihren Eltern: »Ich habe nie mehr was von Jane gehört, seit sie damals diesem Engländer gefolgt ist und Schottland verlassen hat. Geht es den beiden gut?«

»Ja, sehr gut sogar.« Hetty berichtete ihm, wie ihre Eltern sich nach ihrer Heirat ein gutes Leben in London erarbeitet hatten.

»Bist du ihr einziges Kind?«

»Nein, ich habe noch eine Schwester. Lucy ist Kinderärztin. Meine Mutter hat uns immer erzählt, wie ihre Familie sie verstoßen und ihr Unrecht getan hätte. Sonst haben wir kaum was über ihre Verwandtschaft erfahren. Ich wusste bis vor Kurzem nicht mal, dass es dich gibt. Sie hat uns nur von einer Schwester namens Liz erzählt, die ziemlich geldgierig sein soll, und von ihren Eltern, die in Aberdeen leben.«

»*Lebten*, wolltest du wohl sagen«, korrigierte Max.

»Sie sind tot?«

»Ja, dein Großvater starb schon früh bei einem Verkehrsunfall. Er wurde nur vierundfünfzig Jahre alt. Deine Großmutter ist erst vor zwei Jahren gestorben. Sie war alt und gebrechlich. Liz hat sie einfach in ein Altenheim abgeschoben und sie ganz selten einmal besucht. Mit mir hat sie dasselbe vor, aber das lasse ich mit mir nicht machen. Sie will dieses Schloss hier, und da ich keine direkten Nachkommen habe, wird sie es wohl früher oder später auch kriegen. Aber bis es so weit ist, soll sie sich ruhig noch etwas die Zähne ausbeißen.«

Hetty lächelte. »Na ja, du könntest das Schloss auch einer gemeinnützigen Organisation vererben.«

»Darüber denke ich bereits seit einer Weile nach.«

Hetty stellte vor Max einen Teller mit dampfendem Gemüsereis, begleitet von einem zarten Hühnchen-Filet, und setzte sich dann ebenfalls mit einem Teller dazu. Einen Moment lang aßen sie schweigend vor sich hin.

»Kochen kannst du«, unterbrach Max schließlich die Stille auf seine raubeinige Art.

Nur mit Mühe konnte sich Hetty ein Grinsen verkneifen. »Danke. Sag mal, spukt es hier eigentlich?«, fragte sie und schaute Max prüfend an.

Er zwinkerte ihr zu und meinte: »Nenn mir ein Schloss in Schottland, um das sich keine Spukgeschichten ranken.«

Doch Hetty lachte nicht über seine Bemerkung. »Ich meine das ernst, Max.«

»Hast du etwa Rose kennengelernt?«, fragte er etwas erstaunt zurück.

Also doch!

»Kennengelernt wäre wohl zu viel gesagt. Ich hatte nur einen wirren Traum von ihr. Als ich aufwachte, war es eisig kalt im Zimmer, die Fensterflügel waren geöffnet und der Strom funktionierte nicht.«

»In welchem Zimmer hast du denn geschlafen?«, wollte Max wissen.

»In dem mit dem großen Balkon Richtung Garten.«

»Na, dann wundert mich gar nichts. Das war Roses Zimmer. Du solltest dir ein anderes aussuchen, wenn du dich vor Geistern fürchtest. Allerdings tut sie dir nichts. Geister können dich nicht berühren. Sie können höchstens deine Wahrnehmung beeinflussen, etwas mit den Elementen spielen, mehr nicht.«

»Warum ist sie hier?«

»Ich weiß es nicht«, Max seufzte. »Sie scheint mir ziemlich unglücklich zu sein und springt immer wieder über die Balkonbrüstung oder aus dem Fenster hinaus.«

»Na, wenigstens ist sie schon tot, da kann ihr nicht mehr viel passieren«, witzelte Hetty, die sich trotz Max' Äußerung etwas gruselte. Sie nahm sich vor, sich nach dem Essen tatsächlich ein anderes Zimmer auszusuchen.

»Meine Hazel hat sich auch immer vor Rose gefürchtet«, erinnerte sich Max. »Sie hat dieses Zimmer nie wieder betreten, nachdem Rose sie darin mal angesprochen und dabei fast zu Tode erschreckt hatte.«

»Wer hat dann darin sauber gemacht? Es duftete nach frischen Rosen, als ich das Zimmer betrat, und verstaubt war es auch nicht«, wunderte sich Hetty.

»Meine Putzfrau mit Sicherheit nicht. Die hat zwar Rose noch nie zu Gesicht bekommen, aber fürchtet sich trotzdem vor ihr, als wäre sie der Leibhaftige. Sie kümmert sich nur um Bad und Küche und macht mir die Wäsche.«

Ja, das sieht man, dachte Hetty bei sich und griff zu den leeren Tellern, um sie abzuwaschen.

Als Hetty später die Treppe hoch zu ihrem Zimmer ging, lagen ihre Kleider verstreut vor der verschlossenen Tür. Na, das war ja mal eine deutliche Ansage. Von wegen, Geister können nichts berühren! Irgendwie mussten die Kleider ja hier herausgeflogen sein. Hetty lief ein kalter Schauer über den Rücken.

»Ist schon gut, Rose. Ich habe verstanden«, sagte sie leise und kam sich dabei ziemlich seltsam vor. Wer redete schon mit einem Geist? Sie sammelte die Kleider ein und ging an das andere Ende des Flurs, um möglichst weit weg von Roses Zimmer zu sein. Der Raum, den sie sich aussuchte, war zwar wesentlich kleiner, aber ebenfalls ganz hübsch mit seiner aus hellblauen Rankenblümchen bestehenden Tapete, dem kleinen Kamin und den riesigen und schwungvoll zurückgebundenen Vorhängen, die sie in eine mächtige Staubwolke einhüllten, als Hetty sie losband. Hustend öffnete sie die Fenster und schüttelte die Vorhänge kräftig aus. Dann zog sie die weißen Bettlaken von den Möbeln und schüttelte sie ebenfalls über dem Fenster aus. Unter den Tüchern kamen hübsche, in Weißblau gehaltene Möbel zum Vorschein, darunter auch ein gemütlicher Lesesessel. Das Bett war schmaler als jenes in Roses Zimmer, aber immer noch breit genug, dass zwei Personen darin Platz hätten. Sie testete kurz die Matratze und war ganz zufrieden damit. Schließlich holte sie noch einmal frische Wäsche aus dem Schrank im Flur und bezog ihr Bett damit, bevor sie vorsorglich noch einen Korb Brennholz von draußen holte. Es konnte ja sein, dass die nächtliche Kälte doch nicht von Rose heraufbeschworen worden war. Sie schichtete einen Teil des Brennholzes im Ofen auf und entfachte danach das Feuer. Als sie fertig war, sah sie sich in ihrer neuen Unterkunft um und war ganz zufrieden mit ihrer Wahl.

»Falls hier ein anderer Geist wohnt, bitte ich um Entschuldigung, aber ich wäre froh, wenn ich trotzdem hierbleiben dürfte.«

Sie erhielt keine Antwort, keinen kalten Luftzug und keine Tür, die zuknallte. Das musste ein gutes Zeichen sein. Selbst das Licht funktionierte, und Hetty hoffte, dass das so bleiben würde. Trotzdem hatte sie auch hier für den Notfall ein paar Kerzen bereitgestellt. Sie zog den Sessel näher an den Kamin heran, griff nach dem Buch, das sie im Nachtschränkchen neben dem Bett gefunden hatte, und kuschelte sich im Sessel gemütlich ein. Doch sie konnte sich nicht auf die altertümliche Liebesgeschichte konzentrieren, ihre Gedanken wanderten immer wieder zu Oliver. Wieso war ihr früher nie aufgefallen, wie herablassend er sich ihr gegenüber benahm? Was sollte sie tun, wenn er wirklich die Konten sperrte? Sie verfügte über kein eigenes Geld. Oliver fand immer, das wäre nicht nötig, sie seien schließlich verheiratet. Hetty beschloss, ihn in ein paar Tagen noch mal anzurufen, vielleicht hatte er sich bis dahin wieder etwas beruhigt.

In ihrer zweiten Nacht schlief Hetty etwas besser, träumte aber trotzdem wieder von einer wunderhübschen jungen Frau, die hilfesuchend die Hand nach ihr ausstreckte. Doch als sie dieses Mal aufwachte, war es weder eisig kalt im Zimmer, noch streikte das Licht. Das Feuer im Kamin war fast ganz heruntergebrannt und nur die Glut knisterte leise vor sich hin. Hetty entspannte sich und schlief wieder ein.

Am nächsten Tag schien die Sonne und sie vergaß den Traum wieder. Nach dem Frühstück wanderte Hetty durch das Schloss und landete am Ende in einer großen Bibliothek. Der Raum war riesig und mit alten englischen Ledermöbeln eingerichtet. Eine dicke Staubschicht lag über den dunklen Möbeln, und es roch nach Schmutz und alten Sachen. Die beiden großen Fenster am Ende der Bibliothek waren so verdreckt, dass selbst das Licht Mühe hatte, sich durchzukämpfen. Hetty ging zurück zu Max, der es sich mit der Zeitung im Salon gemütlich gemacht hatte, und fragte nach Putzsachen.

»Du musst nicht sauber machen, Hetty«, meinte er etwas verlegen.

»Das macht mir nichts aus. Ich habe ja hier sonst nichts zu tun.«

Max gab seufzend nach. Dann beschrieb er ihr den Weg zum Putzraum, wo sie sich den Staubsauger und einen Staubwedel schnappte. Damit bewaffnet ging's zurück in die Bibliothek. Sie öffnete die riesigen Fenster, um den Muff zu vertreiben. Einen kurzen Moment genoss Hetty die warmen Sonnenstrahlen auf ihrem Gesicht, bevor sie sich an die Arbeit machte. Energisch sauste sie mit dem Staubsauger durch den Raum, ließ den Staubwedel über die Möbel gleiten, putzte die Fenster, schüttelte die Kissen auf den hübschen Ledersesseln aus und brachte den wuchtigen Mahagonitisch mit einer leicht nach Zitrone duftenden Möbelpolitur wieder zum Glänzen.

Mit sich zufrieden, schaute sie sich am Ende in dem Raum um. Ihr Blick wanderte dabei über die Bücher in den Regalen. Neugierig trat sie näher heran, um die Titel besser lesen zu können. Sie entdeckte Romane von Jane Austen, Edgar Allen Poe, aber auch diverse Lexika und Gartenbücher sowie Geschichten für Kinder und ein Märchenbuch der Gebrüder Grimm. Einige Werke waren noch in alter Schrift verfasst. Ob Rose wohl oft hier in einem der Sessel gesessen und gelesen hatte? Möglicherweise war der Raum zur damaligen Zeit auch nur den Herren vorbehalten gewesen, wer weiß? Vielleicht gab es hier eine Familienchronik, überlegte sich Hetty, und sie könnte so etwas mehr über Rose in Erfahrung bringen. Sie suchte die Regale ab und kletterte sogar auf die Leiter, um sich die Bücher genauer anzusehen. Trotzdem fand sie nichts. Sie würde Max danach fragen, bestimmt wüsste er, ob es so eine Chronik überhaupt gab. Bevor sie den Raum wieder verließ, griff sie sich den Roman *Stolz und Vorurteil* von Jane Austen. Der Roman, den sie gestern zu lesen begonnen hatte, war nicht nach ihrem Geschmack. Nachdem sie die Putzsachen wieder weggeräumt hatte, drehte sie mit George eine Runde im Garten und begann dann unter seinen wachsamen Augen damit, Unkraut zu jäten.

Die Tage vergingen, und Max und sie gewöhnten sich langsam aneinander. Von weiteren Träumen oder gar einer Begegnung mit dem Gespenst blieb Hetty verschont. Max meinte, er hätte bisher noch keine Familienchronik in dem Schloss entdeckt und er glaubte nicht, dass so etwas überhaupt existierte.

Wenn Hetty nicht gerade kochte oder putzte, kümmerte sie sich um den etwas verwilderten Garten. Es machte ihr richtig Spaß zu sehen, wie die Wildnis langsam unter ihren Händen gebändigt wurde und die Schönheit des Gartens wieder zum Vorschein kam. Meistens leistete George ihr dabei Gesellschaft. Am Abend hatte sie mehrfach versucht Oliver zu erreichen, doch er nahm weder das Gespräch entgegen, noch rief er zurück. Er stellte sich auf stur.

»Du darfst jetzt nicht klein beigeben!«, riet ihr Pippa, als Hetty sie mit ihrem Handy vom einzigen Ort im Garten anrief, an dem sie eine Netzverbindung hatte. »Er muss endlich lernen, nicht immer seinen Willen zu bekommen. Männer sind da wie kleine Jungs.«

»Ähm, du bist weder verheiratet, noch hast du Kinder«, rief ihr Hetty schmunzelnd in Erinnerung.

»Trotzdem, wenn du jetzt heimfährst, fühlt er sich bestätigt.

Du musst endlich beginnen, deine eigenen Wünsche zu erfüllen und dich nicht ständig nur um deine Familie zu kümmern.«

»Ich weiß ... ich weiß«, seufzte Hetty, die es langsam nicht mehr hören konnte. »Aber was mache ich, wenn er die Konten tatsächlich sperrt? Max braucht mich hier noch. Ich kann nicht einfach nach Hause fahren.«

»Vermutlich blufft Oliver nur. Lass dich bloß nicht so leicht einschüchtern. Zudem hat dieser Max dir ja versichert, dass du bei ihm ein Dach über dem Kopf hast. Du musst das jetzt durchziehen, Hetty. Du wirst sehen, dann kommt Oliver angekrochen und zollt dir endlich den Respekt, den du verdienst.«

»Ich weiß nicht ...«, zögerte Hetty. »Aber mir bleibt im Moment sowieso nichts anderes übrig. Auf keinen Fall werde ich Max so zurücklassen. Weißt du, unter seiner rauen Schale ist er wirklich ganz nett. Wir verstehen uns schon viel besser. Er erzählt mir hin und wieder etwas über die Familie meiner Mum. Ist ja schon krass, dass beide Eltern gestorben sind und meine Mutter noch nicht mal was davon wusste.«

»Hast du es ihr schon gesagt?«

»Ja, ich habe sie gestern angerufen.«

»Wie hat sie reagiert?«

»Gefasst wie immer. Nur keine Gefühle zeigen ...«, sagte Hetty und rollte mit den Augen.

»Na ja, wenn meine Familie mich verstoßen würde, wüsste ich auch nicht, ob ich da noch Mitgefühl für sie übrighätte. Da sind bestimmt ein paar hässliche Dinge vorgefallen. Wie lange haben sie sich nicht gesehen?«

»Über dreißig Jahre. Ist schon schräg, wie man es in dieser Zeit nicht schafft, sich zu versöhnen und wieder aufeinander zuzugehen. Ich hatte gehofft, dass sie, wenn ich ihr vom Tod ihrer Eltern berichte, wenigstens wieder Kontakt zu ihrer Schwester aufnimmt. Das Leben ist doch schließlich viel zu kurz, und als Familie sollte man zusammenhalten.«

»Hast du deine Tante schon kennengelernt?«

»Nein, aber ich werde mich bestimmt noch bei ihr melden. Irgendwer von der Familie muss vernünftig werden und den ersten Schritt machen! Aber weder Max noch Jules haben bisher ein gutes Haar an ihr gelassen.«

»Jules? Wer ist das denn?«, fragte Pippa gleich neugierig nach.

»Ach, das ist ein Nachbar von Max. Er hat sich etwas um ihn gekümmert, bevor ich kam.«

»Jung und gut aussehend?«

Hetty lachte. »Du bist unmöglich, Pippa!«

»Das beantwortet meine Frage nicht.«

»Nicht ganz so jung, wie du es wohl gerne hättest, aber gut aussehend? Hmm ... ja, irgendwie schon, aber ich bin verheiratet«, rief sie Pippa kichernd in Erinnerung.

»Mit einem Volltrottel.«

»Pippa!«

»Na, ist doch wahr.«

»Auch wenn Oliver und ich im Moment ein paar Meinungsverschiedenheiten haben, werde ich mich nicht gleich dem Nächstbesten an den Hals werfen. Oliver und ich kriegen das schon wieder hin.« Sie versuchte, überzeugter zu klingen, als sie es selbst war.

Morgen lief die Frist, die Oliver ihr gesetzt hatte, ab, und sie hatte ihn bisher noch immer nicht erreichen können. Nachdem sie das Gespräch mit Pippa beendet hatte, versuchte sie gleich noch mal, ihn auf seinem Handy zu erwischen, doch sie erreichte wieder nur seine Mailbox. Leicht genervt sprach sie Oliver darauf: »Hallo, Oliver. Ich weiß nicht, warum du meine Anrufe nicht beantwortest. Hör zu, ich kann morgen noch nicht nach Hause kommen! Max braucht mich bestimmt noch zwei bis drei Wochen. In dieser Zeit werde ich versuchen, eine Pflegerin und Haushälterin für ihn zu finden. Danach komme ich heim, und wir reden in Ruhe über alles. Bis bald und ruf mich doch bitte endlich mal zurück!«

Am Samstagvormittag arbeitete Hetty wieder im Garten. Sie war gerade dabei, eine Thuja mit der Heckenschere in Form zu schneiden, als sie meinte, eine Frauenstimme zu hören. Sie schaute sich um, sah aber niemanden. Dann hörte sie es wieder, dieses Mal war es wie ein Wimmern. Hetty blickte die Schlossmauer empor und sah an einem der Fenster von Roses Zimmer eine Frauengestalt stehen. Sie war wunderschön, die Haut schien fast durchsichtig zu sein, ihre rotblonden Haare waren zu einer kunstvollen Frisur hochgesteckt.

»Hilf mir!«, hörte Hetty plötzlich und war sich gleichzeitig nicht sicher, ob die Frau wirklich etwas gesagt hatte. Hetty hatte nicht gesehen, wie sich ihre Lippen bewegten. Vielleicht war sie aber auch einfach nur zu weit weg.

»Wie?«, fragte Hetty dennoch laut.

»Hä?!«, erklang eine tiefere Stimme hinter ihr. Hetty zuckte vor Schreck zusammen, doch es war nur Max, der auf seinen Krücken langsam den Gartenweg entlanggehumpelt kam.

»Hast du sie auch gesehen, Max? Ich glaube, das war gerade Rose da oben am Fenster.«

Max blickte hoch, konnte aber nichts anderes als ein offenes Fenster erkennen, in dem sich die Vorhänge aufplusterten. »Nein. Hat sie sich etwa wieder aus dem Fenster gestürzt?«

Hetty schüttelte den Kopf. »Nein, sie hat mich um Hilfe gebeten.«

»Ja, das macht sie manchmal. Sag mal, hast du noch irgendwo etwas von dem Apfelkuchen von gestern?«

Max sah sie so treuherzig an, dass Hetty einfach grinsen musste. »Ja, aber du kriegst nur ein kleines Stück. Hast du dir schon dein Insulin gespritzt?«

»Musst du mich immer daran erinnern?«

»Ja, das muss ich, wenn du es selbst nicht tust. Du spritzt dir jetzt erst mal dein Medikament, und ich bereite uns ein kleines Mittagessen auf der Terrasse vor.«

Das Wetter war so herrlich warm, dass man die Zeit einfach draußen genießen musste. Die Sommer in Schottland waren nicht von langer Dauer.

Bevor Hetty sich auf den Weg in die Küche machte, ging sie in Roses Zimmer. Das Ganze ließ ihr einfach keine Ruhe. Sie öffnete die Tür und schaute sich überall um. Es roch wieder intensiv nach Rosen, aber von dem Gespenst war keine Spur zu sehen. Da hörte Hetty plötzlich ein Krachen, das sich anhörte, als würde jemand das Zimmer nebenan auseinanderreißen. Mit energischen Schritten verließ sie Roses Schlafzimmer und riss die Tür unmittelbar daneben auf. »Das geht jetzt eindeutig zu weit!«

Doch es war kein Geist, den sie da erblickte, sondern Jules, der vor lauter Schreck gleich den Geißfuß, den er in der Hand gehalten hatte, fallen ließ.

»Herrgott noch mal, Hetty! Kannst du einen Raum nicht einfach mal wie jeder andere Mensch betreten, ohne die Leute zu Tode zu erschrecken?!«

»Entschuldige, ich dachte, es wäre jemand anderes hier drin. Was machst du da überhaupt?«

Jules hob den Geißfuß vom Boden auf. »Den Parkettboden herausreißen. Das undichte Dach hat ihn ziemlich übel zugerichtet. Ein Kumpel konnte bei einem Abbruch eines alten Hauses den Riemenboden retten und hat ihn mir für das Schloss überlassen. Da das Dach repariert ist, kann ich den Boden nun austauschen.«

Hetty kam sich ziemlich dämlich vor, gedacht zu haben, Rose könnte den Lärm veranstaltet haben. »Es tut mir leid, dich erschreckt zu haben, das wollte ich nicht. Ich bereite für Max gleich ein kleines Mittagessen vor. Kann ich dich als Wiedergutmachung dazu einladen?«

»Da sage ich nicht Nein.«

»Gut, ich rufe dich dann.«

»Wäre schön, wenn du ausnahmsweise versuchst, mich dabei nicht umzubringen.«

»Haha.«

Hetty konnte sich ein Grinsen trotzdem nicht verkneifen, als sie sich auf den Weg in die Küche machte.

Später saßen sie alle gemeinsam auf der Terrasse und verdrückten einen knackig grünen Salat mit Radieschen, ein Omelett und zum Dessert ein Stück Apfelkuchen.

»Ich sehe schon«, sagte Jules zu Max. »Das hast du ganz schön clever eingefädelt mit deiner Krankheit. Nun hast du jemanden, der dich umsorgt, kocht, putzt und sich auch noch um den Garten kümmert.«

Max grinste: »Und mir befiehlt, wann ich was zu tun und lassen habe. Ich sage dir, kaum hast du eine Frau im Haus, hast du nichts mehr zu melden.«

»Ich kann sofort den Apfelkuchen einpacken und abreisen, wenn du das möchtest.« Hetty griff nach Max' Teller.

»Ich bin nur ein willenloses Opfer«, seufzte Max und hielt seinen Teller an der anderen Seite fest, damit Hetty ihn nicht wegziehen konnte. »Wie könnte ich deinem Apfelkuchen widerstehen?«

Jules war erleichtert zu sehen, dass die beiden sich zwar gerne neckten, sich mittlerweile aber auch gut verstanden. Es war beruhigend zu wissen, dass sich jemand um Max kümmerte und er nicht allein auf ihn angewiesen war. Die Frage war wohl nur, wie lange Hetty bleiben konnte und wie es dann weitergehen sollte.

Plötzlich hörten sie eine Autotür zuknallen und vernahmen energische Schritte auf dem Kiesweg.

»Ich gehe schon«, bot Hetty an.

»Aber lass keinen Besucher rein! Ich will hier keine verdammten Touristen rumschwirren haben.«

»Ach? Und ich habe gedacht, ich biete gleich mal eine Führung durchs Schloss an.«

Hetty erhob sich bereits von ihrem Platz, als die Klingel betätigt wurde. Zielstrebig ging sie durch die Eingangshalle und öffnete dann die alte große Tür. Davor stand eine in einem dunkelblauen Kostüm gekleidete, elegante ältere Dame.

»Guten Tag. Was kann ich für Sie tun?«, fragte Hetty mit einem höflichen Lächeln.

»Sie müssen wohl die neue Haushaltshilfe sein. Danke für das Türöffnen, ich werde Max schon selbst finden.«

Die Frau, die ihr irgendwie seltsam bekannt vorkam, wollte sich gerade an Hetty vorbeischlängeln. Doch Hetty ließ sich nicht beirren und versperrte ihr den Weg.

»Wer sind Sie? Ich lasse niemanden ins Haus, den ich nicht kenne. Das Schloss ist nicht für Besucher geöffnet.«

Die Frau versuchte ungeduldig, Hetty zur Seite zu schieben, doch die stand dort fest wie ein Fels in der Brandung. »Ich bin die Nichte von Max und werde mich nun um alles kümmern. Sie können sich ab sofort wieder nur auf das Putzen und Kochen konzentrieren.«

Hetty lachte genervt auf. Das war also die Schwester ihrer Mutter! Kein Wunder, dass sie ihr so vertraut vorkam. Wenn ihre

Mutter hin und wieder schon ziemlich dreist sein konnte, so übertraf diese Person sie noch deutlich. »Aha, in dem Fall bist du meine Tante Liz.«

Die Frau hob ruckartig den Kopf ein paar Zentimeter höher und schaute sie aus zusammengekniffenen Augen an. »Du bist Janes Tochter? Was machst du hier?«

»Mich um Max kümmern. Was sonst?«

Liz' Blick hatte sich noch immer nicht von Hetty gelöst. »Das ist nicht notwendig. Ich bin ja jetzt da.« Wieder versuchte sie, an Hetty vorbeizugehen, doch die ließ sie nach wie vor nicht durch.

»Ich weiß nicht, ob Max dich sehen will. Er hat mir nicht gerade Gutes von dir erzählt. Und wie ich gerade merke, hat er nicht übertrieben. Du hast meine Mutter seit Jahren nicht mehr gesehen und erkundigst dich nicht mal, wie es ihr geht? Ach, egal, das ist eure Sache. Aber ich werde dich nicht reinlassen, bis Max mir das Okay gibt. Bitte warte hier.«

Damit schloss sie vor dem verdutzten Blick ihrer Tante die Schlosstür und atmete zuerst kurz durch. Als sie sich umdrehte, sah sie Jules am anderen Ende der Eingangshalle stehen. Er lehnte an der Wand und grinste sie frech an.

»Hut ab! Liz ist es nicht gewohnt, dass man ihr widerspricht.«

»Es gehört sich nicht, Gespräche anderer zu belauschen!«, wies sie ihn etwas vorwurfsvoll zurecht.

»Ich wollte nur sehen, ob du beim Abwimmeln des Drachens Hilfe brauchst. Doch wie ich sehe, kommst du ganz gut allein zurecht.«

»Heißt das, Max will sie nicht sehen?«

»Mit Garantie nicht.«

»Gut, dann kannst du jetzt zurück auf die Terrasse gehen, während ich Liz nach Hause schicke.«

Sie wartete, bis er sich wirklich zum Gehen bewegt hatte, bevor sie die Tür öffnete.

»Es tut mir leid, Liz, Max wünscht gerade keinen Besuch. Ruf doch besser beim nächsten Mal zuerst an, bevor du dir die Mühe machst, hier heraufzufahren.«

»Das ist doch Unsinn!«, schnaubte Liz mit hochrotem Kopf. »Ich habe den Wagen von diesem unmöglichen Typen auf dem Parkplatz stehen gesehen.«

Erneut wollte Liz Hetty einfach zur Seite schieben, doch die hatte nun langsam genug und wehrte die Hände von Liz ab. Mit unbeweglicher Miene schaute sie ihrer Tante direkt in die Augen.

»Es hat keinen Zweck, Tante Liz, ich werde dich nicht zu ihm lassen. Max will und braucht deine Hilfe nicht!«

»So, so«, Liz' Stimme bebte vor Zorn. »Du solltest besser darauf achten, wem du vertraust. Dieser Webster ist ein Kindermörder und wer weiß, was er tut, um Max herumzubekommen, sein Testament so anzupassen, damit er das Schloss erbt.«

Hetty lachte amüsiert. »Aber sicher, Liz! Ich glaube, außer dir will hier niemand Max das Schloss abluchsen. Bitte geh jetzt.« Als Liz immer noch keine Anstalten machte zu verschwinden, drehte sich Hetty um und schloss die Tür einfach vor ihrer Nase zu.

»Die spinnt doch!«, schimpfte Hetty vor sich hin und wollte zurück zu den anderen auf der Terrasse gehen. Als sie aufblickte, sah sie oben an der Treppe, die in den ersten Stock führte, die gleiche Frauengestalt stehen wie noch vor ein paar Stunden am Fenster. Sie lächelte Hetty an und war im gleichen Augenblick auch schon wieder verschwunden. Zurück blieb nur wieder dieser Duft nach Rosen. Hetty schmunzelte, so benötigten sie wenigstens keinen Raumerfrischer.

»Bist du sie losgeworden?«, fragte Max misstrauisch, als Hetty zurück auf die Terrasse trat.

»Ja, aber ich fürchte, sie wird wohl nicht lockerlassen und früher oder später wieder auftauchen. Vielleicht würde es helfen, wenn sie dich doch kurz mal sehen könnte und sich davon überzeugen könnte, wie gut du ohne ihre Hilfe zurechtkommst.«

»Du meinst wohl eher, wenn sie sieht, dass ich nicht kurz davorstehe, den Löffel abzugeben.«

Hetty kicherte: »Ja, das könnte auch sein. Sie befürchtet, Jules oder ich könnten dich dazu überreden, das Schloss einem von uns zu vermachen.«

Jules hätte sich beinahe an seinem Kaffee verschluckt. »Wie bitte?! Was soll ich denn bitte mit einem Schloss?!«

»Verkaufen?«, schlug Hetty vor. »Ich nehme nicht an, dass Liz es für sich behalten würde. Der Aufwand wäre ihr bestimmt zu groß, wenn ich da an ihre manikürten Fingernägel denke.«

»Das ist doch alles Blödsinn!«, ärgerte sich Max. »Noch lebe ich und noch kriegt keiner das Schloss.« Damit stand er auf. »Ich lege mich ein Weilchen hin.«

Als er im Haus verschwunden war, stand Jules auf und wollte Hetty mit dem Geschirr helfen, doch sie wehrte dankend ab. »Du hast genug zu tun mit dem Boden. Ich kümmere mich schon um die Küche.«

Am nächsten Tag fuhr Hetty mit Max ins Dorf. Er hatte einen Kontrolltermin beim Arzt, und Hetty wollte einkaufen gehen. Als sie die Lebensmittel in ihren Einkaufstüten verstaut hatte und ihre Kreditkarte in den Leser steckte, funktionierte diese nicht. Zuerst glaubte sie, das Gerät müsste wohl defekt sein, bis ihr wieder siedend heiß einfiel, was Oliver ihr angedroht hatte. Sie hätte nicht gedacht, dass er tatsächlich so weit gehen und ihr den Geldhahn zudrehen würde, aber nun stand sie da an der Kasse und hatte nur noch zwanzig Pfund in der Tasche.

Die Verkäuferin schaute sie leicht spöttisch an. »Wohl die Karte überzogen, was?«

»Ich ... keine Ahnung. Was mache ich denn jetzt? Ich habe viel zu wenig Geld dabei. Kann ich es bei Ihnen anschreiben lassen und später bezahlen?«

Hettys Gesicht war mittlerweile so rot wie die Tomaten, die sie vorhin in die Tüte gepackt hatte. So etwas Peinliches war ihr noch nie passiert und hinter ihr standen noch zwei weitere Leute in der Schlange, die bezahlen wollten.

»Wir schreiben nur für Leute an, die wir kennen«, sagte die Verkäuferin schnippisch.

»Hören Sie, Maxwell Gordon ist mein Großonkel. Er ist jetzt noch beim Arzt, aber wir kommen gleich gemeinsam vorbei, um zu bezahlen.«

Der Verkäuferin schien es richtig Spaß zu machen, Hettys Situation auszukosten. »Das kann ja jeder sagen. Sie können die Waren erst mitnehmen, wenn Sie sie auch bezahlen können.«

Die Frau hinter Hetty räusperte sich. »Können wir nun mal weitermachen? Meine Kinder warten zu Hause.«

Hetty gab sich geschlagen. »Gut, dann stellen Sie bitte die Sachen für mich auf die Seite und ich komme gleich wieder mit Max zurück.«

»Ach ja, jetzt soll ich für die reiche Stadtdame auch noch die schweren Tüten herumtragen? Das machen Sie mal schön selber, ich bin nicht Ihr Dienstmädchen. Sie können sie da drüben auf die Theke stellen.« Sie wandte sich von Hetty ab und lächelte die Dame dahinter freundlich an. »Es tut mir leid, dass du warten musstest, Dorothy. Aber manche Leute haben ihre Finanzen einfach nicht im Griff.«

Mit Tränen in den Augen verließ Hetty das Geschäft und wäre

beinahe in Jules hineingerannt, der sie auf dem Bürgersteig gerade noch auffangen konnte.

»Hoppla!«, grinste er, doch dann sah er ihren Gesichtsausdruck. »Ist etwas passiert? Ist was mit Max?«, fragte er besorgt.

Hetty schüttelte nur den Kopf und versuchte ihre Fassung wiederzugewinnen. Noch immer hielt Jules sie an den Armen fest und schaute ihr prüfend ins Gesicht.

»Was ist los? Du bist ja völlig durch den Wind.«

»Oliver, mein Mann, hat die Konten gesperrt ... ich konnte da drin noch nicht mal die Einkäufe bezahlen«, Hetty hielt sich die Hand an die Stirn und versuchte nachzudenken. »Was mache ich denn jetzt?«

»Komm, gehen wir in den Pub. Du brauchst erst mal eine Tasse Tee.« Jules wollte sie schon fortführen, doch Hetty blieb stehen.

»Das geht nicht. Ich muss Max vom Arzt abholen und dann hier noch die Einkäufe bezahlen.«

»Wie viel brauchst du?«, fragte er und zog bereits seine Geldbörse heraus.

»Dreißig Pfund.« Zusammen mit ihren zwanzig Pfund würde das reichen. »Aber ich geb's dir später wieder zurück.«

Jules reichte ihr das Geld. »Lass stecken. Dafür sind Freunde da.«

»Mir wäre wohler, wenn ich dafür eine Gegenleistung erbringen könnte.« Ihre Wangen röteten sich noch mehr, als ihr bewusst wurde, wie er das auslegen könnte. Jules' Mundwinkel verzogen sich zu einem breiten Grinsen, er schien wohl denselben Gedanken gehabt zu haben.

»Ich meine, ich könnte zum Beispiel deine Werkstatt putzen«, fügte sie daher rasch hinzu.

»Das ist wirklich nicht nötig, Hetty ...«

»Doch, bitte, ich bestehe darauf. Würde dir morgen um neun passen?«

Da er einsah, dass sie davon nicht abzubringen war, nickte er. »Na schön. Morgen um neun. Und Hetty …?«

»Ja?«

»Lass dich nicht unterkriegen. Du tust das Richtige. Max braucht dich.«

Hetty nickte und drückte ihre Fingernägel in ihre Handballen, um die Tränen zurückzudrängen. Warum verstand Oliver bloß nicht, warum sie hier sein musste? Das hatte sie ihm doch erklärt. Sie drehte sich um und ging zurück in den Laden. Sie legte der Verkäuferin die fünfzig Pfund hin und schaute sie von oben herab an.

»Die zwei Pfund sind Trinkgeld für Sie, für Ihr überaus freundliches Benehmen und Ihr Verständnis.« Damit ging sie zu ihren Einkaufstüten, hob sie hoch und verließ erhobenen Hauptes das Geschäft.

Wenigstens war bei Max alles in Ordnung. Der Arzt war zufrieden mit seinen Werten. Hetty erzählte Max die beschönigte Variante von dem, was im Laden vorgefallen war. »Trish hat ein übles Mundwerk«, schimpfte Max, »aber ich hätte daran denken und dir Geld mitgeben sollen. Schließlich kaufst du ja auch für mich ein.«

»Deshalb habe ich es dir nicht erzählt, Max. Aber künftig werde ich wohl darauf zurückkommen müssen. Ich werde mir einen Gelegenheitsjob suchen, damit ich für meine eigenen Ausgaben aufkommen kann.«

»Davon will ich gar nichts hören! Ich werde dich bezahlen, denn schließlich putzt und kochst du für mich.«

Max wusste zwar noch nicht, woher er das Geld nehmen sollte, denn auch seine Einkünfte als Rentner waren gering und reichten kaum für ihn und den Unterhalt des Schlosses aus. Aber er würde Hetty nicht hängen lassen, sie war ihm mittlerweile ans Herz gewachsen. Seit Jahren hatte er wieder mal das Gefühl, Familie zu haben, und das fühlte sich gut an, auch wenn er das ihr gegenüber nie eingestanden hätte.

»Lass uns später darüber reden«, versuchte Hetty das Thema zu wechseln. Auf keinen Fall würde sie sich von Max für ihre Hilfe bezahlen lassen. Zurück im Schloss, würde sie zuerst mit Oliver telefonieren und versuchen, ihn zur Vernunft zu bringen.

»Die dreißig Pfund werde ich dir aber geben, damit du sie Jules zurückzahlen kannst.«

»Das ist nicht nötig. Ich helfe ihm morgen etwas in der Schreinerei, dann sind wir wieder quitt.«

Max gab einen knurrenden Laut von sich. »Dein Mann ist ein Esel.«

Hetty kicherte und wusste, dass sie ihm eigentlich widersprechen sollte, aber im Moment war sie selbst ziemlich sauer auf Oliver. Als sie etwas später versuchte ihn anzurufen, nahm wieder niemand das Gespräch entgegen. Daher schickte sie ihm lediglich eine SMS mit den Worten:

> Ich lasse mich nicht erpressen. Komme heim,
> sobald es geht. Hetty.

• • •

In der Nacht schlich sich Rose wieder in ihre Träume. Aber dieses Mal waren es keine beängstigenden Albträume. Rose stand vor ihr in ihrem rosaroten Zimmer. Sie lächelte freundlich und bot ihr einen Platz an dem kleinen Salontischchen an. Auf einmal standen da auch Tee und Gebäck. »Können wir Freundinnen sein,

Hetty?«, fragte Rose, und ihre Stimme klang so sanft und hoffnungsvoll. »Ich habe das Gefühl, wir könnten gerade beide eine gebrauchen.«

Hetty glaubte, sich verhört zu haben. »Du bist ein Geist. Geister haben keine Freunde, zumindest keine menschlichen. Ihr macht uns Angst. Zudem hast du mir ziemlich deutlich zu verstehen gegeben, dass ich hier nicht erwünscht bin. Du hast meine Kleider in den Flur hinausgeworfen!«, beklagte sich Hetty.

Zu ihrer Überraschung kicherte Rose: »Du hast dich in meinem Zimmer eingerichtet, das geht nicht. Es ist mein Zimmer! Du kannst mich hier gerne besuchen, aber nicht einziehen.«

»Aha. Und was würdest du tun, wenn ich es trotzdem täte? Würdest du mich verletzen?«

»Niemals!«, entrüstete sich Rose. »Ich würde der Familie nie etwas tun! Aber dieses Zimmer hat William für mich gebaut und eingerichtet. Es ist alles, was ich noch von ihm habe. Er fehlt mir so sehr ...«

Zu Hettys Überraschung kullerte eine Träne über Roses Wange. Sie hätte nicht gedacht, dass Geister weinen können. Spontan wollte sie Roses Hand nehmen und sie trösten, doch sie griff ins Leere.

»Warum bist du noch hier, Rose? Was ist passiert?«, fragte sie stattdessen einfühlsam.

»Es ist schon so lange her, ich weiß es nicht mehr.«

Rose erhob sich von ihrem Stuhl und ging zum Fenster.

»Und warum springst du immer aus dem Fenster? Max hat mir davon erzählt.«

»Ich will das nicht, aber ich muss ... Ich möchte endlich zur Ruhe kommen, bei meinem William sein, aber es geht nicht. Hetty, kannst du mir helfen?« Roses Augen flehten sie an.

»Wie denn, Rose? Soll ich für dich beten? Mein Draht nach oben ist allerdings wohl etwas eingerostet.«

Rose lachte und es klang so süß und perlend. »Ich glaube nicht, dass das ausreichen würde, meine Liebe.« Rose öffnete den Fensterflügel und schaute zu ihr zurück. »Wenn ich wüsste, was ich so Schreckliches getan habe, um dieses Schicksal zu verdienen, dann könnte ich es vielleicht wiedergutmachen. Aber dazu bräuchte ich mein Tagebuch und ich kann mich einfach nicht erinnern, wo es geblieben ist. Kannst du mir helfen, es zu finden, Hetty? Bitte!«

Ohne eine Antwort abzuwarten, wandte Rose sich um, kletterte auf den Fenstersims und sprang. Auch wenn Hetty geahnt hatte, dass Rose es wieder tun würde, war der Anblick schrecklich. Hetty schnappte nach Luft und öffnete die Augen. Es war dunkel im Raum und obwohl es schwach nach Rosen duftete, war das Fenster geschlossen. Es war alles nur ein Traum gewesen, oder? Sie versuchte wieder zu schlafen, aber ihre Gedanken kreisten immer wieder um das, was Rose gesagt hatte: Hilf mir.

»Ich würde dir wirklich gerne helfen, Rose, ich habe bloß keine Ahnung, wie.«

Sie erzählte Max beim Frühstück von ihrem Traum. Als sie endete, schaute er sie nachdenklich an.

»Glaubst du, ich habe mit Rose gesprochen, oder war das alles wirklich nur ein Traum?«, fragte sie ihn.

»Mit Sicherheit kann ich es nicht sagen. Wenn es Rose gewesen ist, dann muss sie schon ziemlich verzweifelt sein, bisher hat sie sich keinem so anvertraut. Nicht mal mir. Vielleicht liegt es daran, dass du eine Frau bist. Meine Hazel hatte Angst vor ihr, daher hat sie sie wohl in Ruhe gelassen. Fürchtest du dich denn nicht mehr vor Rose?«

»Na ja, ganz geheuer ist sie mir nicht und ich wünschte mir wirklich, sie würde das mit dem Aus-dem-Fenster-Springen bleiben lassen. Aber sie tut mir auch leid, sie ist todunglücklich. Hast du eine Ahnung, wo wir ihr Tagebuch finden könnten? Oder wo ich mehr über Rose erfahren kann?«

Max überlegte einen Moment. »In ihrem Zimmer wird es wohl nicht sein, sonst hätte sie es längst gefunden. In der Bibliothek vielleicht.«

Hetty schüttelte den Kopf. »Das glaube ich nicht. Wie du schon sagtest, wenn es im Schloss wäre, hätte sie es bereits selbst gefunden. Sie kennt das Gebäude bestimmt wie ihre Westentasche. Hast du eine Ahnung, wo sie gestorben sein könnte?«

»Ehrlich gesagt, weiß ich außer ihrem Namen kaum etwas über sie.«

»Aber sie spukt hier doch schon so lange herum. Warst du nie neugierig?«, fragte Hetty ungläubig nach.

Max schmunzelte: »Ich interessiere mich mehr für die Lebenden, und Rose habe ich einfach als Mitbewohnerin akzeptiert. Die Leute glauben einem die Spukgeschichten ja sowieso nicht und ich wollte nicht als verrückter alter Kauz abgestempelt werden. Noch nicht mal Jules glaubt, dass es Rose gibt.«

»Es ist erstaunlich, dass er sie noch nie gesehen oder gehört hat.«

Hetty erinnerte sich daran, was Jules ihr am ersten Abend erzählt hatte.

»Rose hat sich bisher immer nur Familienmitgliedern gezeigt«, erklärte Max.

Hetty begann das Frühstücksgeschirr vom Tisch abzuräumen. »Wo würdest du mit der Suche beginnen?«, fragte sie ihn.

»Hmm …«, Max überlegte einen Moment. »Vermutlich doch in der Bibliothek, auch wenn da das Tagebuch bestimmt nicht zu finden ist. Vielleicht lässt sich aber so etwas wie eine Familienchronik aufspüren.«

»Aber kennst du denn dort nicht bereits alle Bücher? Du wohnst hier ja schließlich schon seit Jahren.«

»Ja schon, aber ich glaube, es hat sich noch nie jemand die Mühe gemacht, alle Bücher aus den Regalen zu räumen. Womöglich versteckt sich hinter den Büchern etwas, das uns behilflich sein könnte ...«

»... vielleicht sogar ein Geheimfach«, beendete Hetty mit einem Grinsen im Gesicht den Satz.

Die Sache begann ihr langsam, aber sicher Spaß zu machen. Doch ein Blick auf die Uhr ließ sie weitere Gedanken an versteckte Bücher erst mal auf die Seite schieben. Sie würde sich sputen müssen, wenn sie pünktlich in der Schreinerei sein wollte, um ihre Schulden abzuarbeiten. Rasch ließ sie heißes Wasser in die Spüle einlaufen, damit sie das schmutzige Geschirr noch abwaschen konnte, bevor sie sich auf den Weg machte – nicht ohne darauf zu achten, dass Max sich bequem im Wohnzimmer eingerichtet hatte und ihn daran zu erinnern, pünktlich die Medikamente zu nehmen.

Dieses Mal fand sie die Klingel, und Jules öffnete ihr mit einem Grinsen im Gesicht die Tür. »Heute nicht in der Stimmung, Handwerker zu erschrecken, Lady Croft?«

»Ha, ha, sehr lustig. Ich bin hier, um meine Schulden abzuarbeiten. Wo kann ich anfangen?«

Jules ließ sie in die Werkstatt eintreten, die, wie bereits bei ihrem ersten Besuch, ordentlich aufgeräumt war. Alle Werkzeuge waren an ihrem vorgesehenen Platz, nur dort, wo er gerade einen Tisch in Arbeit hatte, war der Boden voller Holzstaub.

»Ich glaube, hier werde ich gar nicht benötigt«, seufzte Hetty, während sie sich umschaute. »Ich habe noch nie eine so ordentliche Werkstatt gesehen.«

»Danke. Ich mag nun mal nicht lange nach den Dingen suchen, daher halte ich Ordnung. Wie schon gesagt, du musst wirklich nicht für mich arbeiten ...«

»Aber ich will meine Schulden zurückzahlen und da ich gerade nicht über Bargeld verfüge, ist Putzen oder Kochen das Einzige, was ich als Gegenleistung anbieten kann.«

»Okay«, schmunzelte Jules. »Ich sehe schon, ich kriege dich nicht davon ab. Also wenn du unbedingt willst, kannst du dich hinter die Fenster klemmen, die haben schon lange keinen Putzlappen mehr gesehen.«

Er zeigte ihr den Putzschrank und machte sich dann wieder an die Arbeit mit dem Tisch, der schon fast fertig war. Hetty kam gut voran beim Fensterputzen und schaute sich dabei immer mal wieder etwas neugierig in der Werkstatt um. Die Möbel, die Jules schreinerte, waren kunstvoll und wunderschön, das war ihr bei ihrem ersten Besuch gar nicht aufgefallen. Sie waren allesamt praktisch und dennoch hatten sie einen romantischen Touch. Er versuchte, wo immer es möglich war, die Holzstruktur hervorzuheben. Besonders angetan war sie von einem großen Spiegel, der in alte Dachbalken eingefasst war, und von der Kommode, die so knorrig daherkam wie der Nussbaum, aus dem sie offensichtlich erstellt worden war. Die Griffe waren alte eiserne Beschläge, die aus einem Stall stammen könnten. Das Holz sah gelebt aus, als hätte es schon mindestens hundert Jahre auf dem Buckel. Hetty konzentrierte sich wieder auf das Fenster vor ihr. Jules hatte recht, die Scheiben waren wirklich schmutzig. Sie war froh, dass er ihre Bitte ernst genommen und ihr nicht einfach einen Scheinauftrag verpasst hatte, nur damit sie ihr Gewissen beruhigen konnte. Energisch fegte sie mit dem Lappen über einen Fliegendreck, als ihr Blick zu Jules wanderte. Er hatte den Holzstaub weggefegt und ölte gerade die wunderhübsche Tischplatte ein. Dabei glitt seine Hand schon fast liebevoll über das Holz, als ob er es streicheln würde. Ein Kribbeln jagte ihren Rücken hinunter, da sie sich gerade vorstellte, wie sie sich selbst wohl als Tischplatte fühlen würde. Herrgott noch mal, Frau, reiß dich am Riemen! Oliver, ich sollte eindeutig an Oliver denken. Doch Oliver hatte nicht solch schöne, kräftige Hände, die es gewohnt waren zuzupacken. Ihr Blick wanderte weiter über seine braun gebrannten Arme, die abrupt unter zurückgekrempelten Hemdsärmeln verschwanden.

»Glaubst du nicht, dass die Scheibe bald ein Loch bekommt, wenn du weiter an der gleichen Stelle polierst?«, fragte er, ohne aufzublicken. Seine Stimme klang dabei ziemlich amüsiert. Mit hochrotem Kopf wandte Hetty ihre Augen rasch ab.

»Ich habe nur diesen wunderschönen Tisch bewundert. Aus was für Holz ist er gemacht?«, fragte sie schnell, um von sich abzulenken.

»Aus Nussbaum. Es freut mich, dass dir der Tisch gefällt, ich habe mir besonders viel Mühe damit gemacht. Die Familie wollte eigentlich den Baum gar nicht fällen, da er schon seit Ewigkeiten in ihrem Garten wuchs. Aber der Nachbar hat sich darüber aufgeregt, weil einige Äste auf sein Grundstück hinüberreichten und er im Herbst immer die Blätter zusammenkehren musste. Zudem hätte er ihm die Aussicht geraubt.«

»So ein Ignorant!«, schnaubte Hetty empört.

»Das Paar, das den Tisch bei mir in Auftrag gegeben hatte, wollte einen Streit vermeiden und ließ den Baum fällen. Aber er sollte nicht einfach so weggeschafft oder gar verbrannt werden. Sie wollten ihn in der Familie behalten, weil er ihnen wirklich etwas bedeutet hatte. Deswegen kamen sie zu mir.«

»Was für eine schöne Idee! Und als Tisch bleibt er immer inmitten des Familienlebens.«

Jules schmunzelte, denn genau das hatte er dem Paar auch gesagt und sie waren von Anfang an von seinem Vorschlag überzeugt gewesen. »Ich hoffe nur, er gefällt ihnen auch. Sie werden gleich vorbeikommen und ihn sich anschauen. Daher habe ich ihn auch noch mal geölt.«

»Er schaut toll aus. Also wenn sie ihn nicht nehmen ...«, in dem Moment schrillte die Klingel durch den Raum.

»Das werden sie wohl sein. Kannst du rasch öffnen? Ich muss mir noch die Hände waschen.«

Hetty schlüpfte aus ihren Gummihandschuhen, bevor sie das Paar hereinließ. Sie schätzte die beiden auf etwa sechzig Jahre. Sie schienen überrascht zu sein, dass eine Frau ihnen die Tür öffnete, doch Hetty erklärte erst gar nicht, was sie hier tat, sondern führte die beiden gleich zum Tisch. Es schimmerte verdächtig feucht in den Augen der Frau.

»Sieh nur, was er mit unserem Baum gemacht hat, Adam!«, sagte sie fast schon ehrfürchtig. »Ich wusste einfach, er wäre der Richtige. Niemand sonst hätte den Stolz und die Würde unseres Baumes so perfekt erhalten können.«

Sichtlich bewegt wischte sie sich mit dem Handrücken ein Tränchen aus den Augen, während ihr Mann liebevoll den Arm um sie legte.

Jules kam gerade aus dem Waschraum, als die Frau so ins Schwärmen geraten war. Schmunzelnd bemerkte Hetty, wie er richtig verlegen wurde und sich sogar seine Wangen röteten. Als die Frau ihn aus dem Augenwinkel wahrnahm, rauschte sie auf ihn zu und umarmte ihn herzlich.

»Danke, danke, danke!«

Er lachte verlegen und ließ sich auch noch einen Kuss auf die Wange drücken.

»Liebes, lass den armen Mann, du kannst ihn doch nicht einfach so überfallen«, grinste der Ehegatte.

»Schon gut. Es freut mich natürlich, wenn Ihnen meine Arbeit gefällt.«

»Gefallen? Ich bin begeistert! Sie wissen, was uns dieser Baum bedeutet hat. Er war schon seit Jahren in unserem Familienbesitz und unsere Kinder hatten ein Baumhaus auf ihm. Es sind so viele schöne Erinnerungen mit ihm verknüpft und nun haben Sie diese in etwas verwandelt, das uns niemand mehr nehmen kann.«

»Ähm ... ja. Wie machen wir es mit dem Transport? Soll ich Ihnen den Tisch vorbeibringen, oder kommen Sie ihn selbst holen?«, versuchte Jules das Thema wieder auf etwas weniger emotionales Terrain zu bringen.

Hetty überließ die drei ihren Verhandlungen und widmete sich wieder den Fenstern. Es war schon erstaunlich, wie unterschiedlich Oliver und Jules waren, dachte sie bei sich. Bei so einem Lob wäre Oliver ein paar Zentimeter in die Höhe gewachsen, hätte die Brust herausgehoben und laut posaunt, wie aufwendig die Arbeit und wie genial seine Idee doch gewesen wäre. Sie hatte sich immer ein wenig geschämt, wenn Oliver vor anderen so ins Prahlen kam. Als sie ihn einmal darauf hingewiesen hatte, meinte er: »Schatz, man soll sein Licht nicht unter den Scheffel stellen. Das musst du noch lernen.«

»Auf Wiedersehen, meine Liebe«, riss die Frau sie aus ihren Gedanken. »Sie können sich sehr glücklich schätzen, so einen künstlerisch talentierten Freund zu haben.«

Hetty errötete und wollte etwas entgegnen, doch Jules kam ihr zuvor: »Nun ja, wohl eher nicht. Denn seit wir uns kennen, versucht sie ständig, mich umzubringen.«

Die Frau lachte schallend und der Mann klopfte Jules gutmütig auf die Schulter und sagte: »Ja, so sind sie, die Frauen. Kaum dreht man ihnen den Rücken zu ...«, er machte eine eindeutige Bewegung. »Zack ... stechen sie schon zu.«

Als das Paar weg war, schaute Hetty Jules vorwurfsvoll an: »Warum hast du sie in dem Glauben gelassen, wir wären ein Paar?«

Er hob gleichgültig die Schulter. »Was nicht ist, kann ja noch werden, nicht wahr? Magst du einen Tee?«

»Ich bin verheiratet, Jules!«, schwungvoll warf sie ihm den triefenden Lappen entgegen, den er gekonnt auffing, bevor er ihm ins Gesicht klatschen konnte.

Er ging auf Hetty zu und sie befürchtete schon, er wollte sich rächen. Doch er blieb nur wenige Zentimeter vor ihr stehen und ließ den Lappen in den Eimer platschen.

»Tee?«, fragte er noch mal leise.

Verflixt noch mal, roch der Kerl gut! Ihre Nase fing einen Mix aus Holz und Rasierwasser auf. Hetty musste sich beherrschen, nicht die Augen zu schließen und wohlig zu seufzen. Da sie ihrer Stimme nicht traute, nickte sie nur. Er drehte sich um und machte sich auf den Weg in die kleine Küche nebenan. Um sich wieder etwas in den Griff zu bekommen, putzte Hetty das Fenster energisch sauber, bevor sie ihm in die Küche folgte. Jules hatte mittlerweile zwei dampfende Tassen und einen Teller mit Schokokeksen auf den Tisch gestellt. Er griff zuerst zur Milch und dann zum Zucker. Er trinkt den Tee genau wie ich, ging es Hetty durch den Kopf. Jetzt reiß dich am Riemen, du bist kein Teenager mehr, schalt sie sich selbst. Tausende deiner Landsleute trinken den Tee wie du, Hetty!

»Sag mal, hast du irgendwann während der Renovierungsarbeiten im Schloss mal ein altes Tagebuch oder ein Geheimfach entdeckt?«, fragte sie Jules in dem verzweifelten Versuch, ihr Hirn wieder die Kontrolle übernehmen zu lassen.

»Nein, allerdings habe ich mich weniger um Möbel und Gegenstände gekümmert, sondern um marode Holzbalken, alte Böden und kaputte Dachziegel. Warum fragst du?«

»Ach, nur so.«

»Hat es etwas mit dem Gespenst zu tun, das du und Max glauben gesehen zu haben?«, fragte er amüsiert. Max hatte ihm gegenüber Rose schon erwähnt und da er ihm bisher nie geglaubt hatte, hatte Max schon fast etwas stolz berichtet, dass Hetty sie nun auch gesehen hatte.

»Rose hat mich gebeten, ihr Tagebuch zu finden«, sagte Hetty leichthin, so als ob es lediglich um eine Freundin ging, die sie um eine Gefälligkeit gebeten hatte.

Entgegen ihrer Erwartungen lachte Jules nicht, sondern blickte sie erstaunt an. »Du sprichst mit ihr?«

»Ich bin mir nicht ganz sicher«, gestand Hetty. »Es fühlt sich wie ein Traum an und doch irgendwie real. Rose meinte, sie wüsste nicht mehr, was sie getan hätte, um ihr Schicksal verdient zu haben, und bräuchte ihr Tagebuch. Sie hat aber keine Ahnung, wo es sein könnte, und bevor ich weitere Fragen stellen konnte, stürzte sie sich über die Balkonbrüstung.«

»Ein schusseliges Gespenst, das versucht, sich selbst das Leben zu nehmen?« Jules hob skeptisch eine Augenbraue. »Ich glaube eher, du träumst ziemlich fantasievoll.«

»Mag sein. Aber ich kann mich ja trotzdem mal umsehen. In ihrem Zimmer wird es nicht sein, denn da hätte sie es selbst finden können. Ich dachte mir, ich fange heute Nachmittag mal in der Bibliothek mit der Suche an.«

»Mal angenommen, du hättest tatsächlich nicht geträumt und Rose existiert wirklich, dann hätte sie doch bestimmt in den letzten Jahren schon das ganze Schloss nach diesem Tagebuch abgesucht. Was meint Max zu der Geschichte?«

»Er glaubt mir«, trotzig hob Hetty ihr Kinn in die Höhe, was ihm ein Schmunzeln entlockte.

»Ich habe nicht gesagt, ich würde dir nicht glauben. Es klingt nur ein bisschen seltsam ... ein wenig verrückt.«

Sie tranken einen Moment schweigend ihren Tee und hingen den jeweils eigenen Gedanken nach.

»Du hast schon recht«, unterbrach Hetty die Stille. »Wenn das Tagebuch im Schloss wäre, hätte Rose es gefunden.« Sie seufzte. »Ich sollte das Ganze vergessen. Denn wenn das Buch nicht im Schloss ist, habe ich kaum eine Chance, es zu finden.«

»Nur weil ich ein alter Skeptiker bin, solltest du die Flinte nicht gleich ins Korn werfen. Vielleicht hat man das Tagebuch ja ihrem Grab beigelegt. Du könntest versuchen ausfindig zu machen, wo sie beerdigt worden ist.«

»Um dann was zu machen? Sie ausgraben lassen?«, unweigerlich schauderte es Hetty. »Zudem würde wohl kaum noch was davon übrig sein, wenn es tatsächlich mit ihr vergraben worden wäre.«

»Trotzdem könnte es vielleicht hilfreich sein, etwas mehr über die Dame in Erfahrung zu bringen, meinst du nicht?«

»Und wie soll ich das anstellen?«

Jules biss in einen Keks, kaute genüsslich und schien zu überlegen. »Also ich würde wohl zweigleisig vorgehen. Einerseits würde ich die alten Kirchenbücher nach Geburten, Hochzeiten und Beerdigungen durchstöbern, um herauszufinden, wann diese Rose gelebt hat ...«

»Ähm, das sollte doch eigentlich klar sein«, unterbrach ihn Hetty. »Es muss zu dem Zeitpunkt gewesen sein, als das Schloss erbaut wurde, denn das rosarote Zimmer wurde von ihrem Mann für sie entworfen ... hat sie zumindest gesagt.«

»Okay, damit hätten wir schon mal einen Anhaltspunkt. Jetzt müsste man nur noch die Kirchenbücher durchforsten, um herauszufinden, wo und wann sie beerdigt worden ist. Als Zweites würde ich prüfen, ob ein Geheimgang existiert hat, vielleicht zu einem verborgenen Zimmer ...«

»Den hätte man doch mittlerweile längst entdeckt«, fiel ihm Hetty erneut ins Wort.

»Möglich, aber wenn der Geheimgang verschlossen worden ist, aus was für Gründen auch immer, kann er über die Jahre hinweg in Vergessenheit geraten sein«, gab Jules zu bedenken.

»Ich kann doch nicht jede Wand abklopfen, um herauszufinden, ob sich dahinter ein Hohlraum befindet.«

Jules spülte den letzten Bissen mit einem Schluck Tee die Kehle hinunter, bevor er antwortete: »Nein, aber du könntest die alten Schlosspläne suchen. Das Gebäude ist denkmalgeschützt, bestimmt existieren irgendwo noch alte Pläne. Wenn du willst, kann ich mal beim Amt nachfragen.«

»Und das, obwohl du nicht an Geister glaubst?«, fragte Hetty neckend und blickte ihm direkt in die olivfarbenen Augen, die so eine Ruhe ausstrahlten, dass sie sich gerne für immer darin verloren hätte.

»Sagen wir es mal so: Ich bin nach wie vor nicht hundertprozentig davon überzeugt, dass es diesen Geist gibt, aber die Geschichte beginnt trotzdem, mir Spaß zu machen.«

Am Nachmittag suchte Hetty die Kirche im Ort auf. Sie hatte sich auch schon eine Geschichte zurechtgelegt, die sie dem Pfarrer auftischen wollte, denn schließlich konnte sie ihm schlecht erzählen, dass sie die Recherche aufgrund eines Hilferufes von einem

Gespenst in Angriff genommen hatte. Sie blieb jedoch nahe an der Wahrheit, da sie sich nicht in ein Lügenkonstrukt verstricken wollte. Als der Geistliche ihr die Tür öffnete und sie fragend ansah, erzählte sie ihm daher, sie würde Ahnenforschung betreiben. Leider habe sie von ihrer Mutter und deren Verwandtschaft nicht allzu viel erfahren können, da die Familie zerstritten wäre.

»Trotzdem interessiert es mich, woher ich komme und wie weit meine Familie zurückreicht. Einen Teil habe ich auch schon herausgefunden, aber nun komme ich nicht weiter.«

»Welche Jahre interessieren Sie denn?«, fragte der freundliche ältere Mann nach.

Max hatte ihr das Erbauungsdatum des Schlosses genannt, und davon ausgehend, hatte sie Roses Geburtsjahr ungefähr abgeleitet.

»1670 aufwärts«, antwortete sie daher.

»Da muss ich Sie leider enttäuschen. Diese alten Bücher bewahren wir nicht hier auf. Die wären viel zu wertvoll und sie benötigen eine Schutzatmosphäre, damit sie nicht kaputtgehen.« Als er die Enttäuschung in Hettys Gesicht sah, fügte er an: »Die Bücher werden in Aberdeen aufbewahrt, aber in der heutigen Zeit sind sie auch digitalisiert abrufbar. Wenn Sie über Internet verfügen, können Sie sie also auch praktisch von zu Hause aus einsehen.«

»Wirklich? Das ist ja genial! Vielen Dank, da haben Sie mir sehr geholfen.«

Hetty verabschiedete sich und machte sich auf den Weg in den Lebensmittelladen, um da ein Inserat aufzuhängen, das sie mit Max' widerwilligem Einverständnis aufgesetzt hatte. Sie wollte Olivers Geduld nicht zu sehr strapazieren, auch wenn sie überhaupt keine Lust hatte, nach Hause zurückzukehren. Aber hierbleiben konnte sie ja auch nicht ewig. Max hatte die Stirn gerunzelt, als er das Inserat, das nach einer Haushaltshilfe für ihn suchte, gelesen hatte.

»Musstest du meinen Namen erwähnen?«, knurrte er genervt.

»Aber ja. Schließlich soll die Person gleich wissen, auf was sie sich da einlässt. Hör zu, da wir hier nur schlechten Handy-Empfang haben, habe ich die Telefonnummer vom Schloss angegeben. Geh also bitte ran, wenn jemand anruft, ja?«

Max brummelte irgendwas Unverständliches.

»Max, es ist wichtig! Ich kann hier nicht ewig bleiben. Du siehst doch, in was für Schwierigkeiten mich schon die paar Tage gebracht haben.«

»Dein Mann ist ein Idiot!«, schimpfte Max.

»Du kennst ihn ja nicht mal«, versuchte Hetty ihren Mann halbherzig zu verteidigen, obwohl sie ihn im Moment liebend gerne selbst an die Wand geklatscht hätte. »Er hat halt viel um die Ohren ...«

»Deswegen lässt man seine Frau nicht einfach hängen.« Dann hob er abwehrend die Hände in die Luft. »Ist ja gut, Hetty. Ich werde mich nicht weiter einmischen und brav ans Telefon gehen, wenn jemand anruft.«

Hetty hatte ihm einen letzten prüfenden Blick zugeworfen, bevor sie sich umgedreht und das Wohnzimmer verlassen hatte.

Sie hoffte inständig, dass nicht wieder diese freche Verkäuferin an der Kasse saß. Doch so viel Glück hatte sie leider nicht. Hetty zog den Zettel hervor und ging gleich zu ihr an die Kasse. Die beiden musterten sich, als wären sie zwei Rivalen, die kurz vor einem Duell auf einer verstaubten Straße standen – mitten in der glühenden Mittagssonne einer leicht zerfallenen Westernstadt. Keine der beiden ließ die andere aus den Augen.

»Reicht das Geld heute nicht zum Einkaufen?«, fragte die Verkäuferin schnippisch, doch Hetty ließ sich gar nicht erst auf eine Diskussion ein, sondern legte den Zettel auf die Theke.

»Mr Gordon benötigt eine Haushaltshilfe. Darf ich Sie bitten, diesen Zettel im Laden aufzuhängen?«

Die Verkäuferin warf einen abschätzigen Blick auf das Inserat, bevor sie es mit spitzen Fingern aufhob. Dabei funkelten die Glitzerkristalle auf ihren pinkfarbenen Fingernägeln. »Wir hängen nicht für jedermann irgendwelche Wische auf.«

»Jetzt reicht es aber, Trish!«, klang eine weibliche Stimme aus dem hinteren Teil des Ladens, und kurz darauf kam eine adrett gekleidete Frau mit einem gut gefüllten Einkaufskorb nach vorne. »Ich habe schon beim letzten Mal mitbekommen, wie du diese Kundin abgekanzelt hast. Wenn du nicht sofort einen anderen Ton anschlägst, werde ich Dan darüber informieren, wie du mit seinen Kunden umgehst.«

Trish schluckte eine ärgerliche Bemerkung hinunter, während sich die Frau mit ausgestreckter Hand Hetty zuwandte: »Es tut mir leid, wir sind nicht alle so unfreundlich gegenüber Fremden. Ich bin Anne Harington. Mein Mann und ich betreiben die Willow Farm.«

»Es freut mich sehr! Hetty Collins, ich bin die Großnichte von Maxwell Gordon.«

»Ah, Sie kümmern sich bestimmt um ihn, seit er aus dem Krankenhaus entlassen wurde. Ich wollte schon lange bei ihm reinschauen, bin aber leider noch nicht dazu gekommen. Wie geht es ihm denn?«

»Er ist unglücklicherweise auch noch gestürzt und hat sich den Fuß gebrochen, sonst geht es ihm aber langsam besser.«

Nun mischte sich Trish, die sich von Anne ungerecht behandelt fühlte, wieder ins Gespräch ein: »Liz hat erzählt, die da und der Kindermörder versuchen, Max das Schloss abspenstig zu machen. So jemanden wollen wir hier nicht!«

Anne knallte den Einkaufskorb auf den Tresen. »Du und diese Liz, ihr seid zwei bösartige Tratschtanten! Es ist ein unbewiesenes Gerücht, dass Jules ein Kind umgebracht haben soll! Ich glaube das nicht, auf mich macht er einen sehr anständigen Eindruck. Die Einzige, die Max das Schloss abluchsen will, ist Liz selbst. Jetzt hängst du bitte dieses Inserat da hinten auf und tippst meine Sachen ein! Hetty und ich haben nicht wie du den ganzen Tag Zeit, Klatsch zu verbreiten.«

Trish blickte grimmig von der einen zur anderen, erhob sich dann betont langsam von ihrem Stuhl und hängte das Inserat tatsächlich am Schwarzen Brett auf. Allerdings zweifelte Hetty daran, ob sie es dort auch hängen lassen würde, wenn sie beide weg waren. Egal, sie wollte es sowieso noch in einer Zeitung abdrucken lassen oder zumindest auf einer Internetseite, falls sie irgendwo einen Computer benutzen konnte.

Ein Gedanke ließ ihr aber trotzdem keine Ruhe: Jules soll ein Kind umgebracht haben? Das war nun schon das zweite Mal, dass sie diese Anschuldigung hörte. Als sie mit Anne draußen vor dem Geschäft stand, fragte sie bei ihr nach, was es damit auf sich hatte.

»Ach, das ist nur so ein Gerücht, das die Leute verbreiten, die mit ihm nicht zurechtkommen. Vor einiger Zeit hat Liz es hier im Pub gestreut. Sie hat herausgefunden, dass er anscheinend mal vor Gericht gestanden hat, was aber genau passiert sein soll, konnte sie dann auch nicht sagen. Max hat ihr vor allen Leuten die Leviten gelesen und gesagt, sie solle sich nicht in Dinge einmischen, von denen sie keine Ahnung hätte. Er vertraue Jules, und er sei ein anständiger Mann. Für mich war die Sache damit erledigt. Max hätte sich nicht so für ihn starkgemacht, wenn er ein

Verbrecher wäre, und niemand kennt Jules besser als er. Manchmal könnte man fast denken, sie wären Vater und Sohn.«

Hetty lächelte. »Ja, die beiden können gut miteinander, und ich bin froh zu wissen, dass Max jemanden hat, der sich um ihn kümmert, wenn ich wieder weg bin.«

Anne blickte auf die Uhr. »Es tut mir leid, Hetty, aber ich muss los, um meinen Jüngsten von der Schule abzuholen. Aber komm doch mal auf einen Kaffee vorbei, dann können wir ein bisschen quatschen.«

»Danke, das werde ich gerne machen.«

In ihrem Wagen griff Hetty zu ihrem Handy, sie wollte noch einmal versuchen, Oliver zu erreichen. Er müsste jetzt in der Bank bei der Arbeit sein. Sie beschloss, über die Büronummer anzurufen, wo sie mit seiner Sekretärin verbunden wurde.

»Es tut mir leid, Mrs Collins, aber Ihr Mann ist gerade in einem Meeting. Ich kann ihn nicht stören«, versuchte die Sekretärin sie loszuwerden.

»Hören Sie, Susan. Ich weiß, mein Mann hat Sie damit beauftragt, mich abzuwimmeln, aber mir reicht es langsam! Richten Sie Oliver bitte aus, dass, wenn er mich nicht innerhalb der nächsten Viertelstunde zurückruft, ich seinen Chef anrufe und ihm erzähle, dass er in illegale Geschäfte verwickelt ist.«

Susan lachte nervös auf: »Das wird Ihnen sowieso niemand glauben.«

»Wollen Sie es darauf ankommen lassen?« Hetty versuchte, selbstsicherer zu klingen, als sie es war und drückte den Knopf, um das Gespräch zu beenden. Schon nach einer Minute klingelte ihr Handy.

»Was sollte das eben, Henrietta? Bist du völlig übergeschnappt?!«, dröhnte es so laut aus dem Handy, dass sie es etwas vom Ohr weghalten musste.

»Hallo, Oliver, freut mich auch, dich zu hören. Wie geht es dir?«

Er überging ihre Frage und sprach das Einzige an, was ihn zu interessieren schien: »Rufst du an, um mir zu sagen, wann du nach Hause kommst?«

»Nein. Ich wollte tatsächlich fragen, wie es dir geht. Dich scheint es ja nicht zu interessieren, wie ich zurechtkomme.«

»Wenn du auf die gesperrten Konten anspielst, die werden für dich wieder zugänglich sein, sobald du hier bist, so wie ich es dir beim letzten Mal schon gesagt habe.«

Hetty kämpfte um ihre Fassung und drängte die Tränen in ihren Augen zurück. »Glaubst du wirklich …«, versuchte sie es, und musste sich dann aber noch mal zusammenreißen, um nicht zu weinen. »Glaubst du wirklich, so funktioniert eine Partnerschaft? Liebst du mich überhaupt noch?«

»Ach, komm mir jetzt doch nicht mit der Tour! Du bist diejenige, die aus unserer Vereinbarung ausgestiegen ist, damit du dich um einen Wildfremden kümmern kannst.«

»Max ist Familie, Oliver. Falls dir das überhaupt etwas sagt. Ich habe heute ein Inserat für eine Haushaltshilfe aufgegeben. Sobald wir jemanden gefunden haben, komme ich zurück und dann müssen wir erst mal reden. Und ich bin aus keiner Vereinbarung ausgestiegen, sondern habe mir das genommen, was du und Becky euch andauernd herausnehmt, Oliver. Du fragst mich schließlich auch nie um Erlaubnis, wenn du auf eine Geschäftsreise gehst, oder wenn du an meinem Geburtstag mit irgendwelchen Geschäftsleuten feierst.«

»Du sagst es, Henrietta: *Geschäfts*leute! Bei mir kommt Geld rein. Bei dem, was du tust, nicht. Entschuldige bitte, dass ich dich nicht um deine Erlaubnis frage, wenn ich dabei bin, unsere Existenz zu sichern!«, höhnte er großspurig.

»Du hast mir noch immer nicht geantwortet«, erinnerte ihn Hetty leise, aber hartnäckig. »Liebst du mich noch?«, wiederholte sie die Frage, obwohl sie sich selbst nicht sicher war, ob sie die Antwort überhaupt hören wollte.

»Was soll dieser Scheiß?! Das hat dir doch bestimmt wieder deine unmögliche Freundin eingeredet. Du bist meine Ehefrau, was soll das ganze verdammte Theater?! Jetzt komm nach Hause und ruf mich nie wieder wegen so einem Mist bei der Arbeit an!«

Hetty drückte das Gespräch weg und legte ihren Kopf auf das Lenkrad. Die Tränen, die sie zuvor noch hatte zurückhalten können, liefen ihr nun in Strömen über die Wangen. Sie heulte nicht, weil sie sich selbst so leidtat, sondern weil ihre Ehe am Ende schien. Wie hatte es zwischen Oliver und ihr nur so weit kommen können? Wieso hatte sie nicht früher bemerkt, dass in ihrer Ehe das Elementarste fehlte? Die Liebe, die Anteilnahme, die Herzlichkeit ... oder sind sie irgendwann einfach abhandengekommen? Waren all diese Gefühle da gewesen und sie beide hatten ihnen einfach nicht genügend Sorge getragen? Sie wusste es nicht ... nicht mehr. Verzweifelt wühlte sie in ihrer Handtasche nach einem Taschentuch. Als sie sich die Nase geputzt, die Augen einigermaßen trocken gerieben und das Zittern etwas aufgehört hatte, fuhr sie zurück zum Schloss.

Unterwegs fragte sie sich, was sie tun sollte, wenn sie sich von Oliver trennte. Sie hatte doch keine Berufsausbildung, von was sollte sie also leben? Vermutlich konnten ihre Eltern sie irgendwo im Hotel unterbringen, aber wollte sie das? »Kommt Zeit, kommt Rat«, versuchte sie sich mit der alten Weisheit selbst Hoffnung zu machen. Auf dem Hügel angekommen, schlich sie sich ins Schloss hinein. Sie hatte nicht die Kraft, jetzt Max gegenüberzutreten. Bestimmt würde er wissen wollen, warum sie so verheult ausschaute. Sie legte sich auf ihr Bett und hoffte, etwas Schlaf finden zu können. Irgendwann schlummerte sie tatsächlich ein.

Leise Musik klang an ihre Ohren und ein warmer Lufthauch strich ihr fast schon zärtlich über die Wangen.

»Du schaffst das schon, Hetty«, sagte eine einfühlsame Stimme.

Hetty öffnete flatternd die Augenlider und sah Rose neben sich sitzen. Wie immer trug sie ein zauberhaftes Kleid, war makellos gepflegt und von einem Rosenduft umgeben. Nur ihre Haut war so blass, totenblass.

»Ach, Rose«, seufzte Hetty, als sie den ersten Schrecken überwunden hatte. »Ich habe keine Ahnung, wie. Ich bin achtunddreißig, habe keine Berufsausbildung, und wenn ich meinen Mann verlassen wollte, wäre ich ganz allein auf mich gestellt. Das jagt mir eine Heidenangst ein.«

»Du bist stark, Hetty. Ich kann das fühlen. Doch du solltest dir gut überlegen, was du tust. Mir fehlt mein William sehr. Ich wünschte, wir könnten noch beisammen sein.«

»Ihr habt euch wohl sehr geliebt?«, fragte Hetty berührt, als sie die traurigen Augen von Rose sah.

»Ja, er war die Liebe meines Lebens.« Damit stand Rose auf und ging zum Fenster.

»Nein, Rose, warte! Bitte, spring nicht schon wieder aus dem Fenster!«

Rose lächelte wehmütig. Wie von selbst öffnete sich das Fenster und ein kalter Luftzug erfüllte den Raum.

»Es tut mir leid, Hetty, ich habe keine Wahl. Bitte, finde mein Tagebuch, damit das ein Ende hat und ich zu meinem William kann.« Sie hob ihre Röcke empor, kletterte auf den Stuhl und sprang.

Nachdenklich blickte Hetty ihr hinterher. Dagegen musste was unternommen werden. Wenn sie schon für sich im Moment nichts tun konnte, so doch wenigstens für Rose. Sie blickte auf ihre Uhr und stellte erschrocken fest, dass sie eine ganze Stunde geschlafen hatte, auch wenn es sich nicht so anfühlte. Max musste seine Medikamente nehmen, und sie müsste sich langsam daranmachen, das Abendessen vorzubereiten.

»Was ist denn mit dir los?«, fragte Max, als Hetty zu ihm ins Wohnzimmer kam.

»Wieso? Was soll los sein?«, sie versuchte ihre Stimme fröhlich klingen zu lassen, während sie ihm die Medikamente mit einem Glas Wasser reichte.

»Nun tu nicht so! Hast total verheulte Augen. Hat sich etwa dein idiotischer Ehemann gemeldet?«

Max nahm die Tabletten und spülte sie mit dem Wasser hinunter.

»Ja.«

»Und? Nun lass dir doch nicht alles aus der Nase herausziehen, Mädchen.« Max sah sie erwartungsvoll an. »Hat er sich entschuldigt?«

Hetty lachte lakonisch. »Er glaubt sich im Recht, warum sollte er sich da zu einer Entschuldigung herablassen? Nein, in seinen Augen bin ich es, die sich zu entschuldigen hat.«

»Das wirst du doch hoffentlich nicht tun, oder?!«, ereiferte sich Max.

»Nein. Im Gegenteil«, sagte Hetty und fügte dann erklärend hinzu: »Ich werde mich von ihm trennen.«

»Kluges Mädchen.«

Hetty rieb sich mit den Fingern die Stirn, hinter der sich ein pochender Kopfschmerz bemerkbar machte. »Ich weiß nicht ... so sicher bin ich mir noch nicht, dass es eine gute Idee ist«, gestand sie. »Weißt du, ich habe nichts gelernt. Wie soll ich da meinen Lebensunterhalt verdienen können? Alles, was ich in den letzten Jahren gemacht habe, war, mich um meine Familie zu kümmern.«

»Ich soll doch eine Haushaltshilfe und Pflegekraft einstellen, oder?«, fragte Max spitzbübisch und wartete gar nicht erst ab, bis Hetty ihm antwortete, sondern fuhr gleich fort: »Du hast den Job. Und du kannst auch gerne hier wohnen bleiben, das habe ich dir ja schon öfters gesagt.«

Hetty war gerührt. »Max, das ist sehr lieb, aber da gibt es ein paar Probleme: Erstens werde ich ganz bestimmt von dir kein Geld annehmen. Zweitens brauchen wir sowieso jemanden, der sich um dich kümmert, denn ich muss – sobald wir jemanden gefunden haben – zurück, um mit Oliver alles zu klären, und um die Scheidung einzureichen. Vermutlich brauche ich auch einen Anwalt.«

Daran hatte sie zuvor noch gar nicht gedacht. Mist, und mit was sollte sie den bezahlen?! Mit Cupcakes etwa? Die würden wohl kaum als Honorar akzeptiert werden.

»Ganz sicher brauchst du einen Anwalt und nach dem, was ich bisher von deinem Ehemann gehört habe, brauchst du sogar einen verdammt guten.«

»Ich werde mich in London darum kümmern. Bestimmt gibt es bei der öffentlichen Rechtsberatung auch jemanden, der mich vertreten würde.«

Max haute mit der flachen Hand auf die Armlehne des Sessels und rief: »Davon will ich nichts hören! Du wirst dir gefälligst einen richtigen Anwalt nehmen!«

»Das kann ich mir nicht leisten, Max. Und ich werde kein Geld von dir annehmen, du brauchst also gar nicht erst damit anzufangen.«

»Wir könnten ein paar alte Möbel aus dem Schloss verkaufen.«

»Nein, Max, das will ich nicht! Oliver ist mein Problem.«

»Er wird auch zu meinem, wenn du mich hier mit einer Fremden im Haus sitzen lässt«, schimpfte Max und klang dabei wie ein kleines, trotziges Kind.

Unwillkürlich musste Hetty lachen. »Ich erinnere dich nur ungern daran, Max, aber am Anfang war ich für dich auch nur irgendeine Fremde, die dir auf die Nerven ging. Und nun sieh her, wir kommen doch bestens miteinander aus.«

Max knurrte.

»Ach komm schon, Max. Wir werden schon die Richtige finden, mit der du zurechtkommen wirst.« Und die sich hoffentlich auch nicht von einem grantigen alten Mann und einem selbstmordgefährdeten Gespenst einschüchtern lässt, dachte Hetty im Stillen.

In dieser Nacht schlief Hetty unruhig, und das, obwohl Rose ihr dieses Mal keinen Besuch abstattete. Es ging ihr einfach viel zu viel durch den Kopf. Sie wollte am Morgen noch mal bei Jules vorbeigehen, um zu fragen, ob er einen Computer hatte, den sie benutzen konnte. Das Inserat sollte so rasch wie möglich online sein, und natürlich wollte sie sich auch noch in die Kirchenbücher einklicken, um mehr über Rose herauszufinden.

»Geht's dir gut? Du schaust etwas mitgenommen aus«, stellte Jules fest, während er sie in den oberen Stock der Werkstatt führte, wo sich sein Büro befand.

»Ja, meine Nacht war nur etwas kurz«, sagte Hetty, während sie sich in dem großen, offenen Raum umsah. Vier Dachfenster erhellten das Büro, die Möbel waren alle aus Holz und vermutlich von ihm selbst gebaut. Der Bürotisch, auf dem der Computer stand, war phänomenal. Sie konnte nicht anders und musste mit der Hand über die glatte Oberfläche streichen.

»Ich mag keinen Kunststoff unter meinen Armen, wenn ich am Schreiben bin.« Jules drückte den Startknopf des Computers unter dem Tisch und gab anschließend sein Passwort ein.

»Der Tisch ist wunderschön. Die Leute müssen dir die Möbel aus den Händen reißen.«

Jules lachte. »Nicht wirklich. In der heutigen Zeit stehen die Leute auf modernere Materialien wie Chromstahl und Glas.«

»Baust du verschiedene Möbel oder hast du dich auf etwas spezialisiert?«, fragte sie neugierig nach.

»Verschiedene. Meistens entscheidet aber das Holz, was ich daraus mache. So, nun kannst du ran.« Jules zog den Stuhl hervor, damit Hetty sich hinsetzen konnte. »Ich bin dann wieder unten in der Werkstatt. Ruf mich einfach, wenn du was brauchst.«

»Danke, Jules.«

Hetty zog das Inserat aus ihrer Tasche hervor und machte sich an die Arbeit. Sie positionierte die Anzeige schnell und mühelos auf einer Job-Webseite. Danach machte sie sich auf die Suche nach den Kirchenbüchern. Sie musste zuerst ein Login erstellen, bevor sie Einsicht erhielt, aber dann war es ein Kinderspiel. Rasch fand sie sich auf der Webseite zurecht und scrollte sich durch das Geburtenverzeichnis bis zu den für sie interessanten Jahren. Sie fand vier Einträge mit dem Namen Rose, die infrage kommen könnten. Sie schrieb die Namen auf ein Stück Papier:

- Rose Gordon, geb. 04.02.1671, Eltern Marie Gordon-Miller und Anthony Gordon
- Rose Douglas, geb. 11.10.1671, Eltern Anne Douglas-Gordon und Michael Douglas

- Rose Gordon, geb. 05.06.1674, Eltern Bryanna Gordon-Gordon und Joseph Gordon
- Rose Gordon, geb. 09.01.1675, Eltern Marianne Gordon-MacDonald und Jack Gordon

Sie war gerade dabei, die Trauungsdaten dieser Frauen zu überprüfen, als Jules mit zwei Tassen Tee die Treppe hochkam.

»Kommst du voran?«

Vorsichtig stellte er eine Tasse neben Hetty hin. Sie nickte konzentriert, ohne den Blick vom Computer zu nehmen.

»Ich glaube, ich habe sie gerade gefunden.« Sie deutete auf einen Eintrag auf dem Bildschirm. »Das muss sie sein: Rose Gordon, getraut am 20. Mai 1695 mit William MacLane. Sie war die Tochter von Bryanna und Joseph Gordon.«

Interessiert zog Jules einen Stuhl heran und zog seine Lesebrille aus seiner Hemdtasche. Erstaunt blickte ihn Hetty an. Die Brille stand ihm ausgezeichnet, und sie fühlte wieder ein leichtes Kribbeln in ihrem Bauch, als sie sich seiner Nähe bewusst wurde.

»Ich brauche die nur zum Lesen«, erklärte Jules, dem ihr Blick nicht entgangen war. »Das ist zwar lästig, aber ohne geht's nicht mehr. Warum denkst du, dass es ausgerechnet diese Rose ist? Immerhin hast du dir noch drei weitere herausgeschrieben.«

»Ähm ...«, Hetty versuchte, ihre Gedanken von seinem herrlich männlichen Duft zurück auf die rotblonde Schönheit zu lenken. »Rose hat mir von ihrem William erzählt und die anderen Mädels haben Männer mit anderen Vornamen geheiratet.«

»Gut. Dann wissen wir jetzt also, wann sie geboren wurde, wer ihre Eltern waren und wer ihr Ehemann war. Fehlt nur noch der Eintrag, wann sie beerdigt wurde. Vielleicht finden wir so auch die Todesursache heraus, das könnte weiterhelfen.«

»Das ist einfacher, als ich dachte«, grinste Hetty ihn breit an.

Ihre Euphorie war ansteckend und sie sah zu süß aus, wenn sie sich so ereiferte, fand Jules. Er hatte Mühe, seinen Blick von ihren funkelnden blauen Augen abzuwenden. Sie erinnerten ihn an einen der Lochs in den Bergen der Highlands, zu dem er im letzten Jahr mit einem Freund gewandert war. Der See lag hoch oben und seine dunkle Oberfläche glitzerte im Sonnenlicht, genau wie Hettys Augen. Als er es endlich schaffte, seine Aufmerksamkeit wieder auf den Bildschirm vor ihnen zu lenken, hatte Hetty bereits in das Beerdigungsregister gewechselt. Doch hier kam die Suche ins Stocken. Sie fanden die anderen drei Frauen, aber Rose MacLane tauchte nirgendwo auf. Eine der drei war an Kindbettfieber gestorben, eine andere mit knapp vierzig an einer Epidemie, und die letzte wurde dann doch siebzig Jahre alt und war friedlich eingeschlafen. Aber Rose MacLane blieb unauffindbar.

»Das kann nur bedeuten, dass sie nicht christlich beerdigt wurde«, stellte Jules nüchtern fest. »Somit muss sie etwas ziemlich Übles getan haben.«

Hetty kamen Trishs und Liz' Worte wieder in den Sinn: *Er ist ein Kindermörder*. Ob da wirklich was dran war? Sie musterte Jules unauffällig und konnte sich einfach nicht vorstellen, wie er zu so einer Tat fähig wäre. Andererseits, hatte er ihr nicht auch gesagt, vor wenigen Jahren noch hätte es niemand mit ihm aushalten können? Vielleicht war er früher wirklich ein anderer Mensch gewesen.

»Hetty?«

»Hmm?!« Sie war so in ihre Gedanken vertieft gewesen, dass sie seine letzten Worte gar nicht mitbekommen hatte.

»Einen Penny für deine Gedanken«, lächelte er. »Ich habe gesagt, dieser hier könnte unser William sein: *›William MacLane, geboren am 21.09.1670, gestorben am 15.08.1755, nach kurzer Krankheit eingeschlafen‹*«, las er den Eintrag vor. »Ein ziemlich langes Leben für damalige Verhältnisse, findest du nicht? Wir könnten versuchen, sein Grab ausfindig zu machen. Vielleicht erhalten wir so einen weiteren Hinweis zu Rose.«

Hetty schaute ihn schmunzelnd an. »Dir macht das Ganze Spaß, nicht wahr?«

»Ja«, gab er unumwunden zu. »Ich meine, wer würde nicht gerne mal in die Rolle von Indiana Jones schlüpfen?«

»Okay, Dr. Jones, dann lass uns nach dem verlorenen Grab suchen. Wo sollen wir beginnen?«

Jules blickte kurz auf die Uhr. »Das Grab muss noch etwas warten, zuerst müssen wir bei der Gemeindeverwaltung vorbei. Ich habe bereits gestern einen Termin für heute vereinbart, um die Pläne des Schlosses zu erhalten.«

Sie tranken ihre Tassen leer und machten sich dann auf den Weg.

Die Verwaltung war verständlicherweise nicht bereit, die alten Pläne herauszugeben oder kopieren zu lassen. Sie meinten, das Kopiergerät könnte dem alten Papier Schaden zufügen. Unter den aufmerksamen Augen des Verwaltungsangestellten durften sie aber die Pläne im Sitzungszimmer studieren und sich Notizen machen. Da Hetty das Schloss noch nicht so gut kannte, waren für sie die Pläne ein Buch mit sieben Siegeln. Einen Geheimgang hätte sie nie und nimmer von einem normalen Gang unterscheiden können. Aber Jules kannte das Schloss mittlerweile wie seine Westentasche. Er prüfte alles ganz genau, während Hetty ratlos neben ihm stand.

»Siehst du irgendwas Ungewöhnliches?«, fragte sie, als er plötzlich zu Stift und Papier griff.

»Ich bin mir nicht ganz sicher, aber diesen Korridor hier«, er deutete auf die Stelle auf dem Plan, »ich meine, den hätte ich noch nie gesehen. Und schau mal«, er zeigte auf die Mauer des Schlosses, »hier hört der Weg plötzlich auf. Und da, in diesem Nebengebäude des Schlosses, da wo Max mir erlaubt, meine Möbel auszustellen, da ist ein Raum eingezeichnet, den es eigentlich gar nicht gibt.«

»Könnte es sein, dass die beiden Räume vielleicht einfach zu einem großen verbunden worden sind?«, fragte Hetty.

»Möglich. Oder aber, der Durchgang wurde zugemauert, was mir wahrscheinlicher erscheint, wenn ich die Größe des Raumes auf dem Plan mit dem realen vergleiche.«

Jules zeichnete mit sicherer Hand und klaren Linien die Räume nach, um auch ja nichts zu vergessen und um anschließend an den richtigen Stellen zu suchen. »Wir werden wohl ein paar Wände einreißen müssen. Max wird darüber bestimmt nicht begeistert sein.«

»Lass uns beim Mittagessen mit ihm darüber reden«, schlug Hetty vor.

»Gerne.« Er packte seine fertigen Skizzen ein, und sie bedankten sich bei dem Verwaltungsangestellten, bevor sie zurück zum Schloss fuhren.

Max hörte aufmerksam zu, als die beiden ihm von ihren Fortschritten in Bezug auf Rose berichteten, während sie die Pasta mit frischen Tomaten und Rucola verschlangen, die Hetty in der Eile zubereitet hatte.

»Und nun wollt ihr also Wände einschlagen aufgrund dieser Skizzen und nur, um ein Tagebuch zu finden?«

Begeisterung klang definitiv anders, fand Hetty. »Wir könnten zuerst auch das Grab von William suchen, vielleicht finden wir dort einen weiteren Hinweis«, schlug sie daher vor.

»Das wäre mir lieber. Denn nur weil auf ein paar alten Plänen ein Raum und ein Gang zu sehen sind, die wir nicht kennen, heißt das noch lange nicht, dass es die auch gibt oder sich darin ein Tagebuch befindet.« Max schob sich eine weitere Gabel der störrischen Spaghetti in den Mund. Warum hatten die Italiener dieser Teigware bloß so eine unmögliche Form verpasst, brummte er innerlich, als er den roten Fleck auf seiner Strickjacke entdeckte.

Hetty und Jules warfen sich einen Blick zu. »Bist du denn nicht neugierig? Willst du nicht wissen, ob es diesen Gang oder diesen Raum nicht doch gibt und wenn ja, was sich dahinter verbirgt?«, fragte Jules schließlich.

»Was soll dahinter schon sein? Alte vergammelte Räume und ein Haufen Schmutz.«

»Aber«, begann Hetty erneut, »die haben damals bestimmt nicht einfach so alles zugemauert, um weniger putzen zu müssen. Es muss einen Grund gegeben haben.«

»Schlafende Hunde soll man nicht wecken.« Max begann, mit seiner Serviette an dem Fleck zu rubbeln.

»Das solltest du besser bleiben lassen. Das macht es nur noch schlimmer«, meinte Hetty. »Ich werfe die nachher mit einem Fleckenmittel in die Waschmaschine.«

Jules schob seinen leeren Teller etwas zur Seite. »Hör mal, Max, du kennst mich, du weißt, ich werde alles wieder so instand setzen, wie es war. Das Schloss liegt auch mir am Herzen, schließlich stehen meine Ausstellungsstücke für die Kundschaft hier. Lass es mich versuchen ... bitte.«

Er sah den alten Mann eindringlich an, der plötzlich grinste.

»Du bist neugieriger als ein altes Waschweib, Junge. Na schön. Aber seid nicht enttäuscht, wenn ihr nichts als Spinnweben und Mäusekot findet.«

Hetty drückte ihm spontan einen Kuss auf die Wange. »Danke.«

Max lachte vergnügt. »Nicht so stürmisch, junge Frau.«

»Ich hätte nicht gewusst, wie wir sonst weiter nach Roses Tagebuch suchen sollten. Sie kennt doch jede Ecke im Schloss und wenn das Buch in der Bibliothek versteckt wäre, dann hätte sie es längst gefunden.«

»Du vergisst, dass Geister sich nicht von Mauern aufhalten lassen, Hetty«, erinnerte Max sie, obwohl er ihrem Eifer nur ungern einen Dämpfer aufsetzte. »Bestimmt kennt Rose den verborgenen Raum und diesen Korridor. Es ist eher unwahrscheinlich, dass ihr dort das Buch finden werdet.«

Hetty seufzte tief. »Stimmt, daran hätte ich auch denken können.«

»Aber vielleicht finden wir dort einen weiteren Hinweis und wir sollten parallel dazu Williams Grab ausfindig machen.« So schnell ließ sich Jules nicht entmutigen. »Trotzdem müssen wir die Suche vertagen, ich habe heute Nachmittag noch einen Termin mit einem Kunden.«

»Dann lass uns morgen Nachmittag zur Kirche fahren, ich habe hier im Haushalt auch noch einiges zu erledigen. Ich hole dich ab.«

Die frisch gewaschene Wäsche flatterte an der Leine im Wind. Hetty stellte den leeren Weidekorb zur Seite und blickte zufrieden auf ihr Werk. Die Sonne wärmte ihr Gesicht, und der Duft der Wäsche ließ sie für einen Moment genussvoll die Augen schließen. Der Tag war viel zu schön, um ihn drinnen zu verbringen. George sah sie mit schief angelegtem Kopf an, sodass sie lächeln musste. »Ja, du hast ja recht, George. Lass uns eine Runde durch den Garten drehen.«

Als sie unterhalb von Roses Zimmer vorbeikamen, blickte Hetty hoch zum Fenster. Da stand sie wieder, diese wunderschöne junge Frau mit den rotblonden Locken, und schaute in die Ferne. Sie sah so traurig aus, schoss es Hetty durch den Kopf. Wie musste es wohl sein, durch die Jahrhunderte hindurch zu wandeln? Die Besitzer des Schlosses kommen und gehen zu sehen? Wenn sie in den Büchern die richtige Rose gefunden hatten, würde das bedeuten, dass sie mittlerweile dreihunderteinundvierzig Jahre alt war. Hetty musste schmunzeln, als sie sich vorstellte, wie sich die Kosmetikhersteller um die Dame reißen würden, die nach wie vor eine makellose, wenn auch etwas blasse Haut hatte. Aber es war nicht lustig, rief sie sich in Erinnerung, bestimmt war es auch ein einsames Dasein.

Entschlossen ging sie zum Schloss zurück. Sie würde in Roses Zimmer gehen und bei ihr einen Tee trinken. Hetty musste lachen, Tea Time mit einem Gespenst. Hätte ihr das früher jemand gesagt, hätte sie die Person für geisteskrank erklärt. Aber Rose war real und ihr Schicksal berührte Hetty. Was konnte jemand getan haben, um so ein trostloses Dasein zu verdienen und sich täglich aus dem Fenster stürzen zu müssen?

Hetty kam gerade die Treppe von der Eingangshalle hoch, als sie Max in den Telefonhörer knurren hörte: »Wir brauchen niemanden, Sie haben sich …«

Weiter kam er nicht, denn Hetty war die letzten Meter zu ihm hingerannt und hatte ihm den Hörer aus der Hand genommen. »Guten Tag, hier spricht Henrietta Collins. Melden Sie sich etwa auf unser Inserat für die Haushaltshilfe?«

»Ähm, ja … aber«, die weibliche Stimme klang ziemlich verunsichert.

»Es tut mir leid, meine Liebe. Ich habe vergessen, meinem Großonkel zu sagen, dass ich heute ein Inserat geschaltet habe. Das ist jetzt wirklich etwas dumm gelaufen. Wie ist Ihr Name?«

Die Frau stellte sich als Stella vor. Sie wohne nur ein Dorf weiter, sei verwitwet und ihre Kinder hätten das Nest bereits verlassen. Nun hätte sie zu viel Zeit, die es totzuschlagen gälte. Hetty erklärte ihr, was genau zu tun war und hörte Max im Hintergrund immer mal wieder unpassende Kommentare abgeben.

»Hätten Sie Zeit, mal bei uns vorbeizukommen, damit wir Sie kennenlernen und sehen könnten, ob die Chemie untereinander stimmt?«, fragte Hetty ungeachtet der Schimpftirade hinter ihrem Rücken. Sie vereinbarten ein Treffen für den übernächsten Tag. Als sie das Gespräch beendet hatte, drehte sich Hetty um und schaute ihren Großonkel vorwurfsvoll an. »Das wäre beinahe schiefgelaufen, Max!«

»Ich habe dir doch schon gesagt, ich will keine fremden Leute im Haus haben.«

»Aber es geht nun mal nicht anders. Ich möchte bald zurück nach London, um die Probleme mit Oliver zu klären. Du brauchst jemanden, der sich in der Zeit um dich kümmert. Allein kommst du nicht zurecht, nicht mit dem Gipsbein.«

»Was weißt du schon!«, schimpfte Max und ließ sie allein im Korridor stehen.

Hetty seufzte, ging in die Küche und kochte sich einen Tee. Mit der heißen Tasse ging sie dann zu Rose, doch das Zimmer war leer. Zurückgeblieben war nur ein leichter Rosenduft. »Na super, und du willst auch nicht mit mir reden!«

Selbst in der Nacht ließ Rose sie in Ruhe, das kam ihr seltsam vor und sie berichtete Jules davon, als sie ihn am nächsten Tag mit ihrem Jaguar abholte.

»Vielleicht denkt sie ja, dass du jetzt auf der richtigen Fährte bist und sie dich nicht weiter anzuspornen braucht ... Gott, was rede ich da!?« Jules fuhr sich mit der Hand durchs Haar. »Ich rede schon von Geistern, als würde ich selbst daran glauben.«

Hetty kicherte. »Natürlich glaubst du an Rose! Warum sonst würdest du dich auf die Suche nach ihrem Tagebuch machen?«

»Na ja, wenn ich sie mal sehen würde, wäre das mit dem Glauben ein bisschen einfacher. Eigentlich mache ich nur mit, weil ich die Sache spannend finde und ich mich frage, was dabei herauskommen wird. Ich meine, bist du nicht neugierig, was sich in diesen geheimen Räumen verbirgt?«

»Und wie! Aber vor allem möchte ich Rose helfen. Sie wirkt so traurig.«

»Dein Mitgefühl in allen Ehren, aber sie ist ein Geist, und wenn du recht hast, ist sie über dreihundert Jahre alt. Sie kann nicht besonders helle auf der Platte sein, wenn sie es in dieser Zeit nicht geschafft hat, herauszufinden, was sie angestellt hat, um es wiedergutzumachen. Ich meine, wie schusselig muss man sein, wenn man in all dieser Zeit sein eigenes Tagebuch nicht mehr findet?! Und warum springt sie andauernd wie eine Irre aus dem Fenster?«

Gegen ihren Willen musste Hetty lachen. »Nur gut, dass sie dich nicht hören kann.«

Hetty parkte den Wagen bei der Kirche, an der William angeblich begraben sein sollte. Sie starteten ihre Suche auf dem Friedhof hinter dem historischen Gebäude. Tatsächlich fanden sie einige Grabsteine aus dem siebzehnten und achtzehnten Jahrhundert. Sie waren verwittert, mit Flechten bewachsen und die Inschriften waren zum Teil kaum noch lesbar.

»Ich habe keinen William MacLane gefunden, und du?«, fragte Hetty enttäuscht, nachdem sie sich jedes Grab angeschaut hatte.

Jules sah sie mit einem aufmunternden Lächeln an. »Du wirst doch wohl nicht schon aufgeben wollen, Hetty? Die Suche hat gerade erst begonnen. Als Schlossherr war William zu seiner Zeit bestimmt kein kleines Licht, da könnte es durchaus sein, dass er im

Inneren der Kirche bestattet worden ist oder dass zumindest eine Gedenktafel für ihn errichtet wurde.«

»Meinst du?«

Den Gedanken, in einer Kirche zu beten, wo unter ihren Füßen die Überreste eines Menschen lagen, fand sie ziemlich gruselig.

»Das hat man früher so gemacht ... aber irgendwann haben die Kirchen damit wieder aufgehört.«

»Vermutlich aus Platzgründen«, meinte Hetty. »Ich meine, stell dir nur mal vor, irgendwann hätte es mehr Tote als Lebendige in der Kirche gegeben.«

Sie schüttelte sich bei der Vorstellung, was Jules ein wohlklingendes Lachen entlockte.

»Komm, lass uns nachsehen gehen.« Er marschierte bereits Richtung Tür, die sich knarrend öffnen ließ. Als Hetty hinter Jules hindurchtrat, schnappte sie nach Luft. Das Innere schien noch genauso auszuschauen wie zu dem Zeitpunkt, als die Kirche erbaut worden war. Das Licht war schummrig und trug nicht gerade dazu bei, sich besonders wohlzufühlen. Es roch nach altem, feuchten Gestein und Weihwasser. Jules ging zielstrebig zum Kirchenchor, während Hetty an den Wänden nach einem Lichtschalter suchte.

»Hier!«, rief Jules plötzlich. »Ich glaube, ich habe ihn.«

Hetty vergaß den Lichtschalter und eilte gespannt zu Jules, der bereits am Boden kniete und versuchte, mit der Taschenlampe seines Handys die Inschrift genauer zu lesen. Ein Teil der Buchstaben war kaum noch zu entziffern, aber sobald Hetty die eingravierten Rosenblüten erkannte, war sie sich sicher, vor dem richtigen Grab zu stehen. *Liebe ist beständig,* konnte sie gerade noch so lesen. Auch der Vorname und der Todestag waren zu erkennen, der Rest war durch die Abnutzung nicht mehr lesbar. Jules blickte zu Hetty hoch und sah die Tränen in ihren Augen schimmern.

Er stand auf und zog sie einfach an sich. Sie verbarg ihr Gesicht an seiner Brust und ließ die tröstende Umarmung zu. Dabei versuchte sie zu ignorieren, wie gut es sich anfühlte und wie ihr Puls sich beschleunigte.

»Er hat sie bis zum Schluss geliebt«, schniefte sie leise.

»Na ja«, räusperte sich Jules. »Die Inschrift hat er wohl kaum selbst in den Stein gemeißelt. Vielleicht hat das seine zweite Frau in Auftrag gegeben.«

Hetty stieß ihn von sich weg und suchte nach einem Taschentuch, das sie in den Untiefen ihrer Handtasche natürlich nicht fand. »Wieso müsst ihr Männer bloß immer so unromantisch sein?!«, schimpfte sie und wühlte weiter in ihrer Tasche.

»Hier«, Jules hielt ihr eine Packung Papiertaschentücher hin. Sie zog eines heraus und reichte ihm die Packung mit einem gemurmelten Dank zurück.

»Wir sind nicht unromantisch, wir denken nur etwas anders als ihr Frauen«, rechtfertigte er sich. »Ich meine, möglich wäre es doch, dass jemand anderer ihn auch geliebt hat. Immerhin hat er ja noch einige Jahrzehnte ohne Rose gelebt. Und ...«, er schaute sie herausfordernd an, »sie muss irgendwas Schlimmes verbrochen haben, wenn sie, wie du sagst, als Geist herumirrt.«

Hetty schnäuzte sich ziemlich laut die Nase, was ihn unweigerlich zum Grinsen brachte.

»Und warum dann die Rosenblüten?« So leicht gab sie sich nicht geschlagen. Für Hetty war klar, William hatte Rose bis zum Schluss geliebt, ganz egal, was sie angestellt haben mochte.

»Hmm, keine Ahnung. Vielleicht mochten die beiden Rosen einfach gerne. Das wäre doch nicht außergewöhnlich und muss nichts zu bedeuten haben.«

»Und wären dann die beiden nicht zusammen beerdigt worden oder zumindest der Name der Frau auch eingraviert?«, schlussfolgerte Hetty und sah ihn herausfordernd an.

Jules hob abwehrend die Hände hoch. »Wow, Hetty. Ist ja schon gut!« Sie war einfach zu süß, wenn sie sich so für die Liebe einsetzte, stellte er amüsiert fest. »Gehen wir also davon aus, dass der arme Kerl über fünfzig Jahre lang einer Frau nachgetrauert hat …«

Hetty gab ihm einen Klaps auf den Arm. »Du musst das nicht so zynisch sagen! Es gibt tatsächlich Menschen, die finden ihre einzige und wahre Liebe.«

Fast schon zärtlich strich Jules ihr eine widerspenstige rotgoldene Locke aus dem Gesicht. Seine Stimme klang etwas belegt, als er fortfuhr: »Mag sein. Aber besonders glücklich scheint es die beiden nicht gemacht zu haben. Er liegt hier … allein … und sie geistert im Schloss herum … ebenfalls allein.«

»Deshalb müssen wir ihnen ja auch helfen. Sie sollen wieder zusammen sein.« Hetty zog ihr Handy aus der Tasche und machte ein Foto von dem Grabstein, auch wenn sie nicht sicher war, ob bei den schlechten Lichtverhältnissen wirklich etwas auf dem Bild zu erkennen sein würde.

»Hetty, die beiden sind schon tot«, rief er ihr sanft in Erinnerung.

»Schon … aber woher wissen wir denn, was nach dem Tod ist?« Hetty kniete sich vor der großen Steinplatte hin und strich liebevoll über eine der eingravierten Rosenblüten. »Wir werden das verflixte Tagebuch schon finden und deiner Liebe helfen, zur Ruhe zu kommen. Das verspreche ich dir.«

Die Kirchentür öffnete sich erneut knarzend, und eine ältere Frau trat ein.

»Hallo, Marge«, begrüßte Jules sie.

»Oh, hallo. Was macht ihr denn hier?«, fragte Marge neugierig.

»Wir haben uns lediglich mal die alten Inschriften angesehen. Weißt du, warum diese Leute hier drinnen und nicht im Friedhof beerdigt wurden?« Jules deutete auf die gravierten Steinplatten.

»Das waren alles Gönner, die ihr Vermögen zu Lebzeiten mit der Kirche geteilt oder es ihr später, nach ihrem Tod, vererbt haben. Zumindest hat mir das unser früherer Pfarrer mal erzählt. Ich finde es ja ein bisschen gruselig, aber so war das halt damals.«

Sie verabschiedeten sich von Marge und gingen nebeneinanderher zum Wagen zurück.

»Das alles hilft uns jetzt nicht wirklich weiter«, seufzte Hetty.

»Da hast du leider recht.« Jules öffnete die Wagentür auf seiner Seite und lächelte sie verschmitzt über das Dach hinweg an. »Dann lass uns mal ein paar Mauern einschlagen und sehen, ob wir so weiterkommen.«

Sie fuhren zu Jules' Werkstatt und luden das benötigte Werkzeug in seinen Land Rover, bevor sie hintereinander zum Schloss zurückfuhren.

»Korridor oder versteckter Raum? Wo willst du beginnen?«, fragte Jules, als sie sich wieder auf dem Parkplatz trafen.

»Ich weiß nicht. Ich habe ein bisschen Angst, dass wir in dem Raum eine Leiche finden könnten.«

»Möglich wär's«, räumte er ein. Doch ihr entsetztes Gesicht ließ ihn beruhigend hinzufügen: »Nach all dieser Zeit wäre von einer Leiche allerdings nicht mehr viel übrig ... nur ein paar Knochen.«

»Du bist makaber.« Aber Hetty konnte nicht anders und musste grinsen, weil seine Augen vor Unternehmungslust richtiggehend leuchteten. Er sah aus wie ein kleiner Junge, der vor einem großen Abenteuer stand. »Na schön, lass uns mit dem Raum beginnen, dann habe ich es hinter mir.«

Jules hob einen Werkzeugkasten aus dem Laderaum seines Wagens. »Keine Sorge, wenn wir den Raum freigelegt haben, gehe ich zuerst hinein und schaue mich um, ob es etwas zum Fürchten gibt. Hier«, er hielt ihr den Kasten hin, »kannst du den tragen? Dann nehme ich den Schlagbohrer und den Hammer.«

Sie schafften das Werkzeug zum Nebengebäude des Schlosses. Hetty hatte es bisher noch nie betreten. Ein Mal hatte sie neugierig versucht, die Tür zu öffnen, doch sie war abgeschlossen gewesen. Jules zog den Schlüssel aus seiner Hosentasche und schloss auf. Hetty war erstaunt, wie hell und groß der Raum war, den sie betraten. Verschiedene Holzmöbel standen wunderbar arrangiert herum und verliehen dem Ort eine wohnliche Atmosphäre.

»Wozu wurde das Gebäude früher genutzt?«, fragte sie Jules neugierig und drehte sich zu ihm um.

»Ich bin mir nicht sicher. Max meinte, dass es vielleicht die Waschküche gewesen sein könnte.« Er zog den Plan, den er gezeichnet hatte, aus seiner Gesäßtasche und studierte ihn zum gefühlt hundertsten Mal. Er konnte sich einfach nicht erklären, wieso ihm früher nie aufgefallen war, dass da noch ein Raum verborgen sein könnte. Hetty hingegen eilte von einem Möbelstück zum nächsten.

»Wow, und die hast alle du gemacht?«, fragte sie ihn, weil er das Gebäude ja von Max als Ausstellungsraum zur Verfügung gestellt bekommen hatte.

»Hä? Was?« Jules blickte abwesend auf und sah, wie sie bewundernd mit der Hand über die Armlehne des Stuhls strich, den er aus einem Wurzelstock herausgearbeitet hatte.

»Du bist ein Künstler.« Hetty strahlte übers ganze Gesicht.

»Was kostet denn so ein Stück?« Sie wollte auch so einen Stuhl, doch dann kam ihr wieder ihre finanzielle Lage in den Sinn und sie errötete leicht.

»Solche Wurzelstücke sind schwer zu finden. Es muss nicht nur die Größe, sondern auch die Qualität des Holzes stimmen.« Er trat neben sie. »Den hier verkaufe ich für zweitausend Pfund.«

»Wow, und das da drüben? Ist das eine Wiege für Erwachsene?«, sie deutete auf das große Doppelbett mit den Kufen, das unter dem Fenster im hinteren Bereich des Raumes stand.

Jules nickte. »Willst du dich mal reinlegen? Es schaukelt auch.«

Hetty lachte vergnügt. »Ich glaube es dir auch so. Deine Möbel sind fantastisch, sie haben so etwas Verspieltes und Verzauberndes an sich.«

»Danke.« Er hatte zwar schon öfter lobende Worte zu seiner Arbeit erhalten, aber die von Hetty waren ihm irgendwie wichtig. Er sah an ihren Augen und der Art, wie sie seine Möbel anfasste, dass sie es durchaus ehrlich meinte. Widerwillig löste er seinen Blick von ihr und ging zu der Wand, hinter der sich der Raum verbergen sollte. Er klopfte sie ab, konnte aber keinen Unterschied zu der Wand daneben erkennen.

»Lass uns zuerst deine Möbel abdecken. Es wäre doch zu schade, wenn sie beschädigt oder verdreckt würden. Ich hole schnell alte Leinentücher aus dem Schloss.«

Als sie zurückkam, hatte Jules bereits die Möbel etwas zusammengerückt. Nun konnten sie die Tücher einfach darüber ausbreiten. Das große Wiegenbett mussten sie allerdings gemeinsam abdecken. Nur mit Mühe konnte sich Jules beherrschen, Hetty nicht einfach auf die Matratze zu ziehen. Sie sah einfach zu verführerisch aus in ihrer Capri-Jeans und der blauen, ärmellosen Bluse, die sie leger vorne zusammengeknotet hatte. Und diese süßen Sommersprossen um ihre Nase! Sie verliehen ihr eine kecke Ausstrahlung. Dieser Oliver musste ein ziemlicher Trottel sein, um nicht zu bemerken, was für ein verdammtes Glück er mit seiner Frau hatte.

»Träumst du, oder was?«, neckte Hetty ihn. »Nun stopf das Tuch unter der Matratze fest, dann können wir endlich loslegen.«

Doch bevor er tatsächlich den Schlagbohrer ansetzte, maß er alles noch mal ab, um sicher zu sein, an der richtigen Stelle anzusetzen. »Warte besser draußen, das wird eine Menge Staub und Dreck geben«, wies er Hetty an, während er sich Schutzhelm, Schutzbrille, Mundschutz und Handschuhe überzog.

»Auf keinen Fall! Ich lasse mir doch diesen Spaß nicht entgehen!« Sie ging in die andere Ecke des Raumes und hielt sich Augen und Ohren zu. Als Jules sie an der Schulter antippte, schrak sie heftig zusammen. Er streckte ihr grinsend einen zweiten Schutzhelm und Mundschutz entgegen.

»Das ist effektiver. Bleib aber trotzdem hier hinten stehen, ja?«

Hetty nickte und schloss wieder die Augen. Durch die Ohrschützer des Helmes hörte sie den Lärm des Schlagbohrers nur noch gedämpft. Plötzliche Stille ließ sie die Augen wieder öffnen. Sie sah Jules in einer Wolke aus Staub stehen, vor ihm klaffte bereits ein kleines Loch in der Wand. Es reichte allerdings noch nicht aus, um hindurchzuklettern. Nun griff er zum Hammer, holte kräftig aus und ließ ihn auf die Wand niederdonnern. Da die Mauer nicht besonders dick war, ging es so schneller als mit dem Schlagbohrer. Er würde dann später die Öffnung sauber herausarbeiten, sodass man vielleicht eine Tür zu diesem Raum belassen konnte, ging es ihm durch den Kopf, während er erneut mit dem Hammer ausholte. Aus dem Augenwinkel nahm er wahr, wie Hetty nach vorne trat und ihm bedeutete, die Ohrschützer anzuheben, damit er sie verstand.

»Darf ich auch mal?«, fragte sie. Er schaute die Mauer an,

dann den Hammer und schließlich wieder sie. Zögernd nickte er: »Okay, aber pass auf, dass du mit dem Ding nicht aus Versehen dich oder mich erschlägst.«

»Sehr witzig.« Hetty hob den Hammer an, der schwerer war, als sie gedacht hatte. Bei Jules hatte das so leicht ausgesehen. So schwungvoll wie sie konnte, ließ sie ihn gegen die Wand sausen und nahm zufrieden wahr, wie der alte Mörtel bröckelte und das Loch größer wurde. Energisch schlug sie weiter auf das Gemäuer ein. Wie herrlich befreiend das war!

»Ich glaube, das reicht, Hetty«, sagte Jules mit einem Lachen in der Stimme. »Mann, Mann, ich möchte nicht wissen, an wen du eben gedacht hast.«

Mit zitternden Armen legte Hetty den Hammer auf den Boden und streifte sich den Mundschutz ab. Jules war bereits durch das Loch hindurchgeklettert und pfiff leise durch die Zähne. »Wahnsinn!«

»Siehst du irgendwo eine Leiche oder ein Skelett?«

»Nein. Komm rein und schau es dir an.« Er streckte ihr seine Hand entgegen, um ihr dabei zu helfen, durch das Loch zu klettern. Als sich Hetty in dem versteckten Raum aufrichtete, war sie so erstaunt, dass sie einen kurzen Moment vergaß, seine Hand wieder freizugeben. Der Raum hatte keine Fenster und wurde nur schwach vom Licht durch das Loch in der Mauer erhellt. Nach all den Jahren hielt sich der Staub dennoch in Grenzen und es waren nicht mal Spinnweben zu sehen. Gut, wie hätten die Spinnen auch hier hineingelangen sollen? Aber es roch ziemlich muffig. »Das schaut aus, als hätte eben noch jemand hier gewohnt«, meinte sie leise. »Schau mal, über dem Stuhl hängen sogar noch Kleider!« Hetty ging hin und hob das graue Kleid mit dem weißen Kragen hoch.

»Das muss wohl das Zimmer eines Dienstmädchens gewesen sein.«

Jules' Blick wanderte zu dem schlichten Bett, auf dem ein riesiger dunkler Fleck zu sehen war. Vermutlich war das der Grund, warum dieses Zimmer zugemauert worden war, dachte er bei sich. Hier war jemand ums Leben gekommen, da war er sich ziemlich sicher. Hetty trat neben ihn und griff erneut nach seiner Hand. Der Raum war bedrückend und sie brauchte das Gefühl, hier nicht allein zu sein.

»Was wohl passiert sein mag? Mit Sicherheit ist es nicht der Ort, wo Rose gestorben ist.«

»Wieso denkst du das?«

»Es ist nicht ihr Zimmer und sie stürzt sich immer aus dem Fenster, also kann sie nicht hier verblutet sein. Das wäre irgendwie nicht logisch.«

Jules nickte. »Lass uns trotzdem mal schauen, ob wir noch einen Hinweis auf die Person finden, die hier gelebt hat.« Sanft drückte er ihre Hand, ließ sie dann los und ging zum Schreibtisch, um dessen Schubfach zu durchsuchen. Hetty hingegen knöpfte sich den Schrank vor. Sie öffnete zuerst die unterste Schublade, wo sie schlichte Unterwäsche fand. Wenn sie selbst etwas verbergen wollte, tat sie das immer zwischen ihrer Wäsche. Wer würde schon zwischen Unterhöschen und Strümpfen etwas Wertvolles oder Wichtiges vermuten? Doch Fehlanzeige, früher schien man nicht so gedacht zu haben. Es hingen drei weitere Kleider im Schrank, die ebenfalls alle grau oder braun waren. Zwei dunkelgrüne Röcke und dazu passende Blusen waren alles, was sie an Farbe entdecken konnte. Der Stoff fühlte sich ziemlich rau an ihren Fingerspitzen an. Die Frau musste wirklich in ärmlichen Verhältnissen gelebt haben, wenn sie da an die Kleider von Rose dachte.

»Hier!«, rief Jules plötzlich aufgeregt. Er lag unter dem Schreibtisch und zog gerade ein Stück zusammengefaltetes Papier hervor, das zwischen Tischbein und Platte eingeklemmt gewesen war. Es war eindeutig, dass dieses Schreiben vor neugierigen Augen verborgen bleiben sollte. Er stand auf und kletterte dicht gefolgt von Hetty durch das Loch in der Mauer zurück in den Ausstellungsraum, um mehr Licht zum Lesen zu haben. Sie setzten sich auf das abgedeckte Bett.

Jules hielt Hetty das Schreiben hin: »Hier, lies du, es ist dein Gespenst.«

Hetty hob die Augenbrauen und verzog ihre Lippen zu einem breiten Grinsen. »Mein Gespenst? Ach egal ...« Sie nahm das Papier und faltete es auseinander. Die Schrift war krakelig und schwer zu entziffern. Langsam begann Hetty laut vorzulesen:

Meine liebe Heather

Die Zeit scheint gekommen zu sein, wo der Schöpfer mich zu sich ruft. Gerne hätte ich auf Deine Rückkehr gewartet, um Dich noch einmal in meine Arme zu schließen und Dir die Dinge, die ich Dir hier schreiben muss, persönlich zu erklären. Doch ich kann nicht riskieren, länger zu warten, denn ich möchte meine Seele von der Last befreien und mit reinem Gewissen meinem Herrn gegenübertreten. Liebste Heather, Du warst mir stets so eine gute Tochter gewesen, hast mein Leben mit Deinem Lachen erhellt und mir nur Freude bereitet. Was ich getan habe, tat ich, um Dich und mich zu schützen, aber auch, um den Mann zu schützen, den ich über alles geliebt habe. Ich weiß, ich habe Dir gesagt, Dein Vater sei im Krieg gegen die Holländer gefallen. Verzeih mir diese Lüge. Aber wie hätte ich Dir sagen können, dass Dein Vater mit einer anderen Frau verheiratet ist und Du in Sünde gezeugt worden bist? Doch kann Liebe wirklich Sünde sein? Ich habe Charles MacLane geliebt, das musst Du mir glauben, Heather. Du bist ein Kind der Liebe und nicht der Sünde. Ich war als Erzieherin der Kinder von Charles und seiner Frau eingestellt. Es war nicht meine Absicht, mich in meinen Arbeitgeber zu verlieben, und ich habe mich wirklich dagegen gewehrt. Als seine Frau zu ihrer kranken Mutter gefahren ist, ist es dann passiert. Ich weiß, das muss sich für Dich schäbig und schmutzig anhören, aber es war für mich die schönste Zeit in meinem Leben. Wir waren so glücklich, und dann bemerkte ich die Anzeichen meiner Schwangerschaft. Als ich es Charles gestand, hat er sich gefreut und mich in die Arme geschlossen. Er werde für uns beide sorgen und mir ein Haus in der Stadt besorgen, wo ich mit Dir leben und wo er uns besuchen könnte. Meine Welt fiel in einen einzigen Scherbenhaufen zusammen. Natürlich war mir klar gewesen, dass er seine Familie nie verlassen würde, aber ich hatte es geschafft, das irgendwie zu verdrängen, und nun wurde mir vor Augen gehalten, was ich war: eine Mätresse. Mir wurde bewusst, die Leute würden uns beide verachten, egal, ob wir nun in der Stadt oder auf dem Land wohnten. Mein Kind wäre mit dem Stempel Bastard versehen, und das wollte ich auf alle Fälle verhindern. Ich wollte heimlich in der Nacht abreisen, doch Charles hat mich dabei erwischt. Er war so verzweifelt gewesen, liebste Heather, er wollte nicht mehr auf mich verzichten, konnte aber seine Familie auch nicht verlassen. Ich habe ihn angefleht, wenn er mich wirklich liebe, solle er mich gehen lassen. Es zerriss mir schier das Herz, ihn zu verlassen, aber es musste sein. Er gab mir Geld mit und drückte mir dann seinen Siegelring in die Hand. Sollten ich oder Du jemals in Not geraten, sollten wir zu ihm zurückkehren, er würde für uns sorgen. Schließlich ritt ich auf einem seiner Pferde davon. Ich werde nie vergessen, wie er mit hängenden Schultern dagestanden und uns hinterhergeblickt hatte, mein Geliebter. Es tut mir leid, Liebes, Dich so lange belogen zu haben, was Deinen Vater und Deine Familie angeht. Ich hoffe, Du denkst nun nicht schlecht über mich, weil ich mich einem verheirateten Mann hingegeben habe. Bitte verzeih mir. Hätte ich aber anders gehandelt, hätten vermutlich nicht nur wir beide, sondern auch Deine beiden Halbbrüder darunter zu leiden gehabt. Es ist nun an Dir zu entscheiden, wie Du mit diesem Wissen umgehst, ob Du Deinen Vater kennenlernen möchtest. Als ich Charles verließ, lebte er mit seiner Familie in Inverurie, einem kleinen Ort nordwestlich von Aberdeen. Solltest Du ihm jemals begegnen, gib ihm bitte seinen Ring zurück und sag ihm, wie sehr ich ihn geliebt habe und dass es nach ihm nie einen anderen Mann in meinem Leben gegeben hat. Liebste Heather, ich wünsche Dir ein langes, erfülltes Leben und dass sich Dein Herz eine glücklichere Liebe aussuchen möge als meines.

In Liebe
Deine Mutter

Hetty wischte sich eine Träne von der Wange, und auch Jules hatte einen Kloß im Hals. Er legte den Arm um Hettys Schultern, während sie ihren Kopf an ihn lehnte. »Was für eine traurige Geschichte«, schniefte Hetty. »Sie hat alles für ihr Kind und ihren Geliebten aufgegeben. Stell dir nur mal vor, wie schwer das zu der damaligen Zeit gewesen sein muss. Ich meine, sich als Frau allein und schwanger durchzukämpfen.«

»Es scheint, als hätte sich Heather entschieden, ihre Familie kennenlernen zu wollen.« Wenn man die Matratze in der kleinen Kammer betrachtete, hatte diese Begegnung wohl kein glückliches Ende genommen. Den Gedanken sprach Jules aber lieber nicht laut aus.

»Ich frage mich nur, warum sie den Brief ihrer Mutter versteckt hat. Und warum war sie hier und nicht bei ihrem Vater?« Hetty blickte zu Jules auf, als hätte er die Antwort dazu.

»Keine Ahnung, vielleicht war sie das ja. Wir sollten auch die Möglichkeit in Betracht ziehen, dass Heather nicht zur selben Zeit wie Rose und William gelebt hat. Es kann ja sein, dass das Ganze mit deinem Gespenst gar nichts zu tun hat. Ich meine, auf dem Brief steht kein Datum und vielleicht war dieser Charles nur ein Nachkomme der Familie MacLane. Womöglich war dies lediglich eine weitere Tragödie, die sich hier abgespielt hat.«

Hetty seufzte. »Somit wären wir wieder genauso schlau wie am Anfang. Wir müssen unbedingt dieses Tagebuch finden!«, stellte sie nüchtern fest und schaute auf das Loch in der Wand. »Und was machen wir hiermit? Willst du das wieder zumauern?« Sie deutete mit dem Kopf auf die Kammer.

»Nein, das wäre schade. Ich denke, es ist doch spannend, einen Raum im Schloss zu haben, der noch genauso ausschaut wie früher. Wenn Max einverstanden ist, werde ich die Öffnung lediglich sauber herausarbeiten, den Schmutz beseitigen und vor allem diese Matratze verbrennen.«

Siedend heiß wurde Hetty plötzlich Jules' Nähe bewusst und dass er immer noch den Arm um sie gelegt hatte. Sofort stand sie auf, um etwas Abstand zwischen sich und ihn zu bringen. »Ich muss Max an seine Medikamente erinnern und ihm ein Mittagessen vorbereiten, ich bin schon etwas spät dran. Isst du mit uns? Dann können wir ihm auch gleich von Heather erzählen.«

»Sehr gerne.«

Später bei Tisch berichteten sie Max, was sie an dem Vormittag alles entdeckt hatten. Der alte Mann kratzte sich am Kopf. »Vielleicht sollte man die alten Geschichten besser ruhen lassen. Ich meine, was bringt es, wenn wir all diese Dramen, die sich hier abgespielt haben, ans Licht bringen?«

»Bist du denn nicht neugierig, Max?«, fragte Hetty erstaunt über seine Reaktion. »Es wäre doch schön, wenn wir Rose helfen könnten, wieder zu ihrem William zu kommen.«

Max sah sie etwas unwirsch an. »Denkst du wirklich, ihr könntet das? Das ist doch wirklich naiv! Rose geistert schon seit Jahrhunderten in diesem Schloss herum, und da denkt ihr beiden tatsächlich, wenn ihr herausfindet, was passiert ist, dann könnte sie einfach so mir nichts, dir nichts in den Himmel, oder wohin auch immer, entschweben? Es wird seinen Grund haben, weshalb sie noch hier ist, und wir Menschen können daran bestimmt nichts ändern.« Damit schob er seinen leeren Teller von sich, erhob sich und griff nach seinen Krücken. »Aber wenn ihr gerne etwas rumspielen wollt, dann macht doch, was ihr wollt.«

Jules schaute seinem alten Freund dabei zu, wie er langsam die Küche verließ. »Vermutlich hat er recht. Wir werden nichts ausrichten können.«

»Ach, Max ist nur so grantig, weil sich morgen jemand auf unser Inserat bewirbt. Er wollte die Frau gestern Abend schon am Telefon abwimmeln, als ich gerade dazukam. Manchmal ist er so stur, da könnte ich die Wände hochgehen!« Hetty stellte die leeren Teller scheppernd ineinander und trug sie zur Spüle.

»Fährst du denn bald schon zurück nach London?«

Hetty nickte und ließ Wasser in die Spüle laufen. »Ich muss mit meinem Mann ein paar Dinge klären, zudem kann ich Max nicht ewig auf der Tasche hocken.«

Jules stand nun ebenfalls vom Tisch auf. »Du hockst ihm doch nicht auf der Tasche, du hilfst ihm!« Es entstand eine kleine Pause, bis Jules schließlich fragte: »Wirst du zurückkehren?« Er ließ sie nicht aus den Augen, während sie das Wasser abdrehte und sich langsam zu ihm umdrehte.

»Ich bin ja noch nicht mal weg«, sagte sie mit einem Lachen, das jedoch niemanden zu täuschen vermochte. Es klang eher nervös als fröhlich. »Bevor ich fahre, möchte ich das Tagebuch finden. So, und nun kümmere ich mich um die Küche und du dich um das Chaos in deinem Ausstellungsraum. Ich komme später rüber und helfe dir.«

5. Kapitel

Jules hatte mit dem Bohrer einen Torbogen in die Öffnung geschlagen und wollte gerade zur Flex greifen, um sie sauber auszuarbeiten, als er hinter sich eine Bewegung wahrnahm. Er drehte sich um und sah Max mit seinen Krücken im Eingang stehen. »Willst du dir das Ganze doch mal genauer ansehen?«, fragte er, nachdem er sich den Hörschutz von den Ohren geschoben hatte.

Max nickte und knurrte: »Sofern man bei diesem Dreck überhaupt was erkennen kann.«

»Du musst nur einen Moment warten, der Staub legt sich gleich, dann kannst du in die Kammer hineinschauen. Bis du mit den Krücken hineingehen kannst, wird es aber noch eine Weile dauern, ich muss den unteren Teil der Öffnung noch herausschlagen.« Jules deutete auf den Teil der Mauer, der noch im Weg stand.

»Warum machst du eigentlich bei dem Unsinn mit?«, fragte Max und brachte Jules damit zum Lachen.

»Unsinn? Max, hier haben wir gerade ein Stück Geschichte entdeckt. Das ist doch spannend!«

Max brummte irgendetwas Unverständliches vor sich hin.

»Und warum bist du plötzlich so vehement dagegen, Max?« Jules trat neben seinen Freund ins Freie, um sich etwas frische Luft zu gönnen. »Wenn du willst, rede ich mit Hetty, und wir lassen die Suche bleiben. Es ist schließlich dein Schloss. Oder bist du nur sauer, weil sie morgen einen Termin mit einer möglichen Haushaltshilfe hat?«

»Ich will keine Fremde im Haus und ich brauche niemanden, der mich bemuttert!«, wetterte der alte Mann, und Jules wurde klar, dass Hetty mit ihrer Vermutung richtiggelegen hatte.

»Das hast du bei Hetty auch gesagt und schau nur, ihr beide versteht euch blendend, und dir geht es heute viel besser als noch vor wenigen Wochen.«

»Sie ist Familie, Herrgott noch mal! Und ich will nicht, dass sie zu diesem Idioten zurückkehrt. Sie kann doch die Scheidung auch von hier aus organisieren.«

»Scheidung? Sie will sich von ihrem Mann trennen?« Jules' Interesse war geweckt.

Max grinste seinen Freund an. »Sie ist ein hübsches Ding, nicht wahr? Aber wer weiß, was passiert, wenn sie zu diesem Kerl zurückkehrt. Vielleicht kriegt er sie ja noch mal rum, und dann sehen wir beide sie nie wieder.«

Jules musste unweigerlich lachen. »Du hast dich wohl schon zu sehr an sie gewöhnt, alter Mann, und versuchst nun, sie über mich hierzubehalten. Aber ich sage dir was, das muss sie selbst entscheiden.«

»Gefällt sie dir denn nicht? Sie wäre doch die richtige Frau für dich, Junge.«

Es war noch immer ein Schmunzeln in Jules' Gesicht, als er ihm antwortete: »Max, du bist ein verdammt schlechter Kuppler. Lass es bleiben. Komm lieber rein und wirf einen Blick in die Kammer.« Er wandte sich um, damit seine Augen Max nicht zu viel verrieten. Die Nachricht, dass Hetty sich von ihrem Mann trennen wollte, gefiel ihm tatsächlich ausnehmend gut. Doch er würde sich zurückhalten, bis sie ihre Vergangenheit geregelt hatte, dann könnte man weitersehen. Ja, sie brachte sein Herz mit ihren Blicken und ihrem Lachen immer mal wieder zum Stolpern, aber ob es ihr genauso ging, stand auf einem anderen Blatt. Zudem würde sie wohl sofort das Weite suchen, sobald sie von seiner Vergangenheit erführe. Es war besser, sich keine Hoffnungen zu machen, schließlich war er auch bisher ganz gut ohne Frau zurechtgekommen.

Hetty hatte den Brief auf den kleinen Tisch in ihrem Zimmer gelegt, bevor sie sich im Bad für die Nacht fertig machte. Bereits durch die geschlossene Badezimmertür nahm sie den schwachen Duft nach Rosen wahr. Obwohl sie Rose ja mittlerweile kannte, war es nach wie vor ungewohnt, einem Gespenst gegenüberzutreten. Hetty atmete noch mal ruhig ein und aus ehe sie die Tür öffnete, um ihren Verdacht bestätigt zu sehen. Rose stand neben dem kleinen Tisch und blickte auf den Brief.

»Kanntest du sie?«, fragte Hetty einfühlsam. Sie befürchtete, bei Rose unschöne Erinnerungen wachzurufen. Wer konnte schon wissen, wie ein Gespenst reagierte, wenn es wütend war?

»Der Name kommt mir irgendwie bekannt vor, aber ich kann mich nicht erinnern. Hat sie hier im Schloss gelebt?«

»In einem der Nebengebäude. Vermutlich war dort früher die Wäscherei untergebracht. Heathers Kammer wurde irgendwann zugemauert.« Hetty zögerte einen Moment und entschied sich dann, offen zu sein: »Auf dem Bett muss irgendwas passiert sein, ein riesiger Fleck war auf der Matratze. Ich denke, es könnte eingetrocknetes Blut sein. Hattest du irgendwas damit zu tun?«

Rose sah sie schockiert an. »Ich weiß es nicht. Ich hoffe nicht! Aber wenn ich versuche, mich daran zu erinnern, was passiert ist, gelange ich immer wieder nur an eine Mauer, die sich nicht umstoßen lässt. Vielleicht kämen die Erinnerungen im Waschhaus zurück, aber ich kann dieses Schloss nicht verlassen – es geht einfach nicht.« Unruhig ging Rose zwischen dem Bett und dem Fenster auf und ab. »Aber was in dem Brief steht, kann unmöglich wahr sein!«

»Wieso?«, fragte Hetty hellhörig nach. »Kannst du dich doch an etwas erinnern? Vielleicht an etwas, das nicht mit deinem Tod zu tun hat?«

Rose blieb stehen und schien zu überlegen. Dann drehte sie sich mit einem kleinen Lächeln zu Hetty herum: »Ich erinnere mich an Williams Familie. Sie haben mich aufgenommen, als wäre ich ihre eigene Tochter. Sein Vater hieß Charles, er war so ein anständiger Mann. Das muss alles ein Irrtum sein, Hetty. Charles liebte seine Frau abgöttisch und trug sie praktisch auf Händen. Nie im Leben hätte er eine Affäre mit der Erzieherin seiner Kinder gehabt!«

»Hatte William denn einen Bruder?«

»Ja, aber das beweist doch gar nichts. Hast du sonst noch etwas herausgefunden? Weißt du, wo mein Tagebuch ist?«

Hetty setzte sich auf ihr Bett und zog die Decke bis unters Kinn. Im Zimmer war es wieder eisig kalt geworden. »Nein, das Tagebuch haben wir noch nicht, aber ...«

»Wir?«

»Jules hilft mir bei der Suche.«

Rose zwinkerte ihr zu, was bei einem Gespenst irgendwie komisch aussah. »Gefällt er dir?«

»Wer? Jules?« Hetty lachte auf. »Ja ... nein! Himmel, ich bin noch verheiratet.«

»So, so«, lächelte Rose verschwörerisch. »Jules ist ein guter Mann, ich habe ihn schon mit Max beobachtet. Aber es umgibt ihn etwas Dunkles ... seine Seele ist manchmal wie in schwarze Watte gehüllt ... das fühle ich. Du solltest auf euch beide achtgeben.«

»Das tu ich, und wie ich schon sagte«, Hetty hob ihre Hand hoch und drehte den Ring an ihrem Finger. »Aber zurück zu dir. Wo warst du gestern?«

»Bei Max. Wir haben Schach gespielt.«

Ungläubig blickte Hetty das Gespenst an. »Ihr spielt Schach?«

»Ja, manchmal, wenn ihm langweilig ist oder wenn er traurig ist. Er hat Angst, du könntest von hier weggehen und nicht mehr zurückkommen, weißt du.«

»Na klar, daher schnauzt er mich auch wieder ständig an«, meinte Hetty eher skeptisch.

»Das ist seine Art, damit umzugehen. Er kann dir seine Gefühle nicht zeigen. Max war ziemlich einsam, bevor du kamst. Auch wenn Jules oft hier war, ist es einfach etwas anderes. Du bist Familie, verstehst du? Er vertraut dir, vor allem seit du Liz verscheucht hast.« Rose lächelte sie an. »Max möchte nicht einer fremden Person ausgeliefert sein. Er fürchtet, sich nicht mehr wehren zu können.«

»Das alles erzählt er dir?«, fragte Hetty zweifelnd und entlockte Rose damit erneut ein Lachen, das sich anhörte wie kleine, klirrende Glöckchen.

»Einer Toten erzählt man viel, denn wer würde einem Geist schon glauben ... ich bin ja bloß eine *Erscheinung*.« Rose wandte sich von Hetty ab und ging zum Fenster, das sich wie von selbst öffnete.

»Warte, Rose, ich muss dir noch etwas zeigen!« Fröstelnd sprang Hetty aus dem Bett zu ihrer Handtasche, aus der sie das Handy hervorzog. Als sie das Foto von Williams Grabstein auf dem Display hatte, hielt sie es Rose hin, damit sie es sehen konnte. »Wir haben Williams Ruhestätte gefunden.«

»William ... Er ist tot?« Rose legte den Kopf schief und sah sich das Bild genauer an.

»Ähm ja … aber das muss dir doch klar gewesen sein. Ich meine, du bist ja auch schon eine Weile tot und kein Mensch lebt über dreihundert Jahre! Zudem musst du doch mitbekommen haben, wie er gestorben ist.«

Rose schüttelte verwirrt den Kopf. »Manchmal geraten die Dinge etwas durcheinander in meinem Kopf, entschuldige.« Sie seufzte tief und hob ihr Gesicht dichter an das Handy heran. »Ich habe nicht mitbekommen, dass mein William gestorben ist. Als ich zu mir kam, lebte mein Bruder mit seiner Familie im Schloss. William war verschwunden und sie haben seinen Namen nie erwähnt. Wann ist er gestorben, ich kann das auf dem kleinen Ding da nicht erkennen.«

Hetty nannte ihr das Datum, das sie sich zwar notiert hatte, aber noch immer auswendig wusste. »Er ist alt geworden und wie es scheint, hat er dich ziemlich vermisst. Hast du die Rosenblüten auf dem Grabstein erkennen können und die Gravur?« Rose nickte und eine einzelne Träne kullerte über ihre leichenblasse Wange. Dann ging sie wieder zum geöffneten Fenster.

»Rose, ich wollte dich nicht unglücklich machen. Ich wollte dir nur zeigen, wie sehr er dich geliebt hat. Es kann also nicht wirklich was Schlimmes gewesen sein, was du getan hast. Zumindest hat er dir vergeben, da bin ich mir sicher.«

Rose drehte sich erneut zu ihr um: »Oh, Hetty. Ich wünschte so, du hättest recht. Aber wenn es nichts Schlimmes gewesen wäre, wäre ich wohl jetzt nicht hier.« Damit kletterte sie auf den Fenstersims und sprang ohne einen Laut hinaus. Hetty schaute über die Brüstung und konnte in der Dunkelheit nichts erkennen. Sie schloss den Fensterflügel und krabbelte zurück ins Bett, wo sie nur mit Mühe das Zähneklappern unterdrücken konnte. Heather war also die uneheliche Tochter von Charles MacLane gewesen. Auch wenn Rose das nicht glauben mochte, sprachen die Tatsachen eindeutig dafür. Sie würde Jules morgen davon erzählen. Mit einem letzten Gedanken an ihn schlief Hetty ein.

Mit zwei Tassen Tee ging Hetty nach dem Frühstück hinüber in das Nebengebäude, wo Jules bereits bei der Arbeit war. Er war ziemlich gut vorangekommen und war dabei, die herausgeschlagenen Mauerbrocken in große Eimer zu werfen, die er dann draußen neben dem Parkplatz wieder ausschüttete. Dankbar für die Pause griff er nach der Tasse, die Hetty ihm hinhielt. »Die kommt wie gerufen. Danke.« Sie setzte sich mit ihrer Tasse ihm gegenüber auf den Boden und berichtete ihm dann von ihrer Unterhaltung mit Rose. Als sie endete, meinte er nachdenklich: »Ist ja irgendwie schon sonderbar, die beschriebene Familie von William passt zu Heathers Brief, und trotzdem scheint Rose die Frau nicht zu kennen.«

»Dreihundert Jahre sind eine lange Zeit. Ich meine, Rose weiß ja nicht mal mehr, wo sie ihr Tagebuch hingelegt hat. Sie ist auch sonst ziemlich durcheinander und vergisst zwischendurch selbst Williams Tod.« Gerade letzteres war für Hetty unbegreiflich.

»Nun ja, sie stürzt sich ja ständig aus dem Fenster, das kann dem Kopf nicht wirklich gut bekommen«, meinte Jules trocken. Hetty hätte sich beinahe an ihrem Tee verschluckt und musste sich die Hand vor den Mund halten, um das Getränk drin zu behalten, während sie versuchte, das Lachen zu unterdrücken. Als sie schließlich nach Luft japste, sah Jules sie grinsend an. »Geht's wieder?«

Sie nickte. »Müssen wir hier weiter aufräumen, oder könnten wir uns nicht auf die Suche nach dem Geheimgang machen?«

Jules erhob sich seufzend. »Du bist ziemlich neugierig, nicht wahr?«

»Oh ja! Und ich habe heute Nachmittag nur wenig Zeit, weil

diese Stella kommt. Aber danach helfe ich dir beim Saubermachen, versprochen.«

»Das Angebot schlage ich nicht aus.« Zusammen trugen sie die ganze Ausrüstung samt Hammer und Schlagbohrer in den Keller, wo Jules zuerst wieder alles genau ausmaß, um sicherzugehen, an der richtigen Stelle zu suchen. Doch dieses Mal brauchte er nicht lange und wie sich später herausstellte, war auch kein Werkzeug notwendig. Vor der betreffenden Stelle stand ein schwerer alter Holzschrank. Jules hängte die Schranktüren aus und entfernte die Holzregale, damit der große Kasten etwas leichter wurde. »Kannst du mir bitte helfen, das Teil zur Seite zu rücken?«, fragte er, als es nichts mehr auszuräumen gab. Das Möbel schien einen Zentner zu wiegen, und Hetty musste sich mit ganzer Kraft dagegenstemmen. Am Ende schafften sie es, das Teil zwei Handbreit zur Seite zu schieben. Dahinter kam nicht etwa eine Wand, sondern ein dunkler Gang zum Vorschein.

Hetty ging noch mal nach oben, um Taschenlampen zu holen. Als sie zurückkehrte, versuchte Jules gerade, sich durch den schmalen Spalt zu quetschen. Er fluchte leise und versuchte es mit Baucheinziehen, doch er hatte keine Chance und gab auf. »Kannst du mal ziehen, während ich mich dagegenstemme? Vielleicht kriegen wir so den Schrank noch etwas vorgerückt«, schlug er vor. Mit vereinten Kräften klappte es schlussendlich. Hetty reichte ihm eine der Taschenlampen und schaute zögerlich in den dunklen Korridor hinein.

»Hast du etwa Angst, Mrs Croft?«, fragte Jules neckend.

»Es ist schon etwas dunkel«, gestand sie. »Was passiert, wenn die Batterien ausgehen oder große fette Spinnen von der Decke hängen?«

Er reichte ihr die Hand. »Dann bin ich da und beschütze dich.« Sie zögerte noch immer. »Versprochen! Du willst doch Rose helfen, oder?« Sie griff nach seiner Hand und folgte ihm im Schein der Taschenlampe in den Korridor. Doch schon kurz darauf wurde der Durchgang schmaler und sie konnten nicht länger nebeneinandergehen. »Willst du voran oder lieber hinter mir gehen?«, fragte er fürsorglich.

»Hinter dir, dann kriegst du die Spinnen ab.«

Sein Lachen klang tief und beruhigend. »Also, ich muss ganz ehrlich sagen, wenn mir jetzt deine Rose entgegenkäme, bekäme ich wohl auch einen Herzkasper.«

»Rose könnte keiner Fliege was zuleide tun«, verteidigte Hetty ihre übersinnliche Freundin.

»Hmm … ich will dir ja keine Angst einjagen, aber aus irgendeinem Grund steckt sie in der Zwischenwelt fest.«

»Manchmal passiert das auch, wenn man noch nicht alle Dinge erledigen konnte, bevor man stirbt.« Hetty blieb dicht hinter Jules und strahlte mit der Taschenlampe lediglich auf den Weg. Sie wollte gar nicht erst wissen, was da an der Decke sonst noch herumkrabbelte.

»Aha, ich wusste gar nicht, dass du eine Expertin bist auf diesem Gebiet.«

Hetty konnte das unterdrückte Lachen in seiner Stimme hören. »Du brauchst dich nicht darüber lustig zu machen«, wies sie ihn zurecht. »Es gibt Dinge, die sind nicht einfach so zu erklären.« Plötzlich kam Hetty ein schrecklicher Gedanke und sie blieb abrupt stehen. »Was ist, wenn hinter uns jemand den Schrank wieder vor das Loch zurückschiebt?«

»Und wer sollte das tun? Max etwa oder gar Rose?« Jules klang eher amüsiert als wirklich besorgt.

»Was weiß ich? Es könnte doch sein? Wir wissen nicht, ob dieser Gang irgendwohin führt und wenn der Rückweg abgeschnitten wäre, dann säßen wir hier in der Dunkelheit fest!«

Er hatte sich mittlerweile zu ihr umgedreht, und im schwachen Schein der Taschenlampe konnte sie sehen, wie sich seine Mundwinkel zu einem breiten Grinsen verzogen. »Ich könnte mir durchaus Schlimmeres vorstellen, als hier allein mit dir im Dunkeln zu sein. Komm jetzt, gehen wir weiter.« Jules drehte ihr schon wieder den Rücken zu, als er doch noch beruhigend hinzufügte: »Der Schrank ist verteufelt schwer und niemand schiebt den so mir nichts, dir nichts in der Gegend herum. Zudem führen solche Gänge immer irgendwohin, sonst wären sie ja nicht gebaut worden.«

»Deine Zuversicht möchte ich haben«, schimpfte Hetty leise vor sich hin, ging nun aber trotzdem weiter, da sie den Anschluss nicht verlieren wollte.

»Da, schau, da ist eine Tür!« Jules ging schneller, sodass Hetty kaum noch hinterherkam. Bestimmt war die Tür verschlossen, dachte Hetty, doch zu ihrem Erstaunen ließ sie sich öffnen, als Jules die Klinke herunterdrückte. Was sie dann sahen, hätten beide nicht gerade erwartet. Sie standen mitten in einer kleinen Kapelle. Ehrfürchtig starrten sie auf den steinernen Sarg vor ihnen, der durch das Licht, das durch die bunten Kirchenfenster einfiel, in ein Farbenmeer getaucht war. Auf dem Sarg stand eine kleine, kunstvoll angefertigte Holzkiste, die mit einem Rosensujet verziert war. Jules trat vor den Sarg und suchte nach einem Indiz, wer hier bestattet worden war.

»Das ist Roses Sarg«, sagte Hetty sofort.

»Siehst du irgendwo eine Inschrift?«, fragte Jules erstaunt, denn er hatte noch nichts dergleichen entdecken können. Beide sprachen leise, als ob sie die Ruhe und den Frieden, die in diesem Raum herrschten, stören könnten.

»Sieh dir doch nur mal die Rosen an! Selbst auf dem steinernen Sarg ist eine eingemeißelt.«

»Ein Name wäre hilfreicher.« Jules hob den Deckel der Holzkiste hoch und fand darin eine Karte und darunter ein altes Buch. Vorsichtig hob er die Karte heraus und zeigte sie Hetty.

Herr, sei gnädig und vergib die Sünde, die in Unwissenheit und Liebe geschah.
Dein Diener, William MacLane

Jules' und Hettys Blicke trafen sich und hielten sich einen Moment aneinander fest. »Warum er sie wohl hier aufgebahrt und nicht auf dem Friedhof beerdigt hat?«, wunderte sich Hetty.

»Vermutlich, weil sie Selbstmord begangen hat. Das würde auch die Sprünge aus dem Fenster erklären«, meinte Jules. »Zu der damaligen Zeit wurden Leichen von Selbstmördern geschändet. William hatte das für seine Rose sicher nicht gewollt.«

»Geschändet?!«, rief Hetty entrüstet aus. »Das ist nicht dein Ernst, warum hat man das gemacht?« Hetty war geschockt, davon hatte sie noch nie etwas gehört.

»Selbstmord galt als eine Todsünde und man wollte die unreinen Seelen nicht auf dem Friedhof haben. An manchen Orten wurden die Leichen gevierteilt oder in einem Loch mit dem Gesicht nach unten verscharrt. Ich frage mich nur, wie er es geschafft hat, sie hier zu bestatten. Das muss doch Widerstand gegeben haben.«

Für Hetty war klar, dass William seine Rose über alles geliebt hatte. Und Liebe konnte Berge versetzen. Bestimmt hatte niemand – außer der Familie – über diesen Ort Bescheid gewusst. »Die Liebe der beiden muss unendlich gewesen sein. So was gibt es nicht oft«, stellte sie gerührt fest.

Jules legte die Karte auf den Sarg und hob das Buch aus dem

Holzkasten. »Na ja, genau genommen hat die Liebe schon geendet, und das anscheinend nicht gerade glücklich.«

Das Buch war sehr, sehr alt, das konnte er bereits an dem Ledereinband und dem Papier erkennen.

»Das muss ihr Tagebuch sein«, flüsterte Hetty aufgeregt. Jules hob den Deckel an und wollte mit dem Lesen beginnen.

»Was hast du vor?«, unterbrach ihn Hetty energisch.

»Nach was schaut es denn aus?«

»Du willst nicht wirklich ihr Tagebuch lesen, oder?« Hetty versuchte, den Deckel des Buches wieder zuzuklappen, doch Jules hob es aus ihrer Reichweite. »Wie willst du deinem Geist sonst helfen?«

»Nicht, indem ich ihre Geheimnisse lese. Man liest keine fremden Tagebücher!«

»Hetty, die Gute ist tot, falls du das vergessen haben solltest.«

»Noch nicht wirklich tot ... also nur so halb ... ach, was weiß ich!? Wir werden das Buch auf alle Fälle nicht lesen, ohne ihre Erlaubnis zu haben. Leg es bitte zurück!«

Jules hob erstaunt eine Augenbraue, klappte dann aber den Buchdeckel wieder zu. »Verstanden, Frau Lehrerin.«

»Ich würde auch nicht wollen, dass irgendwer meine privatesten Gedanken liest.«

»Schreibst du denn auch noch Tagebuch?« Ohne ihre Antwort abzuwarten, fuhr er gleich neckend fort: »Was hast du über mich geschrieben? Habe stattlichen, gut aussehenden und humorvollen Mann kennengelernt ...«

Unwillkürlich musste Hetty kichern. »Du bist wohl gar nicht eingebildet, was? Nein, ich schreibe kein Tagebuch. Aber würde ich es tun, wäre es mir nicht recht, wenn es irgendjemand lesen würde. Und wir stehen hier vor Roses Grab, also benimm dich besser, sonst sucht sie dich doch noch heim.«

Schmunzelnd ging Jules zum Haupttor der Kapelle und drückte die Klinke nach unten. Doch im Gegensatz zur Geheimtür war das Tor fest verschlossen. Die kunstvoll verzierten Kirchenfenster waren zu weit oben, als dass man hätte hindurchschauen können. »Ich würde zu gerne wissen, wo genau wir uns befinden. Mir ist bisher noch nie eine Kapelle auf dem Grundstück aufgefallen.«

»Vielleicht weiß Max es. Lass uns zurückkehren.«

Sie schlossen die Tür zum Geheimgang hinter sich und gingen den Weg zurück zum Eingang. Den schweren Kasten schoben sie aber nicht wieder davor. Jules wollte später noch mal zurückkehren, um das Torschloss auszuwechseln.

Wie sich herausstellte, hatte auch Max nichts von der Kapelle gewusst. »Vermutlich liegt sie nördlich von hier im Wald, den haben wir nie bewirtschaftet, sondern der Natur überlassen«, meinte er nachdenklich. »Wenn an ihr nicht gleich ein Weg vorbeiführt, dann ist es kein Wunder, dass sie verborgen bleiben konnte.«

»Sobald ich das Schloss am Tor ausgewechselt habe, werden wir mehr wissen. So, ich muss mal wieder an die Arbeit.« Jules drückte Hetty das schwere Buch in die Hände und zwinkerte ihr belustigt zu. »Aber wirklich nicht selber lesen!« Dann drehte er sich um und ließ Max und Hetty allein zurück.

»Ist das Roses Tagebuch?«, fragte Max überflüssigerweise.

Hetty nickte. »Aber bevor auch du in Versuchung gerätst, lege ich es in Roses Zimmer. Niemand liest es, wenn sie es nicht möchte. Verstanden?«

6. Kapitel

Hetty musste alle ihre Überredungskünste anwenden, um Max dazu zu bewegen, bei Stellas Vorstellungsgespräch anwesend zu sein und wenigstens ein sauberes Hemd anzuziehen. »Ich will sie nicht und ich brauch' sie nicht!«, schimpfte Max lauthals.

»Jetzt stell dich nicht so an und lern sie erst mal kennen. Wenn sie sich tatsächlich als eine Zumutung für dich herausstellt, suchen wir jemand anderes.«

Die Türglocke läutete. Hetty warf Max einen letzten warnenden Blick zu und ging die Treppe hinunter, um Stella einzulassen. Die Frau, die dann vor ihr stand, hatte sie sich genauso vorgestellt. Stella war etwas rundlich und bereits leicht ergraut, sie schien etwa fünfzig Jahre alt zu sein. Sie war ordentlich, aber nicht aufgetakelt gekleidet. Alles, was sie an Make-up trug, war ein natürlich wirkender Lippenstift. Der erste Eindruck war alles in allem gut, befand Hetty. Auch der Händedruck bei der Begrüßung, der viel über einen Menschen aussagte, war kräftig und nicht so, als würde man einen lauwarmen Fisch in den Händen halten.

»Kommen Sie doch bitte herein, Stella. Max wartet bereits im Wohnzimmer auf uns.«

Nachdem Hetty allen eine Tasse Tee eingegossen hatte, setzte sie sich auf das Sofa neben Max und lächelte Stella in ihrem Ohrensessel freundlich an. »Nun denn, Stella. Erzählen Sie uns doch mal, warum Sie sich auf die Anzeige gemeldet haben.«

»Nachdem mein Mann vor zwei Jahren gestorben ist, und meine Kinder auch schon längst aus dem Haus sind, habe ich mich entschieden, in eine kleinere Wohnung zu ziehen und noch einmal etwas Neues zu wagen. Ich wohne also erst seit ein paar Wochen in dieser Gegend und suche jetzt eine passende Anstellung. Das ist nur nicht so einfach, wenn man die letzten zwanzig Jahre zu Hause war, um für die Familie da zu sein. Aber ich kann kochen und putzen, und ich habe auch etwas Erfahrung in der Pflege, da mein Mann in den letzten Jahren vor seinem Tod eine schlimme Krankheit durchgemacht hat.«

Hetty schaute Stella mitfühlend an. »Das tut mir sehr leid, Stella. Das muss eine schwere Zeit für Sie gewesen sein.«

»Ja, das war es wirklich. Aber nun bin ich bereit, das alles hinter mir zu lassen und für mich ein neues Leben zu beginnen.«

»Allerdings werden wir Sie voraussichtlich nur für ein paar Wochen benötigen. Ich muss zurück nach London, um einige private Dinge zu regeln. Für diese Zeit bräuchten wir jemanden, der Max zur Seite steht.« Hetty betete, dass Max jetzt den Mund hielt und nicht wieder lauthals verkündete, er bräuchte niemanden.

»Das geht schon in Ordnung. Was wären meine Aufgaben?«

Innerlich atmete Hetty auf. Sie hatte schon befürchtet, Stella würde aufgrund der Kürze des Arbeitseinsatzes abspringen.

»Max ist sehr selbstständig und braucht nur jemanden, der für ihn kocht, putzt und ihn daran erinnert, wann es Zeit ist, die Medikamente zu nehmen.« Hetty hob ihre Teetasse an, um einen Schluck daraus zu nehmen.

»Und wie ist es mit der Körperpflege?«, fragte Stella nach.

»Sie kriegen meinen Pimmel nicht zu sehen!«, wetterte Max,

und Hetty verschluckte sich prompt an ihrem Tee. Sie spürte, wie ihr die Schamesröte ins Gesicht stieg.

Doch Stella blieb ruhig: »Glauben Sie mir, Mr Gordon, ich habe in meinem Leben schon einige Pimmel gesehen und kann Ihnen versichern, dass es für eine Frau durchaus Spannenderes zu betrachten gibt. Ich kann Ihnen aber garantieren, dass ich die Privatsphäre eines Menschen wahre und nur da helfe, wo es gewünscht wird.«

Max brummte irgendetwas Unverständliches vor sich hin. Diese Stella gefiel Hetty immer besser. Hetty räusperte sich und fuhr fort: »Nun denn, da das geklärt wäre, bliebe noch der finanzielle Aspekt. Auch das ist noch ein schwieriges Thema.«

Stella blickte sie etwas erstaunt an. »Aber bestimmt hat Mr Gordon doch Anrecht auf eine Haushaltshilfe. Mit dem Bein im Gips ist er in seiner Mobilität ziemlich eingeschränkt. Haben Sie das mit dem National Health Service nicht geklärt?«

»Ähm, nein«, gestand Hetty kleinlaut. »Ich wusste das nicht und dachte, wir müssten das aus eigenen Mitteln finanzieren. Aber dann werde ich mich gleich als Nächstes darum kümmern. Könnten Sie es sich denn überhaupt vorstellen, hier bei uns zu arbeiten, auch wenn es vielleicht nicht für lange sein würde?«

Stella lächelte: »Sehr gerne, und wie ich schon sagte, ich bin um jede Referenz froh, das hilft mir bei der späteren Stellensuche weiter.«

»Max, wie siehst du das?«, zog Hetty ihren Großonkel in die Entscheidung mit ein.

»Wenn Sie mich in Ruhe lässt und mich nicht wie ein Kleinkind behandelt ... von mir aus. Aber in meinem Schlafzimmer hat sie nichts verloren!«

Hetty seufzte. »Max, irgendwann muss auch dein Bett mal frisch bezogen werden, bevor es sich in Staub auflöst. Aber ich bin sicher, Stella wird nicht einfach so reinplatzen, sondern sich mit dir absprechen, nicht wahr, Stella?«

»Bestimmt. Heißt das, ich habe den Job?«, freute sich die Frau.

»Von mir aus ja, aber ich kann Ihnen im Moment noch nicht genau sagen, wann ich nach London zurückmuss. Kann ich Sie deswegen noch mal anrufen?« Hetty erhob sich vom Sofa.

»Ja, natürlich.«

»Oh … und falls sich in der Zwischenzeit für Sie doch eine andere längerfristige Möglichkeit auftut, dann wäre ich froh, wenn Sie mir möglichst rasch Bescheid geben könnten, ja?«

»Das mache ich«, versicherte Stella und erhob sich ebenfalls von ihrem Sessel.

Stella verabschiedete sich von Max und folgte Hetty zurück zum Eingang.

»Er ist nicht so brummig, wie er sich manchmal gibt«, versuchte Hetty zu erklären.

Doch Stella lachte nur. »Damit kann ich schon umgehen. Mein Mann war auch nicht immer ein einfacher Patient.«

Als Hetty später wieder zurück ins Wohnzimmer ging, funkelte sie Max wütend an. »War das nötig?«

»Was meinst du?«, fragte Max unschuldig.

»Das weißt du ganz genau, Maxwell Gordon!« Hetty schüttelte genervt den Kopf und musste unwillkürlich trotzdem lachen. »›Meinen Pimmel kriegen Sie nicht zu sehen!‹«, äffte sie ihn kichernd nach.

Max stimmte in Hettys Lachen mit ein. »So weiß sie wenigstens gleich Bescheid. Am Ende denkt sie noch, sie hätte Chancen, bei mir zu landen.«

Das löste einen erneuten Heiterkeitsausbruch bei Hetty aus. Immer noch vor sich hin kichernd, räumte Hetty das Teegeschirr ab und gab Max anschließend Bescheid, dass sie Jules beim Aufräumen im Ausstellungsraum zur Hand gehen würde.

»*Was* hat er gesagt?!«, fragte Jules grinsend, als Hetty ihm die Geschichte mit Stella erzählte, und sie wiederholte es noch ein Mal mit geröteten Wangen.

»Ich dachte schon, Stella ergreift die Flucht. Aber sie hat ihm würdevoll und trotzdem klipp und klar geantwortet, sie sei nicht an seinem Pimmel interessiert. Gott, das war so peinlich!« Bemüht, Jules nicht anzusehen, reichte sie ihm die Schrauben, mit denen er die Ummantelung an der neuen Türöffnung zur Kammer befestigte.

»Dann macht sie jetzt den Job?«, fragte Jules und versuchte, den leichten, frischen Duft von Hettys Parfüm zu ignorieren. Mit einer einzigen leichten Bewegung könnte er sie an sich ziehen, so dicht, wie sie gerade bei ihm stand. Du bist ein Narr, schimpfte er mit sich selbst. Du weißt, dass sie noch verheiratet ist, und selbst wenn sie sich von ihrem Mann trennte, wäre sie bestimmt nicht bereit, sich auf ihn einzulassen. Nicht mit seiner Vergangenheit!

»Ja. Ich muss nur noch mit der NHS klären, ob sie Max eine Haushaltshilfe bezahlen, aber dann sollte alles klar sein.«

»Und dann fährst du zurück nach London?« Er drehte die nächste Schraube in ihr Loch und tat so, als wäre Hettys Antwort für ihn nicht von Bedeutung.

»Mhm, ja. Ich muss endlich ein paar Dinge klären.«

»Kommst du zurück?« Er griff nach der nächsten Schraube in ihrer Hand und machte den Fehler, kurz in ihre Augen zu blicken. Sie waren von so einem unergründlich tiefdunklen Blau! Er versuchte, sich aus dem Strudel der Gefühle, in den er geraten war, zu befreien, doch es schien ihm schier unmöglich.

Hetty spürte, dass sich der unbeschwerte Moment drastisch

verändert hatte. Er schaute sie so intensiv an, als ob er sie gleich küssen würde. Sie versuchte, ihren Blick von ihm zu lösen, aber ihre Augen gehorchten ihr nicht.

»Ist das denn wichtig?«, fragte sie leise.

Zärtlich strich er ihr mit der Hand über die Wange. »Lebenswichtig.«

Er beugte sich vor und legte seine Lippen auf die ihren. Sein Kuss war am Anfang federleicht, doch als sie den Mund ein wenig öffnete und ihn willkommen hieß, war es völlig um ihn geschehen. Er zog sie an sich und küsste sie, als gäbe es kein Morgen. Hettys Hirn war plötzlich wie leer gefegt und sie hörte nur noch, wie die Schrauben in ihrer Hand auf den Boden kullerten, bevor sich ihre Arme um seinen Nacken legten. Sie sog seinen Duft nach Holz und Zitrusfrucht tief in sich hinein, während ihre Hand durch seine Haare fuhr.

Himmel, es fühlte sich so gut, so richtig an, aber es war so was von falsch, und das wusste Jules. Sie musste erst mit ihrer Vergangenheit aufräumen – und er ihr seine gestehen. Widerwillig und schwer atmend, löste er sich von ihr.

»Es ... es ... tut mir leid. Wir sollten nicht ... Du bist verheiratet, und ich ... hätte das nicht tun dürfen.«

»Ich werde mich von Oliver scheiden lassen ... aber nicht wegen dir«, sprudelte es aus Hetty heraus.

Gott, wie das klang! Als wären sie in einer billigen Seifenoper! Aber sein Kuss war so himmlisch gewesen, und ihre Beine fühlten sich nach wie vor wie Gummi an. Weil sie ihnen nicht traute, setzte sie sich rasch auf einen der Stühle, die noch mit Tüchern abgedeckt waren.

»Ich kann nicht mehr in mein altes Leben zurück. Mir ist hier bewusst geworden, dass ich einiges verändern muss. Das macht mir Angst, aber ich weiß, es geht nicht anders. Was Oliver und mich verbindet, ist keine Liebe ...«

Jules ging vor ihr in die Hocke, um ihr direkt in die Augen sehen zu können. »Ist schon gut. Du musst es mir nicht erklären. Ich glaube, ich möchte auch gar nicht wissen, was da zwischen dir und Oliver ist oder war.« Mit dem Kopf deutete er zu dem ehemals verborgenen Raum. »Lass uns hier weitermachen, bevor ich dich doch noch auf das Schaukelbett da hinten lege, um dich besinnungslos zu lieben.«

Unwillkürlich musste Hetty lachen. Sie fuhr ihm liebevoll mit der Hand durchs Haar. »Danke, Jules. Ich will zuerst das mit Oliver klären ...« Sie stand auf und schaute sich in dem Raum um. »Soll ich die Möbel abdecken und schon mal mit dem Staubwischen beginnen?« Sie hätte es nicht ertragen, wieder so nah neben ihm zu stehen.

»Ja, klar.« Jules griff zum elektrischen Schraubendreher und fuhr mit seiner Arbeit fort.

Erst als sie am Abend allein in ihrem Zimmer war, gestattete Hetty sich, wieder an Jules zu denken. Sie rief sich seinen Geruch und das Gefühl seiner Lippen in Erinnerung. Er hatte sich so gut angefühlt. Seufzend zog sie sich die Decke bis unters Kinn hoch. Warum nur war ihr Leben so kompliziert? Sie wollte Oliver verlassen, weil es zwischen ihnen keine Liebe mehr gab, und nicht wegen eines anderen Mannes. Aber könnte sie Oliver das noch glaubhaft erklären, wenn sie sich bereits mit Jules einließe? Und was würde Becky von ihrer Mutter halten, wenn sie erführe, dass sie eine Affäre hatte? »Du kannst dich nicht mit ihm einlassen, bis das mit Oliver geklärt ist, basta!«, wies sie sich laut selbst zurecht.

Ein leises Wimmern lenkte sie von ihren eigenen Sorgen ab.

Noch bevor sie sie vor dem Fenster stehen sah, wusste Hetty, wer es war.

»Alles in Ordnung?«, fragte sie Rose sanft.

»Du hast mir mein Tagebuch gebracht, nicht wahr?«

»Ja. Wir haben es heute gefunden.«

»Wo? Wo war es?«

Hetty schluckte und wog kurz ab, ob es gut war, Rose die Wahrheit zu erzählen, und entschied sich letztlich dafür: »Ein Geheimgang im Keller führt zu einer kleinen Kapelle, da haben wir es in einem Holzkasten gefunden.« Dass dieser auf ihrem Sarg gelegen hatte, verschwieg Hetty Rose rücksichtsvoll. »Bist du denn noch nie durch diesen Korridor gegangen?«

»Nur ein Stück weit, aber nach ein paar Schritten ist es, als stünde ich vor einer undurchdringlichen Wand. Ich dachte, es ginge da einfach nicht weiter«, erklärte Rose. Sie sah völlig verzweifelt aus. »Ich wollte das Tagebuch lesen, aber dann habe ich Williams Karte darin gefunden. Hetty, ich muss was ganz Schlimmes getan haben! Hast du das Buch gelesen?«

»Nein«, sagte Hetty ehrlich. »Wir wollten zuerst deine Erlaubnis dazu haben. Aber es klingt fast so, als hättest du es selbst auch nicht gelesen.« Hetty stand auf und wickelte ihre Bettdecke um sich. Dann ging sie hinüber zu Rose. Sie hätte sie gerne tröstend in die Arme genommen, aber das ging ja bei einem Geist nicht.

»Ich hatte nicht den Mut dazu. Was ist, wenn ich diese Heather getötet habe? Ich will keine Mörderin sein! Wie sollte ich damit weiterleben können?«

Hetty stellte nicht richtig, dass Rose ja bereits tot war, sie wusste auch so, was sie meinte.

Rose schaute ihr flehend in die Augen: »Kannst nicht du das Tagebuch lesen?«

»Und dann? Das würde ja wohl an der Vergangenheit auch nichts ändern.«

»Mag sein, aber du könntest mir sagen, wenn es etwas gäbe, was ich wiedergutmachen könnte, und sonst einfach schweigen.«

»Aber wenn ich schweige, weißt du ja auch, dass du jemanden umgebracht hättest.«

Rose seufzte. »Stimmt. Doch du könntest mir zumindest das erzählen, was ich wirklich wissen muss.«

»Na schön. Und was ist mit Jules? Darf er es auch lesen? Er war schon ziemlich neugierig, als wir das Buch fanden, ich konnte ihn gerade noch vom Lesen abhalten.«

Rose schaute auf einmal sehr schüchtern aus. »Ich weiß nicht ... er ist ein Mann ... es ist mir etwas peinlich, vielleicht habe ich ja etwas Unschickliches geschrieben.«

»Das kann ich verstehen«, seufzte Hetty. »Und was wäre, wenn ich darauf achte, was er zu lesen bekommt?« Es grauste Hetty etwas davor, das Tagebuch allein zu lesen, vor allem, wenn es um ein schauriges Verbrechen ginge.

»Wenn du mir dein Ehrenwort gibst, ihn nichts Kompromittierendes lesen zu lassen ...«

Hetty hielt mit der einen Hand die Decke umklammert, während sie die andere zum Schwur in die Luft hielt. »Versprochen.«

»Hat er mich dort in der Kapelle bestattet?«

Hetty wusste sofort, dass Rose von William und nicht mehr von Jules sprach. »Ja«, sagte sie leise. »Die Kapelle scheint gut versteckt zu sein, nicht mal Max kannte sie. Jules wird demnächst ein neues Schloss an der Tür anbringen, damit wir die Kapelle auch von außen betreten können.«

»William muss einiges auf sich genommen haben, um mich dort bestattet haben zu können«, sagte Rose gerührt. »Er hätte mich doch einfach auf dem Friedhof beerdigen lassen können.«

Hetty schwieg. Wie hätte sie ihr erklären sollen, was die Menschen damals mit ihrem Körper angestellt hätten, nachdem sie Selbstmord begangen hatte? Daher sagte sie nur: »Er muss dich sehr geliebt haben.«

Mit einem leichten Lächeln auf den Lippen ging Rose zu den Fenstern, und Hetty versuchte gar nicht erst sie aufzuhalten. Sie wusste, es wäre zwecklos. Es war einfach unheimlich, wie sich die Fenster wieder von selbst öffneten. Bevor Rose auf den Sims kletterte, schaute sie noch einmal zu Hetty zurück. »Ich mag mich vielleicht nicht mehr an alles erinnern können, aber ich bin mir sicher, William war die Liebe meines Lebens.«

»Sobald ich mehr weiß, was passiert ist, gebe ich dir Bescheid, Rose. Und du kannst sicher sein, wir werden mit deinem Tagebuch respektvoll umgehen. Du hast mein Ehrenwort.«

»Danke, Hetty.« Als Rose sich in ihrem hellrosafarbenen seidenen Gewand aus dem Fenster warf, erinnerte sie Hetty irgendwie an eine Schleiereule, die im Schein einer Laterne in die Dunkelheit entschwindet. Sie schloss das Fenster, ging in Roses Zimmer und holte das Tagebuch zu sich. Die ersten paar Seiten konnte sie ja schon mal allein lesen, da würde es bestimmt nicht gleich um Mord und Totschlag gehen. An Schlaf war nach dem heutigen Tag sowieso nicht zu denken.

7. Kapitel

Rose hatte das Tagebuch von ihrer künftigen Schwiegermutter zur Verlobung erhalten. Bis zur Hochzeit fand Hetty einen wöchentlichen Bericht. Sie musste so schmunzeln über die Begeisterung der jungen Rose, wie sie von William schwärmte und sich ausmalte, wie das Leben mit ihm sein würde. Irgendwie erinnerte es Hetty daran, wie Becky ihr von ihrem ersten Freund erzählt hatte. So unschuldig und voller Freude. Die Hochzeit rückte näher, und Rose wurde immer aufgeregter. Sie schrieb von dem Kleid, das sie kaum noch atmen ließe, aber so schön war wie das Gewand einer Prinzessin. Es war schneeweiß und über und über mit Spitzen verziert. Nach der ausführlichen Beschreibung konnte Hetty es förmlich vor sich sehen. Sie konnte nur ahnen, was für ein Vermögen das Hochzeitskleid zur damaligen Zeit gekostet haben musste. Roses Familie musste sehr wohlhabend gewesen sein.

Aus Roses Beschreibungen wusste sie nun, dass William größer als sie gewesen war, er hatte gütige goldbraune Augen und blondes, kräftiges, halblanges Haar, das er sich manchmal im Nacken zusammenband. Die beiden mussten zusammen ein fantastisches Paar abgegeben haben. Rose schrieb, wie ihr Herz bis zum Hals geklopft hatte, als dieser gut aussehende Mann vor dem Altar auf sie gewartet hatte. Und auch wenn sie die Hochzeitsnacht fürchtete, freute sie sich darauf, ihm endlich nah sein zu können.

Ihre Mutter hatte sie zuvor gewarnt, diese Nacht würde kein Vergnügen sein, aber es gehörte eben zu den Pflichten einer Frau. Sie sollte einfach still liegen und warten, bis es vorbei wäre, der Mann wüsste schon, was zu tun wäre. Es würde etwas schmerzen und bluten, aber das ginge vorüber und wäre nichts gegen die Schmerzen, die sie durchmachen müsste, wenn ihr Kind auf die Welt käme. Super, dachte Hetty. Mach dem Mädel Mut, Mutti! So hätte sie das Becky niemals mit auf den Weg gegeben. Grinsend las Hetty weiter und war froh, sich dazu entschlossen zu haben, das Buch schon mal ohne Jules zu lesen. Sie war sich sicher, es wäre Rose nicht recht gewesen, wenn er diesen Eintrag gelesen hätte:

Meine Mutter hat sich geirrt, die Nacht war wunderschön. William ist ein rücksichtsvoller Mann und ja, es hat am Anfang etwas wehgetan, aber dann hat er mir gezeigt, zu was unsere Körper noch fähig sind. Es war einfach unglaublich, so mit ihm verbunden zu sein. Er hat Dinge getan, liebes Tagebuch, die kann ich nicht mal dir anvertrauen. Nur die Gedanken daran lassen mich schon erröten. Ach, ich hoffe so sehr, dass ich jetzt sein Kind unter meinem Herzen trage.

Doch das tat sie nicht. Hetty las weiter über die junge Liebe, den Alltag einer Dame zu der damaligen Zeit, und über die stete Hoffnung, endlich schwanger zu werden. Die Einträge wurden weniger, und Hetty fühlte die wachsende Enttäuschung der jungen Frau. Ein Jahr nach der Hochzeit zog das Paar von der Stadtwohnung in das Schloss, das zwar noch nicht fertiggebaut, aber trotzdem schon bewohnbar war. Die Freude kehrte zurück, und Rose schrieb wieder öfter in ihr Tagebuch. Sie war so gerührt, dass William ihr ein Zimmer mit Blick auf den Garten hatte bauen lassen, weil er wusste, wie sehr sie Blumen und vor allem Rosen mochte. Rose war damit beschäftigt, die Dienerschaft in ihre Aufgaben einzuweisen und auch hin und wieder ein Fest für ihre Familien auszurichten. Erst nachdem Roses Schwester nur wenige Wochen nach ihrer Hochzeit verkündete, schwanger zu sein, war die Verzweiflung wieder deutlich aus ihren Worten zu lesen.

William sagt immer, ich solle uns nicht so unter Druck setzen und wir hätten doch schließlich einander. Er bräuchte kein Kind, um glücklich zu sein. Er hätte mich und mehr wünsche er sich doch gar nicht. Aber wenn ich ihn mit den Kindern unserer Dienerschaft sehe oder mit seinem kleinen Neffen, dann weiß ich, er wünscht sich nichts sehnlicher als einen Sohn. Was bin ich nur für eine Frau, dass ich ihm diesen Wunsch nicht erfüllen kann?! Was stimmt mit mir nicht?

Kurz nach diesem Eintrag schrieb Rose, sie hätte eine Frau aufgesucht, die sich mit Heilkräutern auskannte. Sie hätte von ihr einen Trank gekauft, den sie jeweils eine Stunde vor dem Liebesakt zu sich nehmen sollte.

Hetty gähnte herzhaft, mittlerweile war es fast drei Uhr morgens und sie hatte bereits drei Viertel des Buches gelesen. Ihre Augenlider wurden immer schwerer und sie musste das Tagebuch widerstrebend zur Seite legen.

Im Schlaf verfolgten sie wirre Träume. Sie sah Rose und William, dann aber auch wieder Becky, ihre Mutter und Max. Es war ein wildes Durcheinander von Leuten, die ihr Anschuldigungen an den Kopf warfen. Warum bist du nicht zu Hause? Finde endlich heraus, was passiert ist! Warum wäschst du meine Sachen nicht? Wieso kümmerst du dich nicht um mich? Was machst du hier? Geh endlich heim! Dann sah sie Jules, wie er sie anlächelte und ihr die Hand hinhielt: »Komm, komm mit mir!« Doch auf einmal veränderten sich seine Gesichtszüge, und ein blonder Mann mit goldbraunen Augen stand vor ihr. Sie wusste augenblicklich, dass es William war: »Henrietta? Erschrecke bitte nicht. Ich wollte dir danken, dass du dich so um Rose kümmerst. Sie ist mein Ein und Alles.«

»Ich weiß, William. Sie vermisst dich so sehr. Was ist bloß mit euch geschehen?«

»Lies das Buch zu Ende und du wirst es erfahren. Bitte sag ihr, dass ich ihr längst verziehen habe. Es war nicht ihre alleinige Schuld, weißt du? Und richte ihr aus, dass ich auf sie warte.«

»Kannst du uns sagen, was sie tun muss, um endlich ihre Ruhe zu finden?«

William seufzte bedrückt. »Nein, leider kann ich euch nicht weiterhelfen. Aber vielleicht wäre es ein Anfang, wenn Rose sich selbst verzeihen könnte für das, was sie getan hat. Henrietta, darf ich dir noch einen Rat geben?«

»Natürlich.«

»Lass dein Herz nicht zu lange auf den Mann warten, den du liebst. Das Leben ist zu kurz dafür.«

»Von wem sprichst du?«

William lächelte. »Das weißt du besser als ich.«

Hetty nickte. »Mag sein, aber ich habe einem anderen Mann vor Jahren vor dem Traualtar ein Versprechen gegeben, ich muss das zuerst mit ihm klären.«

»Denkst du wirklich, dass das etwas ändert? Du wirst das Gelübde brechen, ob du nun vorher mit deinem Ehemann darüber redest oder nicht. Ein Versprechen kann man nicht einfach so zurückziehen.«

»Dann bin ich also sowieso verdammt?« Das klang in Hettys

Ohren gar nicht gut, da sie ja nicht auch als Gespenst enden wollte.

William lächelte sie beruhigend an. »Glaub mir, am Ende deiner Tage wird dein Leben nicht daran gemessen, ob du ein einziges Versprechen gegenüber einem Menschen gebrochen hast. Was hilft es, wenn du im Herzen ein böser Mensch bist, aber dafür alle Gelübde eingehalten hast? Verstehst du, was ich damit sagen will? Die Dinge sind nun mal nicht so einfach in Schwarz und Weiß einzuteilen. Du bist ein anständiger Mensch, Henrietta, du musst dich nicht fürchten vor dem, was kommen mag. Nimm das Geschenk des Lebens an. Verbringe es nicht trauernd darüber, was sein könnte, sondern pack das, was dich glücklich macht, beim Schopf und genieße es! Das Leben ist so kurz, Henrietta, so kurz ... und doch kann es sich quälend lang anfühlen, wenn du es ohne denjenigen verbringen musst, den du wahrhaftig liebst.«

Als Hetty vom ersten zaghaften Sonnenlicht geweckt wurde, wusste sie nicht, ob sie die Unterhaltung mit William nur geträumt oder ob er wirklich mit ihr gesprochen hatte. Für einen Traum hatte es sich ziemlich real angefühlt, aber vielleicht wünschte sie sich auch einfach einen Freifahrtschein für sich und Jules. Wie auch immer, es wartete Arbeit auf sie und sie hatte keine Zeit, sich Gedanken über einen etwaigen weiteren Geist zu machen. Sie würde jetzt gleich noch mit dem National Health Service telefonieren und dann mit Stella vereinbaren, wann sie ihre Stelle antreten könnte. Sie wollte so schnell wie möglich nach London zurück, um Ordnung in ihr Leben zu bringen. Doch noch bevor sie den Telefonapparat erreicht hatte, klingelte dieser energisch. »Collins bei Gordon«, meldete sich Hetty.

»Hetty ...«, ein Schluchzen drang durch den Hörer.

»Pippa, was ist denn los? Du klingst schrecklich!«

Pippa schniefte am anderen Ende und schnäuzte sich dann so geräuschvoll die Nase, dass Hetty den Hörer etwas vom Ohr halten musste. »Jack hat sich von mir getrennt.«

Jack? Wer war denn Jack, wunderte sich Hetty. Ihre Freundin wechselte so oft ihre Männer, da kam Hetty manchmal nicht mehr nach, sich deren Namen zu merken.

»Kannst du dir das vorstellen? Er hat sich einfach so von mir getrennt! Das hat noch keiner gemacht. Ich bin sonst diejenige, die Schluss macht, verstehst du?«

Ähm, nein, nicht wirklich, dachte Hetty, doch um solidarisch zu sein, sagte sie: »Wie konnte er nur?! Er hat dich einfach nicht verdient, Pippa!«

»Weißt du«, schniefte ihre Freundin, »er war bisher der Einzige, mit dem ich mir einen längeren Lebensabschnitt hätte vorstellen können.«

Hetty versuchte, bei der Wortwahl nicht zu grinsen. Bei Pippa würde ein Mann wohl nie über einen Abschnitt hinausgelangen. Trotzdem hörte sie weiter mitfühlend zu.

»Und nun hat er einfach Schluss gemacht! Ich sei zu oberflächlich, hat er behauptet! Kannst du dir das vorstellen? Ich und oberflächlich?! Kann ich für ein paar Tage zu dir nach Schottland kommen, Hetty?« Pippa klang schon fast flehend.

»Hmm, eigentlich wollte ich am Wochenende zurück nach London fahren ...«

»Kannst du das nicht noch ein wenig aufschieben? Ich muss mal raus aus der Stadt.« Hetty schloss die Augen und seufzte leise, dann musste ihr eigenes Leben halt noch ein bisschen warten. »Na schön. Aber ich muss das zuerst noch mit Max klären. Er hat nicht so gerne fremde Leute in seinem Schloss. Ich melde mich später noch mal bei dir, okay?«

»Ja«, schniefte Pippa. »Du rufst doch wirklich zurück, oder?«

»Natürlich, Pippa! Habe ich das jemals nicht getan? Und nun lass den Kopf nicht hängen. Dieser Jack ist deine Tränen nicht wert, hörst du? Ich melde mich gleich wieder.«

Zuerst rief sie aber den National Health Service an und erhielt dort die Auskunft, dass Max tatsächlich eine Haushaltshilfe bezahlt bekäme, wenn dies nicht anders lösbar wäre. Der Anstellung von Stella stand demnach nichts im Weg. Vielleicht könnte sie ja danach gleich zusammen mit Pippa zurück nach London fahren. Beim Frühstück redete sie mit Max darüber.

»Du schleppst mir immer noch mehr Leute ins Schloss«, brummte er, aber er klang nicht wirklich genervt, was Hetty hoffen ließ.

»Pippa wird dir nicht in den Weg kommen, darauf werde ich schon achten, versprochen. Sie muss sich bloß ein bisschen bei mir ausheulen, ihre Sinne zusammenkratzen und dann wird sie wieder abrauschen. Weißt du, sie ist ein Stadtmensch und hält es auf dem Land nie lange aus.«

»Solange sie sich bei dir und nicht bei mir ausheult, geht das in Ordnung. Gib ihr ein Zimmer, das möglichst weit weg von meinem ist. Ich kann Heulsusen nicht ausstehen.«

Hetty grinste und gab ihm einen Kuss auf die Wange. »Danke!«

Max' Mundwinkel zuckten verräterisch. »Und wann wirst du nach London zurückkehren?«

»Ich weiß es noch nicht, Max. Vielleicht fahre ich gleich mit Pippa zurück. Es hängt auch davon ab, wann Stella hier beginnen kann.«

Max konzentrierte sich auf den Inhalt seiner Tasse und mied Hettys Blick, als er fragte: »Und du kommst wieder her, sobald du das mit deinem Mann geklärt hast?«

»Wenn ich darf und dir nicht auf die Nerven falle!?«

Jetzt blickte er Hetty an und sie sah ein verräterisches Funkeln in seinen Augen. »Na, wo ich mich schon mal an dich gewöhnt habe, kannst du ruhig bleiben.«

Sie schmunzelte und nahm sich auch einen Schluck Kaffee. »Keine Angst, du wirst mich vermutlich weniger zu Gesicht bekommen als bisher. Wenn ich zurück bin, muss ich mir als Erstes einen Job suchen. Aber nun eins nach dem anderen.«

Nach dem Frühstück erledigte sie die Telefonate mit Stella und Pippa. Danach rief sie bei Jules in der Werkstatt an, weil sie seinen Wagen nicht draußen auf dem Parkplatz vor dem Schloss gesehen hatte. Als es klingelte, klopfte ihr Herz schon bis zum Hals.

»Webster«, meldete er sich und klang dabei ziemlich geschäftig.

»Störe ich dich gerade?«, fragte Hetty etwas nervös und vergaß dabei ihren Namen zu nennen. Doch er erkannte ihre Stimme auch so.

»Hetty! Nein, du störst nicht. Ich hab' nur gerade noch eine Kundin hier. Kann ich dich gleich zurückrufen?«

»Klar.« Sie legte auf und versuchte, ihr rasendes Herz unter Kontrolle zu bringen. Nie hätte sie gedacht, sich noch mal Hals über Kopf zu verlieben. Und dass das eindeutig der Fall war, war ihr spätestens nach dem Traum mit William klar geworden. Das war doch einfach verrückt: Sie war fast vierzig und ihr Herz führte sich auf, als schlüge es in der Brust eines Teenagers! Um sich abzulenken, begann Hetty Wäsche zusammenzufalten, während sie im Wohnzimmer auf seinen Rückruf wartete. Als das verflixte Telefon nach gefühlten Stunden endlich klingelte, zwang sie sich, nicht gleich loszurennen, um den Anruf entgegenzunehmen. Wie alt bist du eigentlich, schimpfte sie erneut mit sich selbst.

Betont lässig nahm sie das Gespräch entgegen. »Ach, Jules, danke für den Rückruf. Ich konnte gestern noch mit Rose sprechen. Sie hat nichts dagegen, wenn du das Tagebuch auch zu lesen bekommst. Allerdings nur zensiert.«

»Was?«, fragte er verständnislos.

»Du verstehst schon, Rose möchte nicht, dass du gewisse ... intime Dinge zu lesen bekommst.«

»Und wie stellt sie sich das vor?«, fragte er amüsiert. »Sollst du diese Stellen etwa einschwärzen? Oder gar die Seiten herausreißen?«

»Wir lesen es zusammen«, klärte Hetty ihn auf. »Das heißt, eigentlich habe ich schon mit dem Lesen begonnen. Hättest du heute Zeit, damit wir den letzten Teil gemeinsam lesen können?«

»Du hast Schiss, es allein zu Ende zu lesen, nicht wahr?«, hakte er belustigt nach.

»Etwas«, gestand Hetty.

»Na schön. Ich komme zu euch rauf und wechsle das Schloss am Kapellentor aus, dabei kannst du es mir ja vorlesen. Was hältst du davon?«

»Das klingt gut. Ich bereite uns ein Picknick vor.«

»Super, bis gleich«, sagte er und beendete das Gespräch.

Als Jules vom Parkplatz auf das Schloss zuging, erwartete Hetty ihn bereits mit einem Picknickkorb bei der Tür. Er grinste in ihr aufgeregtes Gesicht: »Wie viel hast du schon gelesen?«, fragte er neugierig.

»Etwas mehr als die Hälfte. Aber bisher stand nichts darin, was dich interessiert hätte. Sie schrieb von ihrer Hochzeit ...«

»Auch von der Hochzeitsnacht?«, schmunzelte er und hob die Augenbrauen etwas an.

Hetty musste lachen. »Ja, auch, aber das geht dich nichts an. Dann erzählte sie von ihrem Leben und wie sehr sie sich ein Kind wünschte, doch das schien irgendwie nicht zu klappen, und nun bin ich an der Stelle, wo sie eine Kräuterhexe aufgesucht hat.«

»Wirklich? Sie ging zu einer Hexe?«

»Sie nannte sie eine Frau, die sich mit Heilkräutern auskennt. Aber für mich klingt das nach Kräuterhexe«, erklärte Hetty ungeduldig. »Und nun komm, ich möchte weiterlesen.« Sie ging voran in den Geheimgang.

»Nicht jede Frau, die über Kräuter Bescheid wusste, war früher eine Hexe. Es gab auch Heilerinnen, die hoch angesehen waren in der Bevölkerung«, stellte Jules richtig und gab sich Mühe, im Schein der Taschenlampe nicht auf Hettys Hintern zu starren, während sie vor ihm herging.

»Ja, ja, Herr Lehrer. Ich brauche dich nicht, um klug daherzureden.«

»Nicht? Wozu dann? Zum Händchenhalten, wenn's gefährlich wird?«

Hetty blieb stehen und drehte sich zu ihm um. »Letzte Nacht ist mir im Traum William erschienen.«

»Wie willst du wissen, dass es William war? Du hast noch kein Bild von ihm gesehen. Bestimmt hast du nur wirres Zeug geträumt, weil du zu lange in dem Tagebuch gestöbert hast.«

»Warum willst du bloß nicht an übersinnliche Dinge glauben? Was macht dir solche Angst?«

»Ich habe keine Angst vor Geistern und Gespenstern. Ich glaube einfach nicht daran. Schließlich arbeite ich schon länger im Schloss, und weder Rose noch William noch eine andere Spukgestalt haben sich mir bisher gezeigt.«

»Vielleicht, weil du ein engstirniges Wesen hast?«

Jules lachte laut auf. »Ich sehe schon, du bist heute richtig gut drauf und strotzt nur so vor Komplimenten. Komm, lass mein engstirniges Wesen das Türschloss austauschen, dazu sollte es wenigstens zu gebrauchen sein.«

»So habe ich das nicht gemeint, entschuldige. Ich hatte nicht gerade viel Schlaf letzte Nacht und dann war da noch ein Telefonat mit meiner Freundin, die gerade von einem Typen verlassen wurde. Sie kommt am Wochenende her, obwohl ich dann eigentlich nach London fahren wollte.« Hetty marschierte bereits weiter den Gang entlang.

»Aha, demnach klappt das also mit Stella?«

»Ja. Ich muss mich mit ihr nur noch absprechen, wann sie beginnen soll. Pippa wird es sowieso nicht lange hier auf dem Land aushalten. Wahrscheinlich werden wir irgendwann nächste Woche zurückfahren.«

»Und was ist mit Rose?«

»Was soll mit ihr sein? Wir werden das Tagebuch jetzt lesen und sehen, was wir tun können. Vermutlich ist damit das Problem nicht gelöst, aber vielleicht finden wir einen Hinweis, was Rose tun müsste ... falls es überhaupt etwas gibt, was getan werden kann.«

Sie hatten mittlerweile die Kapelle erreicht. Jules ging gleich zum Tor und nahm die Werkzeuge aus seinem Kasten, während Hetty sich auf eine der Kirchenbänke niederließ. Dann griff sie zum Tagebuch und las laut an der Stelle, wo Rose den Trank von der Kräuterfrau entgegengenommen hatte, weiter.

8. Kapitel

Rose nahm den Trank mehrere Wochen lang, wurde aber trotzdem nicht schwanger. Irgendwann schrieb Rose, dass William eine neue Dienstmagd eingestellt hatte. Ihr Name war Heather und sie hatte eine Ausbildung als Erzieherin. »Warum will sie gerade bei uns arbeiten?«, hatte Rose William gefragt. »Wir haben ja noch kein Kind zum Erziehen und ich kann mir nicht vorstellen, dass sie mit ihrer Ausbildung in der Wäscheküche zufrieden sein wird.«

»Liebling, wir sollten uns glücklich schätzen, dass sie hier arbeiten will. Wenn unser Kind erst mal da ist, dann haben wir bereits jemanden hier, der fähig ist. Heather meinte, es spiele für sie keine Rolle, erst mal in einem anderen Bereich zu arbeiten, solange sie ihre eigene Kammer hätte. Die habe ich ihr im Wäschehaus zur Verfügung gestellt.«

Rose schüttelte den Kopf. »Da stimmt doch was nicht. Niemand würde freiwillig als Dienstmagd arbeiten wollen, William!«

»Ach komm, nun sei nicht so misstrauisch, Liebling.«

Doch Roses Misstrauen wuchs von Tag zu Tag, denn Heather sah zudem sehr hübsch aus. Auch wenn sie immer ihre dunklen Kleider trug, konnte sie ihre Schönheit darunter nicht verbergen. Heather war stets freundlich zu Rose und ließ sich nichts zuschulden kommen. Trotzdem, irgendetwas an dieser Frau gefiel Rose nicht.

Hin und wieder sah Rose ihren Mann auch mit ihr reden und lachen. Langsam grub sich ein kleiner Stachel von Eifersucht in ihr Herz, obwohl ihr William keinen Anlass dazu gab. Er behandelte Rose nach wie vor sehr liebevoll und aufmerksam. Und dennoch, was würde geschehen, wenn er vorhatte, sie gegen Heather auszutauschen, weil sie selbst ihm keine Kinder schenken konnte? Eines Tages sprach die Köchin Rose an: »Ich denke, Madam, Sie sollten ein wachsames Auge auf Ihren Mann haben.« Rose streckte stolz ihr Kinn in die Höhe. »Was wollen Sie mir damit sagen, Martha?«

»Ich mag Sie sehr, Madam Rose, Sie sind stets gut zu uns und kümmern sich um uns, daher traue ich mich, es Ihnen zu sagen. Ihr Mann wurde öfters mit dieser Neuen, Heather heißt sie, gesehen. Die Mägde tratschen schon untereinander, Sie wissen ja, wie das ist. Daher wollte ich es Ihnen einfach gesagt haben.«

Rose musste gegen die Tränen ankämpfen. Ihren eigenen Verdacht durch Bedienstete bestätigt zu hören, tat weh. »Danke, Martha, dass Sie sich mir anvertraut haben. Aber Sie können sicher sein, dass mein Mann mich nie betrügen würde. Wir führen eine gute Ehe.« Damit hatte Rose sich umgedreht und war in ihr eigenes Zimmer geflüchtet. Wie konnte William ihr das bloß antun!?

»Fertig«, sagte Jules und riss Hetty zurück in die Gegenwart. »Komm, lass uns draußen mal nachsehen, wo wir uns überhaupt befinden.«

Hetty legte das Buch zur Seite und folgte ihm zur Tür hinaus, wo sie mitten in einem Wald standen. »Kannst du das Schloss irgendwo sehen?«, fragte sie und streckte ihren Kopf suchend in die Höhe.

»Nein. Aber ich würde es in dieser Richtung vermuten.« Jules zeigte mit der Hand schräg nach links. Er ging in die angedeutete Richtung und bahnte sich einen Weg durch das Dickicht, bis Hetty ihn nicht mehr sehen konnte.

»Wow, das musst du dir ansehen, Hetty!«, rief er plötzlich. »Komm her!«

Sie kämpfte sich ebenfalls durch ein Gewusel von Tannästen, Efeu, Spinnweben und Brombeergestrüpp hindurch und wollte eigentlich schon wieder umkehren, als sie einen letzten Ast zur Seite schob und auf einen glitzernden See blickte. Er war nicht groß, und nur die Seite, an der sie standen, war frei von Schilf. Ein paar Enten schwammen auf dem Wasser, anders als den Menschen war ihnen der See nicht verborgen geblieben.

»Das ist wunderschön!«, brachte Hetty staunend hervor.

»Warte, ich hole das Buch und deinen Korb, dann können wir hier weiterlesen. Der Tag ist zu schön, um ihn in einer düsteren Kapelle zu verbringen.«

Sie suchten sich anschließend einen schönen Platz unter einer dicken, alten Kiefer aus, wo sie etwas geschützt von der Sonne waren. Hetty nahm die Oliven, den Käse und das Brot aus dem Korb und goss ihnen beiden ein Glas von dem selbst gemachten Eistee ein. Danach griff sie wieder zum Buch, lehnte sich an den Stamm des Baumes und fuhr mit dem Lesen fort. Sie verfolgten Roses wachsende Eifersucht, die junge Frau begann, sowohl ihren Mann als auch Heather zu beobachten. Irgendwann machte Hetty das Lesen müde und sie konnte ein Gähnen nicht länger unterdrücken.

»Lass mich dich ablösen und weiterlesen«, bot Jules an und zog bereits seine Lesebrille aus der Hemdtasche. Himmel, er sah einfach wirklich sexy aus mit diesem Teil auf der Nase. Mit gesenktem Blick reichte sie ihm das Buch. Es ist nur eine Brille, du dumme Gans, schimpfte sie stumm mit ihrem Herzen. Dann reckte und streckte sie sich, um die Müdigkeit zu vertreiben. Doch auch das half nichts.

Schon nach wenigen Seiten bemerkte Jules, dass Hetty eingeschlafen war. Er legte die Lesebrille und das Buch zur Seite, bevor er sie in Ruhe betrachtete. Der Wind hatte ihr eine Strähne ihres rotblonden Haares ins Gesicht geweht. Er war versucht, sie wieder hinter ihr Ohr zu streichen und mit seinem Daumen über ihre samtigen Lippen zu fahren, aber damit würde er sie aufwecken. Er spürte, wie die Erregung in ihm wuchs und es war nicht gerade hilfreich, Hetty beim Schlafen zuzusehen. Eine Abkühlung war so etwas von notwendig! Er zog sich Schuhe und Socken aus, knöpfte sich sein Hemd auf und warf es, nachdem er es ausgezogen hatte, achtlos zur Seite. Dann stand er auf und entledigte sich auch noch seiner Jeans. Nur in Boxershorts bekleidet, rannte er, damit er es sich nicht noch mal anders überlegen konnte, in den See hinein. Das kalte Wasser traf ihn wie ein Schock, aber es tat gut. Er schwamm ein paar kräftige Züge und wendete dann. Hetty war durch das Geplätscher des Wassers aufgewacht und sah ihm nun grinsend vom Ufer aus zu.

»Komm rein!«, rief er ihr übermütig zu.

»Ich habe keine Badesachen da«, gab sie lachend zur Antwort.

»Feigling!« Er wusste, damit hatte er sie geködert.

»Angenommen, ich käme rein, könntest du dann deine Hände von mir lassen?«, fragte sie neckend und begann schon mal ihre Turnschuhe und Socken auszuziehen.

»Aber sicher doch. So hübsch bist du nun auch wieder nicht.«

Über diese Antwort hätte sie beleidigt sein können, stattdessen musste sie nur kichern. »Dreh dich gefälligst um, Mr Webster!« Als sie sicher war, dass er wegschaute, schlüpfte sie aus ihrem T-Shirt und den Jeans, bevor auch sie ins Wasser sprang. Aber im Gegensatz zu ihm schrie sie laut auf, als das grausig kalte Wasser sie umgab. Baden in Schottland, sie hätte wissen müssen, dass das keine gute Idee war, selbst an einem so warmen Tag wie heute. Ihr war klar, dass die ersten Züge immer die schlimmsten waren und man sich danach gleich an die Kälte gewöhnte. So schwamm sie tapfer zur Mitte des Sees.

»Ich hätte nicht gedacht, dass du dich das traust«, hörte sie plötzlich Jules neben sich sagen. Er hatte sie mit Leichtigkeit eingeholt, sie war nicht wirklich eine geübte Schwimmerin. Ihre Bewegungen erinnerten vermutlich eher an die eines Frosches und nicht an die eines geschmeidigen Delfins.

»Warum nicht? Was du kannst, kann ich auch!« Sie paddelte an Ort und Stelle und sah ihm frech ins Gesicht. Hatte sie nur das Gefühl oder waren seine Augen eine Spur dunkler geworden?

Er kam näher, ohne sie aus dem Blick zu lassen, und schließlich war er ihr so nah, dass sie seinen Atem auf ihrer Haut spüren konnte.

»Halt dich an mir fest«, sagte er leise, und ihre Arme folgten seiner Aufforderung, ohne auf ihren Verstand zu hören. Sie schloss die Augen, während seine Lippen sich auf ihren Mund legten und sie in einen Strudel hineinzogen, der nicht vom See ausging, aber ebenso gefährlich und tief war. Wie eine Ertrinkende klammerte sie sich an ihn und erwiderte seinen Kuss mit einer Leidenschaft, die sie von sich selbst nicht gekannt hatte. Kurz flackerte in ihrem Hirn Oliver auf, aber es war, als würde sie von einer verbotenen Keksdose naschen: Das Verbotene schmeckte einfach zu köstlich. Sie atmeten beide heftig, als er den Kuss zärtlich beendete.

»Sag nicht, ich hätte meine Hände nicht bei mir behalten«, neckte er sie und hob seine Hände wie zum Beweis in die Luft. Erst jetzt wurde Hetty bewusst, dass sie sich immer noch an ihm festklammerte, doch es fühlte sich gut an – *er* fühlte sich gut an. Sie ließ ihre Hand über seinen Rücken wandern und drückte sich noch näher an ihn heran, was ihm ein leises Aufstöhnen entlockte. Als sie ihn dieses Mal küsste, lag ein Lächeln auf ihren Lippen. Ihr Mund begann den seinen verspielt zu erforschen. Sie wusste, sie sollte aufhören und diese verflixt leckere Keksdose wieder verschließen und auf das Regal zurückstellen, bevor sie erwischt wurde. Aber sie schaffte es nicht, sich von ihm zu lösen, und endlich fühlte sie auch seine Hände über ihren Körper streicheln. Sie hätte im kalten Wasser des Sees dahinschmelzen können.

»Wir sollten aufhören ... ich hab' nichts zur Verhütung dabei«, gestand er ihr atemlos und gab ihr einen letzten federleichten Kuss, bevor er sie freigab.

Hetty nickte kaum merklich und schwamm zum Ufer zurück. Was war da nur in sie gefahren? Sie wollte doch warten, bis sie mit Oliver alles geklärt hatte! Aber dann kamen ihr wieder Williams Worte in den Sinn: Es machte die Sache nicht besser. Oder doch? War das einfach nur ihr Wunschdenken? Jules hatte sie eingeholt und stieg nun ebenfalls aus dem Wasser. Als sie sich zu ihm umdrehte, sah sie seinen bewundernden Blick auf sich ruhen.

»Du bist wunderschön«, sagte er leise mit belegter Stimme.

Hetty errötete und blickte zum Baum, wo sie zuvor gesessen hatten. Oliver hatte nie so etwas zu ihr gesagt. Ehrlich gesagt fühlte sie sich auch nicht wirklich schön. Mit Kleidergröße vierzig war sie nun wirklich weit entfernt von einer Traumfigur, fand sie. Aber die Art, wie Jules ihr dieses Kompliment gemacht hatte, ließ sie an seine Worte glauben.

»Komm, lass uns hier in der Sonne weiterlesen, bis wir trocken sind.« Sie versuchte ihren Atem und ihr Herz wieder unter Kontrolle zu bringen.

Jules setzte sich ins Gras, während Hetty das Buch holte und rasch ihr T-Shirt über die nasse Unterwäsche zog. Wenigstens war Jules vernünftig geblieben, sagte sie sich, sie selbst hätte nicht von ihm ablassen können. Zu schön waren die Gefühle, die er in ihr wachgerufen hatte. Doch was, wenn er nur aufgehört hatte, weil er sie gar nicht wollte? Vielleicht spielte er nur ein seltsames Spiel mit ihr. Blödsinn, Hetty, rief sie sich selbst zur Besinnung. Du hast ihm selbst gesagt, dass du nichts mit ihm anfangen willst, bevor du dich von Oliver getrennt hast. Und nun heulst du rum, weil er sich daran hält.

Sie setzte sich mit dem Buch mit großem Abstand von ihm ins Gras.

»Ich fände es gemütlicher, wenn du dich bei mir anlehnst«, meinte er lässig und klopfte auf seine Brust. Sie rutschte rüber und versuchte, das beruhigende Klopfen seines Herzens zu ignorieren, als sie mit dem Lesen fortfuhr.

Rose begann, sich immer mehr in den Gedanken hineinzusteigern, dass William und Heather eine Affäre haben könnten. Vermutlich war er dieses Mal einfach cleverer, die Ware zu prüfen, bevor er sie kaufte, dachte sie verbittert. Noch einmal würde er keine Frau heiraten, die ihm dann doch kein Kind gebar. Aber was war, wenn Heather schwanger wurde, während William noch mit ihr verheiratet war? Diese Schmach könnte Rose nicht ertragen. Abermals ging Rose zu der Kräuterfrau und schilderte ihr, sie bräuchte für eine Freundin einen Trank, damit diese nicht schwanger würde. Die Lüge ging ihr ganz leicht über die Lippen. Sie erzählte der alten Frau auch, ihre Freundin hätte bereits sechs Kinder, aber ihr Mann würde nicht aufhören, sie zu bedrängen. Wieder händigte die Kräuterfrau ihr eine Mixtur aus, die die Freundin täglich zu sich nehmen sollte. Aber die Frau dürfte auf keinen Fall bereits schwanger sein, wenn sie den Trank einnähme. »Das müssen Sie ihr unbedingt sagen, wenn Sie ihr die Tinktur bringen. Es könnte sonst zu einer Fehlgeburt kommen«, hatte die alte Frau Heather eingeschärft.

»Mist!«, sagte Hetty. »Ich ahne, worauf das hinausläuft.«

»Ich frage mich nur, wie Rose es schaffen will, Heather das Zeugs zu verabreichen? Soll ich weiterlesen?«

»Ja, bitte.«

Er setzte die Brille wieder auf, dann tauschten sie die Plätze, sodass Jules' Kopf auf ihrem Bauch ruhte und er bequem lesen konnte.

Rose hatte dazu schon einen Plan ausgeheckt. Sie begann damit, den Kontakt zu Heather zu suchen und lud sie jeweils am Nachmittag zum Tee ein. Ihr sei so langweilig und sie würde gerne Französisch lernen, hatte sie ihre Bitte formuliert, und Heather war darauf eingegangen. Doch bereits vier Tage nach ihrem ersten Treffen fehlte Heather und ließ sich wegen Übelkeit entschuldigen. In der darauffolgenden Nacht hatte ein Bediensteter energisch an die Schlafzimmertür von Rose und William geklopft. Als William ihm öffnete, berichtete er nervös, dass die Magd, die in der Waschküche lebte, dringend einen Arzt bräuchte. Es wäre überall Blut und er fürchtete das Schlimmste. William hatte ihm Geld in die Hand gedrückt und ihm aufgetragen, mit dem Pferd in die Stadt zu reiten und so schnell wie möglich den Arzt herzubringen. Dann hatte er sich angezogen, war hinausgerannt und hatte Rose allein ihren Ängsten überlassen. Rose war sofort klar, dass es irgendwas mit dem Trank zu tun haben musste. Sie war zu weit gegangen, aber wie hätte sie so etwas erahnen können? Auch sie zog sich an und eilte hinüber ins Waschhaus, wo sie schon von

Weitem die aufgeregten Stimmen hörte. Sie ging in die Kammer der jungen Frau und sah, wie sie blass in den Kissen lag. William hielt ihre Hand und redete besänftigend auf sie ein. Es brach Rose schier das Herz, die beiden so zu sehen, doch sie zwang sich hinzugehen und legte ihre Hand auf die Schulter ihres Mannes. Rose war dabei, als Heather ihren letzten Atemzug tat. Voller Schuldgefühle blickte sie auf die leblose Gestalt vor ihr und auf ihren Mann, der in Tränen aufgelöst war.

»Dieser Mistkerl«, schimpfte Jules. Hetty kämpfte gegen die Tränen.

»Aber Rose hat es nicht mit Absicht getan. Sie konnte doch nicht wissen, dass diese Tinktur Heather töten würde. Sie hatte ja selbst einen Trank von der Frau eingenommen. Bitte lies weiter.«

Hetty legte trostsuchend die Hand auf Jules' Schulter. Es war dieselbe Geste, die Rose ihrem Mann am Sterbebett von Heather zukommen ließ, schoss es ihr kurz durch den Kopf.

Nur Rose konnte hören, wie William flüsterte: »Sie war meine Halbschwester.«

»Dieser verdammte Idiot!«, rief Jules aus. »Warum hat er das seiner Frau nicht gleich gesagt, dann wäre Heather bestimmt am Leben geblieben.«

Hetty tätschelte seine Schulter. »Lies weiter, vielleicht erfahren wir es noch.«

Rose war so geschockt von dem Erlebten und von Williams Geständnis, dass sie nichts sagen konnte. Sie brauchte dringend frische Luft und rannte aus dem Zimmer hinaus. Auf dem Weg zum

Schloss sah sie, wie der Arzt gerade mit der Kutsche eintraf. Das würde Heather nun auch nicht mehr helfen.

Sie hatte die Halbschwester ihres Mannes auf dem Gewissen, das würde William ihr nie verzeihen. William blieb den Rest der Nacht weg, und Rose sah ihn erst beim Frühstück wieder. Er erschien kreideweiß und sah ziemlich mitgenommen aus. Bei einer Tasse Kaffee erzählte er ihr, was passiert war. Heather hatte anscheinend eine Fehlgeburt gehabt und war verblutet. Geschockt legte Rose ihre Hand auf den Mund.

»Das habe ich nicht gewollt.«

William glaubte, sich verhört zu haben und fragte daher nicht nach. »Erinnerst du dich an den Stallknecht, den ich neulich gefeuert habe?« Rose nickte schwach. »Mit dem hatte sie eine Affäre gehabt. Es ist mir unerklärlich, wie sie sich auf ihn hatte einlassen können.«

»Seit wann weißt du, dass Heather deine Halbschwester war?«, fragte Rose tonlos.

»Schon eine ganze Weile. Ich hatte mit ihr Stillschweigen vereinbart, dafür hatte sie bei uns ein Dach über dem Kopf und einige Privilegien, die andere Bedienstete nicht hatten.«

»Warum hast du es mir nicht gesagt?«, fragte Rose unter Tränen.

»Ich schämte mich für das Verhalten meines Vaters. Was hättest du von mir denken müssen? Mein eigener Vater betrügt meine Mutter, hat mit einem dahergelaufenen Weib eine Liebschaft, zeugt mit ihr einen Bastard und wollte die Frau anschließend gar als seine Mätresse halten! Wie hätte ich diese Schande zulassen können? Versteh doch, Rose!«

Nicht länger imstande sitzen zu bleiben, schoss Rose von ihrem Stuhl hoch und ging zum Fenster. Unter Tränen drehte sie sich zu ihrem Mann um. »Aber du konntest zulassen, dass ich und unsere Bediensteten glaubten, du hättest mit Heather eine Affäre! Du konntest zulassen, dass ich mich so sehr schämte und quälte, dass vielleicht sie und nicht ich dein Kind erwarten würde! Du konntest zulassen, dass ich diese Frau auf dem Gewissen habe!«

William, der inzwischen auch aufgestanden war, eilte nun zu Rose, um sie in die Arme zu nehmen und zu beruhigen. Doch Rose war völlig außer sich, wehrte seine Arme ab und hämmerte stattdessen mit ihren Fäusten so lange auf seine Brust ein, bis sie nicht mehr konnte. »Ich wollte doch nicht, dass sie stirbt, William. Das wollte ich nicht, das musst du mir glauben.«

William hatte sie entgeistert angesehen. »Was sagst du da? Was hast du getan, Rose?!«

Stockend und immer wieder von einer Flut von Tränen unterbrochen, berichtete Rose William von der Schuld, die sie auf sich genommen hatte. Am Ende hielt er seine schluchzende Frau fest in seinen Armen und strich ihr, in einem verzweifelten Versuch sie zu beruhigen, übers Haar.

»Du konntest doch nicht wissen, dass sie schwanger war, niemand hat davon gewusst.«

»Aber ich hätte ihr den Trank nicht geben dürfen. William, an meinen Händen klebt ihr Blut!«

Jules setzte sich auf und sah Hetty prüfend an: »Der letzte Eintrag stammt von ihrem Todestag. Soll ich wirklich weiterlesen?«

Hetty fröstelte, aber sie nickte. »Ich will alles wissen.«

Er legte das Buch so vor ihnen auf den Boden, dass sie es zusammen lesen konnten, und legte dabei einen Arm um Hettys Schultern.

Liebster William,
meine letzten Zeilen in diesem Tagebuch gehen an Dich, meinen

geliebten Mann. Es tut mir so leid, was ich getan habe. Könnte ich es doch nur ungeschehen machen! Ich weiß, Du sagst mir immer wieder, ich hätte nicht die Schuld an Heathers Tod. Es wären mehrere unglückliche Umstände gewesen. Der wohl unglücklichste Umstand war ich und meine Eifersucht. Ich kann nicht damit leben, diese junge Frau und ihr Kind auf dem Gewissen zu haben. Wenn ich schlafe, sehe ich ständig ihr anklagendes, blasses Gesicht vor mir und einen blutigen kleinen Klumpen. Ich sehe, wie das Blut von meinen Händen tropft, William. Ich halte das nicht länger aus. Verzeih mir bitte und glaub mir, was ich getan habe, habe ich nur aus Liebe getan. Wie hätte ich ahnen können, dass Liebe so verzehrend sein kann und man für sie jeglichen Skrupel beiseiteschieben würde? Ich wollte doch nichts anderes, als Dich glücklich zu machen, mein Geliebter. Wie gerne hätte ich Deine Kinder unter meinem Herzen getragen, aber es war mir nicht vergönnt. Ich weiß, dass das, was ich vorhabe, eine Todsünde ist, aber habe ich nicht bereits die größte aller Sünden begangen? Was gibt es Schlimmeres, als einem Menschen das Leben zu rauben? Ich gebe daher meines, auch um Dich freizugeben, damit wenigstens Du die Chance auf ein glücklicheres Leben hast. Finde eine Frau, die Dir die Kinder schenkt, die Du Dir immer gewünscht hast, und vergib mir, Dich so unglücklich gemacht zu haben. Ich schicke Dir einen letzten Kuss in tiefer und aufrichtiger Liebe.

Rose

Jules blickte in Hettys verheultes Gesicht. Sanft zog er sie dichter an sich heran, damit ihr Kopf an seiner Schulter ruhen konnte. Ihre Tränen flossen über seine Haut und er murmelte leise tröstende Worte. Auch er hatte einen dicken Kloß im Hals. Nur zu gut wusste er, wie schwer es war, mit einer solchen Schuld weiterzuleben. Auch ihn hätte es fast das Leben gekostet.

»Sie konnte doch wirklich nichts dafür ... oder fast nichts. Ich meine, die Tinktur hat doch diese Kräuterhexe gemischt, und warum hat William bloß nicht gesagt, dass Heather seine Halbschwester ist? Das ist alles so ungerecht. Und warum ist sie jetzt als Geist hier und nicht William, oder diese Hexe ...«, schniefte Hetty, die bemüht war, sich wieder zu fangen.

Zärtlich wischte Jules ihr mit der Hand die Tränenspur aus dem Gesicht. »Diese Fragen kann wohl niemand beantworten, Hetty.«

»Wie soll ich ihr das nur sagen?« Hetty schaute ihn voller Verzweiflung an.

Jules hob leicht grinsend die Augenbrauen. »Wie auch immer du es ihr sagst, sie wird sich nicht mehr das Leben nehmen können.«

»Haha, sehr komisch!« Trotzdem musste Hetty grinsen, während sie sich die Nase putzte. »Sie wird sich gleich wieder aus dem Fenster stürzen.« Sie kicherte bei dem Gedanken.

Jules schaute sie liebevoll an: »Du wirst die richtigen Worte finden, Hetty, da bin ich mir sicher.«

»Weißt du, wie spät es ist?«, fragte sie Jules. Als er ihr die Uhrzeit nannte, sprang sie sofort auf. »Mist, ich muss zurück. Max muss an seine Medikamente erinnert werden.« Sie schlüpfte in ihre Jeans und sammelte die restlichen Esswaren in ihrem Korb zusammen. Jules schloss das Tor der Kapelle hinter ihnen ab und reichte Hetty einen Schlüssel, den anderen behielt er für sich.

»Den See, den behalten wir vorerst für uns, nicht wahr?«

Hetty lächelte geheimnisvoll und strich ihm zärtlich über die Wange. Er griff nach ihrer Hand und beschleunigte ihren Herzschlag, als er die pochende Stelle an ihrem Handgelenk mit seinen Lippen berührte.

»Ich muss los«, flüsterte sie und beeilte sich, sich an ihm vorbeizudrücken, damit sie durch den Gang zurück ins Schloss laufen konnte.

Nach dem Abendessen setzte sich Hetty in Roses Zimmer und wartete geduldig auf das Erscheinen des Geistes. Als die Temperatur im Raum wieder merklich fiel, schaute Hetty sich suchend um und sah Rose schließlich mit hängenden Schultern auf dem Bett sitzen.

»Du hast es gelesen, nicht wahr?«, fragte Rose als Erstes, und Hetty nickte. »Habe ich jemanden umgebracht?«

Hetty beantwortete die Frage nicht gleich, sondern begann anders. »Ich habe letzte Nacht mit William gesprochen. Er ist mir im Traum erschienen.«

Roses Augen leuchteten für einen kurzen Moment auf.

»Er hat mich gebeten dir zu sagen, er habe dir längstens verziehen und er warte auf dich, Rose. William liebt dich von ganzem Herzen und hat dich so sehr vermisst. Er hat, nachdem du dich für den Tod entschieden hast, keine andere Frau geheiratet, wie du es gewünscht hast. Die Trauer um dich war zu groß gewesen. Du warst seine Liebe und sein Leben, verstehst du?«

»Dann habe ich noch mehr Schuld auf mich geladen«, schluchzte Rose.

Na super! Das hast du echt prima gemacht, schimpfte Hetty sich innerlich. Sie wollte trösten und Rose nicht noch trauriger machen.

»Du bist tatsächlich mitschuldig an einem Todesfall, aber man kann dich nicht allein verantwortlich dafür machen.«

Hetty erzählte ihr, was sie gelesen hatte.

»Und warum hänge ich noch hier fest, wenn mich nicht allein die Schuld trifft?«, fragte Rose.

»Was weiß denn ich?! Ich kenne mich doch mit diesem übernatürlichen Kram auch nicht wirklich aus. Aber William hatte gemeint, du müsstest dir wohl als Erstes selbst verzeihen, damit dir vergeben werden könne.«

»Dann werde ich hier für immer festsitzen.« Rose schluchzte vor sich hin.

»Jetzt hör mal gut zu, Rose!«, begann Hetty leicht gereizt. »Aufgegeben wird hier nicht! Und das Herumgejammere hilft auch niemandem wirklich.« Rose sah Hetty entgeistert an. »Du bist nun immerhin schon dreihundert Jahre hier, da hast du genug Zeit zum Jammern gehabt. Jetzt packen wir es verflixt noch mal an! Wenn ich in London bin ...«

»Du gehst weg?! Das geht nicht!«

Hetty überhörte den Einwand: »Wenn ich in London bin, wirst du dich erstens gegenüber Stella vorbildlich benehmen. Ich will nicht, dass du sie irgendwie erschreckst, verstanden?«

Rose nickte. »Zweitens werde ich mich dort bei jemandem schlaumachen, der sich mit Geistern auskennt. Vielleicht kommen wir so weiter.«

»Kennst du denn jemanden?«, fragte Rose etwas hoffnungsvoller.

»Ähm ... nein ... noch nicht. Aber ich werde da schon jemanden auftreiben. London ist groß«, und voller Verrückter, fügte sie im Stillen hinzu. Aber wer weiß, vielleicht war ja einer dieser Verrückten nicht so verrückt, wie sie dachte. Schließlich hatte sie ja zuvor auch nicht an Gespenster und Geister geglaubt. »Und drittens passt du bitte auch ein wenig auf Max auf. Ich lasse ihn hier nicht gerne bei einer Fremden zurück.«

»Aber was kann ich schon tun, wenn etwas mit ihm ist?«

»Keine Ahnung, lass dir halt was einfallen!«

»Bist du wütend auf mich?«, fragte Rose leise.

»Nein, ich bin wütend auf die ganze Situation! Wenn Frauen und Männer mehr miteinander reden würden, anstatt immer zu versuchen, im besten Licht dazustehen, wäre Heather nicht umgekommen und du nicht in dieser blöden Lage. Oliver hat auch nie mit mir geredet und ich ehrlich gesagt auch nicht mit ihm. Wie hätte er wissen können, dass ich unglücklich bin über die Art, wie er mich behandelt? Und was sage ich meiner Tochter, wenn ich meinen Mann verlasse, um mit diesem sagenhaften ... wunderbaren ... gut aussehenden und liebevollen Mann zusammen zu sein?«

Rose kicherte. »Da ist ja einiges los bei dir. Aber dann kommst du zurück, habe ich das richtig verstanden?«

»Ja, was bleibt mir denn schon anderes übrig? Ich muss ja erst mal irgendwo ein Dach über dem Kopf haben. Aber ich werde Max nicht auf der Tasche liegen, sondern mir einen Job suchen.«

»Was ist ein Job?«, fragte Rose interessiert.

Sie plauderten noch eine Weile über die neuzeitlichen Lebensgewohnheiten, bis Hetty sich müde von Rose verabschiedete, um in ihr eigenes Zimmer zu gehen. Sie war froh, dass Rose dieses Mal gewartet hatte, bis sie zur Tür hinaus war, bevor sie den unvermeidlichen Abgang zelebrierte. Für Hetty war es irgendwie unerklärlich, wie Rose sich zwar an William und auch an seine Familie erinnern konnte, nicht aber an Heather. Die schien sie komplett aus ihrem Gedächtnis gestrichen zu haben. Aber wie Jules schon mal vermutet hatte, war Rose vermutlich beim Sturz aus dem Fenster auf den Kopf gefallen.

Hetty seufzte, die ganze Geschichte war einfach zu verrückt.

9. Kapitel

Hetty war im Garten, als sie einen Wagen auf dem gekiesten Schlossparkplatz manövrieren hörte. Das musste Pippa sein. Sie zog die Gartenhandschuhe aus und machte sich auf den Weg, um ihre Freundin zu begrüßen. Doch als Erstes kam ihr Becky entgegengerannt und flog ihr um den Hals. »Mum!«

Hetty strahlte und schloss ihre Tochter glücklich in die Arme. »Was machst du denn hier, Liebes?«

»Ich dachte, ich überrasche dich mal. Ich habe Pippa angerufen, weil ich dich ja nie auf dem Handy erwischen konnte und ich mir Sorgen gemacht habe. Sie hat mir gesagt, sie fahre heute zu dir und da hab' ich mich einfach angehängt. Schön, oder?«

»Ähm, ja, natürlich! Aber ich habe dir doch gesagt, dass nur die Festnetznummer funktioniert, und die habe ich dir doch beim letzten Mal angegeben?«

»Muss ich wohl verlegt haben.«

Hetty schaute an ihrer Tochter vorbei zu Pippa, die zwar noch immer etwas gerötete Augen hatte, aber sie immerhin anlächelte. Sie fielen sich in die Arme, und Hetty drückte sie ganz fest an sich. »Schön, dass ihr beide da seid! Nun kommt erst mal mit, dann schauen wir, dass ihr ein Zimmer bekommt.«

»Kann ich bei dir im Zimmer schlafen, Mum? Der Kasten schaut ganz schön gruselig aus.«

»Aber sicher doch.«

Sie gingen in das Schloss hinein, wo sie die beiden zunächst einmal Max vorstellte. Becky war begeistert von George und knuddelte den Hund gleich durch. »Was ist das denn für eine lustige Rasse?«, fragte sie Max interessiert.

»Ein Bluthund!«, knurrte der.

Hetty musste lachen. »Glaub ihm kein Wort, Max will dich nur ein bisschen ärgern. George ist ein Basset und die Seele von einem Hund. Er beißt weniger oft als Max.«

»So, kommt, ich zeige euch jetzt eure Zimmer, dann koche ich uns was Feines.«

»Mum, ich hab' im Auto noch eine Tasche voll schmutziger Wäsche. Könntest du mir die hier waschen?«

»Ja, sicher ...«

»Du bist alt genug, junge Dame, das selbst zu erledigen!«, mischte Max sich ein.

»Und Sie sind wohl alt genug, um sich selber was kochen zu können und sich an die Medikamente zu erinnern. Wären Sie nicht gewesen, hätten meine Eltern keinen Streit!«

»Becky! Es reicht! Max kann absolut nichts dafür, dass es zwischen deinem Vater und mir im Moment nicht so gut läuft. Jetzt komm mit, holen wir nachher deine Wäsche aus dem Auto und machen sie gemeinsam.«

Max schaute grimmig vor sich hin, als die beiden rausgingen. »Freches Gör«, brummte er.

Nach dem Abendessen schauten Max und Becky fern, während Pippa und sie in der Küche noch ein Glas Wein tranken. Pippa schüttete Hetty ihr Herz über Jack aus, der angeblich ihr Traummann gewesen war. Aber irgendwann schaute Pippa Hetty schräg von der Seite an. »Du hast da so ein Leuchten in den Augen. Wenn ich nicht von deinen Problemen mit Oliver wüsste, würde ich ja behaupten, du wärst verliebt.«

Hetty griff zu ihrem Weinglas und nahm einen kräftigen Schluck.

»Dann stimmt es also? Immer wenn du versuchst, dich vor einer Antwort zu drücken, liege ich richtig. Wer ist der Typ?«, bohrte Pippa weiter.

Hetty schaute verstohlen Richtung Wohnzimmer, um sicherzugehen, dass ihre Tochter auch nichts mitbekam. Dann flüsterte sie leise: »Er ist Schreiner, hat ein Lächeln, das mich dahinschmelzen lässt, ist einfühlsam, schaut super gut aus und er bringt mich zum Lachen. Aber zwischen uns ist noch nichts gelaufen.« Als sie Pippas skeptischen Blick mit hochgezogenen Augenbrauen sah, beteuerte sie: »Wirklich nicht ... außer ein paar harmlosen Küssen.« Allein die Erinnerung daran, wie sie im See in Jules' Armen gelegen hatte, ließ die Schmetterlinge wie auf Kommando wieder in ihrem Bauch aufflattern. »Er hat mir bei der Suche mit dem Tagebuch geholfen.«

»Tagebuch?«, fragte Pippa verwirrt.

»Ach, das ist eine ganz, ganz, gaaaaanz lange Geschichte, die du mir sowieso nicht glauben würdest. Es hat mit einem Gespenst zu tun.«

»Du nimmst mich auf den Arm, oder?! Hier gibt es ein Gespenst?«

»Psst! Nicht so laut. Becky sollte das besser nicht hören, sie fürchtet sich ja eh schon. Und bitte auch kein Wort wegen des Mannes. Ich will ihr das im richtigen Moment selber erklären. Ach, und du brauchst vor Rose, dem Gespenst, keine Angst zu haben. Sie zeigt sich nur Familienangehörigen.«

»Na, das ist ja schon mal beruhigend.« Pippa hob ihr Glas und stieß gegen das von Hetty. »Du hast ja einiges erlebt in der Zwischenzeit. Ist er, also der Schreiner, der Grund, warum du endlich zur Vernunft kommst und dich von diesem Nichtsnutz trennst?«

»Nein … das hat Oliver schon allein hingekriegt. Er hat mich wie eine Angestellte behandelt, die gegen ihren Arbeitsvertrag gehandelt hat. Wegen ihm konnte ich noch nicht mal mehr im Laden meine Einkäufe bezahlen. Oliver weigerte sich, mit mir am Telefon zu sprechen, und meinte, er werde erst mit mir reden, wenn ich wieder zurückkäme. Und erst dann würde ich auch wieder Geld erhalten. Der spinnt doch!«

Pippa legte Hetty mitfühlend die Hand auf den Arm. »Und ich heul' dir hier was vor wegen Jack.«

Hetty lächelte. »Das ist doch in Ordnung, wir sind schließlich Freundinnen.«

»Und du und dieser Schreiner? Habt ihr es wirklich noch nicht getan?«, griff Pippa das Thema noch mal verwegen grinsend auf.

»Nein, natürlich nicht!« Hetty sah ihre Freundin entrüstet an. »Okay, beinahe«, gestand sie endlich kleinlaut unter derem prüfenden Blick.

Pippa kicherte. »Woran hat's gelegen?«

»Wir hatten keine Kondome dabei«, wisperte Hetty mit knallrotem Gesicht. »Aber vermutlich war es ganz gut so, ich möchte das mit Oliver eigentlich vorher klären.«

»Brauchst du Geld, damit du dir einen Anwalt nehmen kannst?«, erkundigte sich Pippa fürsorglich.

»Ich weiß es noch nicht. Zuerst werde ich mit meinem Dad reden, vielleicht kann ja der Anwalt, der seine Geschäfte betreut, meinen Fall übernehmen.«

»Und sonst meldest du dich bei mir. Ich konnte diesen Typen nämlich noch nie leiden.«

Hetty lächelte, denn das hätte ihr unmöglich entgehen können.

Am nächsten Tag war der Himmel wieder leuchtend blau, und nur vereinzelt waren kleine Schäfchenwolken zu sehen. Pippa und Becky ließen sich in der Wiese von der Sonne bräunen, während Hetty ein wenig im Garten arbeitete. Sie hatte noch nie verstehen können, wie man nur herumliegen konnte, das war ihr definitiv zu langweilig.

»Und was machen wir heute Abend?«, fragte Pippa gähnend, als Hetty gerade mit einem Korb voller Unkraut vorbeimarschierte. »Gibt es in diesem Kaff irgendetwas, was man unternehmen könnte?«

»Wir könnten in den Pub gehen. Ich war zwar noch nie dort …«

»Du bist jetzt seit Wochen hier und warst noch nicht mal im Pub?«, fragte Pippa entgeistert.

»Es war irgendwie immer was los …«

»Was soll hier schon los sein?«, brummte Becky. »Ich versteh' nicht, wie du das so lange aushalten konntest. Ist ja stinklangweilig!«

Pippa zog ihre Sonnenbrille leicht nach unten und zwinkerte Hetty wissend zu. »Na ja, manchen Leuten scheint das Landleben ja zu gefallen. Lasst uns nach dem Abendessen mal in diesen Pub gehen und sehen, ob der was taugt.«

Als Hetty Max später einen Tee ins Wohnzimmer brachte, schaute der die BBC-Nachrichten. Hetty wollte sich gerade wieder umdrehen, um in der Küche das Abendessen vorzubereiten, als eine Meldung sie abrupt in ihrem Vorhaben stoppte.

»… die Staatsanwaltschaft hat nun Ermittlungen in Bezug auf die Machenschaften der Trevor Bank aufgenommen. Die Geschäftsleitung wollte bisher zu dem Verdacht, dass Beziehungen zur russischen Mafia bestünden und Kundengelder missbraucht worden waren, keine Stellung nehmen.« Auf dem Bildschirm erschien einer der Vorgesetzten von Oliver, der versuchte, an den Kameras und Mikrofonen vor dem Eingang vorbeizukommen. »Kein Kommentar, kein Kommentar!«, rief er entnervt.

»Das ist Olivers Bank«, sagte Hetty betroffen. »Ich muss ihn anrufen, um zu sehen, wie es ihm geht und ob er von den Vorwürfen auch betroffen ist.«

Max sah sie mit erhobenen Augenbrauen an. »Das würde ich an deiner Stelle nicht tun. Er hat dich die ganzen Wochen über auflaufen lassen und wollte nicht mit dir reden ...«

»Ja, aber vielleicht waren ja seine geschäftlichen Sorgen der Grund dafür, und dann komm' ich auch noch ...«

»Hetty!«, rief Max sie energisch zurecht. »Oliver ist ein erwachsener Mann! Wenn er sich Sorgen gemacht hätte, hätte er dir das sagen können. Lass dich nicht schon wieder von deinem Mitleid hinreißen.«

Beim Abendessen versuchte Hetty ihre Tochter dahingehend auszuhorchen, ob sie etwas von den beruflichen Schwierigkeiten ihres Vaters mitbekommen hätte. Aber die sah sie nur entgeistert an.

»Vielleicht solltet ihr beide mal wieder miteinander reden, dann bräuchtest du mich nicht zu fragen!« Becky klang trotzig, was Max dazu veranlasste, Hetty auffordernd anzusehen, damit sie ihre Tochter zurechtwies.

Aber das tat sie nicht, sondern versuchte vielmehr, sich zu erklären: »Dein Vater wollte mit mir nicht am Telefon sprechen. Nächste Woche fahre ich nach Hause, damit wir miteinander reden können. Ich hätte einfach gerne zuvor gewusst, ob was dran ist an dem Gerücht, damit ich mich darauf vorbereiten kann.«

Max knurrte grimmig: »Zu meinen Zeiten mussten sich die Eltern vor ihren Kindern nicht rechtfertigen.«

»Zu Ihren Zeiten? Das muss wohl in der Steinzeit gewesen sein«, gab Becky gehässig zurück.

»Würdet ihr beiden aufhören, euch gegenseitig anzuzicken?! Max, ich komme sehr gut allein mit meiner Tochter klar. Und dir, Becky, habe ich nicht beigebracht, so unhöflich zu sein.«

Beide brummten irgendwas in ihre Suppe hinein, die sie gerade auslöffelten. Pippa kicherte leise und erntete von Hetty auch prompt einen strafenden Blick.

Die Stimmung besserte sich erst wieder im Auto, als die drei Frauen ins Dorf fuhren. Zu Hettys Erstaunen war der Pub ziemlich voll. Gut, es war Samstagabend, aber sie hätte in dieser Gegend trotzdem nicht so viele Leute erwartet. Es spielte Musik und einige Leute tanzten dazu. Pippa holte für sich und Hetty eine Weißweinschorle und für Becky eine Cola. Becky erzählte ihnen gerade eine lustige Geschichte von der Uni, als Hetty Jules am Eingang entdeckte. Pippa folgte ihrem Blick und schaute sie fragend an. Hetty nickte kaum merklich und bekam von ihrer Freundin prompt ein leises »süß« zugeraunt. Jules erblickte sie genau in diesem Moment und kam lächelnd an ihren Tisch.

»Hallo zusammen«, er streckte Hetty die Hand hin, als wäre zwischen ihnen beiden nicht längst mehr vorgefallen, und ließ sich von ihr Pippa und Becky vorstellen.

»Setz dich doch zu uns«, schlug Pippa vor, und Hetty hätte ihr am liebsten einen Tritt unter dem Tisch verpasst. Wie sollte sie vor ihrer Tochter einen Abend neben Jules durchstehen, ohne sich zu verraten? Innerlich stöhnend nahm sie Jules‘ Antwort zur Kenntnis: »Gerne, ich hole mir nur rasch ein Bier.«

»Pippa, musste das sein?!« Mutter und Tochter sahen Pippa anklagend an. »Jetzt können wir gar nicht mehr unter uns tratschen«, warf Hetty ein.

»Na, der ist doch aber schnucklig. Wer will da noch tratschen?

Becky, schau mal da drüben, wäre das nicht ein Typ für dich?« Pippa zeigte auf einen Jungen mit kurzen blonden Haaren, der mit seinen Kumpels an der Theke stand.

»Mit so einem Landei lasse ich mich doch nicht ein!«, empörte sich Becky.

Jules, der den letzten Satz gerade noch mitbekommen hatte, als er sich mit dem Bier zu ihnen setzte, schaute sie lächelnd an: »Pippas Wahl hätte schlimmer sein können, Matt ist Motocross-Landesmeister und ziemlich angesagt bei den Mädels hier. Wir kennen uns, soll ich euch bekannt machen?«

»Bloß nicht!«

»Und, Jules, was treibt ein Mann wie Sie in dieser Gegend?«, fragte Pippa neugierig.

Hetty musste sich ein Grinsen verkneifen, denn sie kannte die Taktik ihrer Freundin, einen Mann auszuhorchen. Und sie wusste, dass Pippa nur prüfen wollte, mit wem sie sich da eingelassen hatte. Jules schien das aber nicht zu stören, er plauderte gelassen mit ihnen, während sich Becky gelangweilt auf ihrem Stuhl zurücklehnte. Ein Junge trat an ihren Tisch und sprach Becky an, ob sie nicht Lust hätte, mit ihnen eine Runde Darts zu spielen. Becky willigte ein, schließlich war es immer noch besser, mit ein paar Dorftrotteln Pfeile zu werfen, als sich das öde Geschwätz am Tisch anzuhören.

»Wie gefällt dir denn das Schloss?«, fragte Jules Pippa, während seine Hand unter dem Tisch die von Hetty suchte. Er verschränkte seine Finger mit den ihren und streichelte sanft mit dem Daumen ihre Haut. Hetty glaubte, dahinschmelzen zu müssen und konnte sich nicht mehr auf das Gespräch konzentrieren.

Irgendwann lächelte Pippa sie beide an und meinte: »So, nun habe ich lange genug den Anstands-Wauwau gespielt. Ich werde nun Becky etwas unter die Arme greifen, es schaut aus, als würden die Jungs sie gnadenlos an die Wand spielen.«

»Sie weiß Bescheid, nicht?«, raunte Jules Hetty zu, als Pippa betont lässig zu der Gruppe Jugendlicher schlenderte, die vor der Dartscheibe standen.

Hetty schmunzelte und nickte leicht.

»Wenn ich dich nicht gleich in meine Arme schließen kann, drehe ich noch durch. Lass uns tanzen, ja?«, schlug er vor.

Hetty warf einen prüfenden Blick zum Dartspiel und wieder zurück zur Tanzfläche. Da Becky sie nicht würde sehen können, ließ sie sich von Jules zu den Tanzenden führen.

Zu einem langsamen Bluessong zog er sie endlich an sich. Sie legte den Kopf an seine Schulter und atmete seinen unverkennbaren Duft ein, während seine Hände zärtlich über ihren Rücken strichen. »Ich habe dich vermisst gestern«, flüsterte Hetty und fühlte unter dem dünnen Stoff seines Hemdes, wie sein Herz kräftig und schnell pochte. Dafür war sie verantwortlich, stellte sie erfreut fest.

»Du hast mir ja erzählt, dass Pippa kommt. Da wollte ich nicht stören.«

Sie drehte den Kopf zu ihm und gab ihm einen leichten Kuss, nicht ohne vorher zu prüfen, ob ihre Tochter nicht doch plötzlich in der Nähe war.

»Es ist einfach verblüffend, dass du schon eine erwachsene Tochter hast«, stellte er fest, als er ihren Blick bemerkte.

»Im Moment benimmt sie sich eher wie ein trotziger Teenager als wie eine Erwachsene. Max und sie zoffen sich aufs Herrlichste. Er wird dir bestimmt noch sein Leid klagen.«

Jules schmunzelte und ließ seine Hand über Hettys Hintern gleiten. »Wirst du ihr von uns erzählen?«, fragte er.

Hetty hob den Kopf und schaute in seine Augen, die eine so

beruhigende Wirkung auf sie hatten. »Ja, aber ich möchte damit warten, bis ich mit Oliver gesprochen habe. Verstehst du das?«

Er nickte und senkte seine Lippen auf ihren Mund, um sich einen Kuss zu stehlen.

»Hey, Kumpel«, sprach ihn plötzlich jemand von der Seite an. »Statt hier zu flirten, solltest du besser an meiner Gartenbank arbeiten.«

Jules drehte sich grinsend zu dem Typen um. »Hey, Ian. Man wird doch wohl mal eine Pause einlegen dürfen.«

»Im Ernst, Jules, meine Alte hat nächste Woche Geburtstag. Ist die Bank bis dahin fertig?«

»Aber sicher, so wie es ausgemacht war, Ian. Du kannst sie am Montag bei mir abholen.«

Das Stück war zu Ende, und Hetty hatte bemerkt, dass auch Pippa und Becky an den Tisch zurückgekehrt waren. Sie löste sich sofort von Jules, der immer noch seinen Arm um ihre Taille geschlungen hatte. Auf dem Weg zurück zu ihrem Platz hörte sie eine andere Stimme aus der Menge.

»Erstaunlich, was für Typen hier bedient werden.«

Jules hatte es auch gehört und wollte den Mann ignorieren, doch der wandte sich bereits an Hetty: »Sie sollten achtgeben, mit wem Sie sich einlassen, Lady. Der Kerl ist ein Kindermörder!«

Die Zeit schien stillzustehen, während Hetty Jules entsetzt ansah. Da war er wieder, dieser Vorwurf. Aber Anne hatte doch im Laden gesagt, an diesem Gerücht wäre nichts Wahres, warum widersprach er dann nicht? Stattdessen trat Ian vor den Kerl. »Du solltest besser auf deine Worte achten, Brian. Jules wurde freigesprochen, und das weißt du auch!«

»Das heißt noch lange nichts!«, wetterte Brian weiter.

»Weder du noch ich waren bei dem, was geschehen ist, dabei. Also gib Ruhe, Brian.«

»Komm«, sagte Jules zu Hetty und führte sie an den Tisch zurück. Warum erklärte er ihr nicht, um was es da eben gegangen war? Doch bevor sie ihn fragen konnte, bemerkte sie das wütende Gesicht ihrer Tochter. Hatte Becky doch mehr gesehen, als sie vermutet hatte? Auch Jules war Beckys grimmiges Gesicht nicht entgangen.

»Hast du ein Problem damit, dass ich mit deiner Mutter getanzt habe?«, fragte er ohne Umschweife und bekam prompt auch von Hetty einen anklagenden Blick zugeworfen. »Was? Ich meine, das sieht doch ein Blinder, dass deine Kleine sauer ist.«

»Ja, das sehen Sie völlig richtig. Ich bin sauer! Es ist so was von peinlich, wie Sie meine Mutter eben angegrapscht haben. Ich weiß nicht, was sie Ihnen erzählt hat, aber sie ist mit meinem Dad verheiratet! Wie kannst du dich von einem anderen Mann küssen lassen, Mum!?«

Jules wollte gerade etwas entgegnen, als Hetty ihm die Hand auf den Arm legte. »Bitte, Jules, lass mich das mit meiner Tochter klären.«

Er sah den flehenden Ausdruck in ihren Augen und erhob sich. »Na schön, dann gehe ich wohl besser.«

»Ja, das ist auf alle Fälle besser!«, rief ihm Becky trotzig hinterher.

Jules schien das nicht zu kümmern, er drehte sich noch nicht mal um, sondern verließ den Pub.

»Becky, es reicht jetzt!« Hetty konnte sich nicht daran erinnern, wann sie das letzte Mal ihre Stimme gegen ihre Tochter erhoben hatte. »Zufälligerweise mag ich Jules, und was du gerade abgezogen hast, ist meiner Tochter nicht würdig.«

»Aha. Soll ich etwa zusehen, wie du hier mit einem Typen herummachst, während mein Vater zu Hause sitzt und sich Sorgen um dich und seinen Job macht?!«

Nun stand auch Pippa auf. »Ich gehe mal an die Bar und lass' das euch beide untereinander klären.«

»Nein, ich gehe mit Becky raus. Es muss ja nicht gleich jeder hier alles mitbekommen«, energisch zog Hetty ihre Tochter hinter sich her ins Freie.

Vor ihrem Wagen funkelte Hetty ihre Tochter wütend an. »Seit du hier bist, stänkerst du nur rum! Warum bist du überhaupt hergekommen?«

»Weil ich sehen wollte, warum du nicht zu Dad zurückkehrst! Und nun weiß ich es ja.«

»Jules hat damit nichts zu tun, Becky! Ja, ich mag ihn ... vielleicht sogar mehr.«

Becky unterbrach sie vehement: »Aber du bist mit Dad verheiratet, du kannst diesen Jules nicht haben!« Plötzlich kam Becky ein anderer Gedanke: »Warst du etwa schon mit ihm in der Kiste?«

»Nein!« Hetty warf genervt die Hände in die Luft. »Aber selbst wenn, es ginge dich nichts an!«

»Natürlich geht es mich was an, du bist meine Mutter!«

»Ja, aber du bist auch erwachsen und kein kleines Kind mehr. Zwischen deinem Vater und mir läuft es nicht gut ...«

»Ah ja«, unterbrach Becky sie. »Und dann wirfst du dich dem Nächstbesten an den Hals. Ich wusste gar nicht, dass du so eine Schlampe bist!«

Bevor Hetty bewusst wurde, was sie tat, hatte sie schon ausgeholt und Becky eine schallende Ohrfeige verpasst. Entsetzt blickte Becky sie an, hielt aber zum ersten Mal den Mund.

Hetty hob den Zeigfinger vor ihr Gesicht. »Ich liebe dich, Becky, aber diese Ohrfeige hast du verdient. Mein Leben lang habe ich Rücksicht auf dich und deinen Dad genommen, habe alles für euch getan, weil ich euch geliebt habe und ich dich immer noch liebe. Aber ich lasse mich nicht länger wie einen Fußabtreter behandeln. Du bist jetzt erwachsen und selber für dein Leben verantwortlich. Ich werde immer deine Mutter sein, egal, was du von mir hältst, aber ich werde verdammt noch mal mein Leben nicht länger hintanstellen. Wenn ich mich von einem Mann küssen lassen will, tu ich das und wenn ich mit ihm schlafen will, dann tu ich auch das, ohne vorher eine Erlaubnis von dir einzuholen. Es ist *mein* Leben! Und stell dir vor, auch deine Mutter hat ein Urteilsvermögen und ein Bedürfnis nach Liebe und Anerkennung. So, und nun rufe ich Pippa, sie soll dich zurück zum Schloss fahren, ich ertrage deine Nähe im Moment nicht.« Damit stapfte sie davon, ohne noch einmal zu ihrer Tochter zurückzublicken. Innerlich zitterte sie, aber sie wusste, was sie gesagt hatte, war absolut notwendig gewesen.

»Alles okay?«, fragte Pippa, als Hetty aufgewühlt neben sie an die Bar trat.

Hetty nickte und bestellte sich beim Barkeeper zum ersten Mal in ihrem Leben einen Whisky. »Kannst du Becky bitte zum Schloss fahren? Ich brauche noch einen Moment für mich.«

»Klar. Ich fahre danach gleich noch mal runter und komme dich holen«, bot Pippa an.

»Nein, das ist nicht nötig. Lass Becky bitte nicht allein im Schloss, sie hat Angst und sie ist im Moment ein bisschen durch den Wind. Ich habe ihr eine gescheuert.«

Pippa hob die Augenbrauen hoch. »Das war mal fällig, wenn ich das als Patentante mal so freiheraus sagen darf. Wie kommst du später heim?«, fragte sie.

Hetty wühlte in ihrer Handtasche die Wagenschlüssel hervor und reichte sie Pippa. »Ich werde mir ein Taxi rufen lassen. Geh bitte zu ihr, bevor sie draußen eine Dummheit macht. Sie wartet vor dem Auto.« Da Pippa Hettys finanzielle Lage kannte, steckte sie ihr ein paar Pfund zu. Beschämt nahm Hetty die Scheine an und verstaute sie in ihrer Geldbörse. »Danke, ich zahle dir das später zurück, versprochen.«

»Unsinn, du hast mir auch schon aus der Patsche geholfen«, winkte Pippa ab.

Nachdem ihre Freundin weg war, nahm Hetty einen Schluck von dem Whisky, der höllisch in ihrer Kehle brannte.

Becky stand tatsächlich immer noch an den Wagen angelehnt auf dem Parkplatz, als Pippa aus dem Pub trat. Pippa schloss die Türen wortlos auf und wartete, bis Becky sich gesetzt und angeschnallt hatte. Dann fuhr sie los. Eine Weile sagte keine von ihnen etwas.

»Ist nicht einfach, wenn man die Mutter mit einem anderen Mann sieht, das kapiere ich«, unterbrach Pippa schließlich das Schweigen. »Aber du musst sie auch verstehen.«

Becky funkelte sie wütend von der Seite an: »So, muss ich das? Sie hat mir beigebracht, ehrlich zu sein und zu seinen Versprechen zu stehen! Und dann seh' ich, wie sie meinen Vater betrügt.«

»Erstens hat sie deinen Vater noch nicht wirklich betrogen und zweitens ist im Leben nicht immer alles schwarz oder weiß.« Sie hob die Stimme leicht an. »Es gibt auch Grautöne.«

»Aha, die machen es einem etwas einfacher, nicht wahr?«

»Becky, ich weiß ja auch nicht alles, aber deine Mutter war ziemlich unglücklich, als sie an ihrem Geburtstag bei mir war. Und schau sie dir jetzt an. Hast du sie jemals so strahlen sehen, wenn sie mit deinem Dad zusammen ist? Gönnst du ihr das Glück nicht?«

»Natürlich gönn' ich es ihr, wenn sie glücklich ist!«, rief Becky aus. »Aber doch nicht auf Kosten anderer.«

»Sie hat für dich, für deinen Dad und für ihre Familie immer alles getan. Hast du dir jemals überlegt, was sie von euch allen zurückbekommt? Du kommst nur nach Hause, um bei ihr die schmutzige Wäsche abzuliefern, ihre Familie vergisst ihren Geburtstag und stellt stattdessen noch Forderungen an sie, einen alten, ihr völlig unbekannten Mann in der Pampa zu pflegen, und selbst dein Vater hat sie an ihrem Geburtstag alleingelassen!«

»Weil er arbeiten musste!«, warf Becky empört über die Anklagen ein. »Und ich komme nicht nur wegen der Wäsche nach Hause.«

»So, dein Dad musste also arbeiten, und warum kommt er dann sturzbetrunken mitten in der Nacht heim? Und wie wäre es stattdessen gewesen, wenn auch du mal etwas im Haushalt mit angepackt hättest und vielleicht mit deinen Sachen auch mal ihre mitgewaschen hättest? Oder ihr beim Bügeln geholfen hättest? Ihr habt Hetty wie eine Dienstmagd behandelt, Becky. Und dieser Jules behandelt sie zum ersten Mal seit langer Zeit wie die wunderbare Frau, die sie wirklich ist!«

Becky schwieg. Das Bild, das Pippa ihr da aufgezeigt hatte, gefiel ihr nicht, aber sie musste widerstrebend zugeben, dass sie nicht ganz unrecht hatte. Als sie auf den Schlossparkplatz fuhren, meinte sie: »Mag sein ... vielleicht waren wir etwas gemein, aber das gibt ihr nicht das Recht, Dad zu betrügen.«

»Hach, Becky«, seufzte Pippa und stieg aus dem Wagen. »Deine Mum ist erwachsen und sie muss sich nicht vor dir rechtfertigen. Sie wird das mit deinem Dad schon klären. Du schläfst heute besser in meinem Zimmer. Ich denke, ihr beide braucht etwas Abstand.«

Grinsend nahm der Barkeeper Hettys angewidertes Gesicht zur Kenntnis. »Der erste Whisky, oder?«, fragte er amüsiert, und Hetty nickte. »Warten Sie ab, der zweite fließt schon geschmeidiger die Kehle runter.« Er goss ihr aber noch etwas Wasser ins Glas und steckte einen Orangenschnitz an die Seite, damit sie auch mit dem ersten fertig wurde. »Ärger?«, fragte er mitfühlend.

»Das ist nur der Vorname«, seufzte Hetty tief. »Ich habe meiner Tochter eine gescheuert und es tut mir noch nicht mal leid! Was bin ich bloß für eine Rabenmutter?!«

Der Barkeeper lachte. »Ja, Teenager können einen zur Weißglut bringen. Ich bin sicher, Ihre Tochter wird die Ohrfeige überleben.«

Hetty grinste, obwohl ihr nicht danach zumute war. »Die Frage ist wohl eher, ob ich sie überleben werde. Sie wird mich jetzt noch mieser behandeln.«

Und dann war da noch Oliver, dem sie alles beichten musste, dachte sie bei sich. Und was war nun wirklich an der Geschichte dran, dass Jules ein Mörder wäre? Wenn das Gerücht doch stimmte, wenn er ein Menschenleben auf dem Gewissen hatte, konnte sie ihn dennoch lieben?

»Kann man einen Mörder lieben?«, fragte Hetty den Barkeeper. Der musste es doch wissen. Barkeeper wussten schließlich auf jedes Problem eine Lösung.

»Na ja«, er schaute sie etwas schräg von der Seite an. »Kommt vermutlich auf die Umstände an. Man sagt ja: ›Wo die Liebe hinfällt‹. Aber ich für meinen Teil hätte Mühe damit, mit jemandem zusammen zu sein, der ein Menschenleben kaltblütig geopfert hat.«

Sie bedeutete dem Barkeeper, ihr mittlerweile leeres Glas noch mal zu füllen. »Und was ist, wenn es nicht kaltblütig war? Könnten Sie es dann? Ich meine, es könnte ja ein Unfall gewesen sein, oder vielleicht im Affekt gehandelt oder was weiß ich …«, nachdenklich kaute Hetty auf ihrer Unterlippe.

»Man müsste die Umstände kennen. Vermutlich ist es wohl wie mit allem: Man kann nicht einfach pauschal urteilen.« Andere

Gäste verlangten die Aufmerksamkeit des Barkeepers, und so trank Hetty, nachdem er ihr Glas noch einmal gefüllt hatte, allein weiter. Ihr Leben war einfach ein einziges Chaos geworden, seit sie hier nach Schottland gekommen war. Vielleicht war das Ganze doch nicht so eine gute Idee gewesen, aber dann hätte sie weder Max noch Rose oder Jules kennengelernt. Sie würde weiterhin in ihrem langweiligen Leben vor sich hin dümpeln.

Als der Barkeeper zu ihr zurückkam, fragte sie weiter: »Glauben Sie an Gespenster?«

Die Frau amüsierte ihn zunehmend. Ihm war klar, dass sie bereits einen in der Krone sitzen hatte, aber trotzdem schenkte er ihr noch einen Drink ein, als sie danach verlangte.

»Gespenster? Hmm, was wäre ich für ein Schotte, wenn ich nicht an sie glauben würde?«

»Nein, ich meine, glauben Sie wirklich ... wirklich ... an Gespenster?«

»Ich hab' noch nie eines gesehen, mal abgesehen von den komischen Gestalten, die manchmal nach der Geisterstunde hier rumhängen.«

»Warum glaubt bloß niemand wirklich daran?! Sie müssen wissen, es gibt sie nämlich wirklich!«

»Ahhh ja ... vor allem nach vier Whiskys, nicht wahr? Da hat schon mancher Geister gesehen.«

»Nein, Rose ist auch ohne Whisky da. Sie ist so schön und so trauuurig. Sie hat unwissentlich einen Doppelmord begangen, müssen Sie wissen.« Hetty schaute den Barkeeper an und wunderte sich, warum der plötzlich so schief dastand. Der sollte unbedingt etwas für seine Haltung tun, dachte sie bei sich.

»Dann sollten Sie vielleicht besser die Polizei darüber informieren.«

Diese Aussage des Barkeepers ließ Hetty glucksen. »Ich glaube nicht, dass die ein Gespenst einsperren könnten. Zudem ist die Tat bestimmt verjährt ... nach dreihundert Jahren.«

Der Barkeeper grinste, er hatte eindeutig mal wieder eine Verrückte an der Bar. Als sie nach noch einem Whisky verlangte, schüttelte er den Kopf. »Ich glaube, Sie hatten schon genug, um Ihren Kummer zu ertränken. Sie gehen jetzt wohl besser nach Hause.«

»Sie haben recht, ich muss ja auch noch mit meiner Tochter reden. Sie hat Angst vor dem Geist, müssen Sie wissen.«

»Ähm ja, ich bekomme dann von Ihnen noch 17 Pfund.« Hetty wühlte wieder in ihrer Handtasche, konnte ihre Geldbörse aber nicht finden. Schließlich schüttete sie den ganzen Inhalt auf den Tresen.

»Wow, meine Gute. Langsam, Sie können hier nicht Ihre ganze Habe ausbreiten.«

Hetty lachte. »Das ist wirklich alles, was ich noch habe ... ich habe nicht mal mehr ein Zuhause. Ich verlasse nämlich meinen Mann.«

»Aha.« Der Barkeeper griff nach ihrer Geldbörse und suchte sich den Betrag, den sie ihm schuldete, selbst heraus. Danach reichte er sie ihr zurück und half ihr, alles einzusammeln. Am Ende drückte er Hetty ihr Handy in die Hand. »Rufen Sie sich besser ein Taxi, meine Gute.«

Hetty stolperte hinaus. Die Nachtluft war so herrlich erfrischend. Es roch nach Regen, Kiefern und Torf. Tief sog sie die Luft in ihre Lungen. So einen Duft gab es in London nicht, stellte sie sachlich fest. »Schottland, du riechst so gut!«, rief sie in die Dunkelheit hinaus. Als Schottland darauf keine Antwort gab, beschloss sie dennoch, seine Würze etwas länger zu genießen und den Weg zu Fuß zurückzulegen. So weit konnte es ja nicht sein. Kaum hatte sie das Dorf hinter sich gelassen, traf ein erster Regentropfen ihre Nase. Das fand sie so lustig, dass sie mit dem Kichern nicht mehr aufhören konnte.

Pippa blickte wiederholt auf die Uhr. Mittlerweile war es schon fast Mitternacht, und Hetty war noch nicht nach Hause gekommen. Da stimmte irgendwas nicht. Sie ließ die schlafende Becky in ihrem Zimmer zurück und ging in den Flur, um vom Festnetz Hetty auf ihrem Handy anzurufen. Doch es kam nur die Meldung, dass der Teilnehmer vorübergehend nicht erreichbar wäre.

»Wo steckst du bloß, Süße?«, fragte sie leise. Sie blickte auf die Notizen neben dem Telefon und sah unter dem Namen von Jules eine Nummer. Womöglich war sie zu ihm gegangen, um sich auszuheulen. Sie blickte auf George, der plötzlich neben ihrem Fuß saß und sie treuherzig anschaute. »Du denkst auch, ich soll mal nachfragen, nicht wahr?« Sie wählte die Nummer, und Jules nahm bereits nach nur drei Mal Klingeln ab.

»Webster.«

»Jules, hier ist Pippa. Ist Hetty bei dir?«

»Nein, sie war doch bei euch, als ich ging?« Obwohl er sich eigentlich gerade hatte schlafen legen wollen, war er mit einem Mal hellwach. »Ist etwas passiert?«

»Keine Ahnung. Sie hatte einen Streit mit Becky und hat mich dann mit ihr nach Hause geschickt, weil sie etwas Zeit für sich brauchte. Aber sie ist immer noch nicht zurückgekehrt. Vielleicht hat sie ja kein Taxi erwischt. Aber mittlerweile regnet es in Strömen.«

»Ich gehe sie suchen«, sagte Jules sofort und griff bereits nach seinem Wagenschlüssel. »Mach dir keine Sorgen, Pippa. Ich melde mich, wenn ich sie gefunden habe.«

»Danke.«

Im Wagen machte Jules sich selbst Vorwürfe, sich nicht besser unter Kontrolle gehabt zu haben. Er hätte Hetty nicht solche Probleme mit ihrer Tochter verursachen dürfen. Aber wer konnte schon ahnen, dass Becky sie sehen würde? Und Herrgott noch mal, die Göre war ja keine zehn mehr! Verärgert trommelte er auf das Lenkrad ein. Der Regen prasselte unerbittlich auf das Auto nieder und er musste den Intervall der Scheibenwischer eine Stufe schneller einstellen, damit er überhaupt was erkennen konnte. Hoffentlich war Hetty bei diesem Wetter im Pub geblieben. Beinahe wäre er an der Gestalt, die da an einen Baum angelehnt stand, vorbeigerauscht. Sie war nur ganz kurz im Scheinwerferlicht aufgetaucht, und er war sich nicht sicher, ob er sich nicht doch getäuscht hatte. Er hielt an und legte den Rückwärtsgang ein und da sah er sie: Triefnass stand sie bei dem Baum. Er stieg aus dem Wagen und rannte zu ihr hin.

»Herrgott noch mal, was tust du hier?!«

»Ich wollte mir eben ein Taxi rufen, hab' aber keinen Empfang«, sie schwenkte das Handy in der Luft und lachte glucksend.

»Bist du etwa betrunken?« Er trat näher an sie heran, und die Alkoholfahne war nun nicht mehr zu ignorieren. »Boooah.« Er wedelte mit der Hand vor seinem Gesicht, was einen erneuten Heiterkeitsausbruch bei Hetty verursachte. »Komm, steig in den Wagen, ich fahre dich heim.«

»Nein! Ich will nicht heim. Nimm mich mit zu dir. Liebe mich. Liebe mich besinnungslos, wie du es schon mal gesagt hast.« Sie wollte zum Wagen gehen, doch stolperte schon beim ersten Schritt. Jules konnte sie gerade noch auffangen.

»Okay, ich nehme dich mit zu mir, aber nur damit deine Tochter dich nicht so sieht. Gott, bist du besoffen!«

»Nicht besoffen, angesäuselt«, lächelte Hetty verwegen.

»Nenn es, wie du willst«, sagte er, griff um ihre Hüfte und warf sie sich über die Schulter.

»Hey!«, protestierte Hetty lautstark. »Ich kann selber gehen.«

»Na klar.« Er ließ sie erst beim Wagen wieder runter und setzte sie auf den Beifahrersitz.

Er war kaum ein paar Meter gefahren, da rief sie: »Mir ist schlecht, mir ist so schlecht.« Er legte eine Vollbremsung hin, Hetty kletterte so gut es ging aus dem Wagen und erbrach sich am Straßenrand. Als sie sich wieder aufrichtete, hielt er ihr bereits ein Taschentuch hin. »Danke«, stöhnte sie leise.

»Wir sind gleich zu Hause, da kannst du dich hinlegen.«

»Ich werde nie wieder Whisky trinken.«

Jules schmunzelte, half ihr zurück in den Wagen und stieg dann selbst wieder ein. Er bemerkte ihr Zittern und drehte die Heizung so weit nach oben, wie es ging. Bei sich zu Hause angekommen, schloss er die Tür auf und zeigte ihr den Weg ins Bad. »Ich bringe dir gleich noch ein paar trockene Klamotten.« Er brachte ihr ein flauschiges Handtuch und einen Pyjama von sich. »Kommst du klar?«

»Leistest du mir denn nicht Gesellschaft unter der Dusche?«, fragte sie und schwankte leicht, als sie begann, sich die Bluse aufzuknöpfen.

»So verlockend die Einladung ist, aber das lassen wir lieber bleiben.«

Hetty zog einen Schmollmund: »Spielverderber.«

Er schloss die Türe hinter sich und seufzte leise, bevor er zum Handy griff und Pippa zurückrief. »Ich habe sie gefunden, Pippa.«

»Ist alles okay mit ihr?«, fragte sie erleichtert.

»Ja, sie hat nur mächtig einen in der Krone, aber sonst geht es ihr gut. Sie schläft heute Nacht hier. Ich denke, es ist besser, wenn Becky sie nicht so zu Gesicht bekommt.«

»Sie ist betrunken?« Pippa kicherte. »Hetty verträgt nicht viel und gewöhnlich trinkt sie auch nicht über den Durst hinaus. Muss ich mir Sorgen machen, weil sie allein bei dir ist?«

Er konnte ihr Grinsen förmlich vor sich sehen. »Na, hör mal. Du solltest dir eher Sorgen um mich machen. Deine Freundin geht ganz schön ran, wenn sie breit ist.«

Pippa lachte laut. »Du bist ein großer Junge und wirst dich schon wehren können. Gute Nacht, Jules.«

»Nacht, Pippa.«

Nachdem er aufgelegt hatte, kochte er eine Tasse Tee und stellte sie in sein Schlafzimmer. Dann ging er zum Bad zurück und klopfte leise an die Tür. »Alles klar da drin?«

Sie öffnete die Tür, und eine riesige Dampfwolke trat hinter ihr aus dem Raum. Ihr Gesicht war blass, wodurch ihre leuchtend blauen Augen sich noch mehr aus ihrem Gesicht abhoben. Ihre feuchten Haare kräuselten sich widerspenstig. Zu gerne hätte er eine ihrer Locken durch seine Finger streifen lassen. Aber er traute sich selbst nicht über den Weg. Er befürchtete, sich nicht mehr unter Kontrolle zu haben, wenn er Hetty erst mal berührte. Also ließ er es bleiben und zeigte ihr stattdessen sein Schlafzimmer, wo sie sein Bett benutzen konnte. Das Sofa im Wohnzimmer würde ihm heute für die Nacht reichen müssen. Er wollte sie gerade wieder alleine lassen, als sie ihn mit einem nicht ganz so gekonnten Augenaufschlag anschaute.

»Lässt du mich jetzt ganz alleine in diesem großen, großen Bett?«, fragte sie mit einer sexy Stimme, während ihre Finger sanft über die Knopfleiste seines Hemdes glitten. Seine Hand schnellte vor und umklammerte ihr Handgelenk.

»Du solltest mich nicht herausfordern, Süße.«

»Wäre das denn so schlimm?« Sie lächelte ihn so unschuldig an, dass er leise fluchte.

»Hör zu, ich werde es nicht ausnutzen, dass du so blau bist wie eine Meise. Du würdest dich morgen früh an nichts mehr erinnern und glaub mir, das wollen wir beide nicht.« Er hob die Bettdecke an. »Rein mit dir.«

Sie krabbelte in das Bett und ließ sich von ihm zudecken. Leise schloss er die Tür hinter sich, bevor er sich im Bad eine ausgiebige kalte Dusche gönnte.

Als Hetty am nächsten Tag aufwachte, schaute sie sich verwirrt um. Wo war sie? Wie war sie hierhergekommen? Sie hob den Kopf und ließ sich gleich wieder aufstöhnend in die Kissen zurückfallen. Whisky, irgendwas war mit Whisky gewesen, erinnerte sie sich dunkel. Wieder blinzelte sie und schaute sich im Raum noch mal genauer um. Es sah wie im Inneren einer Blockhütte aus, in dem Fall musste sie wohl bei Jules sein, stellte sie etwas beruhigter fest. Hetty blickte an sich herunter und wunderte sich, wie sie wohl in den Pyjama gekommen war. »Ich will's vermutlich nicht wissen«, flüsterte sie leise. Vorsichtig stand sie auf und versuchte, das Dröhnen in ihrem Kopf zu ignorieren. Ihre Kleider waren nirgendwo zu finden, also öffnete sie die Tür des Zimmers und ging die Treppe hinunter. Ein Duft nach Speck und Eiern ließ sie gegen ihre Übelkeit ankämpfen. Tapfer ging sie weiter, dem Geräusch von klapperndem Geschirr entgegen. In der Küche fand sie Jules in Jeans und T-Shirt die Geschirrwaschmaschine ausräumen. Auf dem Herd brutzelte es in einer Bratpfanne. Als Jules sie in der Tür stehen sah, grinste er sie frech an.

»Ich wünsche dir und deinem Kater einen guten Morgen.«

»Haha ... hast du irgendwo eine Aspirin?«, jammerte sie leise. Jedes Wort schien in ihrem Schädel nachzuhallen.

Er deutete auf den Tisch, wo bereits ein Glas Wasser und eine Tablette bereitstanden. Sie schluckte das Medikament und spülte es mit dem Wasser hinunter.

»Leg dich doch noch einen Moment auf das Sofa nebenan, es wird dir gleich besser gehen.«

»Wo sind meine Kleider?«, fragte sie und ignorierte seinen gut gemeinten Rat.

»Auf der Wäscheleine am Trocknen.«

Hetty nickte schwach. »Was ist eigentlich gestern passiert?«

»Was? Kannst du dich etwa nicht mehr erinnern?« Er tat entrüstet.

»Das Letzte, was ich weiß, ist, dass ich Pippa gebeten habe, Becky nach Hause zu fahren. Oh, Mist, ich muss sie anrufen. Bestimmt machen sie sich Sorgen.«

»Für eine Frau mit Kater redest du verflixt viel«, lächelte Jules. Seine gute Laune ging Hetty langsam, aber sicher auf die Nerven. Vor allem, da sie nicht wusste, ob sie zu der guten Laune beigetragen hatte. »Ich habe Pippa gestern Nacht bereits Bescheid gegeben. Es ist also alles in Ordnung und du kannst dich wirklich noch mal hinlegen. Ich bringe dir gleich eine Tasse Tee.«

»Danke.« Hetty rieb sich den schmerzenden Schädel. »Habe ich was Schlimmes angestellt gestern?«, fragte sie in der stillen Hoffnung, ein »Nein« als Antwort zu erhalten.

»Hmmm, lass mal sehen, als ich dich im Pub aufgelesen habe, hast du gerade auf dem Tisch getanzt und begonnen, deine Bluse aufzuknöpfen. Dann wolltest du unbedingt mit dem Barkeeper einen Lambada tanzen. Ich konnte dich da nur mit Müh und Not rausboxen. Noch im Auto bist du mir an die Wäsche gegangen.«

»Wir haben miteinander geschlafen?!«, fragte sie entgeistert.

»Ähm, also schlafen würde ich das nicht unbedingt nennen, was wir getan haben. Du bist ganz schön wild und hemmungslos, wenn du betrunken bist.« Jetzt erst sah Hetty das unterdrückte Lachen in seinem Gesicht.

»Haha, sehr lustig, Mr Webster! Ich lege mich jetzt wirklich hin, es dreht sich alles.«

Etwas später brachte er ihr den versprochenen Tee, und sie setzte sich vorsichtig auf.

»Besser?«, fragte er fürsorglich.

»Ja, danke, die Tablette scheint zu wirken.«

»Noch mehr würden dir die gebratenen Eier mit Speck helfen, die im Ofen stehen.«

Hetty schaute ihn skeptisch an. »Das ist ja lieb gemeint, aber ...«

»Genau das Richtige«, beendete er ihren Satz. »Wenn du erst mal etwas im Magen hast, wirst du dich gleich besser fühlen.«

Jules setzte sich neben sie auf das Sofa und schaute ihr dabei zu, wie sie den Tee in kleinen Schlucken trank. Sie sah ihn etwas besorgt von der Seite an: »Haben wir wirklich nicht miteinander geschlafen?«

Er sah sie mit einem Funkeln in den Augen an. »Wenn wir es tun, wirst du dich daran erinnern, Hetty. Das verspreche ich dir.«

Hetty stellte die Tasse auf den kleinen Tisch vor ihr und strich ihm mit der Hand über die leicht stoppelige Wange. »Danke ... für alles.«

»Trink deinen Tee, dann können wir frühstücken.«

Die Eier mit Speck schmeckten wirklich köstlich. Sie warf Jules einen bewundernden Blick zu. »Du kannst also doch kochen!«

Er lachte schallend: »Ja, Eier mit Speck, das war es dann aber auch schon. Konntest du eigentlich schon mit Rose reden?«, wechselte er das Thema. Da sie den Mund voll hatte, nickte Hetty nur. »Und wie hat sie darauf reagiert, als du ihr gesagt hast, sie habe Heather und ihr Kind auf dem Gewissen ?«

»Na, ganz so heftig habe ich es ihr nicht gesagt«, meinte Hetty.

»Ich habe ihr gesagt, dass sie nicht allein die Schuld trägt, aber sie war trotzdem ziemlich am Boden zerstört.«

»Kann ich mir vorstellen. Es ist nicht einfach, mit einer solchen Schuld zu leben«, sagte er ernst. Mit einem Schlag war die Leichtigkeit ihres Frühstücksgeplänkels vorbei.

Hetty ließ ihn nicht aus den Augen, als sie leise fragte: »Jules, was ist dran an dem Gerücht, du seist ein Kindermörder?« Würde er ihr ausweichen oder doch endlich erklären, was da passiert war?

Er senkte für einen kurzen Moment den Blick, dann schaute er sie direkt an. »Es stimmt, ich habe ein Kind auf dem Gewissen.«

Klirrend fiel Hetty das Besteck aus den Händen. Das konnte doch nicht wahr sein. Nicht Jules! »Aber mir wurde gesagt, du seist vom Gericht freigesprochen worden ...«, stammelte sie fassungslos. Wie konnte er einfach dasitzen, wenn er wirklich so etwas Schreckliches getan hatte? Wieso hatte er sie in dem Glauben gelassen, er sei ein anständiger Kerl? Jules konnte die Gedanken in Hettys Kopf nur erahnen. Sie wäre nicht die Erste, die, nachdem sie erfahren hat, was er getan hatte, schneller aus der Tür war, als er Tschüss sagen konnte. Bei ihr würde er allerdings alles dafür geben, wenn sie bliebe.

»Das wurde ich auch, von einem Militärgericht. Aber das Blut des Jungen klebt trotzdem an meinen Händen. Selbst wenn jemand sagt, du bist nicht schuld, lässt es das Geschehene nicht rückgängig machen. Verstehst du?«

Hetty sah den Schmerz in seinen Augen und wusste, was auch immer passiert war, er bereute es zutiefst. Sie griff über den Tisch nach seiner Hand und hielt sie fest. »Erzähl es mir!«, forderte sie ihn auf.

»Gut, aber lass uns ins Wohnzimmer gehen. Da haben wir's bequemer.«

Da es draußen immer noch regnerisch kühl war, fachte er den Kamin an, bevor er sich endlich neben sie auf das Sofa setzte. »Es fällt mir nicht leicht darüber zu reden«, gestand er schließlich, »auch wenn alles schon einige Jahre her ist. Ich versuche es zu verdrängen, das klappt manchmal ganz gut und dann wiederum sehe ich plötzlich nachts die Augen des Jungen vor mir.« Hetty nahm einen Schluck Tee und wartete, bis er fortfuhr. »Mein Vater arbeitete für das Militär und fand, ich sollte in seine Fußstapfen treten. Eigentlich wollte ich das nicht, aber ich konnte keine Lehrstelle finden, und mein Dad sagte, er würde mir keine weitere Schulausbildung finanzieren. Ich sollte mich nicht so anstellen und mich für mein Land zur Verfügung stellen. Das habe ich schließlich getan. Die Ausbildung fand ich noch ganz witzig. Ich war gut im Sport, mochte es, draußen zu sein und mit den Jungs etwas zu unternehmen. Es erinnerte mich zwischendurch fast schon an ein Feriencamp. Es ging ja um nichts und alles war nur Übung, nicht Realität. Erst als ich für einen Irak-Einsatz eingeteilt wurde, wurde mir richtig bewusst, dass es um Leben und Tod ging. Und zwar auch um mein Leben und meinen Tod, nicht nur der von anderen. Hetty, es war grauenhaft. Ich habe Dinge gesehen, die ließen mich die Achtung vor den Menschen verlieren. Was wir einander antun, würde kaum ein Tier dem anderen antun. Ich habe mehrmals überlegt, einfach abzuhauen, aber das wiederum konnte ich wegen meiner Kameraden nicht tun. Man lässt seine Kameraden nicht im Stich. Eines Tages waren wir wieder auf Patrouille unterwegs, da wurden wir plötzlich aus einem Hinterhalt heraus beschossen. Zwei meiner Kollegen gingen getroffen zu Boden. Ich sah, woher die Schüsse kamen und gab den anderen das Zeichen, mir Feuerschutz zu geben. Dann bin ich losgerannt, habe das Haus gestürmt, sah in einen Gewehrlauf und habe einfach abgedrückt, ohne nachzudenken.« Jules holte tief

Luft und verbarg sein Gesicht einen Moment lang in seinen Händen, bevor er mit rauer Stimme fortfuhr: »Erst danach sah ich, dass der Schütze ein kleiner Junge gewesen war. Er war kaum älter als zwölf. Keine Ahnung, wie er es geschafft hat, zwei von uns zu erledigen. Aber ich hätte ihn auf keinen Fall erschießen dürfen. Immer wieder frage ich mich, warum ich nicht auf seine Füße oder seinen Arm gezielt habe.« Wieder legte Jules eine Pause ein und war mit den Gedanken weit entfernt in jenem heißen, staubigen Land, das er so gehasst hatte. Hetty legte ihm mitfühlend ihre Hand auf die Schulter. Sie sagte nichts und ließ ihn stattdessen weitererzählen: »Er starb in meinen Armen. Unglücklicherweise war ein Kriegsfotograf einer Zeitung vor Ort und hat genau diesen Moment abgelichtet. Was die Presse dann veranstaltet hat, kannst du dir denken. Britischer Soldat erschießt zwölfjährigen Jungen. Ich wurde sofort nach Hause beordert, wo eine Untersuchung einberufen wurde. Meine Kollegen haben für mich ausgesagt und auch die zwei Toten haben das Gericht wohl dazu verleitet, mich für nicht schuldig zu befinden. Trotzdem fühlte ich mich schuldig und wollte eine Bestrafung. Es war nicht richtig, verstehst du? Da wurde ein Junge erschossen und es hatte für niemanden Konsequenzen. Das konnte doch einfach nicht sein.« Jules schüttelte verständnislos den Kopf.

»Es war Krieg, und du hast das getan, wozu du ausgebildet worden bist. Wer hätte denn ahnen können, dass ein Zwölfjähriger hinter der Waffe steckte? Du konntest das ja nicht sehen! Wenn auf mich geschossen würde, würde ich wohl auch das Feuer erwidern, um mich und meine Leute zu schützen. Du warst Soldat!«, versuchte Hetty zu erklären.

Er schaute sie an, aber kein Lächeln lag in seinem Gesicht. »Das wäre die Theorie, Hetty. Das sagt mir ja auch mein Verstand, aber nicht mein Gewissen.«

»Wie ging es dann weiter? Was hast du nach dem Prozess gemacht?«

»Da ich keine Ausbildung hatte, kehrte ich fürs Erste zu meinen Eltern zurück. Das ging aber nicht lange gut, denn ich benahm mich wie der letzte Neandertaler. Ich begann zu saufen und prügelte mich, nur um den Schmerz auch körperlich fühlen zu können. Mein Vater und ich stritten uns andauernd. Er meinte, er schämte sich, einen solchen Sohn großgezogen zu haben. Ich benähme mich wie ein verdammtes Weichei und wäre seiner nicht würdig. Meine Mutter meinte, es wäre besser, ich würde ausziehen, bevor einer von uns noch eine Dummheit beginge. Also ging ich.« Er legte eine kurze Pause ein, und Hetty wartete einfach, bis er weitererzählte. »Ich zog durch die Gegend, nahm Gelegenheitsjobs an, schlief in Ställen oder unbewohnten Häusern und sobald ich wieder ein paar Pfund verdient hatte, versoff ich die. Irgendwann landete ich in dieser Gegend bei einem Förster, für den ich Brennholz an Kunden auslieferte. Max gehörte ebenfalls zu seinen Kunden und so habe ich auch ihm den Schuppen mit Brennholz aufgeschichtet. Am Abend ging ich wieder in den Pub und versoff den Tageslohn. Ich erinnere mich, an jenem Abend richtig scheiße drauf gewesen zu sein. Als ein paar gut gebaute Kerle in den Pub kamen, fing ich an, sie anzupöbeln. Max saß ebenfalls im Pub, doch ich hatte ihn nicht bemerkt. Er hatte zugesehen, wie der Wirt dazwischenging und meinte, wenn wir Ärger hätten, sollten wir den draußen loswerden, sonst rufe er die Polizei. Die Typen beherrschten sich, doch ich beleidigte sie weiterhin, indem ich sie Schwulensäcke und Ähnliches nannte. Sie verließen vor mir den Pub und als ich dann stockblau rausging, hatten sie bereits auf dem Parkplatz auf mich gewartet. Ich wehrte mich nicht, als sie mich verprügelten, das war ja genau das, was ich wollte. Nichts weniger hatte ich für den Tod des Jungen verdient, verstehst du?«

Hetty nickte und ihr Herz flog zu dem jungen Mann hinaus, der er damals gewesen war. Warum hatte ihm niemand geholfen, mit dem Schmerz umzugehen und wieder auf die Beine zu kommen? »Erzähl weiter. Kam Max dir zur Hilfe?«

»Er hat mich später auf dem Parkplatz zusammengelesen und den Krankenwagen gerufen, da ich übel zugerichtet war. Er blieb anscheinend die ganze Zeit bei mir, aber das hatte ich nicht mitbekommen. Erst als ich am nächsten Morgen aufwachte, sah ich ihn in einem Stuhl am Fenster sitzen. Den Blick, den er mir zugeworfen hat, werde ich wohl nie vergessen. ›Was ist mit dir los, Junge? Warum baust du solchen Mist?‹, hatte er mich geradeheraus gefragt. Ich habe ihm nicht geantwortet, sondern die Augen wieder geschlossen und so getan, als würde ich schlafen. Er sollte gehen, ich wollte mit niemandem reden. Aber Max ging nicht. Das sagte er auch. Er sagte, er würde bleiben, bis ich redete. Er hätte mich nämlich schon öfter im Pub gesehen, und so ein junger Kerl wie ich könnte doch nicht einfach sein Leben wegwerfen. Schwestern kamen in mein Zimmer und gingen wieder. Der Arzt kam und ging, aber Max blieb. Mir wurde klar, dass ich ihn nicht loswerden würde. Also sagte ich das, was immer wirkte: ›Ich bin ein Mörder. Sie sollten Ihre Zeit nicht mit mir verschwenden.‹ Max hatte mich ernst angeschaut und gesagt, er sähe nur einen Vollidioten und keinen Mörder. Er habe den Zeitungsartikel gelesen und auch den Prozess im Fernsehen verfolgt. ›Was du hier tust, macht den Jungen auch nicht wieder lebendig‹, hat er zu mir gesagt. Ich weiß noch, wie ich meine Fingernägel in meine Handballen gebohrt habe, um nicht loszuheulen. Max ist an mein Bett getreten, hat sich hingesetzt und gesagt: ›Jetzt hör mir mal gut zu: Du bist es diesem Jungen, aber auch deinen toten Kameraden schuldig, etwas aus deinem Leben zu machen! Sie können ihr Leben nicht mehr leben, aber du kannst es, verdammt noch mal! Lebe es für sie und lebe es anständig. Wenn du es zulässt, helfe ich dir auch dabei.‹ Das war der Moment, wo ich nur noch geheult habe. Da kam ein wildfremder Typ daher, wusste, was ich getan hatte und war trotzdem bereit, mir zu vergeben. Warum konnte er das, ich aber nicht?«

Jules erinnerte sich zurück, wie Max ihm damals ein Taschentuch gereicht und bei ihm gesessen hatte, bis er sich etwas beruhigt hatte. Er hatte Max angesehen und mit zitternder Stimme gesagt: »Ich will keine Vergebung. Ich muss dafür zur Rechenschaft gezogen werden. Es kann doch nicht sein, dass ich ein Menschenleben auslöschen kann und dann geht das Leben einfach weiter ... das ist nicht richtig.«

»Lässt du dir deswegen aufs Maul hauen?«, hatte Max gefragt.

Jules hatte genickt.

»Verstehe. Hat's geholfen?«

Jules hatte mit einem Kopfschütteln geantwortet.

»Na siehste, dann lass es bleiben. Im Krieg geschehen nun mal schreckliche Dinge und was du da alles gesehen hast, möchte ich mir gar nicht erst vorstellen müssen. Aber, Junge, mit dem, was du jetzt tust, hilfst du niemandem. Krieg dein Leben wieder in den Griff und versuche es sinnvoll einzusetzen, indem du vielleicht anderen, die in einer ähnlichen Situation stecken wie du, hilfst.«

»Dein Großonkel war einfach unglaublich«, sagte Jules zu Hetty. »Er hat mir angeboten, wenn ich vom Krankenhaus entlassen würde, erst mal bei ihm und Hazel wohnen zu können, damit ich wieder zu Kräften käme. Danach setzte er Himmel und Hölle in Bewegung, damit mir geholfen wurde. Er schrieb sogar einen Brief an Prinz Charles.«

»Was hat er gemacht?«, fragte Hetty ungläubig und musste gleichzeitig lachen. »Wie hätte Charles helfen können?!«

»Es gibt eine Einrichtung für Soldaten, die havariert aus dem Krieg zurückkommen und sich wieder im Berufsleben eingliedern müssen. Sie werden in verschiedenen Berufen ausgebildet, die sie trotz ihres Handicaps noch verrichten können. Max' Idee war, dass nicht nur körperlich Verletzte, sondern auch solche mit psychischen Problemen aufgenommen werden sollten. Ich hätte für mein Land gedient und nun müsse mein Land auch für mich da sein, fand er. Der Brief an Charles hatte tatsächlich Türen geöffnet, ich wurde in diesem Wiedereingliederungszentrum aufgenommen. Es war ein langer Weg, glaub mir, aber ich habe gelernt, meine Schuld an dem Tod des Jungen zu akzeptieren und auch damit zu leben. Weil mir die körperliche Arbeit und der Umgang mit Holz gefielen, wurde ich zum Schreiner ausgebildet. In der ganzen Zeit blieb ich immer in Kontakt mit Max. Er besuchte mich hin und wieder, und ich wiederum kam, wann immer es ging, zum Schloss, um ihm und Hazel etwas im Garten, aber eben auch bei Renovierungsarbeiten zu helfen. Dank Max' Hilfe konnte ich später auch die Schreinerei übernehmen. Die Dorfbewohner hatten irgendwann herausgefunden, wer ich war, und wie du ja mitbekommen hast, hält sich mein Ruf hartnäckig. Viele wollten mich hier nicht haben, aber Max hat nicht nur bei der Bank für mich gebürgt, sondern sich auch im Dorf für mich stark gemacht. Er ist wirklich ein besonderer Mensch, und ich verdanke ihm nicht weniger als mein Leben.«

»Ist ja spannend. Und ausgerechnet er will keine fremde Hilfe akzeptieren«, schmunzelte Hetty.

»Es geht ihm dabei nicht um die Hilfe, sondern um seine Eigenständigkeit, Hetty. Er hat Mühe zu akzeptieren, nicht mehr allein klarzukommen, und er will seine Ruhe haben, verstehst du?«

»Schon, aber gleichzeitig erzählt er mir, ihm sei manchmal langweilig. Das passt irgendwie nicht zusammen.«

»Ich versuche so oft es geht, bei ihm vorbeizuschauen.«

»Hast du eigentlich jemals wieder Kontakt zu deinen Eltern aufgenommen?«, fragte Hetty, die nicht begreifen konnte, wie man seinen Sohn einfach fallen lassen konnte.

Jules nickte fast unmerklich. »Ich habe ihnen meine neue Adresse gegeben. Ein Krankenhaus hatte sich dann eines Tages bei mir gemeldet. Meine Mutter war schwer krank eingeliefert worden. Sie hatte der Pflegerin gesagt, sie wolle mich noch mal sehen, woraufhin sie mich angerufen hat. Natürlich bin ich gleich hingefahren. Es war Gott sei Dank noch nicht zu spät. Wir haben uns ausgesprochen und – was viel wichtiger war – uns verziehen, was passiert ist. Wenige Tage darauf ist sie gestorben. Mit meinem Vater verstehe ich mich bis heute nicht. Wir haben seit der Beerdigung keinen Kontakt mehr gehabt, aber ich vermisse ihn auch nicht wirklich.«

Auf einmal gackerte Hettys Handy aus ihrer Handtasche, die auf dem Boden neben der Tür lag. Jules schmunzelte, als er den Klingelton hörte, und schaute zu, wie sie das Handy herauskramte, um den Anruf entgegenzunehmen. Es war Pippa, die ihr sagte, sie hätte Becky soeben zum nächsten Bahnhof gefahren, weil sie zurück zur Uni wollte. Jules ging in die Küche, damit Hetty in Ruhe telefonieren konnte.

»Mist, war sie noch sehr wütend auf mich? Ich wollte eigentlich heute noch mal mit ihr darüber reden.« Hetty fuhr sich mit der Hand durch ihre verwuselten Haare.

»Sie war ziemlich verschlossen, hat aber nichts mehr dazu gesagt. Ich habe ihr allerdings gestern schon meine Meinung darüber gesagt.«

»Die da wäre?«

»Dass es sie nichts anginge und du zum ersten Mal seit einer Ewigkeit einen glücklichen Eindruck auf mich machst. Die Sache zwischen ihrem Vater und dir könntest nur du regeln und sie solle sich da raushalten.«

Hetty seufzte. »Hoffentlich hält sie sich daran. Was ist, wenn sie jetzt zu ihm fährt oder ihn anruft und erzählt, ich hätte was mit einem anderen?«

»Dann weiß Oliver eben ein bisschen früher Bescheid. Du willst ja sowieso mit ihm reden.«

»Schon, aber ich verlasse ihn ja nicht wegen Jules ... oder zumindest nicht nur. Ach, Mist, Mist, Mist ... das ist alles so kompliziert!« Hetty griff sich an die Stirn. Sie versuchte einen kurzen Moment ihre Gedanken zu ordnen. Doch der Tumult, der in ihrem Herzen und in ihrem Kopf tobte, ließ sie zu keinem vernünftigen Schluss kommen. Spielte das alles überhaupt noch eine Rolle? Sollte sie nicht einfach mal das tun, was sie wollte, anstatt immer auf alle anderen Rücksicht zu nehmen? »Hör mal, Pippa. Wärst du sehr sauer, wenn ich heute noch nicht zurück ins Schloss komme?«

Pippa lächelte. »Nein, natürlich nicht. Gönn dir diesen Tag im Auge des Sturms.«

»Du bist die Beste, Pippa, danke! Ich meine, immerhin bist du ja hergekommen, um dich bei mir wegen Jack auszuklönen ...«

»Wenn ich dein Gefühlschaos sehe, bin ich mit meinem Jack-Problemchen gleich wieder zufrieden«, stellte Pippa nüchtern fest. »Also genieß es und tu nichts, was ich nicht auch tun würde.«

Hetty lachte herzhaft. »Ich habe keine Ahnung, wovon du redest. Ach, und könntest du bitte darauf achten, dass Max seine Medikamente nimmt?«

Nach dem Gespräch legte sie ihr Handy weg und starrte vom Fenster in den verregneten Tag hinaus. Sie fröstelte, obwohl es im

Raum nicht kalt war. Bestimmt waren zu wenig Schlaf und zu viel Alkohol schuld daran, aber natürlich auch die Sorge um ihre Tochter. Entschlossen griff sie noch mal zu ihrem Handy und wählte Beckys Nummer, doch die drückte das Gespräch einfach weg.

»Alles okay?«, fragte Jules, der hinter sie getreten war.

Hetty drehte sich zu ihm um und sah ihn aus sorgenvollen Augen an. »Nicht wirklich. Becky ist einfach abgereist, ohne Tschüss zu sagen. Dabei wollte ich heute noch mal mit ihr reden. Eben hat sich mich auf ihrem Handy weggedrückt. Wir hätten gestern wirklich vorsichtiger sein sollen.«

»Wir haben nur getanzt«, gab er zu bedenken und gab ihr einen leichten Kuss aufs Haar.

»Und ich habe dich geküsst, falls du das vergessen haben solltest«, fügte sie besorgt hinzu.

»Wie könnte ich?«, raunte er. Seine Hände umfassten ihr Gesicht, während seine Lippen ihren Mund suchten. Augenblicklich vergaß Hetty, was sie eben noch hatte sagen wollen. Es kann nicht so wichtig gewesen sein. Genüsslich kostete sie von seinem Mund, der voller Verheißung war.

»Musst du zurück zu Pippa und Max?«, fragte er mit belegter Stimme dicht an ihrem Ohr und betete, es möge nicht so sein.

»Nein, der Tag gehört nur uns ... falls du Zeit hast.«

»Und was ist mit ›Ich will das vorher mit Oliver klären‹?«

Hetty brachte ihn mit einem Kuss zum Schweigen und lächelte ihn dann schelmisch an. »Oliver? Welcher Oliver?« Eine weitere Aufforderung brauchte Jules nicht. Er nahm ihre Hand und zog Hetty eiligst hinter sich die Treppe hinauf in sein Schlafzimmer. Atemlos und lachend standen sie sich darin gegenüber. Hetty blickte auf das breite Bett, wo die Laken noch zerwühlt von der Nacht waren, die sie darin verbracht hatte. Belustigt hob sie eine Augenbraue. »Ich habe mich noch gewundert, dass es keine Wiege ist.«

»Dafür ist es extrabreit und aus massivem Holz«, stellte er sachlich fest. Hetty lachte und wollte sich sein Pyjama-Oberteil über den Kopf ziehen, doch er hielt sie zurück.

»Lass mich das machen«, bat er und öffnete langsam den ersten Knopf des Oberteils. Seine Lippen folgten den Fingern und hinterließen eine sanfte Spur auf ihrer mit Sommersprossen bedeckten Haut bis hinunter zum Tal ihrer Brüste und weiter zu ihrem Bauchnabel. Hetty schmolz nur so dahin. Zärtlich strich er ihr das Oberteil über die Schulter, während auch ihre Hände langsam begannen ihn zu entkleiden. Sie ließen sich Zeit, genossen es, sich gegenseitig zu locken und zu verführen. Es gab keinen Grund zur Eile, jetzt waren nur sie beide wichtig. Irgendwann landeten sie auf dem Bett, wo er jeden Zentimeter ihres Körpers mit kleinen Küssen zu bedecken schien. Lieber Gott, lass das bitte niemals enden, flehte sie, als er erneut eine Stelle entdeckte, die ihr lauter kleine Schauer über den Körper rieseln ließ.

Nur mit Mühe konnte Jules sich beherrschen, sich nicht einfach das zu nehmen, was er wollte. Aber es ging hier nicht nur um sein Vergnügen, er wollte sie verwöhnen, ihr alles geben, was er zu geben hatte. Er wollte sehen, wie ihre blauen Augen sich langsam verdunkelten, wie sie unter seinen Händen wie Wachs zerschmolz, wie die Lust Besitz von ihr ergriff. Er tastete nach der kleinen Schublade des Nachtschränkchens neben dem Bett und fand, wonach er gesucht hatte. Hetty nahm ihm das Kondom aus der Hand und zog es ihm über, während ihr Mund seinen Hals hinunter wanderte und honigsüße Versprechen hinterließ. Mit einem leisen Stöhnen versank er tief in ihr, während seine Sinne berauscht von ihrem weiblichen Duft waren. Ihre Augen hielten sich aneinander fest, als er sich langsam zu bewegen begann.

Hetty schlang die Arme um seinen Nacken und zog ihn zu einem leidenschaftlichen Kuss zu sich heran, der sie beide jegliche Zurückhaltung vergessen ließ. Ein Sturm, der wie ein Tornado aus dem Nichts gekommen war, fegte mit einer Urgewalt über sie beide hinweg. Aber Hetty lag in seinen Armen, sie war sicher und konnte sich mit ihm fallen lassen, so tief und unendlich. Sie gehörte ihm und nur ihm, daran konnte kein Versprechen und keine Kirche der Welt etwas ändern. Er schlang die Arme um sie und zog sie mit sich, als er sich atemlos auf den Rücken drehte, um sie unter seinem Gewicht nicht zu erdrücken. Zärtlich streichelte er ihre Haut, während sie seinem Herzschlag lauschte. Es brauchte keine Worte, sie genossen einfach die Gegenwart des anderen. Irgendwann machte sich der Schlafmangel bei Hetty bemerkbar und sie schlummerte in seinen Armen ein.

Als sie aufwachte, lag sie dicht neben ihm. Sein gleichmäßiger Atem zeigte, dass er noch tief und fest schlief. Seine Hand lag besitzergreifend auf ihrer Hüfte. Hetty wollte ihn nicht aufwecken, daher blieb sie still liegen. Sie hob nur etwas den Kopf, um auf die Uhr auf seinem Nachtschränkchen zu schielen. Es war kurz nach zwei Uhr nachmittags. Wie verrucht war das denn?! Sie lag mitten am Tag mit einem anderen Mann als ihrem Ehemann im Bett! Doch sie spürte weder Bedauern noch ein schlechtes Gewissen. Im Gegenteil, sie fragte sich, wie sie es so lange bei Oliver hatte aushalten können. Sie hatte ja keine Ahnung gehabt! Jules war ein ganz anderer Liebhaber, er nahm Rücksicht, er schien es zu genießen, ihr Vergnügen zu bereiten, sie zu locken und sich so lange zurückzuhalten, bis sie es kaum noch aushalten konnte. Es war, als wäre sie mit Jules einen Moment lang zu einer einzigen Person verschmolzen. Unweigerlich musste sie ein Kichern unterdrücken, indem sie sich das Bettlaken mit der Faust vor den Mund hielt. Ihre Gedanken klangen wie aus einem kitschigen Liebesroman! Diese tiefe Verbundenheit beim Liebesakt hatte sie nie zuvor erlebt. Bisher hatte sie das alles nur als eine schmalzige Übertreibung hoffnungsloser Romantiker abgetan. Staunend blickte sie in das schlafende Gesicht des Mannes neben ihr. Jules hatte schon so viel durchgemacht und trotzdem zeugten kleine Lachfalten an seinen Augen davon, dass er jetzt Frieden geschlossen hat mit seinem Leben. Was passiert war, war passiert. Es konnte nicht rückgängig gemacht werden. Durch sein Handeln war ein Mensch zu Tode gekommen, damit musste er leben. Aber hatte er denn eine Wahl gehabt? Seiner Meinung nach schon. Doch Hetty zweifelte an seiner Einschätzung. Hätte er den Schützen nicht erledigt, hätte dieser noch weitere Soldaten, vielleicht sogar ihn selbst erschossen. Sie stellte sich vor, wie er als junger Soldat vermutlich voller Panik dieses Haus, aus dem geschossen wurde, gestürmt hatte. War es nicht mehr als verständlich, dass er blindlings abgedrückt hatte, bevor der Gegner eine Chance hatte, ihn zu erledigen? Vielmehr sollte man sich fragen, was für Menschen einem Kind eine Waffe in die Hände gaben oder zuließen, dass der Junge sich ein Gewehr nehmen konnte.

Ihre Finger wanderten zu Jules' Lippen und zeichneten federleicht die Linien nach. Flatternd öffnete er die Augenlider. Einen Moment lang schauten sie sich nur an, dann zog er sie einfach an sich und kostete erneut von ihrem Mund. Er war sich sicher, nie genug davon zu bekommen. Sie war immer noch da, obwohl er ihr alles erzählt und seine ganze Schuld gestanden hatte. Krieg hin oder her, Tatsache war, dass er für den Tod eines Kindes verantwortlich war. Er war sich ziemlich sicher gewesen, dass Hetty gehen würde und nichts mehr mit ihm zu tun haben wollte, sobald sie von seiner Vergangenheit erfuhr. Aber sie war da und hatte für ihn ihr Eheversprechen gebrochen. Es tat ihm leid, nicht, dass sie sich geliebt hatten, oh nein, das mit Sicherheit nicht. Doch er hätte ihr gerne die Zeit gelassen, ihr Leben vorher in Ordnung zu bringen. Dieses Verlangen nach einem bestimmten Menschen war so neu für ihn. Er konnte nun ahnen, wie William nach dem Tod von Rose gelitten haben musste. Allein die Vorstellung, Hetty wäre plötzlich für immer weg, schnürte ihm die Kehle zu. Er liebte sie, das war ihm längst klar geworden. Dennoch würde er sie noch mal gehen lassen müssen. Was ihm blieb, war die Hoffnung, dass sie zu ihm zurückkehren würde, wenn sie alles geklärt hatte.

»Versprich mir nur eines«, flüsterte er in ihr Haar. »Bedaure nie, was wir heute hatten.«

Sie verschränkte ihre Finger mit den seinen und hob sie an ihre Lippen. »Wie könnte ich, Jules?«

10. Kapitel

Sie hatten den restlichen Nachmittag im Bett verbracht, geredet, gelacht und sich geliebt, und endeten irgendwann unter seiner herrlich großen Dusche. Später kochten sie zusammen Spaghetti. Er grinste, als sie ihm zeigte, wie man eine Soße aus frischen Tomaten machte.

»Man könnte auch einfach ein Glas Fertigsoße öffnen und es über die Nudeln gießen. Warum die Umstände?«

Empört schlug sie mit dem Küchentuch nach ihm. »Du bist unmöglich! Das ist nicht nur ungesund, es schmeckt auch noch nicht mal annähernd so gut wie mit frischen Zutaten. Den Unterschied wirst du gleich bemerken, du Banause.«

Er schnappte sich das Küchentuch und zog sie damit an sich. »Du siehst so sexy aus, wie du da nur in meinem Hemd durch die Küche saust.«

Sie schmiegte sich an ihn und fuhr mit ihrer Hand über seine behaarte Brust. Er trug nur seine Pyjamahose und sah ebenfalls ziemlich heiß aus, doch sie stieß ihn gleich wieder schmunzelnd von sich. »Ablenken zählt nicht! Ich lasse meine Soße bestimmt nicht anbrennen, damit deine blöde Fertigsoße besser dasteht. Jetzt wird gekocht und dann gegessen.« Sie drehte sich noch mal zu ihm um und gab ihm einen innigen Kuss. »Danach sehen wir weiter.«

»Das nehme ich als Versprechen«, flüsterte er an ihrem Mund. Hetty verscheuchte die Schmetterlinge in ihrem Bauch und versuchte, ihre Aufmerksamkeit wieder auf die Soße zu lenken. Als er den Tisch für sie beide gedeckt hatte, trat er neben sie an den Herd und strich ihr eine widerspenstige Locke aus dem Gesicht. »Geht's deinem Kopf eigentlich wieder besser?«

»Ja, danke. Die Tablette hat geholfen. Trotzdem werde ich künftig meine Finger vom Whisky lassen.«

Er schmunzelte. »Aber gegen ein Gläschen Rotwein ist nichts einzuwenden, oder?«

Erst als sie sich etwas später am Tisch über die Spaghetti hermachten, fiel ihnen auf, wie hungrig sie gewesen waren. Widerstrebend musste Jules zugeben, dass seine Fertigsoße bei Weitem nicht so lecker war, wie das, was Hetty aus den frischen Tomaten gekocht hatte. Nach dem Essen setzten sie sich vor den Kamin aufs Sofa. Hetty lag dicht an Jules gekuschelt und genoss jeden einzelnen Augenblick. All ihre Sorgen bezüglich Oliver und Becky blendete sie in diesem Moment aus. Jules erzählte ihr, wie er, seit er die Einrichtung für havarierte Soldaten verlassen hatte, immer wieder zurückgekehrt war, um auch selbst Vorträge zu halten und den jungen Leuten Mut zu machen. Es war ihm ein Anliegen, ihnen Wege aufzuzeigen, mit dem, was sie erlebt hatten, umzugehen.

»Krieg ist so etwas Zerstörerisches. Aber einfach zuzusehen, wie Diktatoren und andere Hirnamputierte ein Volk unterdrücken und quälen, geht auch nicht«, meinte Hetty und blickte nachdenklich ins Feuer.

Mit geschlossenen Augen atmete er den frischen Duft ihrer Haare ein. Sein Daumen streichelte sanft über die Oberfläche ihrer Hand, die in seiner lag. »Wann wirst du nach London fahren?«, fragte er wie nebenbei. Nicht gewillt, Oliver in ihre traute Zweisamkeit eindringen zu lassen, erwähnte er seinen Namen absichtlich nicht.

»Wahrscheinlich übermorgen. Es hängt davon ab, wann Stella ihren Job beginnen kann. Eigentlich möchte ich gemeinsam mit Pippa zurückfahren, aber sie und ich hatten noch gar keine Zeit, richtig miteinander zu reden. Deswegen kam sie ja schließlich her.« Auf einmal stöhnte Hetty auf und vergrub ihr Gesicht in den Händen. »Mit Becky muss ich auch noch mal sprechen. Sie versteht das alles nicht.«

»Bereust du's doch?«, fragte er leise.

»Nein!«, rief sie gleich aus. »Du bist ein wunderbarer Mann, und ich fühle mich zum ersten Mal seit Jahren einfach nur gut – bis auf die Tatsache, dass sich die Probleme mit meiner Familie nicht in Luft auflösen lassen. Ich habe trotz allem ein schlechtes Gewissen, verstehst du?« Er streichelte ihren Arm und ließ sie weiterreden: »Darf ich denn glücklich sein, wenn ich andere dadurch unglücklich mache?«, fragte sie aufgewühlt.

»Oliver hat dich nicht gut behandelt, er muss sich nicht wundern, wenn du das nicht mit dir machen lässt. Was Becky anbelangt: Sie ist erwachsen, Hetty. Sie lebt ja nicht mal mehr bei euch zu Hause. Spätestens wenn sie ihre eigene Liebe findet, wird sie dich verstehen. Du trennst dich ja von ihrem Vater und nicht von ihr.«

»Sie wird es trotzdem als einen Verrat an der Familie ansehen.« Becky hatte ihren Vater schon immer angehimmelt und bewundert, auch wenn der neben der Arbeit nicht viel Zeit für sie gehabt hatte. Becky kam zu sehr nach Oliver, als dass sie Hetty so einfach verstehen könnte.

»Was hast du vor, wenn du mit Oliver geredet hast? Kommst du dann gleich zurück?« Jules versuchte, nicht allzu hoffnungsvoll zu klingen.

»Keine Ahnung. Ich weiß ehrlich gesagt nicht, was es bei einer Scheidung zu tun gibt. Und Rose habe ich versprochen, in London mit jemandem zu reden, der sich mit Geistern auskennt. Ich möchte herausfinden, was sie tun könnte, um endlich Ruhe zu finden und bestenfalls auch zu William zu kommen.« Hetty setzte sich auf und griff zu ihrem Weinglas.

Jules schmunzelte amüsiert. »Da wünsche ich dir viel Erfolg. Du wirst einem Haufen Verrückter begegnen, das kann ich dir jetzt schon prophezeien.«

Hetty sah ihn stirnrunzelnd an. »Du glaubst immer noch nicht wirklich an Geister, nicht wahr?«

»Es fällt mir schwer«, gestand er. »Was mir auch schwerfällt, ist, zu glauben, dass du, obwohl du weißt, was ich getan habe, noch bei mir bist. Ich dachte, du würdest gleich die Flucht ergreifen, sobald du hörst, dass ich tatsächlich einen Jungen erschossen habe. Niemand will mit einem Mörder zusammen sein.«

Hetty stellte das Weinglas etwas zu heftig zurück auf den Beistelltisch, sodass beinahe der Inhalt übergeschwappt wäre. Die Empörung war ihr deutlich ins Gesicht geschrieben, als sie sich ihm zuwandte: »Ich bin mit keinem Mörder zusammen. Hör auf, dich so zu nennen!«, sagte sie streng. »Was passiert ist, war ein Unfall, ein schlimmer Unfall, und was die Presse daraus gemacht hat, ist einfach das Hinterletzte. Und noch was sage ich dir: Wenn ich im Dorf noch mal jemanden darüber lästern höre, dann kriegt derjenige etwas von mir zu hören, das sich gewaschen hat.«

Jules zog sie grinsend zurück in seine Arme. »Du kannst die Krallen wieder einziehen, Hetty, ich bin schon ein großer Junge und kann für mich selbst sprechen. Ich habe gelernt, diese dummen Sprüche zu ignorieren. Das ist besser, als darauf einzugehen. Die Klatschmäuler werden sowieso nie Ruhe geben.«

»Aber verdammt noch mal, das ist doch alles schon Jahre her! Man muss doch die Geschichte irgendwann gut sein lassen.«

Jules brachte sie mit einem Kuss zum Schweigen. »Mir reicht es vollkommen, wenn du und Max in mir keinen kaltblütigen Mörder seht. Und nun lass uns über was Schöneres reden, wie zum Beispiel: Was möchtest du tun, wenn du aus London zurückkommst? Wohnst du dann bei mir? Du weißt, mein Bett ist groß genug für zwei.«

Hetty lächelte, schüttelte aber den Kopf, bevor sie sich wieder mit dem Rücken an Jules kuschelte. »Ich werde erst mal weiter bei Max wohnen und mir eine eigene Existenz aufbauen.« Als sie sein enttäuschtes Gesicht sah, fügte sie rasch hinzu: »Das schließt aber nicht aus, dass ich hin und wieder von deinem großzügigen Angebot, dein Bett zu benutzen, Gebrauch mache. Ich möchte einfach nicht gleich wieder von einem Mann abhängig sein, verstehst du?« Das konnte er, auch wenn er es sich anders gewünscht hätte. »Die Frage bleibt nur, ob mich überhaupt jemand einstellen wird. Schließlich habe ich die letzten achtzehn Jahre nichts anderes getan, als meine Familie zu betreuen. Wozu ist so jemand schon zu gebrauchen?«

»Was würdest du denn gerne machen, wenn du die freie Wahl hättest?«, fragte er interessiert.

»Das ist ja das Schlimme – ich habe keinen blassen Schimmer.«

»Du könntest Geisterbeschwörerin werden oder Gespensterbändigerin.«

Empört verpasste Hetty ihm einen leichten Klaps. »Och, du!« Schnell schnappte sie sich ein Sofakissen und schlug damit nach ihm.

»Na warte!«, drohte er und wollte nach ihr greifen, doch Hetty war bereits kreischend vom Sofa aufgesprungen. Es begann eine wilde Hetzjagd quer durchs Wohnzimmer, die Treppe hoch, bis vor das Schlafzimmer, wo Jules sie schließlich zu fassen bekam. Schwungvoll warf er sie über seine Schulter, während sie mit den Füßen in der Luft strampelte und sich lachend versuchte zu befreien. Doch er ließ sie erst auf dem Bett niederplumpsen, wo er sie gnadenlos auskitzelte.

»Warte, warte ... ich krieg' keine Luft ...«, japste sie lachend. Als er kurz von ihr abließ, schnappte sie sich das nächste Kissen und warf es ihm an den Kopf. Seine Reaktion war blitzschnell, sodass er es gerade noch rechtzeitig erwischte. Achtlos ließ er es neben sich auf den Boden fallen, bevor er sich auf sie stürzte. Schwer atmend begrub er sie mit seinem Gewicht unter sich. Sie blickte in seine Augen und erkannte sich darin wieder. Bevor sie sich davon abhalten konnte, flüsterte sie atemlos: »Ich glaube, ich liebe dich, Jules.«

Ohne seinen Blick von ihr zu lösen, senkte er seine Lippen auf ihre. »Das trifft sich gut, denn ich liebe dich auch, Hetty«, murmelte er an ihrem Mund.

Am nächsten Morgen wachte Hetty in Jules' Armen auf. Sie fühlte seinen leichten Atem an ihrem Haar und war einen kurzen Moment lang einfach nur glücklich. Wie schön es doch wäre, jeden Morgen so aufzuwachen. Sie lächelte selig, bis ihr wieder in den Sinn kam, was ihr noch bevorstand. Ihr schwerer Seufzer musste ihn geweckt haben.

»Morgen, mein Herz«, murmelte er verschlafen und küsste ihren Nacken. Augenblicklich kehrte das Strahlen in Hettys Gesicht zurück und sie drehte sich langsam zu ihm.

»Guten Morgen.« Seine Haare waren verstrubbelt, was ihm ein verwegenes Aussehen verlieh. »Soll ich uns Kaffee machen?«, fragte sie.

»Später«, antwortete er. Seine Hand wanderte an ihrer Seite entlang, glitt hinab zu ihren Hüften und zog sie schließlich besitzergreifend an sich ran. »Sehr viel später.«

Nach einem kurzen Frühstück fuhr Jules sie zurück zum Schloss. Auf dem Parkplatz angekommen, stellte er den Motor aus. »Sehe ich dich noch, bevor du nach London fährst?«, fragte er.

»Wie wär's, wenn du heute Abend mit uns isst und dann bei mir im Zimmer schläfst? Vielleicht zeigt sich dir Rose dann doch einmal.«

Seine Mundwinkel verzogen sich leicht nach oben: »Du gibst wohl nie auf, mich zu überzeugen, dass sie real ist und nicht nur in deinem Kopf steckt, nicht wahr?«

»Sie ist real. Aber wenn du nicht bei mir schlafen willst …«

Er griff nach ihrem Nacken und zog sie zu einem Kuss zu sich heran. »Wie könnte ich da widerstehen? Sollen wir Max fragen, oder klettere ich später die Fassade hoch zu dir ins Zimmer?«

»Bist du verrückt? Am Ende stürzt du noch ab und machst Rose hier als Gespenst Konkurrenz! Natürlich fragen wir Max!« Kopfschüttelnd stieg sie aus seinem Wagen und warf ihm ein letztes Küsschen zu. »Bis später.«

Als sie durch die Tür des Schlosses ging, hatte sie das Gefühl, vor Glück zu schweben.

»Da ist aber jemand glücklich«, stellte Pippa amüsiert fest, nachdem sie gehört hatte, wie Hetty summend durch die Eingangstür kam. Max und sie saßen gerade beim Frühstück, als Hetty in die Küche trat, sich eine Tasse Tee schnappte und ihnen Gesellschaft leistete.

Max blickte sie grinsend an: »Und wo hast du den Rosenkavalier gelassen?«

»Er musste zurück in die Werkstatt. Aber er kommt heute

Abend zu uns zum Essen. Du hast doch nichts dagegen, wenn Jules über Nacht bleibt, oder, Max?«

Er hob abwehrend die Hände. »Ich würde mich nie trauen, mich zwischen euch zu stellen.«

Hetty schaute ihren Großonkel liebevoll an. »Er hat mir erzählt, was du für ihn getan hast, Max.«

»Ach, hör bloß auf mit diesen alten Geschichten«, winkte er energisch ab. »Bestimmt hat er dir eine völlig rührselige Version erzählt, nur um dich ins Bett zu kriegen.«

Hetty schmunzelte gelassen: »Netter Versuch, Max, aber du täuschst mich nicht.« Sie beugte sich zu ihm vor und drückte ihm ein Küsschen auf die Wange. »Danke. Du machst mich stolz, mit dir verwandt zu sein.«

Max wirkte verlegen und griff nach den Krücken, die hinter ihm an der Wand lehnten. »Dann lass' ich euch Weiber besser allein. Am Ende fallt ihr sonst noch beide über mich her.« Mühsam erhob er sich und verließ humpelnd die Küche.

Als er außer Hörweite war, beugte sich Pippa zu ihr hinüber: »Und? Wie war er?«

Hetty kicherte und wusste gleich, dass die Rede nicht mehr von Max war. »Du bist zu neugierig, Pippa!«

»Ich bin deine Freundin, ich muss neugierig sein! Das gehört zu meinen Pflichten. Nun erzähl schon!«

Hettys Augen leuchteten, als sie Pippa mit einem Lächeln auf den Lippen ansah: »Es war unbeschreiblich. So unbeschreiblich, dass ich möglichst rasch zurück nach London will, um die Trennung von Oliver hinter mich zu bringen. Ich will mit Jules ein neues Leben anfangen. Ich habe keine Ahnung, wie das funktionieren kann und wovon ich hier leben soll, aber weißt du was? Es ist mir egal.« Hetty lachte fröhlich. »Zur Not gehe ich Klos putzen. Ich werde nachher mit Stella telefonieren und sie fragen, wann sie anfangen kann.« Dann griff Hetty über den Tisch nach der Hand ihrer Freundin. »Nun aber endlich zu dir. Entschuldige bitte, ich hätte dich wirklich nicht hier allein lassen dürfen, wo du doch den weiten Weg zu mir auf dich genommen hast.«

»Ja, ja ... ich bin ja nur deine beste Freundin«, seufzte Pippa und tat beleidigt.

»Es tut mir so leid ...«, begann Hetty erneut.

»Ach Quatsch, ich nehme dich doch bloß auf den Arm, Süße. Bei dem Typen hätte ich auch alles um mich herum sausen lassen und die Gelegenheit beim Schopf gepackt. Du bist so ein Glückspilz!« Etwas ernster fuhr Pippa fort: »Ich habe die Zeit genutzt und habe darüber nachgedacht, was zwischen Jack und mir passiert ist. Es ist nicht einfach, aber im Nachhinein kann ich ihn sogar ein bisschen verstehen. Ich habe mit Max darüber geredet ...«

Hetty schaute ihre Freundin mit verwunderten Augen an. »Was hast du?«

»Na, ich habe mir gedacht, wenn einer weiß, wie die Männer ticken, dann wohl er. Schließlich ist er ja selbst von dieser Spezies und schon ein Weilchen auf dieser Welt.«

Hetty schmunzelte und konnte sich lebhaft vorstellen, wie peinlich berührt Max wohl gewesen sein musste. »Und was hat er Weises von sich gegeben?«

»Wenn ich das Gefühl hätte, Jack wäre der Richtige für mich, müsse ich ihm eben genau das beweisen. Ich müsse mich mehr anstrengen und mich um ihn bemühen. Ihm zeigen, dass ich wirklich verstanden habe, um was es ginge. Ich müsse ihm auch sagen, was er mir bedeutet und wie ernst es mir mit ihm ist.«

»Ähm, das hat Max gesagt?« Hetty hob skeptisch ihre Augenbrauen.

»Ja, jetzt nicht ganz so, aber in diesem Sinne. Das heißt also, dass nicht nur du zurück nach London willst, sondern auch ich.«

»Und du bist dir sicher, Jack nicht nur wegen deiner verletzten Gefühle zurückzuwollen? Ich meine, immerhin ist er der Erste, der dich abserviert hat.«

»Sicher? Was ist schon sicher in der Liebe?« Aha, dann hatte sie also nicht ganz so verkehrt gelegen, dachte Hetty bei sich. Pippa stand auf und trug das Geschirr zur Spüle. »Ich mein', was ist mit dir? Warst du dir je sicher, mit Oliver den Rest deines Lebens verbringen zu wollen?«

Autsch, das hatte gesessen. »Am Anfang schon. Schließlich ist er Beckys Vater. Dann habe ich lange nicht darüber nachgedacht und mein Leben so hingenommen, wie es war. Ich glaube, das war ein Fehler«, gestand sie leise. »Der Fehler lag aber nicht nur bei Oliver«, gab sie weiter zu. »Wir waren einfach bequem geworden, haben uns nicht genug umeinander bemüht.«

Pippa drehte sich an der Spüle um, sodass sie Hetty sehen konnte. »Wenn man sich bemühen muss, hat das wirklich noch was mit Liebe zu tun? Es klingt für mich so unromantisch.«

Hetty lachte. »Hach, was weiß ich denn schon? Ich habe ja selbst gerade alles gegen die Wand gefahren.«

»Hmm, aber wenn ich gegen die Wand gekracht wäre, würde ich auch gerne von so einem sexy Sanitäter zusammengeflickt werden wie du«, schmunzelte Pippa.

Nach ihrem Frühstück rief Hetty Stella an und regelte mit ihr, dass sie am nächsten Tag mit der Arbeit beginnen würde. Oliver rief sie nicht an, schließlich hatte er sich all die Tage auch nicht bei ihr gemeldet und sich gar noch verleugnen lassen, als sie ihn gebraucht hätte. Stattdessen telefonierte sie mit ihrem Vater, der ziemlich erstaunt war, von ihr zu hören.

»Wie läuft es denn in Schottland?«, fragte er und klang dabei nicht wirklich sehr interessiert.

»Gut, danke. Ich habe jemanden gefunden, der sich vorübergehend um Max kümmern wird, da ich nach London zurückmuss, um ein paar Dinge mit Oliver ...«

»Da du ihn gerade erwähnst: Neulich haben sie in den Nachrichten eine Meldung gebracht, dass Olivers Bank in schmutzige Geschäfte mit der Mafia verwickelt ist. Daran ist er doch nicht beteiligt, oder?«, unterbrach er sie abrupt.

»Was? Ähm, nein ... also zumindest glaube ich das nicht. Er hat mich nie in seine Geschäfte mit einbezogen. Hör mal, Dad, ich werde mich von Oliver scheiden lassen. Ich brauche dabei aber deine Hilfe.«

»Du willst was?! Warum denn das auf einmal?« Ihr Vater schien aus allen Wolken zu fallen.

»Wir lieben uns nicht, und ich bin einfach nicht glücklich in dieser Beziehung.«

»Und was ist mit Becky? Hat einer von euch beiden auch an sie gedacht?«

»Dad, sie ist achtzehn Jahre alt«, rief sie ihm schmunzelnd in Erinnerung. »Sie ist kein kleines Kind mehr.«

»Oh ... ah ja, ich vergaß. Ich habe sie schon lange nicht mehr gesehen. Trotzdem wird sie daran zu knabbern haben.«

»Dad«, holte sie ihn zurück auf ihre ursprüngliche Bitte um Hilfe. »Es ist mir wirklich etwas peinlich, aber kannst du mir helfen?«

»Inwiefern?« Nun klang er etwas konzentrierter.

»Oliver hat mir den Zugriff auf die Konten gesperrt. Kannst du mir mit etwas Bargeld aushelfen und kann euer Anwalt mich bei der Scheidung vertreten? Das Geld zahle ich dir natürlich so rasch wie möglich zurück. Ich werde mir einen Job suchen.«

»Das hat er getan?! Aber warum denn das? Habt ihr schon länger eine Krise?«

Hetty erzählte ihrem Vater von den Ereignissen der letzten Zeit. Sie verschwieg ihm aber, dass bereits ein neuer Mann in ihr Leben getreten war. Selbst in ihren Ohren klang das so, als wollte sie Oliver nur wegen Jules loswerden.

»Unser Anwalt wird das schon hinkriegen«, beruhigte ihr Vater sie am Ende. »Er wird dafür sorgen, dass die Konten so schnell wie möglich wieder für dich zugänglich sind, oder du zumindest etwas Geld erhältst. Immerhin hast du dich ja um die Familie gekümmert und auf einen Job verzichtet. Bis es so weit ist, helfe ich dir gerne aus, das ist doch selbstverständlich. Das muss dir wirklich nicht peinlich sein, schließlich bist du unsere Tochter.«

»Ist es aber«, gestand Hetty kleinlaut. »Aber ich werde dir alles zurückzahlen, Ehrenwort.«

»Schon gut. Die Familie ist dazu da, einander zu helfen, wenn's mal nicht so rund läuft. Du könntest auch bei uns im Hotel mitarbeiten, wenn du möchtest.«

»Danke, Dad, du bist ein Schatz. Aber ich weiß noch nicht genau, was ich machen möchte. Max meinte, ich könne gerne bleiben. Das Angebot werde ich vermutlich annehmen, es dient uns beiden. Grüß bitte Mum von mir, ich melde mich, wenn ich wieder in London bin.«

Später am Tag führte Hetty Pippa in den Geheimgang und zur Kapelle, wo sie ihr auch die Geschichte von Rose und William erzählte. Den See behielt sie aber für sich, das war Jules' und ihr kleines Refugium.

»Und du willst mir allen Ernstes erzählen, dass Rose als Geist im Schloss herumspukt?« Pippa sah sie grinsend an. »Hetty, es tut mir ja leid, aber für Geistergeschichten bin ich wirklich schon ein bisschen zu alt.«

»Es ist, wie ich dir schon gesagt habe: Sie zeigt sich nur der Familie …«

»Na klar!« Pippa hob ungläubig eine Augenbraue.

»Ich erzähle keinen Mist! Am Anfang war Rose mir auch unheimlich, zumal es auch immer so schrecklich kalt wird im Zimmer und manchmal geht das Licht nicht mehr an. Ich habe sie auch schon gebeten, sich nicht ständig aus dem Fenster zu stürzen, das ist einfach gruselig. Aber sie meinte, sie könne nicht anders, es sei wie ein Sog.«

Pippa setzte sich auf eine der Kirchenbänke. »Und du glaubst wirklich, das kaufe ich dir ab?«

»Es ist wahr!«, beharrte Hetty.

»Wie auch immer. Die Geschichte selbst ist schon ziemlich herzzerreißend. Ein Mann, der so lange um seine Frau trauert und nicht mal bei ihr bestattet werden kann, nur weil niemand wissen darf, wo ihr Leichnam ist … Ich hoffe, die beiden sind wenigstens an dem Ort, wo sie jetzt sind, wieder zusammen.«

»Eben nicht! Und daher werde ich mich in London auch auf die Suche machen nach jemandem, der sich mit Geistern auskennt. Jemand, der uns helfen kann, einen Weg zu finden, wie wir Rose zu William bringen.«

Pippas Blick sagte deutlich, dass sie Hetty immer noch für verrückt hielt. »Was sagt Jules zu der Geschichte?«

»Er hat mir bei der Suche nach dem Tagebuch geholfen, und wir haben es dann gemeinsam gelesen. Aber auch er ist nicht wirklich davon überzeugt, dass Rose im Schloss herumspukt. Er hat sie halt noch nie gesehen.«

Pippa stand von der Bank auf. »Komm, zeig mir noch die Kammer von dieser Heather, von der du gesprochen hast.«

Die beiden gingen den Weg zurück, und Hetty führte sie zu dem Nebengebäude, wo Jules seine Möbel ausstellte.

»Wow! Die sind ja schön«, bewunderte Pippa die ausgestellten Objekte. Dann entdeckte sie die überdimensionale Wiege und konnte sich ein Kichern nicht verkneifen. »Das ist ja eine verrückte Idee!« Sie gab dem Bett einen leichten Stoß, damit es in Bewegung kam. »Stell ich mir aber süß vor, mit meinem Liebsten hier im Bett ein bisschen zu kuscheln und zu schaukeln. Habt ihr die schon ausprobiert?«

»Das ist ein Ausstellungsstück!«, rief Hetty ihr empört in Erinnerung. »Komm, da drüben ist die Kammer. Die Matratze, von der ich dir erzählt habe, hat Jules hinten im Garten verbrannt. Aber schau, hier im Schrank hängen noch Heathers Kleider.«

Pippa war begeistert und sah sich neugierig in dem Raum um. »Das ist unglaublich, als ob man in ein anderes Zeitalter schreitet! Und ihr meint wirklich, die Sachen sind über dreihundert Jahre alt?«

»Ja. Nach Heathers Tod muss William wohl veranlasst haben, den Raum zuzumauern. Vermutlich, damit niemand herausfand, dass Heather seine Halbschwester war und sein Vater dadurch nicht in Verruf kam. Vielleicht wollte er aber auch nur nicht mehr an das Geschehene erinnert werden. Wer weiß?«

»Spannend. Max sollte das Schloss zur Besichtigung freigeben. Mit dieser Geschichte würden die Touristen euch die Türen einrennen.«

Hetty lächelte. »Genau das möchte Max nicht. Er will seine Ruhe haben, es ist schließlich sein Zuhause.«

Pippa nickte nachdenklich: »Das kann ich verstehen, aber für dich wäre es eine gute Jobmöglichkeit. Vielleicht solltest du noch mal mit ihm darüber reden.«

Doch Hetty war sich sicher, genau das nicht zu tun. »Damit wäre ich nicht anders als meine Tante Liz, die sich das Schloss unter den Nagel reißen will. Nein, ich finde schon etwas anderes.«

Max blickte in die Runde am Tisch. Hetty hatte einmal mehr ein leckeres Abendessen zubereitet. Kartoffelgratin, glasierte Möhren und Rinderbraten schmeckten halt doch um einiges besser als Tiefkühlpizza. Es konnte aber auch sein, dass es die Gesellschaft war, die ihn kräftig zulangen ließ. Er würde es ja nicht offen zugeben, aber alleine zu essen machte deutlich weniger Spaß. Die verstohlenen Blicke und die versteckten Berührungen, die Jules und Hetty austauschten, ließen ihn etwas wehmütig an seine Hazel zurückdenken. Es war einfach nur schön, den beiden Verliebten zuzusehen. Für Jules hoffte er, dass Hetty sich wirklich bald von Oliver trennen konnte. Er und Hetty hatten es verdient, endlich ihr Glück zu finden. Wenn alles so lief, wie er es sich erhoffte, dann wäre vielleicht auch sein eigenes Problem in absehbarer Zeit gelöst, dachte Max. Aber das würde sich noch zeigen müssen.

»Darf ich das Tagebuch auch mal lesen?«, fragte Pippa, die die Geschichte doch nicht losließ.

»Da muss ich zuerst Rose fragen«, sagte Hetty ernst und ließ Pippa damit aufstöhnen.

»Du kannst mit dieser Spukgeschichte aufhören, Hetty. Die kaufe ich dir nicht ab.« Pippa tunkte ein Stückchen Rinderbraten in die Soße, bevor sie es sich genussvoll in den Mund schob.

»Max, nun hilf mir doch mal!«, forderte Hetty. »Sag diesen beiden Ungläubigen, dass du mit Rose abends manchmal Schach spielst.«

Jules und Pippa sahen ihn entgeistert an.

»Nun ja …«, er hob etwas verlegen die Schultern.

»Das habt ihr beide euch jetzt ausgedacht, oder?« Jules' Blick wanderte von einem zum anderen. »Du hast mir ja schon von Rose erzählt, Max, aber du willst mir jetzt wohl nicht weismachen, Geister würden Schach spielen?!«

»Geschweige denn, dass es Geister überhaupt gibt«, fügte Pippa hinzu.

Max sah Hetty hilflos an, doch sie erwartete nichts anderes als die Wahrheit von ihm. »Ähm ... doch. Rose und mir war manchmal etwas langweilig, da haben wir eben Schach gespielt.«

Jules warf die Hände in die Luft. »Und warum hast du mir nie davon erzählt?«

»Weil du mich dann für total bekloppt gehalten hättest. Am Ende hättest du Liz noch dabei unterstützt, mich in eine Irrenanstalt abzuschieben.«

»Nach allem, was du für mich getan hast, Max? Bestimmt nicht! Vermutlich hätte ich gedacht, du wärst einsam und hättest dir deswegen eine Frau ausgedacht.«

Max haute mit der flachen Hand auf den Tisch. »Ich habe sie mir nicht eingebildet, Jules!«

»Warum sollten Max und ich uns so was ausdenken? Übrigens sieht die Frau, die wir beide gesehen haben, gleich aus und hat denselben Namen. Es ist eindeutig derselbe Geist. Wir täuschen uns nicht!«, eilte Hetty nun ihrem Großonkel zur Hilfe.

»Ihr macht mir langsam Angst«, sagte Pippa leise. »Könnt ihr mit dem Gerede über Geister aufhören? Immerhin schlafe ich allein in meinem Zimmer.«

»Du brauchst wirklich keine Angst zu haben«, versicherte Hetty ihrer Freundin. »Rose zeigt sich, wie ich dir schon oft gesagt habe, nur der Familie. Sonst hätte Jules sie ja auch längst mal zu Gesicht bekommen. Er geht hier schon seit Jahren ein und aus.« Hetty begann die leeren Teller ineinanderzustellen und stand auf, um sie zur Spüle zu tragen.

»Und wenn Rose plötzlich findet, Freundinnen gehören auch zur Familie?«, warf Pippa zweifelnd ein.

Lachend drehte sich Hetty an der Spüle um: »Dann wirst du

das überleben. Bisher stand noch in keiner Zeitung, dass ein Mensch von einem Gespenst getötet worden ist.«

»Hmm, wenn das Gespenst aber die Leiche gleich hat verschwinden lassen ...«, gab Jules, dem die Unterhaltung Spaß zu machen schien, zu bedenken.

Kichernd schlug Hetty mit dem Handtuch nach ihm. »Solche Einwände helfen nicht wirklich weiter, Jules. Mach ihr nicht noch mehr Angst!«

Max sah Pippa zwinkernd an: »Du kannst sonst bei mir schlafen, Mädchen.«

Das löste allgemeines Gelächter aus.

Später am Abend zog Jules Hetty in ihrem Zimmer in die Arme. »Endlich. Ich dachte schon, die beiden werden nie müde«, seufzte er. »Dabei will ich doch den letzten Abend mit dir genießen.«

Hetty kicherte leise, als er mit den Fingerspitzen an ihrer Seite so sanft entlangfuhr, dass es sie kitzelte. »Wir müssen leise sein, Jules. Pippa hat ihr Zimmer gleich nebenan.«

Jules zog sie mit sich auf das Bett und hob ihr das T-Shirt etwas hoch, damit er ihren warmen Bauch küssen konnte. »Sie ist schon groß und weiß bestimmt, was wir hier drin tun«, gab er zwischen zwei Küssen zu bedenken.

Hettys Atem ging bereits schneller: »Trotzdem muss sie es ja nicht auch noch zu hören bekommen. Immerhin hat sie Liebeskummer ... oh ... oh ... Himmel, ist das schön. Nicht aufhören, bitte!«

Sie hörte sein leises Lachen und gab sich seinen Liebkosungen völlig hin. Immer wieder flüsterte er ihr zärtliche Worte ins Ohr und lockte und verführte sie, bis sie glaubte, ihre Muskeln und Nerven gehorchten ihr nicht mehr. Ihre Körper passten so perfekt zusammen – es schien, als hätten sie nur darauf gewartet, den anderen zu finden und wiedervereint zu sein. Aneinandergekuschelt schliefen sie irgendwann spät in der Nacht ein. Hetty sah nicht, wie Rose am Fenster stand und mit einem Lächeln auf sie beide hinabsah.

Als Hetty sich leicht bewegte, wurde auch Jules wach. »Morgen, Süße«, murmelte er verschlafen. Sie erwiderte den Gruß mit einem leichten Kuss auf seine Lippen, bevor sie ihren Kopf auf seine Brust bettete. Jules blickte auf die Uhr: »Oh, verflixt, es ist schon halb neun!«

»Was? Das kann nicht sein! Ich schlafe nie so lange.«

Jules quetschte sich unter ihr hervor, stand auf und beugte sich noch mal über sie. »So gerne ich hier mit dir liegen bleiben würde, aber ich habe einen Kunden, der um halb zehn vorbeikommt.«

Hetty zog ihn am Nacken zu sich herunter, um noch ein Küsschen zu ergattern. »Ich muss auch aufstehen. Stella kommt gegen zehn Uhr, und Pippa und ich werden so um elf losfahren.«

Jules' Blick verfinsterte sich. »Es gefällt mir gar nicht, dich noch mal zu deinem Mann fahren zu lassen.«

Zärtlich strich sie über seine Wange. »Ich bin schneller wieder da, als dir lieb ist, glaub mir.« Dann schwang auch sie sich aus dem Bett.

»Brauchst du noch Geld für die Reise? Ich könnte dir was dalassen«, fragte er, als er aus der Dusche zurückkam. Er hatte nur ein Handtuch um seine Hüfte geschlungen und sah ziemlich sexy aus. Hetty musste schlucken und sich wieder auf seine Frage konzentrieren.

»Das ist lieb, aber nicht nötig. Pippa und ich fahren zuerst nach Aberdeen, dort verkaufe ich diesen versnobten Wagen und fahre mit Pippa zurück nach London. So schlage ich zwei Fliegen mit einer Klappe: Ich bin den Jaguar endlich los und habe gleichzeitig auch wieder Bares.« Rasch suchte Hetty sich ihre Kleider zusammen, um ebenfalls unter die Dusche zu springen. Auf dem Weg dahin rief sie ihm noch zu: »Könntest du übermorgen Stella daran erinnern, dass sie mit Max zum Arzt fährt? Der Gips kommt endlich weg. Ich habe ihr den Termin bereits genannt, aber ich weiß noch nicht, wie zuverlässig sie ist. Der Termin ist um elf Uhr.«

»Klar, mache ich, oder noch besser: Ich bringe ihn gleich selber hin. Wer weiß, wie Stella Auto fährt?«, grinste Jules sie frech an.

»Haha, mach dich ruhig lustig über mich. Aber ich kenne sie nun wirklich noch nicht so gut.«

Jules knöpfte sich die Jeans zu und beugte sich zu ihr, um ihr einen Kuss zu geben. »Du bist süß. Aber keine Angst, ich habe ein Auge auf Max, während du weg bist ... und auf Stella natürlich auch.«

Als sie Jules später auf dem Parkplatz verabschiedete, sah er sie besorgt an: »Hör zu, wenn irgendwas ist, rufst du mich an, dann steige ich in den Wagen und fahre sofort zu dir.«

Hetty zog ihn grinsend am Jackenaufschlag zu sich hin: »Darf ich dich auch sonst anrufen?«

»Wenn du so lieb fragst.« Er umschloss ihr Gesicht mit seinen Händen und nahm ihren Mund in Beschlag. Sachte legte er seine Stirn an die ihre: »Komm schnell zurück, ja?«

Sie nickte und war unfähig ein Wort zu sagen, da sie vor ihm nicht heulen wollte, schließlich wäre sie ja nur für ein paar Wochen weg. Er setzte sich in den Wagen und fuhr los, während Hetty ihm hinterherwinkte. So aufgewühlt schaffte sie es nicht, Pippa und Max gegenüberzutreten. Daher schnappte sie sich George und ging mit ihm zuerst eine Runde durch den Garten.

Das war doch einfach verrückt! Wie konnte sie so viel für einen Mann empfinden, den sie erst wenige Wochen kannte?

Nachdem sie Stella kurz eingeführt hatte und sich auch von Max verabschiedet hatte – nicht ohne ihm noch mal einzuschärfen, nett zu Stella zu sein und seine Medikamente auch zu nehmen –, fuhren Pippa und sie los.

In Aberdeen fanden sie tatsächlich einen Gebrauchtwagenhändler, der am Jaguar interessiert war. Länger dauerte es allerdings, ihn auch zu dem Preis zu überreden, den Hetty im Sinn hatte. Oliver hatte ihr oft genug gepredigt, was das Auto wert war und dass sie deshalb vorsichtig damit umgehen musste. Es war schon eine kleine Genugtuung für sie, den Wagen jetzt zu verkaufen. Mit ein paar Tausend Pfund in der Tasche ging die Reise nach London weiter. Sie wechselten sich beim Fahren immer mal wieder ab, so kamen sie flott voran. Trotzdem wollte Hetty noch nicht gleich nach Hause. Sie war zu erschöpft von der Fahrt und wäre für eine Konfrontation mit Oliver nicht gewappnet. Lieber nahm sie das Angebot von Pippa an, noch eine Nacht bei ihr zu schlafen.

»Danke«, sagte Hetty etwas bedrückt. Je näher sie der Stadt kamen, desto mulmiger fühlte sie sich. »Ich glaube, ich werde morgen erst am späteren Vormittag nach Hause gehen, dann ist Oliver bestimmt bei der Arbeit. So habe ich Zeit, meine Sachen zu packen und kann nach der Aussprache gleich verschwinden.«

»Wohin gehst du dann? Du weißt, meine Tür steht für dich immer offen.«

»Das ist lieb, aber ich will unsere Freundschaft auch nicht überstrapazieren. Ich werde für ein paar Tage in das Hotel meiner Eltern ziehen, bis ich alles mit dem Anwalt besprochen habe.«

»Vergiss bloß die Suche nach einem Geisterexperten nicht«,

neckte Pippa sie und konnte ihr Grinsen dabei nicht verstecken. Hetty rollte nur mit den Augen.

»Konntest du Rose schon fragen, wegen des Tagebuchs?« Pippa wandte ihren Blick kurz von der Fahrbahn ab, um Hetty von der Seite anzusehen. »Oder warst du zu beschäftigt damit, den Schreiner zu vernaschen?«

Hettys Wangen röteten sich etwas. »Rose ist nicht aufgetaucht. Aber ich werde sie fragen, sobald ich zurück bin.«

»Ich dachte immer, Geister können auch Telepathie.«

»Pippa, ich glaube, du solltest es besser lassen, dich mit Geistern auseinanderzusetzen«, stöhnte Hetty belustigt auf.

Obwohl es schon sehr spät war, als sie Pippas Wohnung erreichten, rief Hetty von ihrem Handy aus Jules an. Sie wollte wenigstens seine Stimme hören, bevor sie sich auf dem Sofa schlafen legte.

»Bist du noch wach?«, fragte sie, als er sich meldete.

Er klang etwas verschlafen. »Jetzt schon. Ist alles gut gelaufen? Hast du den Jaguar an den Mann gebracht?«

Hetty berichtete ihm vom Verkauf, aber auch von der Reise, bevor sie ihm gestand: »Du fehlst mir.«

»Geht mir genauso. Konntest du schon mit Oliver reden?«

»Nein, ich bin noch bei Pippa und werde hier schlafen. Ich war zu müde von der Reise, um mich schon mit ihm auseinanderzusetzen.«

»Kann ich verstehen. Ist bestimmt nicht leicht für dich. Wenigstens brauchst du dich um Max nicht zu sorgen. Ich war gegen Abend noch mal oben im Schloss. Stella hat ihn pünktlich an seine Medikamente erinnert und ihm auch ein Essen mit Gemüse aufgetischt.«

»Ich bin schon froh, wenn sie nicht innerhalb von vierundzwanzig Stunden alles hinwirft, weil Max sie ständig anschnauzt«, seufzte Hetty. An ihrem Ohr erklang sein tiefklingendes Lachen, das ein angenehmes Kribbeln in ihrem Bauch zurückließ. »Und was hast du heute sonst noch so gemacht?«, fragte sie ihn, weil sie einfach noch nicht auflegen mochte. Er verstand, dass sie sich vor dem kommenden Tag fürchtete und versuchte, sie etwas abzulenken mit einer lustigen Geschichte über eine nervige Kundin, bei der er heute vorbeigehen musste, um einen Küchenschrank einzubauen. Ständig hätte er um sie herumgehen müssen, da sie am Kuchenbacken war, während er den Schrank einbaute.

»Ich frage mich echt, warum sie mich kommen ließ, wenn sie wusste, sie würde die Küche an diesem Nachmittag brauchen!«

»Sie wollte doch nur Eindruck bei dir schinden«, schmunzelte Hetty.

»Na super! Als der Schrank fertig eingebaut war, war sie entrüstet, dass die Oberfläche nicht heller war. Das würde gar nicht zum Rest der Küche passen. Dabei war sie es gewesen, die auf Nussbaumholz bestanden hatte. Sie will es jetzt mit ihrem Mann besprechen, und vielleicht muss ich den Schrank noch mal ausbauen.«

Hetty musste unwillkürlich lachen. »Ich glaube, die Gute war wohl einsam und hatte dich gerne um sich. Pass bloß auf, dass die beim nächsten Mal nicht über dich herfällt.«

»Und wenn doch, wärst du eifersüchtig?«, fragte er herausfordernd.

»Ich würde ihr die Augen auskratzen.« Es entstand eine kurze Pause. »Jules?«

»Hmm?«

»Wie soll ich einschlafen ohne dich?«

»Leg dich mal hin«, sagte er und wartete einen Moment, bis er es rascheln hörte. »Liegst du?«

»Ja.«

»Schließ die Augen. Erinnerst du dich an den Nachmittag an unserem See?«

»Hmm.«

»An den Geruch des Waldes, an das Vogelgezwitscher, das Wasser, das ans Ufer schwappte? Fühlst du das kühle Wasser auf deiner Haut? Du machst ein paar kräftige Züge auf mich zu. Wir schwimmen zusammen weiter ans Ufer und legen uns in das duftende Gras, wo die Sonne uns wieder aufwärmt. Wir liegen nebeneinander, halten uns fest und schauen zu, wie die Wolken im blauen Himmel vorbeiziehen …«, er erzählte weiter und irgendwann hörte er ihr gleichmäßiges Atmen. »Hetty?« Er bekam keine Antwort. »Schlaf gut, meine Süße.« Er legte auf und versuchte, mit denselben Gedanken selbst einzuschlafen. Allerdings erinnerte er sich viel mehr daran, wie sie in seinen Armen gelegen und wie seidig sich ihre Haut angefühlt hatte. An Schlaf war nun nicht mehr zu denken. Seufzend machte er das Licht wieder an und griff zu dem Buch auf dem Nachttisch, um sich wieder etwas auf andere Gedanken zu bringen.

11. Kapitel

Am nächsten Vormittag stieg Hetty aus dem Bus und ging zielstrebig in die Richtung ihres Hauses. Es war bereits drückend heiß und es fühlte sich an, als hätte sich eine Käseglocke über die Stadt gelegt. Sie vermisste die kühle, saubere Luft Schottlands und wünschte sich augenblicklich dahin zurück. Doch erst musste sie ihre Sachen packen und das Gespräch mit Oliver hinter sich bringen. Danach würde sie sich ein Taxi rufen und ins Hotel ihrer Eltern fahren. Pippa hatte ihr zwar angeboten, weiterhin bei ihr wohnen zu bleiben, aber ihr Rücken war Nächte auf dem Sofa nicht mehr gewohnt.

Sie ließ sich mit ihrem Schlüssel ins Haus hinein, wo ihr gleich ein abgestandener Geruch entgegenkam. Angewidert eilte sie zu den Fenstern und riss alle weit auf, auch wenn das bei dem heutigen heißen Tag nicht gerade viel brachte. Ihr Blick wanderte durchs Wohnzimmer und nahm mit Bedauern wahr, dass die Zimmerpflanzen nicht gegossen worden waren und nun ein jämmerliches Bild boten. Das Einzige, was neben ihr selbst in diesem Raum noch zu leben schien, war die alte Uhr von Olivers Eltern, die stetig vor sich hin tickte und deren Zeiger auf Viertel nach elf standen. Hetty legte ihre Handtasche auf den Tisch, bevor sie ihren Kopf durch die Küchentür steckte. Das Geschirr stapelte sich auf der Spüle, und ein widerlicher Gestank herrschte in dem

Raum. Hetty rümpfte die Nase. Aber sie war jetzt nicht hier, um zu putzen, rief sie sich selbst zur Ordnung, denn ihr Drang, hier erst einmal sauber zu machen, war schier übermächtig. Stattdessen ging sie nach oben, wo sie zuerst zwei Koffer vom Dachboden holte. Dann begann sie im Schlafzimmer ihre Kleider zu packen. Der faule Kerl hatte natürlich auch das Bett nicht gemacht, und vermutlich sah es im Bad ähnlich übel aus wie in der Küche. Wie konnte man nur so leben?! Irgendwann musste doch wohl der Ekel die Faulheit besiegen? Sie packte nur die Dinge ein, die sie unbedingt mit nach Schottland nehmen wollte. Dennoch waren die beiden Koffer am Ende prall gefüllt und sie musste sich draufsetzen, um den Reißverschluss noch schließen zu können.

Ihre Papiere würde sie auch noch benötigen, kam ihr plötzlich in den Sinn. Und ein Fotoalbum aus der Zeit, als Becky noch klein war, wollte sie als Erinnerung ebenfalls mitnehmen. Beide Sachen befanden sich im Büro. Im Vergleich zu den anderen Räumen sah es hier drin etwas ordentlicher aus. Auf dem Schreitisch lagen lediglich ein paar Papiere herum, die sie zunächst unbeachtet ließ. Sie öffnete die Schublade, in der sich ihr Pass befand, und nahm ihn und ihre Geburtsurkunde an sich. Danach griff sie zu einem der Fotoalben hinter sich auf dem Regal, legte es auf den Schreibtisch und begann darin zu blättern. Sie musste schmunzeln, als ihr eine süße kleine Becky mit großer Zahnlücke entgegengrinste. Damals musste sie vier Jahre alt gewesen sein. Zärtlich strich Hetty mit der Fingerkuppe über das Foto. schließlich blätterte sie weiter. Es folgten Fotos vom ersten Tag im Kindergarten, von den Ferien in Frankreich, von Weihnachten bei ihren Eltern. Aber außer einem einzigen Foto, das zu Hause bei ihren Eltern gemacht worden war, war Hetty auf keinem Bild zu sehen. Warum war ihr das eigentlich früher nie aufgefallen? Natürlich musste ja auch irgendwer die Fotos machen, sagte sie sich. Es wäre aber schon schön gewesen, wenn es wenigstens eines zusammen mit ihrer Tochter gegeben hätte.

Nachdenklich ließ Hetty ihren Blick über den Schreibtisch gleiten, bis er auf einem seltsam fremd wirkenden Briefkopf hängen blieb. Das Firmenlogo stammte von einer Immobilienfirma mit Sitz auf den Cayman Islands. Sie zog das Schreiben hervor und las es. Adressiert war es an ihren Mann, aber sie verstand nicht, was er mit einer Zehnzimmervilla zu tun hatte, bei der die Hausverwaltung gewechselt hatte. Verwirrt legte Hetty den Brief zur Seite und klappte auch das Fotoalbum zu. Erst jetzt bemerkte sie die Kontoauszüge, die Oliver auf einen Stapel bereitgelegt hatte, vermutlich um sie später abzulegen. Sie stammten von verschiedenen fremdländischen Banken, unter anderem mit Sitz in Luxemburg, den Caymans und der Schweiz. Alle liefen auf Olivers Namen und die Summen auf den Konten waren schwindelerregend hoch.

Wie kam Oliver dazu? Hatte das etwas mit seinem Job zu tun? Und warum wusste sie davon nichts? Siedend heiß kam ihr der Bericht in den Sinn, der neulich in den Nachrichten ausgestrahlt worden war. War er am Ende doch in diese schmutzigen Geschäfte verwickelt? Die Rede war doch von dubiosen Geldgeschäften für die russische Mafia gewesen. Was sollte sie nun tun? Die Polizei anrufen? Und was, wenn sie ihn völlig zu Unrecht verdächtigte? Ihre Situation mit der Trennung war schon schlimm genug.

Mit klopfendem Herzen ging sie zurück ins Wohnzimmer und holte ihre Handtasche nach oben ins Büro. Mit dem Handy fotografierte sie einige der Belege. Sie würde sie im Hotel ihrem Vater zeigen und ihn fragen, was er tun würde. Einen der Belege steckte sie auch gleich noch ein. Traute sie ihrem Mann wirklich solche schmutzigen Geschäfte zu? Und wenn er darin involviert war, wie lange ging das schon so? Was würde passieren, wenn er angeklagt würde? Wäre sie als seine Ehefrau mitschuldig, obwohl sie davon nichts gewusst hatte? Wie sollte sie beweisen, dass sie damit nichts zu tun hatte?

Tausend Fragen rauschten ihr durch den Kopf. Dann rief sie sich wieder in Erinnerung, wie korrekt Oliver sich stets gab. Die Vorstellung, er könnte etwas mit illegalen Geschäften zu tun haben, war schier unmöglich. Bestimmt gab es eine ganz einfache andere logische Erklärung für diese Papiere. Beinahe musste sie über ihre eigenen Gedanken lachen: Oliver und die Mafia! Das war absurd. Trotzdem musste sie so rasch wie möglich mit einem Anwalt reden. Doch vorerst würde sie auf Oliver warten und ihm klar und deutlich ihre Kündigung als Ehefrau mitteilen. Denn rückblickend war es eigentlich nichts anderes gewesen als eine Art Anstellung. Aber das Scheitern ihrer Ehe war nicht nur Olivers Schuld, musste sich Hetty eingestehen. Sie hatte ihn wirklich aus den falschen Gründen geheiratet, dessen war sie sich nun sicher. Zur damaligen Zeit war das eben noch so: Wenn ein Kind unterwegs war, wurde geheiratet, damit Frau und Kind versorgt waren.

Sie hatte die kleine Stimme in ihrem Innern zum Schweigen gebracht, die ihr zuflüsterte, dass sie doch als Mädchen von etwas ganz anderem geträumt hatte. Hetty schmunzelte. Sie hatte von einer Liebe geträumt, die allumfassend war. Sie hatte sich einen Mann gewünscht, der sie auch ohne Worte verstand und ein richtiger Kerl war. Kein Bürohengst, aber auch kein Superheld ... Indiana Jones hätte ihr gereicht. Doch diesen Mann hatte sie damals nicht gefunden und sie hatte den Stimmen geglaubt, die ihr gesagt hatten, solche Männer gäbe es nur in Büchern und Filmen, nicht aber im wahren Leben. Heute wusste sie es besser, es gab sie und sie hatte einen davon gefunden, auch wenn es etwas länger gedauert hatte.

Sie nahm das Fotoalbum und ihre Handtasche und trug beides

ins Wohnzimmer, auch die Koffer schleppte sie schon mal nach unten. Nach dem Gespräch wollte sie so schnell wie möglich aus diesem Haus verschwinden. Ja, es war nur noch ein Haus, nicht mehr ihr Zuhause. Die Uhr zeigte ihr, dass es immer noch ein paar Stunden totzuschlagen galt. Daher nahm sie sich nun doch die Küche vor. Beim Putzen könnte sie sich wenigstens zurechtlegen, was sie Oliver sagen wollte.

Sie war gerade dabei, auch noch das Klo neben dem Schlafzimmer zu putzen, als sie unten die Haustür hörte. Nun war also der Moment des Unausweichlichen gekommen. Auch wenn sie ganz genau wusste, was sie ihm sagen wollte, machte sie die Situation nervös. Was würde geschehen, wenn er wieder austickte, wie damals, als sie eine Beule in den Jaguar gefahren hatte? Es blieb keine Zeit, sich weitere Gedanken darüber zu machen, denn sie hörte ihn bereits rufen.

»Henrietta? Du bist zurück?« Er klang etwas ungläubig und sie hörte, wie er die Treppe hochgelaufen kam. Hetty zog die Gummihandschuhe aus und trat aus dem Bad. Was hatte sie bloß jemals an diesem Mann anziehend gefunden, fragte sie sich, als sie ihn anschaute. Oliver wollte sie an sich ziehen und ihr einen Kuss geben, doch Hetty drehte den Kopf rasch zur Seite.

»Immer noch sauer, weil ich dir den Geldhahn zugedreht habe?«, fragte Oliver und tat so, als wäre das Ganze ein riesiger Spaß gewesen.

»Du hattest kein Recht dazu«, wies ihn Hetty zurecht. »Weißt du, wie peinlich das war, als ich im Laden mit all den Einkäufen an der Kasse stand und noch nicht mal mein Essen bezahlen konnte?«

Olivers Augen verengten sich. »Du bist selber schuld, ich hatte dich gewarnt. Falls du es vergessen haben solltest: Ich bin hier der Geldverdiener der Familie und ich hatte jedes Recht dazu, die

Konten zu sperren. Sonst wärst du ja nicht zurückgekommen. Du warst so erpicht darauf, dein Helfersyndrom in Schottland auszuleben, während du hier deine Pflichten vernachlässigt hast!«

»Weißt du, Oliver, es ist mir völlig egal, wie du das siehst. Ich bin nur gekommen, um meine Sachen zu holen und um dir mitzuteilen, dass ich die Scheidung einreichen werde.«

Oliver lachte laut heraus. »Du willst die Scheidung?! Du? Von was willst du überhaupt leben, wenn dich niemand mehr finanziert? Du hast ja noch nicht mal eine Ausbildung! Wer sollte schon jemanden wie dich einstellen?!«

Damit sprach er all die Befürchtungen aus, die sie selbst hatte. »Das muss nicht deine Sorge sein«, gab sie selbstbewusster zur Antwort, als sie sich fühlte. »Selbst wenn ich als Bettlerin auf der Straße ende ... mit jemandem, der mich nicht liebt und mich so behandelt, wie du es tust, will ich nicht länger verheiratet sein.«

»Liebe? Du redest von Liebe? Was ist denn das für eine Liebe, wenn man seinen Mann und seine Tochter zurücklässt und einfach nach Schottland abrauscht und da mit einem anderen Kerl herumknutscht?« Als er ihren erstaunten Blick sah, fuhr er fort: »Ja, Becky hat es mir gesagt. Sie hat gemeint, ich müsse um dich kämpfen, damit dieses Landei keine Chance bei dir hätte. Aber ich muss nicht kämpfen, Henrietta, oh nein ... denn ich werde dich ganz einfach nicht ziehen lassen.« Oliver klang gönnerhaft und sehr von sich selbst überzeugt.

»Dann werde ich mir einen Anwalt nehmen«, gab sie ungerührt zur Antwort. Olivers Gesicht lief vor Zorn rot an. »Und mit was willst du den bezahlen? Etwa auch mit Sex? Da muss ich dich enttäuschen, Henrietta, so gut bist du nicht. Für einen Bauerntölpel mag es reichen ...«

»Du bist so widerlich!« Kühn fuhr sie fort: »Wenn du dich weigerst, die Scheidungspapiere zu unterzeichnen, werde ich der Polizei wohl von deiner Villa auf den Cayman Islands erzählen müssen. Nach dem, was ich in den Nachrichten gehört habe, dürfte die das bestimmt brennend interessieren.« In dem Moment, als ihr die Drohung entwischt war, erkannte sie ihren Fehler.

Oliver hielt nur einen kurzen Augenblick inne, dann packte er sie am Arm und schleuderte sie mit einer solchen Wucht gegen die Wand, dass ihr einen Moment die Luft wegblieb. Grob presste er sie mit seinem Gewicht gegen die kühle Mauer und zischte: »Hast du mir etwa nachspioniert? Das wird dir aber nichts helfen, Henrietta, denn niemand wird dir glauben.«

Nur für einen Sekundenbruchteil wanderten Hettys Augen die Treppe hinunter, wo ihre Handtasche auf einem der Koffer im Flur lag. Doch Oliver hatte ihren Blick bereits bemerkt, sie war einfach nicht gut in solchen Dingen. »Hast du etwa irgendwas mitgehen lassen?«, fragte er gefährlich leise.

Erneut riss er sie so brutal am Arm herum, dass ihr ein Schmerzenslaut entwich. Noch bevor sie sich auffangen konnte, stolperte sie die Treppe hinunter. Glücklicherweise war die Treppe mit Teppich ausgelegt, doch trotzdem schlug sie mehrmals hart auf. Ihr war speiübel, alles drehte sich und das Blut rauschte heftig in ihren Ohren. Oliver polterte die Treppe ebenfalls hinunter, kümmerte sich aber nicht um sie, sondern griff nach ihrer Handtasche. Daraus zog er den Kontobeleg, den sie zuvor eingesteckt hatte.

»Du bist echt eine schlechte Miss Marple, Henrietta«, höhnte er, ließ den Beleg fallen und trat wieder vor sie hin. »Hast du dir wehgetan?«, fragte er zuckersüß, und Hetty wusste, dass es jetzt um mehr ging als nur um ihre Ehe. Er beugte sich zu ihr hinunter und verpasste ihr eine so heftige Ohrfeige, dass ihr Kopf zurück an die Wand schlug. Sie spürte den eisernen Geschmack von Blut in ihrem Mund. Erneut holte er aus. Hetty versuchte, sich ganz klein zu machen und die zitternden Hände schützend vor ihr Gesicht zu halten. Sie war völlig überrumpelt von seiner Brutalität. Nie zuvor hatte sie ihn so erlebt.

»Du bist so eine hinterhältige, dreckige Schlampe, Henrietta! Glaubst du wirklich ernsthaft, dich braucht noch irgendwer?« Wieder beugte er sich zu ihr hinunter, was Hetty, die bereits den nächsten Schlag erwartete, wimmernd zusammenzucken ließ. »Du miese kleine Ehebrecherin glaubst, dir alles erlauben zu können! Aber ich zeig' dir jetzt, wer das Sagen hat«, zischte er drohend in ihr Ohr. Er nestelte an seinem Gurt herum, bevor er ihn energisch aus seiner Hose zog, doch das bekam Hetty in ihrer Panik gar nicht mit. Der Schmerz traf sie daher fast unerwartet, als die Gürtelschnalle auf sie niederpreschte. Hetty schrie auf und versuchte vergebens, dem immer wieder auf sie niedersausenden Gürtel auszuweichen. Wie ein Embryo kauerte sie sich zusammen und betete, die Nachbarn würden sie hören.

»Halt das Maul, Dreckstück!«, rief er und riss sie so herum, dass sie ihre schützende Haltung verlor. Mit einer Hand drückte er ihr Mund und Nase zu, mit der anderen riss er ihr das T-Shirt vom Leib. Hetty versuchte schon gar nicht mehr sich zu wehren, denn sie wusste, ihre Kraft würde nicht ausreichen. Auch ihr BH gab rasch nach, als er ihn einfach wegriss. Endlich gab seine Hand ihren Mund frei, und sie konnte nach Luft japsen. Sie wimmerte leise, als er ihre Brust mit der Hand quetschte, während er an seiner Hose nestelte.

»Nicht, Oliver«, flehte sie ihn an, kaum fähig einen vernünftigen Gedanken zu fassen. Wie hatte Oliver sich nur all die Jahre über so verstellen können? Nie hätte sie es für möglich gehalten, dass eine solche Gewaltbereitschaft in ihm steckte. Sie verstand überhaupt nichts mehr.

»Wieso denn nicht? Du hast doch für diesen Schotten die

Beine auch breit gemacht. Willst du wirklich vor deinen Schöpfer treten, ohne dass dein rechtmäßiger Ehemann dich noch mal gefickt hat? Was würde der denn von dir denken?« Mit Vergnügen sah er das Entsetzen in ihren Augen. »Ja, Henrietta, du hast allen Grund dich zu fürchten.«

Nein, schoss es Hetty durch den Kopf, so wollte sie nicht sterben! So nicht! Sie versuchte ein letztes Mal, alle Kraft, die ihn ihr steckte, zu mobilisieren, und sich gegen den Mann zu wehren, mit dem sie so lange ein vermeintlich normales Eheleben geführt hatte. Doch gegen sein Gewicht kam sie nicht an. Er lag auf ihr und drückte sie mit seinem ganzen Körpergewicht zu Boden. Seine Hand wanderte unter ihren Rock und riss ihr brutal das Höschen vom Leib. Sie kratzte und schlug nach ihm, während sein Mund über ihre Brust fuhr und zubiss. Sie schrie vor Schmerz auf, doch nur kurz, denn Oliver drückte ihr bereits mit beiden Händen die Kehle zu. Verzweifelt versuchte sie, seine Hände von ihrem Hals zu lösen. Ihre Lungen brannten wie Feuer, während ihre Augen drohten aus dem Kopf zu platzen. Oliver verschwamm vor ihren Augen und sie fühlte dankbar, wie die Dunkelheit sie mit ihren gnädigen Armen umfing.

»Dir scheint ja mächtig langweilig zu sein ohne die Hetty«, grinste Max seinen Freund über das Schachbrett hinweg an. »Gestern warst du ja auch schon da.«

Jules grinste gut gelaunt. »Ich bin nur hier, damit du nicht über die Stränge schlägst. Du hast morgen einen Arzttermin und wenn deine Werte wieder im Keller sind, schicken sie dich doch noch ins Krankenhaus, alter Mann.«

Max lächelte. Er liebte es, mit Jules auf ein Spielchen zusammenzusitzen, auch wenn er längst nicht so gut spielte wie Rose. Hin und wieder ließ ihn Max gewinnen, damit er den Spaß nicht verlor. Früher hatten sie dazu ein Gläschen Rotwein getrunken oder einen Whisky, aber heute musste er beim Tee bleiben. Verflixter Zucker!

»Wie läuft's mit Stella?«, fragte Jules und schaute zu, wie Max ihm seine Dame klaute.

»Es geht. Sie redet nicht viel, ich rede nicht viel, das passt.«

Jules lachte. »Nicht dass du dich noch in sie verguckst, du alter Schwerenöter.«

Max verdrehte die Augen. »Hast du ihren Hintern gesehen? Der könnte einem Pferd glatt Konkurrenz machen. Nein, nein, in meinem Alter sucht man sich keine Schwierigkeiten mehr. Hast du was von Hetty gehört? Hat sie mit diesem Nichtsnutz schon geredet?«

In Gedanken bei seiner Liebsten, setzte Jules den Turm so ungeschickt, dass Max ihn beim nächsten Zug ebenfalls vom Feld räumen konnte. »Wir haben gestern telefoniert. Sie und ihre Freundin sind gut in London angekommen.« Er blickte kurz auf die Uhr. »Eigentlich müsste sie jetzt demnächst bald mal anrufen. Sie hat gemeint, wenn sie es hinter sich hätte, würde sie sich melden.«

»Angst, er könnte sie dazu überreden, bei ihm zu bleiben?«

Jules überlegte einen Moment. »Sie war immerhin eine ganze Ewigkeit mit ihm zusammen ... aber wenn sie wirklich bei ihm bleibt, dann verstehe ich sie nicht. Der Typ hat sie wirklich nicht verdient, so wie der sie behandelt!«

»Dich hat's ganz schön erwischt, was? Ach, und Schach matt übrigens.«

»Mist! Du hast mich ganz bewusst abgelenkt, du alter Fuchs.«

Max lächelte wissend. »Und? Liebst du sie nun oder nicht?«

Jules seufzte: »Ja. Ich hätte echt nicht gedacht, noch eine Frau kennenzulernen, mit der ich zusammen alt werden möchte. Und dann steht sie auf einmal vor mir«, lachte er und verbesserte sich, »besser gesagt, hing ihr Hintern zum Fenster raus. Ich hatte keine Ahnung, wie schnell man sein Herz verlieren kann.«

»Noch ein Spielchen?«, fragte Max, doch Jules stand bereits von seinem Stuhl auf.

»Nein, ich sollte langsam nach Hause. Ich hole dich morgen ab, damit du den Gips endlich loswirst.«

Oliver war so beschäftigt mit Henrietta, dass er nicht mitbekam, wie sich die Haustür geöffnet hatte. In ihm rauschte das Adrenalin und er hörte nur noch Hettys verzweifeltes Japsen nach Luft. Überrascht riss er daher die Augen auf, als ihn plötzlich ein harter Gegenstand am Kopf traf und er über Hetty zusammenbrach.

»Mum!«, schluchzte Becky hysterisch und ließ den schweren Kerzenständer in ihrer Hand auf den Boden fallen. »Mum!«

Sie war vom Campus nach Hause gefahren, nachdem sie ihrem Dad von dem Typen erzählt hatte, der in Schottland um ihre Mutter herumgeschlichen war. Sie hatte ein ungutes Gefühl gehabt und wollte noch mal mit ihm reden. Sie wollte ihm ein paar Tipps geben, wie er ihre Mutter wieder für sich gewinnen konnte. Geschockt über die Szene, die sich ihr bot, als sie durch die Tür getreten war, wurde ihr klar, dass keine Zeit zum Reden mehr blieb. Hier ging es um Leben und Tod. Instinktiv hatte sie zu dem großen Kerzenständer auf dem Sideboard gegriffen und ihn über den Kopf ihres Vaters niedersausen lassen. Auch wenn sie nicht mit ganzer Kraft zugeschlagen hatte, hatte es gereicht, um ihn außer Gefecht zu setzen.

Hetty keuchte und hustete, jeder Atemzug tat höllisch weh, war aber trotzdem eine Erlösung. Erst jetzt sah sie, wer ihr zur Hilfe gekommen war.

»Becky ... oh mein Gott!«, schluchzte sie heiser und brachte kein weiteres Wort hervor. Zusammen schafften sie es, Oliver zur Seite zu schieben, sodass Hetty unter ihm hervorkriechen konnte. Becky reichte ihr eine Strickjacke von der Garderobe, damit sie sich bedecken konnte. Dann prüfte sie den Puls ihres Vaters. Er lebte noch, Gott sei Dank.

»Kannst du aufstehen, Mum? Wir müssen hier weg. Ich weiß nicht, wie lange er bewusstlos ist.« Hetty versuchte aufzustehen, schaffte es aber nur mithilfe ihrer Tochter. Die suchte bereits mit den Augen das Sideboard nach den Wagenschlüsseln ab, die ihr Vater immer darauf warf, wenn er nach Hause kam. Sein schwarzer Porsche stand in der Einfahrt, den würden sie benutzen müssen. Mit Tränen in den Augen biss Hetty die Zähne zusammen und versuchte, so aufrecht wie möglich zu gehen. Jede Faser an ihrem Leib schmerzte.

»Becky, meine Handtasche ... ich brauche ... wichtig«, krächzte sie, am ganzen Körper zitternd. Wacker stützte sie sich am Türrahmen ab, während Becky die Handtasche neben dem Koffer vom Boden auflas. »Ich fürchte ... ich kann ... nicht fahren, Becky«, krächzte Hetty weiter, als Becky zurückkam.

»Setz dich auf den Beifahrersitz«, ordnete Becky an, die sich längst nicht so sicher fühlte, wie sie sich gab.

»Du ... hast keinen Führerschein.«

»Und wenn du nicht augenblicklich in den Wagen steigst, habe ich keine Mutter mehr. Ich weiß nicht, wie lange es dauert, bis Dad aufwacht. Und was er dann mit dir macht, will ich nicht mit ansehen müssen. Los, steig ein!«

Während sie den Zündschlüssel ins Schloss steckte, sah sie kurz zu ihrer Mutter hinüber, die blutüberströmt auf dem schwarzen Ledersitz saß und versuchte, regelmäßig zu atmen.

»Wir schaffen das schon, Mum. Ich hatte schon einige Fahrstunden und ein Freund hat mich ein paar Mal mit seinem Wagen fahren lassen.«

Hetty nickte schwach und versuchte wach zu bleiben, obwohl sie am liebsten die Augen geschlossen und sich ihrer Erschöpfung hingegeben hätte. »Es tut mir so leid«, flüsterte sie immer wieder leise vor sich hin.

Becky hatte alle Mühe, sich auf den Verkehr zu konzentrieren. Es war nicht weit zum Saint Mary's Hospital, aber für eine ungeübte Lenkerin mitten im Londoner Abendverkehr war dies doch mehr als nur eine Herausforderung. Ihre Tante Lucy arbeitete dort als Kinderärztin, und sie betete, Lucy möge im Dienst sein. Sie würde dafür sorgen, dass ihre Mum anständig versorgt würde und sie wüsste bestimmt auch, was sie in Bezug auf ihren Vater tun müssten. Tapfer kämpfte Becky gegen ihre Tränen. Warum hatte das passieren müssen? Wieder warf sie einen Blick zu ihrer Mutter, deren Kopf nun an der Scheibe lehnte und dort bestimmt einen blutigen Fleck hinterlassen würde.

»Halte durch, Mum. Wir sind gleich da.«

Gerade eben konnte sie noch einem Fußgänger ausweichen, der ihr hinterherschimpfte. Ein anderer Wagen hupte, weil sie ihm die Vorfahrt genommen hatte, aber das war Becky egal. Sie musste es einfach schaffen, das Krankenhaus zu erreichen. Und das tat sie wenige Minuten später auch. Mit quietschenden Reifen hielt sie vor der Notaufnahme hinter einem Rettungswagen und sprang aus dem Porsche. Sie ließ ihre Mutter im Wagen zurück und rannte durch den Eingang.

»Hilfe! Meine Mum braucht Hilfe!« Sofort kam ein Pfleger zu ihr und ging mit ihr nach draußen.

»Heilige Scheiße«, flüsterte der leise, als er die Wagentür geöffnet hatte. »Kleine, bleib bei ihr. Ich hole einen Rollwagen und noch einen Helfer.« Damit verschwand er wieder im Inneren des Krankenhauses.

Becky blieb allein mit ihrer Mum zurück, die erschöpft die Augen geschlossen hielt und weiterhin versuchte, gleichmäßig zu atmen. »Hast du gehört, Mum? Er holt gleich Hilfe. Halt noch ein bisschen durch.«

»Ist nicht so schlimm … Becky. Mach dir keine Sorgen«, flüsterte Hetty mit geschlossenen Augenlidern. Becky hätte ihr am liebsten die Hand gehalten, wusste aber nicht, ob sie ihr damit nicht noch mehr Schmerzen bereitete. So stand sie hilflos neben ihr und wartete endlos lange Minuten, bis der Pfleger wie versprochen mit Unterstützung zurückkehrte. Während ihre Mutter nun in einen Untersuchungsraum gebracht wurde, gab Becky am Empfang ihre Personalien an und fragte nach, ob ihre Tante Lucy Dienst hätte. Die freundliche Dame am Empfang rief auf Lucys Abteilung an und erkundigte sich nach ihr. Kurz darauf trat Lucy mit einem Lächeln im Gesicht aus dem Lift. Man hatte ihr nicht gesagt, um was es ging, sondern sie gebeten, nach unten zu gehen, weil ihre Nichte da auf sie wartete.

»Becky? Schön dich zu sehen. Gott, du siehst schrecklich aus! Was ist mit dir? Fühlst du dich nicht gut? Komm, setz dich.« Sie wollte Becky zu der Sitzreihe im Warteraum führen, doch Becky brach gleich in Tränen aus und klammerte sich hilfesuchend an ihre Tante.

»Da draußen steht noch ein Porsche, der weggefahren werden müsste«, rief einer der Pfleger. »Wem gehört der Wagen?« Becky nestelte in ihrer Hosentasche und klaubte unter Lucys ungläubigem Blick den Schlüssel hervor.

»Du hast doch gar keinen Führerschein, Mädchen.« Sie griff nach dem Schlüssel und warf ihn dem Pfleger zu. »Fahr ihn bitte weg und gib Ellen anschließend den Schlüssel. Ich hole ihn später bei ihr ab.« Dann führte sie Becky in einen der Untersuchungsräume, um etwas ungestörter zu sein. Sanft drückte sie sie auf einen Stuhl und setzte sich ihr gegenüber. »Und nun erzähl. Was ist passiert?«

Immer wieder von Schluchzern unterbrochen, berichtete sie ihrer Tante, was geschehen war. Fassungslos hörte Lucy zu. Sie hatte Oliver immer für einen Langweiler gehalten. Nie im Leben hätte sie geahnt, dass eine Gefahr von ihm ausgehen könnte. Als Becky geendet hatte, stand Lucy auf und zog ihre Nichte tröstend in ihre Arme.

»Du warst so mutig, Becky! Deine Mutter verdankt dir ihr Leben. Aber jetzt übernehme ich, du hast schon genug getan. Ich werde jetzt als Erstes die Polizei informieren – doch, das muss ich. Auch wenn es dein Vater ist«, wehrte sie Beckys Versuch ab, ihren Vater zu schützen.

»Vielleicht wollte er ihr doch gar nicht wehtun. Er war doch nur wütend, weil sie ihn mit einem anderen Typen betrogen hatte«, warf Becky trotzig ein.

»Becky, ganz egal, was er wollte oder was deine Mum getan hat. Wenn deine Mutter hier im Krankenhaus ist und es so schlimm ist, wie du mir gerade erzählt hast, muss er dafür zur Rechenschaft gezogen werden. Aber ich schicke die Polizei auch deswegen bei euch vorbei, damit die nachsehen können, ob dein Vater okay ist. Vielleicht ist er schwerer verletzt, als du vermutest. So, und jetzt suchen wir für dich ein Zimmer, wo du dich etwas ausruhen kannst. Ich werde dir noch ein Beruhigungsmittel geben, damit du etwas zur Ruhe kommst. Du stehst noch immer unter Schock.«

»Schaust du auch, wie's Mum geht und gibst mir Bescheid?«

»Natürlich.«

Nachdem ihre Nichte versorgt war, hatte Lucy die Polizei informiert, die nun unterwegs zu dem Haus war. Dann endlich konnte sie nach ihrer Schwester sehen. Ihre Wut und ihr Hass auf ihren Schwager wuchsen ins Unermessliche, als sie Hetty auf der Untersuchungspritsche liegen sah. Mit Tränen in den Augen strich sie ihr sanft übers Haar.

»Die Polizei ist unterwegs zu euch nach Hause. Oliver wird dafür büßen müssen, das verspreche ich dir«, flüsterte sie Hetty leise zu. Die Würgemale an Hettys Hals zeichneten sich rotbläulich von ihrer blassen Haut ab und verdeutlichten Lucy noch einmal, wie knapp es gewesen sein musste. Hetty öffnete flatternd die Augen.

»Lucy … ist Becky okay?«

»Ja, Liebes. Ich habe sie versorgt, sie ruht sich jetzt aus.«

Die Tränen liefen Hetty über das geschundene Gesicht. »Ich habe das nicht gewollt. Sie hätte so was nicht sehen dürfen. Er hat versucht … mich zu vergewaltigen und zu erwürgen … als sie dazwischengegangen ist.«

»Beides hat er nicht geschafft, oder, Hetty?« Lucy fragte dies einerseits, um ihrer Schwester zu zeigen, dass sie stark war und noch lebte, aber auch, um herauszufinden, ob dieser Dreckskerl sie tatsächlich auch noch vergewaltigt hatte. Gott sei Dank bejahte Hetty aber ihre Frage.

»Ich muss sie gleich zum Röntgen bringen«, erklärte der Pfleger.

Lucy trat zur Seite, damit er die Liege aus dem Raum schieben konnte. Sie wollte gleich hinterhergehen, als sie ein Gackern hörte. Wer hatte denn hier ein Huhn reingelassen, dachte sie im ersten Moment, bis sie Hettys Tasche auf einem Stuhl liegen sah. Das Geräusch schien von da zu kommen. Sie schmunzelte, bestimmt war das wieder einer der verrückten Klingeltöne, die Becky für ihre Mutter ausgesucht hatte. Sie öffnete die Tasche und griff nach dem Handy.

»Hallo?«, meldete sie sich.

»Hallo«, klang eine männliche Stimme am anderen Ende. »Wer spricht denn da? Habe ich mich verwählt?«

»Kommt drauf an, wen Sie suchen.«

»Hetty Collins.«

»Ich bin ihre Schwester, Lucy. Darf ich fragen, was Sie von ihr wollen?« Doch dann dämmerte es ihr plötzlich. »Sind sie etwa dieser Typ aus Schottland, von dem mir Becky erzählt hat? Der, der mit ihrer Mutter rumgemacht hat?«

Jules lachte etwas verlegen. »Scheint, als wäre ich genau der. Jules Webster. Wo ist Hetty?«, fragte er leicht beunruhigt.

Lucy holte tief Luft und war dankbar um ihre Erfahrung als Ärztin. Sie wusste, wie man mit Angehörigen umging, wenn schwierige Informationen weiterzugeben waren. Doch dieses Mal ging es um ihre Schwester. »Hetty ist im Krankenhaus. Im Saint Mary's.«

»Was!?«, rief er erschrocken.

»Es geht ihr den Umständen entsprechend gut, sie wird gerade versorgt und es besteht keine Lebensgefahr.« Nicht mehr, dachte sie im Stillen bei sich, wollte den Mann aber nicht noch mehr erschrecken. »Wenn Sie also herfahren möchten, dann tun Sie das, aber bitte nicht wie ein Irrer.«

»Was ist denn passiert? Hat dieser Kerl ihr etwas angetan?«, fragte Jules geradeheraus.

»Mr Webster, ich erzähle Ihnen mehr, wenn Sie hier sind. Vielleicht kann Hetty das bis dahin bereits selbst tun. Fahren Sie langsam und mit Bedacht, verstanden?«

12. Kapitel

Direkt nachdem Jules aufgelegt hatte, rannte er auch schon mit den Wagenschlüsseln zu seinem Land Rover und preschte los. Alle Warnungen von Lucy in den Wind geschossen, raste er die ersten Meilen die Straße entlang. Glücklicherweise war es schon spät in der Nacht, und es war kaum noch jemand unterwegs. Er war beunruhigt gewesen, als sie ihn nicht angerufen hatte, und hatte schließlich selbst ihre Nummer gewählt. Damit war er das Risiko eingegangen, sie in der Diskussion mit Oliver zu stören, aber er hatte einfach ein ungutes Gefühl gehabt.

Er schlug mit der Hand aufs Lenkrad. Wenn dieser Kerl ihr etwas angetan hatte! Warum hatte diese Lucy ihm nicht mehr gesagt, verdammt noch mal! Die Angst umklammerte sein Herz. Du musst dich beruhigen, sagte er sich gleichzeitig, es bringt nichts, wenn du auf dem Weg zu ihr noch einen Unfall baust. Lucy hat schließlich gesagt, man kümmere sich um sie und dass sie lebt. Er fuhr in die nächste Ausbuchtung, stieg aus und versuchte, einen Moment lang ruhig durchzuatmen und wieder zur Besinnung zu kommen. Erneut tippte er Hettys Nummer auf seinem Handy ein. Es musste doch möglich sein, mehr zu erfahren von Hettys Schwester. Doch es meldete sich nur noch die Mailbox. Es blieb ihm nichts anderes übrig, als wieder in den Wagen zu steigen und weiterzufahren, aber dieses Mal etwas gemäßigter. Unterwegs musste er ein Mal anhalten, um zu tanken, dabei nahm er sich einen Kaffee mit, ansonsten legte er keine Pause ein. Im ersten Licht des Tages bretterte er weiter über die Autobahn Richtung London. Kurz vor der Stadt fuhr er an eine Raststätte, um in das Navigationsgerät das Saint Mary's einzugeben, denn er kannte sich in London eher schlecht als recht aus. Es war kurz nach neun Uhr morgens, als er endlich auf dem Parkplatz des Krankenhauses zum Stehen kam.

Am Empfang gab man ihm Hettys Zimmernummer. Er rannte zum Lift, wählte das entsprechende Stockwerk und lief, oben angekommen, den Korridor entlang, bis er vor ihrer Zimmertür stand. Sie war nur angelehnt, er zog sie weiter auf und sah, wie ein paar Ärzte um ein Bett standen. Die Person, die darin lag, kannte er auf den ersten Blick nicht. Doch dann sah er das rotblond gelockte Haar. Hetty! Es war Hetty. Ihr Gesicht war geschwollen, die Lippen aufgeplatzt, und über dem linken Auge war eine Wunde mit Tape versorgt worden. Er kämpfte gegen die Tränen, wich von der Tür zurück und lehnte sich gegen die Wand. Die Hände vors Gesicht gelegt, versuchte er, den Kloß in seiner Kehle herunterzuschlucken und sich zusammenzureißen. Jules hörte, wie Schritte näher kamen.

»Du wagst es, hier aufzutauchen?!«, rief Becky wutentbrannt und stürmte bereits auf ihn zu. Sie schlug mit den Händen auf ihn ein: »Du ... du bist schuld!« Sie sprach das aus, was im ersten Moment auch in ihm vorging, daher wehrte er sich nicht sofort gegen ihre Schläge.

»Becky«, sagte eine sanfte Frauenstimme und versuchte, sie von ihm wegzuziehen. Doch Becky ließ nicht von ihm ab, schlug und heulte gleichzeitig. Statt sie von sich wegzuschieben und ihren Schlägen zu entgehen, zog er sie an sich. Jules hielt Becky fest in seinen Armen, bis er hörte, dass das Schluchzen etwas nachließ.

»Es tut mir so leid«, flüsterte er in ihr Haar. »Ich wollte bestimmt nicht, dass deiner Mutter was passiert, Becky.«

Becky befreite sich aus seiner Umarmung und sah ihn wütend an. »Wenn du nicht mit ihr rumgemacht hättest, wäre Dad nicht ausgerastet! Du hättest sie ebenso gut selbst verprügeln können.«

»Was man liebt, verletzt man nicht«, sagte er. »Deine Mutter und ich ... wir lieben uns. Es tut mir leid! Für dich muss das schwer zu verstehen sein. Aber wenn das da drin dein Dad getan hat, hat er sie wirklich nicht verdient.«

Die Ärzte kamen aus dem Zimmer, und Lucy steuerte direkt auf einen von ihnen zu.

»Und, Lucas? Wie sieht es aus? Bitte erklär es so, dass die beiden es auch verstehen. Das ist die Tochter, und das ist der Freund der Patientin.«

Der Arzt schaute Jules angriffslustig an: »Waren Sie das, der sie so zugerichtet hat?« Er wollte schon auf ihn losgehen, als Lucy ihn am Arm zurückhielt.

»Nein, Lucas! Das war ihr Noch-Ehemann.«

Lucas schnaubte. »Den Typen sollte man einbuchten!«

»Hat leider nicht geklappt«, seufzte Lucy. »Die Polizei hat mich heute früh zurückgerufen und gesagt, sie hätten ihn nicht erwischt.« Die Polizei hatte ihr auch gesagt, dass das Haus lichterloh gebrannt hatte, als sie dort ankamen. Das wollte sie aber Becky lieber später etwas schonender beibringen.

»Dann läuft der immer noch frei herum und kann jederzeit hier herein marschieren?«, fragte Jules aufgewühlt.

»Theoretisch ja, aber das wird er nicht wagen.«

»Dad würde das auch nie tun! Er würde ihr nicht absichtlich

wehtun wollen. Dad war doch nur so geschockt gewesen, weil er von dir erfahren hat.«

Jules schluckte eine weitere Bemerkung hinunter.

»Wie auch immer«, sagte Lucas und kam zurück zur Frage seiner Kollegin. »Deine Schwester hat eine schwere Gehirnerschütterung, drei gebrochene Rippen, ein gebrochenes Handgelenk, der rechte Fußknöchel ist verstaucht, diverse Prellungen und Quetschwunden und ähm ...«, er warf einen Blick auf Becky und fuhr dann trotzdem fort, »... eine Bisswunde.«

»Eine was?!«, rief Jules aufgebracht.

Lucy ging zu ihm und legte ihm beruhigend die Hand auf die Schulter. »Becky, geh du schon mal rein, wenn du möchtest. Jules und ich drehen zuerst noch eine Runde im Park, damit er runterkommt.«

»Sie schläft«, gab Lucas zu bedenken. »Wir haben ihr ein starkes Schmerz- und Beruhigungsmittel gegeben. Vor dem Nachmittag wird sie kaum ansprechbar sein.«

Lucy sah aus dem Augenwinkel ihren Vater aus dem Lift kommen. »Jules, gehen Sie schon mal vor und warten Sie vor der Cafeteria auf mich. Ich komme gleich nach.« Sie wollte ihn nicht auch noch der Wut ihres Vaters aussetzen, er würde erst mal mit seiner eigenen klarkommen müssen.

»Ich würde lieber ...«, begann er und zeigte auf die Zimmertür.

»Solange Sie so aufgebracht sind, lasse ich Sie bestimmt nicht zu meiner Schwester! Der Mann da vorne ist mein Vater, und ich wette mit Ihnen, dass Sie nicht auch noch seinen Zorn zu spüren kriegen wollen.«

Jules nickte und ging an dem Mann vorbei, der direkt auf Lucy und Becky zusteuerte. In der Cafeteria setzte er sich auf einen Stuhl und wartete auf Lucy. Die Bilder von Hetty in dem Bett gingen ihm nicht mehr aus dem Kopf. Sollte dieser Oliver ihm jemals über den Weg laufen, konnte er für nichts mehr garantieren.

Eine Viertelstunde später kam Lucy aus dem Lift. Sie und ihre Schwester hatten nicht viel gemeinsam, fand Jules. Lucy war dünn, dunkelhaarig und strahlte eine gewisse Kompetenz und Geschäftigkeit aus, während Hetty eher der herzlichere Typ Frau war, den man einfach in die Arme schließen und beschützen wollte. Hetty schaffte es, mit nur einem Blick oder einem Lächeln, einen alle Sorgen vergessen zu lassen. Sie gab einem das Gefühl, etwas Besonderes zu sein. Lucy holte zwei Kaffee aus dem Automaten und legte noch zwei Brötchen dazu. Sie drückte Jules einen der Becher und ein Brötchen in die Hände und bedeutete ihm, ihr nach draußen zu folgen. Sie setzten sich auf eine Parkbank. Während Lucy bereits begonnen hatte an ihrem Brötchen zu kauen, starrte Jules es in seinen Händen nur an.

»Glauben Sie mir, es war das Letzte, was ich wollte«, sagte er bedrückt. »Ich kann verstehen, dass Sie und Ihre Familie mir gegenüber skeptisch sind, aber ich war nicht derjenige, der sie so zugerichtet hat.«

»Ich weiß«, sagte Lucy und richtete ihren kühlen Blick auf ihn. »Wir alle hätten Oliver so etwas nie zugetraut. Hetty hat uns bisher nie von irgendwelchen derartigen Vorkommnissen erzählt, und ich kann mir beim besten Willen nicht vorstellen, weshalb er so ausgetickt ist. Becky hatte ihn anscheinend am Nachmittag angerufen und ihm von Ihnen erzählt. Sie hat das nur deshalb getan, um ihm zu sagen, er müsse sich mehr anstrengen, um ihre Mutter zu behalten, verstehen Sie? Becky wollte nicht petzen.« Jules nickte schweigend.

»Sie haben das übrigens toll gemacht ... mit Becky, meine ich jetzt. Sie hat in der Nacht viel durchgemacht. Nach dem Telefonat mit ihrem Vater hat Becky ein schlechtes Gefühl gehabt und deswegen den Campus verlassen, um noch mal mit ihm zu reden. Als sie nach Hause kam, musste sie mit ansehen, wie Oliver versucht hat, ihre Mutter zu vergewaltigen und zu erwürgen.«

Jules sprang auf und zerknüllte den Pappbecker mit dem Kaffee in seiner Hand. Das heiße Getränk lief über seine Hand, aber es war nichts im Vergleich zu dem Schmerz, den er in seinem Herzen fühlte.

»Jules«, sagte Lucy sanft, stellte ihren Becher und das angeknabberte Brötchen auf die Bank und stand ebenfalls auf, um ihn in ihre Arme zu ziehen. Er stand nur da und erwiderte die Umarmung nicht. Lucy ließ ihn los und strich ihm über den Arm, bevor sie fortfuhr: »Becky hat ihm einen Kerzenständer über den Schädel gedonnert und ist mit ihrer Mutter in seinem Porsche zu uns gefahren. Die Kleine hat noch nicht mal einen Führerschein. Es grenzt schon fast an ein Wunder, dass dabei nicht noch etwas geschehen ist.«

»Wie …?«, brachte Jules mit belegter Stimme hervor. »Wie gehen Sie mit dieser Wut um? Ich möchte diesem Kerl jeden einzelnen Knochen im Leib brechen …«

»Ich versuche, nicht darüber nachzudenken, aber wenn ich Oliver gegenüberstehen würde, könnte ich wohl auch für nichts garantieren. Nur hilft das Hetty nicht weiter.« In Jules' Ohren klang sie nüchtern und gefasst. Er wünschte, er hätte sich auch so gut unter Kontrolle. »Die Polizei hat ihn zur Fahndung ausgeschrieben. Heute Nachmittag schicken sie Beamte vorbei, um Hettys Aussage aufzunehmen«, fuhr Lucy fort.

»Muss das sein? Hat sie nicht schon genug durchgemacht?«, fragte er, obwohl ihm selbst klar war, dass es nicht anders ging.

Lucy sah den Schmerz und die Liebe in seinen Augen. »Sie sind jetzt bei ihr, das wird ihr helfen. Und ich werde zusehen, dass ich meine Familie aus ihrem Zimmer rausbekomme. Geben Sie mir noch eine halbe Stunde, dann werde ich meinen Vater mit Becky nach Hause schicken. Okay?«

Er nickte. »Hassen Sie mich auch?«, fragte er und schaute ihr prüfend in die Augen.

Lucy wich seinem Blick nicht aus: »Noch nicht. Aber wenn Sie sich ihrer nicht würdig erweisen, dann schon.« Sie wollte sich schon zum Gehen umdrehen, überlegte es sich aber doch anders und sagte: »Wissen Sie, es fällt mir nicht besonders leicht, das zuzugeben, aber meine Familie und ich, wir haben Hetty immer als irgendwie selbstverständlich hingenommen. Wenn wir ein Problem hatten, oder es irgendetwas zu erledigen gab, war ja Hetty da. Die machte das schon. Und dann sah ich gestern meine kleine Schwester so daliegen ...«, die Nüchternheit wich auf einmal aus ihrer Stimme und ließ für einen Moment den Gefühlen Vorrang. Lucy kämpfte sichtlich um Fassung. »Und mir wurde mit einem Schlag bewusst, was ich beinahe verloren hätte. Meine Schwester. Sie, die immer für mich da gewesen ist und der ich viel zu wenig Beachtung geschenkt habe, der ich viel zu selten gesagt habe, wie wichtig sie mir ist, wie sehr ich ihre Warmherzigkeit bewundere und wie sehr ich sie ... liebe. Das wird mir nie wieder passieren, verstehen Sie? Was da geschehen ist, das hat Hetty nicht verdient.« Sie wischte sich eine Träne weg. »Nicht, dass das überhaupt jemand verdient hätte, aber ganz bestimmt nicht meine kleine Schwester.« Damit drehte sie sich nun endgültig um und marschierte davon.

Jules setzte sich, schaute sich wieder das Brötchen in seiner Hand an und warf es in den Abfalleimer neben der Bank. Plötzlich fiel ihm wieder ein, wie er Hetty versprochen hatte, Max an diesem Morgen zum Arzt zu fahren. Er zog sein Handy hervor und wählte die Nummer vom Schloss. Glücklicherweise nahm Stella das Gespräch entgegen, so wie er es gehofft hatte. Sie versicherte ihm, Max zum Doc ins Dorf hinunterzubringen. »Sagen Sie ihm bitte, es tue mir leid, aber leider ist mir etwas dazwischengekommen, das ich nicht hätte verschieben können. Ich melde mich bei ihm, sobald ich kann. Ja?«

Wie versprochen hatte Lucy Jules eine halbe Stunde später Bescheid gegeben, dass er jetzt zu Hetty könnte. Erneut ging er über den langen Korridor der Krankenhausabteilung. Es roch nach Desinfektionsmittel. Dieser Geruch half nicht wirklich beim Gesundwerden, das sollte mal jemand den Verantwortlichen sagen. Jules steuerte Hettys Zimmer an und öffnete leise die Tür. Sie schlief, wie es der Arzt gesagt hatte. Das war gut, so hatte sie wenigstens keine Schmerzen, dachte er für sich. Ihr sonst so fröhliches, sommersprossiges Gesicht war angeschwollen und durch Prellungen verunstaltet. Ihr linkes Auge war zugeschwollen, knapp darüber klebte ein Pflaster. Jules schluckte schwer, aber noch mehr machten ihm die Würgemale an ihrer Kehle zu schaffen. Er zog sich einen Stuhl neben das Bett und setzte sich zu ihr hin. Vorsichtig nahm er ihre unverletzte Hand in die seine und strich zärtlich darüber.

»Nie wieder wird dir jemand so etwas antun, dafür sorge ich«, flüsterte er.

Nur zu gut wusste er, wie die inneren, nicht sichtbaren psychischen Verletzungen ebenfalls einen verheerenden Schaden anrichten konnten. Doch er würde nicht zulassen, dass dieser Scheißkerl ihrer beider Leben in nur einer einzigen Nacht zerstört hatte. Sie würden es gemeinsam schaffen, auch diese Verletzungen zu heilen. Zwischen Wut, Sorge und Liebe hin und her taumelnd, wachte Jules über Hettys Schlaf. Zwischendurch brachte ihm eine Schwester eine Tasse Tee, die er dankend annahm.

Erst am späteren Nachmittag wachte Hetty endlich auf. Sie blinzelte und versuchte zu verstehen, wo sie sich befand. Ihr Kopf dröhnte und das Atmen tat ihr weh in der Brust. Sie drehte den Kopf etwas zur Seite und sah Jules neben sich sitzen.

»Hallo«, sagte er leise.

Erst jetzt merkte sie, dass er ihre Hand in der seinen hielt. »Hallo«, antwortete sie, und ihre Stimme klang etwas heiser. Langsam erinnerte sie sich wieder daran, wo sie war und was passiert war. »Was machst du hier?«, fragte sie und schloss die Augen wieder, um dem grellen Tageslicht zu entgehen. Sie war müde, so unglaublich müde.

»Auf dich aufpassen«, sagte er ernst. »Hast du Schmerzen?«

»Es geht. Wo ist Becky? Wie geht es ihr?«, sie versuchte erfolglos, gegen die Tränen anzukämpfen. Nicht, weil sie so starke Schmerzen hatte, sondern weil die Erinnerung daran, was ihre Tochter mit angesehen hatte, mit voller Wucht zurückkam. Niemand sollte sehen müssen, wie sich die eigenen Eltern so etwas antaten.

»Schhht ... ist gut, Hetty. Deine Schwester hat sich um sie gekümmert. Becky ist jetzt bei deinen Eltern. Ihr seid beide in Sicherheit.«

»Kannst du ... kannst du mich mal in den Arm nehmen ... bitte?«, fragte sie.

»Ich habe Angst, dir wehzutun«, gestand er, setzte sich aber auf ihr Bett.

»Wenn's wehtut, sage ich's schon. Aber ich muss dich fühlen, um zu verstehen, dass alles gut wird.«

Obwohl sich ihr Kopf drehte, rappelte sie sich auf. Er zog sie vorsichtig an sich und hielt sie sanft in seinen Armen. Unter all den Prellungen und Verletzungen war sie noch da, seine Hetty, seine kleine Kämpferin. Seine Hand streichelte behutsam ihren Rücken.

»Es bringt mich schier um, zu wissen, dass ich dich beinahe verloren hätte«, flüsterte er an ihrem Haar.

Sie hatte ihren Kopf an seine Schulter gelegt und fühlte die Stärke und Wärme, die von ihm ausgingen.

»Ich möchte nach Hause, Jules. Kannst du mich nach Hause bringen?«

»Du willst zurück in deine Wohnung?«, fragte er etwas verdattert.

»Nein. Ich möchte nach Hause, nach Schottland. Bitte ...«

Er hielt sie etwas von sich weg und umfasste ihr Gesicht mit seinen Händen. »Liebes, das geht doch nicht. Du bist verletzt, die müssen sich hier noch ein wenig um dich kümmern. Aber ich bleibe bei dir, und sobald es geht, fahren wir.«

Ihr Kopf dröhnte und das Atmen schmerzte immer noch. Matt legte sie sich wieder hin. Es klopfte an der Tür, und ohne eine Antwort abzuwarten, traten ein Polizist und eine Polizistin ein.

»Guten Tag, Mrs Collins. Es tut uns leid, wenn wir Sie stören müssen. Fühlen Sie sich stark genug, um uns ein paar Fragen zu beantworten?«

»Ja«, antwortete Hetty.

Jules wusste, dass es notwendig war. Doch trotzdem hätte er sich gewünscht, dass die beiden ihr etwas mehr Zeit gegönnt hätten. Der Polizist musterte ihn aufmerksam.

»Und wer sind Sie, wenn ich fragen darf?«

»Jules Webster.«

»Er ist mein Freund«, sagte Hetty und hielt seine Hand umklammert, als wäre er der letzte rettende Anker. »Kann er bitte bleiben, während Sie mich verhören?«

Der Polizist lächelte. »Wir verhören Sie nicht, Mrs Collins. Wir nehmen nur Ihre Aussage auf. Sie sind schließlich das Opfer.«

Das *Opfer*, wie das klang! Hetty wollte kein Opfer sein, aber sie schwieg.

»Wir haben bereits die Aussage Ihrer Tochter zu Protokoll genommen. Es war ziemlich leichtsinnig, sie ans Steuer zu lassen. Sie hat noch nicht mal einen Führerschein.«

»Was hätte sie denn tun sollen?!«, rief Jules aufgebracht. »Schauen Sie sie doch mal an! Hetty hätte in dem Zustand unmöglich fahren können. Dieser Scheißkerl hätte zudem jeden Moment wieder aufwachen können. Hätten die beiden da etwa in Ruhe auf den Krankenwagen warten sollen? Herrgott noch mal!«

Der Polizist hob beschwichtigend die Hand: »Schon gut, wir haben auch nicht vor, Anzeige gegen Ihre Tochter zu erstatten. Es war einfach sehr gefährlich und hätte ins Auge gehen können. Sagen Sie, Mrs Collins, war Ihr Ehemann Ihnen gegenüber schon früher gewalttätig geworden?«

»Nein ... das heißt ... nicht richtig.«

Die Polizisten hatten sich mittlerweile gesetzt, und die Frau sah Hetty etwas verständnislos an. »Madam, was meinen Sie mit ›nicht richtig‹? Entweder er hat sie geschlagen oder nicht.«

Hetty senkte den Blick. »Ich habe mal eine Beule in den Wagen gefahren. Da hat er mir eine Ohrfeige verpasst, aber es hat ihm anschließend leidgetan. Oliver meinte nur, ich hätte auch noch andere Leute gefährdet, daher hätte er wohl etwas überreagiert. Abgesehen davon ist er zu Becky und mir nie gewalttätig geworden, sonst hätte ich ihn auch schon früher verlassen.« Hetty sah Jules eindringlich an. »Ich bin kein Opfer, ich lasse mich nicht verprügeln ... für gewöhnlich.«

Den letzten Satz fügte sie hinzu, weil ihr bewusst wurde, dass genau das geschehen war. Jules' Hand hielt die ihre immer noch fest. Beruhigend streichelte er sanft mit dem Daumen über ihre Haut. »Ich weiß, Hetty.«

»Was ist genau vorgefallen gestern Abend?«, fragte der Polizist, und Hetty begann zu erzählen. Jules wäre am liebsten rausgegangen, er wollte nicht hören, was diese Ratte mit ihr gemacht hatte. Aber da musste er durch, Hetty hatte schließlich noch viel Schlimmeres mitgemacht. Sie berichtete, was sie im Büro ihres Mannes gefunden hatte und wie er darauf reagierte, als sie es ihm an den Kopf geworfen hatte.

»Haben Sie einen Beweis für den Vorwurf? Irgendeinen Beleg oder einen Brief?«, fragte der Polizist, der nun besonders hellhörig wurde. Gegen den Arbeitgeber des Täters liefen immerhin Ermittlungen, was ihm nicht unbekannt war. Es schien sich langsam abzuzeichnen, dass es sich hier nicht nur um ein Beziehungsdelikt handelte.

»Ich habe einen Kontoauszug mitgehen lassen, aber den hat er leider in meiner Handtasche gefunden und wieder an sich genommen. Bestimmt werden Sie weitere Unterlagen in seinem Büro bei uns zu Hause finden.«

Die beiden Beamten sahen sich einen kurzen Moment lang an, dann sagte die Frau: »Ihr Haus wurde bei einem Brand vollständig zerstört. Wir vermuten, dass Ihr Ehemann den Brand gelegt hat. Nach all dem, was Sie uns gerade eben erzählt haben, würde das auch Sinn machen. Allerdings haben wir nun natürlich keine Beweise gegen ihn.«

»Doch«, sagte Hetty, und es schien, als wäre die Nachricht über das verlorene Haus völlig an ihr abgeprallt. »Ich habe mit meinem Handy Fotos von ein paar Belegen gemacht. Vielleicht hilft das weiter. Jules, kannst du mir bitte meine Handtasche reichen? Sie liegt da drüben auf dem Sims.«

Er brachte sie ihr und sie übergab die Tasche der Polizistin, die das Handy herausfischte. Hetty nannte ihr das Passwort und wartete gespannt, bis ein Lächeln über das Gesicht der Frau huschte. »Das haben Sie super gemacht, Mrs Collins.«

Sie zeigte ihrem Partner die Fotos. »Ja, das ist schon mal ein Anhaltspunkt. Können Sie sich noch an die Namen der Banken erinnern, von denen Sie weitere Kontoauszüge herumliegen haben sehen?«

Hetty gab ihnen an, was sie noch wusste, bevor sie für einen Moment erschöpft die Augen schloss.

»Gut, wir werden das prüfen. Was ist danach passiert, nachdem Sie ihm Ihren Verdacht gesagt haben?«, fragte die Polizistin hartnäckig weiter. Hetty erzählte, wie sie die Treppe hinuntergestürzt war, dass sie aber nicht mehr sagen konnte, ob er sie gestoßen hatte, oder ob sie selbst gefallen war. Jules sog scharf die Luft ein, als er hörte, wie Oliver anschließend mit seinem Gurt auf sie eingedroschen hatte, wie er versucht hatte, sie zu vergewaltigen und sie beinahe erwürgt hätte, wenn Becky nicht dazwischengegangen wäre.

An dieser Stelle hatte Hetty wieder Tränen in den Augen. »Sie hätte das nicht sehen dürfen«, flüsterte sie. »Sie hat ihren Vater vergöttert und dann muss sie zusehen, wie er so etwas tut. Wie soll sie damit umgehen? Sie ist doch noch ein Teenager.«

»Ich denke, das reicht jetzt«, sagte Jules ebenfalls sichtlich mitgenommen zu den Polizisten. »Hetty braucht eine Pause.«

Die beiden Beamten nickten verständnisvoll, standen auf und verabschiedeten sich von ihr. Jules begleitete sie noch zur Tür. Leise fragte er nach, ob sie Oliver denn schon gefasst hätten.

»Nein, leider noch nicht. Aber das ist nur eine Frage der Zeit. Es wird nach ihm gefahndet. Sobald wir ihn haben, werden wir Mrs Collins natürlich informieren.«

»Danke.« Er schloss die Tür hinter den beiden und ging zurück zu Hetty. Tröstend hielt er sie in seinen Armen, bis das Schluchzen aufhörte und sie wieder ruhiger atmete.

»Es tut mir so leid«, schniefte sie. »Ich mute dir sehr viel zu.«

Er fasste sie an den Schultern und hielt sie etwas von sich weg, damit er ihr direkt in die Augen sehen konnte. »Wirst du jetzt wohl endlich aufhören, dich für etwas zu entschuldigen, für das du absolut nichts kannst?« Sachte drückte er sie in die Kissen zurück. »Ruh dich aus, du bist völlig erschöpft.«

»Du doch auch. Du musst seit einer Ewigkeit wach sein.« Ihr waren die Schatten unter seinen Augen und die blasse Haut nicht entgangen. »Ich kann meine Schwester fragen, ob du dich hier im Krankenhaus irgendwo hinlegen kannst.«

Zärtlich hob er ihre Hand an seine Lippen. »Bestimmt lasse ich dich nicht allein. Ich bleib' hier bei dir.« Sie wollte noch etwas entgegnen, wusste aber nicht mehr, was, sie war so müde und in ihrem Kopf schwirrte alles durcheinander. Völlig erledigt schloss sie die Augen. »Schlaf, mein Herz, und werde gesund«, war das Letzte, was sie ihn sagen hörte. Dann fühlte sie einen sanften Kuss auf ihrer Stirn. Geborgen und beschützt konnte sie sich dem Schlaf überlassen.

Jules stellte zwei Stühle neben Hettys Bett, sodass er sich in den einen setzen und auf den anderen seine Füße legen konnte. Sie hatte recht, er war völlig hinüber und sehnte sich auch nach etwas Schlaf. Doch im Gegensatz zu Hetty war ihm dieser nicht vergönnt. Nicht nur, weil er auf dem Stuhl einfach keine bequeme Position fand, sondern weil das, was Hetty den Polizisten erzählt hatte, ihn nicht mehr losließ. Wie konnte ein Mann seine Frau derart misshandeln? Hätte Oliver sie tatsächlich umgebracht? Und wenn ja, hätte er es wegen Jules oder wegen der Geldgeschäfte getan? Wenn letzteres der Fall war, musste es wohl um ziemlich viel Geld gehen. Immerhin hatte der Typ danach ihr gemeinsames Haus abgefackelt, damit die Polizei kein Beweismaterial fand. War Hetty immer noch in Gefahr? Sollte er sie doch besser nach Schottland bringen? Aber wäre die Reise nicht auch nur eine weitere Tortur für sie? Sein Blick wanderte besorgt zu ihrem schlafenden Gesicht. Er liebte sie und war gleichzeitig verblüfft über die Tiefe seiner Gefühle. Wie war das nach dieser kurzen Zeit bloß möglich? Er erinnerte sich noch gut an den Tag, als sie in seiner Werkstatt nach dem Weg zum Schloss gefragt hatte.

Jules wusste nicht, wie lange er so dagesessen hatte, als die Tür plötzlich aufgerissen wurde und eine ältere Dame hereingestürmt kam, gefolgt von Hettys Vater und Becky. Ohne Rücksicht darauf, dass Hetty schlief, lief die Frau an ihr Bett und rief aus: »Oh Gott, oh Gott ... Henrietta!«

Jules stand auf und wollte die Frau gerade darauf aufmerksam machen, dass Hetty nicht geweckt werden sollte, doch dazu war es schon zu spät.

»Mum, Dad ...«, dann erkannte sie Becky hinter den beiden. »Liebes, wie geht es dir?«, fragte sie ihre Tochter besorgt.

Becky trat an ihr Bett und setzte sich, während Jules sich etwas zurückzog, um den dreien Platz zu machen.

Beckys Augen schimmerten feucht: »Sie sagen, Dad hätte unser Haus angezündet. Alle meine Sachen sind mit einem Schlag weg. Ich habe nur noch das, was ich in der Uni habe.«

»Ich weiß, Liebes. Aber das sind nur Sachen, die können wir ersetzen«, versuchte Hetty sie zu trösten.

Doch Becky funkelte sie nur wütend an. »Warum, Mum?! Warum musstest du mit diesem Typen eine Affäre anfangen? Wir waren doch alle so glücklich!«

»Becky ...«, es verschlug Hetty die Sprache und sie wusste im ersten Moment nicht, wie sie auf diesen Vorwurf reagieren sollte.

Jules stand am Fenster und schaute verbissen nach draußen. Er hätte Antworten parat gehabt, aber Hetty zuliebe mischte er sich nicht ein.

»Ich habe dich wirklich anders erzogen, Henrietta!«, rief nun ihre Mutter.

Endlich fand Hetty ihre Sprache wieder: »Was passiert ist, hat nichts mit Jules und mir zu tun. Ich hätte Oliver auch verlassen, wenn ich Jules nicht begegnet wäre …«

»Ha!«, unterbrach sie ihre Mutter. »Das lässt sich leicht behaupten. Oliver war ein feiner Mann. Wir alle haben ihn sehr gemocht. Er hätte dich bestimmt niemals grundlos geschlagen!«

Nachdem er schweigend am Fenster gestanden hatte, platzte Jules nun endgültig der Kragen: »Da haben Sie verdammt recht, er hat sie nicht grundlos geschlagen. Nein, er wollte sie umbringen, weil sie von seinen schmutzigen Geschäften Wind bekommen hat und ihm angedroht hatte, ihn bei der Polizei anzuzeigen!«

»Jules …«, versuchte Hetty ihn zurückzuhalten, aber er war gerade erst in Fahrt gekommen.

»Was sind Sie eigentlich für eine Mutter?«, fragte er knallhart. »Sie stürmen hier rein, kümmern sich einen Scheiß darum, wie es Ihrer Tochter geht, ob sie gerade schläft oder nicht. Sie fragen sie noch nicht einmal, ob sie Schmerzen hat – und Gott verdammt, die hat sie!« Hetty hatte ihn noch nie so wütend gesehen wie in dem Moment, wo er sich vor ihrer Mutter aufgebaut hatte. »Statt ihr beizustehen und sich darum zu sorgen, ob dieser *feine* Mann ihr vielleicht etwas antun könnte, weil die Polizei ihn noch immer nicht geschnappt hat, machen Sie Ihre Tochter für das Geschehene verantwortlich. Sie sollten sich wirklich schämen! Und wenn Sie Hetty nichts anderes als Vorwürfe entgegenbringen können, dann sollten Sie dieses Zimmer verlassen.«

»Was erlauben Sie sich …«, begann Jane, wurde aber von ihrem

Mann unterbrochen: »Es tut mir leid, das sagen zu müssen, Jane, aber er hat recht. Wir sind wirklich etwas ungestüm hereingeprescht.« Dann streckte er Jules die Hand hin. »James Brandon, freut mich, Sie kennenzulernen, auch wenn ich mir andere Umstände gewünscht hätte.«

Jules ergriff die angebotene Hand. »Jules Webster, freut mich, Sir.«

Dann schaute James auf seine Tochter im Krankenbett. Am liebsten hätte er seinen künftigen Ex-Schwiegersohn in die eigenen Hände gekriegt. »Es tut mir so leid, Henrietta. Wir hatten ja bereits am Telefon über die Vorfälle in Olivers Bank gesprochen. Aber dass er tatsächlich darin verwickelt ist ... es ist schier unglaublich. Das hätte ich ihm wirklich nicht zugetraut.«

Hetty nickte und wünschte sich eigentlich nichts anderes, als dass alle ihr Zimmer verlassen würden, und sie endlich schlafen konnte. Es war einfach zu viel für sie.

»Mach dir keine Sorgen wegen des Hauses. Becky und du könnt natürlich fürs Erste bei uns wohnen, bis wir für euch etwas anderes gefunden haben«, versicherte James seiner Tochter. »Und nun lassen wir dich schlafen. Wir kommen morgen wieder.«

»Danke, Dad«, murmelte sie erschöpft. »Becky ... es tut mir so schrecklich leid, dass du das alles durchmachen musstest. Ich werde Lucy bitten, mir jemanden zu empfehlen, mit dem du reden kannst.«

»Ich brauche keinen verdammten Psychiater, Mum!«, rief diese gleich empört.

Lucy war in der Tür erschienen und hatte die letzten Sätze gerade noch mitbekommen. Ein Blick auf ihre Schwester genügte, um einzugreifen. »So, das war nun genug Aufregung für heute. Alle raus hier!«, ordnete sie an.

»Ich geh' trotzdem nicht zu einem Psychiater!« Becky benahm

sich wie ein trotziges Kind, es fehlte nur, dass sie mit dem Fuß aufstampfte.

»Es reicht jetzt, Becky! Wir reden später darüber«, sagte Lucy streng. »Deine Mutter braucht wirklich Ruhe.«

»Und warum darf *der* dann bleiben?!« Becky deutete mit dem Kinn auf Jules. »Er ist nicht mal ein Familienmitglied!«

James wollte seine Enkelin hinter sich her nach draußen ziehen, als Hetty ihn bat: »Ich würde gerne kurz mit Becky reden.«

Ein Blick zu Jules reichte, damit er verstand und mit dem Trupp das Zimmer verließ.

Kaum hatte sich die Tür geschlossen, klopfte Hetty leicht auf ihre Decke. Becky folgte der Aufforderung und setzte sich neben sie auf das Bett.

»Ich wollte mich bei dir noch bedanken. Du hast viel riskiert, auch mit der Autofahrt hierher. Ohne dich hätte ich vielleicht diese Nacht nicht überlebt.«

»Mum ...«

»Nein, Becky, ich weiß, wie sehr du deinen Vater liebst und dass es für dich schwierig sein muss, das alles zu verstehen. Es hat aber nichts mit Jules zu tun. Ich wollte deinen Dad verlassen, noch bevor ich mich mit Jules eingelassen habe.« Hetty schloss kurz die Augen, sie war so müde, aber das Gespräch mit Becky musste jetzt einfach sein. »Schon seit Längerem war ich nicht mehr glücklich, Becky. Mir war klar, ich musste etwas in meinem Leben verändern, aber es war eben auch bequem. In Schottland ist mir einiges bewusster geworden, auch durch Rose ... aber das ist eine lange Geschichte, die ich dir ein anderes Mal erzählen muss. Als ich nach Hause kam, um mit deinem Vater zu reden, fand ich seltsame Unterlagen auf seinem Bürotisch. Du hast ja in den Nachrichten gehört, dass die Bank, in der Dad arbeitet, in illegale Geldgeschäfte verwickelt ist. Ich fürchte, er hat damit etwas zu tun.

Das habe ich Oliver auch gesagt und daraufhin ist er völlig ausgetickt.«

Becky hatte Tränen in den Augen. »Aber ... aber er war doch immer gut zu uns. Er kann doch kein Krimineller sein, er ist mein Dad!«

Hetty rappelte sich unter Schmerzen auf, um ihre Tochter in den Arm zu nehmen. »Ich weiß, Liebes, das alles muss dich sehr verwirren. Was immer Dad getan hat, hat mit dir nichts zu tun. Wie gesagt, es ging um Geld, sehr viel Geld, und da überschreitet mancher eine Grenze. Ich bin sicher, er hat dich immer noch lieb.« Sie fuhr ihr tröstend über den Rücken.

Becky schniefte. »Das will ich aber nicht. Er wollte dich umbringen! Wie kann ich ihn da noch lieben?!«

Darauf hatte Hetty auch keine Antwort.

»Würde er mir auch wehtun?«, fragte Becky und griff nach einem Taschentuch auf dem Nachtschränkchen neben Hettys Bett.

»Ich denke nicht. Du kannst nicht gegen ihn als Zeugin aussagen, weil du die Unterlagen ja nicht gesehen hast. Zudem liebt er dich wirklich, du bist ein Teil von ihm.«

Becky lachte lakonisch auf.

»Becky, du solltest bald zurück auf den Campus und wieder zur Uni gehen. Es soll bei dir wieder Normalität einkehren, verstehst du? Du bist jetzt erwachsen und solltest dir dein eigenes Leben aufbauen. Schau nicht zurück, sondern nach vorn.«

»Und du?«

Hetty strich ihrer Tochter liebevoll über die Wange. »Das mache ich auch. Ich werde mit Jules nach Schottland fahren, sobald ich hier entlassen werde. Es ist mein neues Zuhause, in dem es auch für dich immer einen Platz geben wird. Ich liebe dich und ich bin so stolz darauf, was aus dir geworden ist.«

»Du musst mich doch hassen. Wie du schon gesagt hast, bin

ich ein Teil von ... ihm.« Becky konnte ihren Vater einfach nicht mehr Dad nennen. Sie verabscheute ihn für das, was er ihr und ihrer Mutter angetan hatte.

»Hach, Becky, natürlich hasse ich dich nicht! Wie könnte ich?! Wir können nichts dafür, von wem wir abstammen. Wir können lediglich beeinflussen, wer wir werden. Und aus dir ist eine ganz wunderbare, mutige und kluge Frau geworden. Du steckst im Moment in den Wirren des Lebens, aber wenn du das hinter dir gelassen hast, wirst du deinen Weg weitergehen. Versprich mir bitte, dass du zurück zur Uni fährst, ja?«

Hetty legte sich kraftlos zurück. Ihr ganzer Körper fühlte sich wund an und schmerzte.

»Okay. Muss ich Jules jetzt Dad nennen?«

Hetty lachte über Beckys nicht ernst gemeinte Frage, obwohl ihre Rippen das gar nicht lustig fanden.

»Raus mit dir!«, scheuchte sie ihre Tochter hinaus.

Becky beugte sich vor und drückte ihrer Mutter ein vorsichtiges Küsschen auf die Wange, um ihr nicht weitere Schmerzen zuzufügen. »Ich liebe dich, Mum.« Damit stand Becky auf und ging zur Tür. Kurz davor drehte sie sich noch einmal zu ihrer Mutter um. »Aber zum Seelenklempner gehe ich deswegen trotzdem nicht.«

Hetty lächelte und schloss erschöpft die Augen, als ihre Tochter das Zimmer verlassen hatte.

Während Becky bei ihrer Mutter war, hatte Jules sich von Hettys Eltern verabschiedet und Lucy beiseitegezogen. »Sprechen irgendwelche medizinischen Einwände dagegen, Hetty nach Hause zu fahren?«

Lucy sah ihn mit großen Augen an. »Vor allem gäbe es den

Einwand, dass sie zu Hause kein Bett mehr hat. Das Haus ist abgebrannt, wie du gehört hast.«

»Ich meinte das Zuhause in Schottland. Es ist eine lange Fahrt, deswegen möchte ich nichts riskieren. Aber sie hat mich darum gebeten und ich sehe, dass sie hier nicht zur Ruhe kommt.«

Lucy lächelte matt. »Ja, unsere Familie ist ziemlich anstrengend, ich weiß.« Sie überlegte einen Moment. »Gibt es dort in der Nähe einen Arzt?«

Jules nickte und nannte ihr den Namen.

»Okay, dann werde ich mit ihm telefonieren, damit er nach ihr sehen kann, wenn ihr angekommen seid. Dir lasse ich ein Bett in Hettys Zimmer stellen, damit du vorher noch etwas schlafen kannst. Du siehst ziemlich fertig aus. Wenn sich Hettys Zustand nicht verschlechtert, könnt ihr morgen früh losfahren. Am liebsten würde ich euch begleiten und mich um sie kümmern, aber das geht nicht. Einer meiner kleinen Patienten hat morgen eine für ihn wichtige Operation, zu der ich eingeteilt bin. Aber ich werde Hetty mit genügend Schmerzmitteln versorgen, bevor ihr fahrt.«

»Danke, Lucy. Hetty kann sich glücklich schätzen, eine Schwester wie dich zu haben.«

Beschämt schaute Lucy zur Seite. »Ich war ihr nicht immer eine gute Schwester, aber das wird sich jetzt ändern.« Aus dem Augenwinkel sah sie, wie Becky das Zimmer ihrer Mutter verließ. »Geh wieder zu ihr, ich kümmere mich um den Rest.«

Hetty bekam nicht mit, wie ein weiteres Bett in ihr Zimmer geschoben wurde. Nachdem ihre Tochter gegangen war, war sie erschöpft wieder eingeschlafen. Dankbar legte sich nun auch Jules aufs Ohr. Lucy hatte das Pflegepersonal angewiesen, die beiden nicht zu stören, und telefonierte in der Zwischenzeit mit Ian McInnerty. Sie teilte ihm Hettys Befunde mit und bat ihn, sich um ihre Schwester zu kümmern, sobald sie angekommen wären. Der schottische Arzt klang ziemlich betroffen. Er schien ihre Schwester persönlich zu kennen und versprach ihr, sie zu informieren, falls Probleme auftauchen sollten. Anschließend ging auch Lucy endlich nach Hause, um sich vor der anstehenden Operation noch etwas zu erholen.

13. Kapitel

Die paar Stunden Schlaf hatten Jules gutgetan. Er fühlte sich nicht mehr ganz so erschlagen, als er die Augen öffnete. Hetty schlief noch, und so stand er leise auf, um sie nicht zu wecken. Er gönnte sich eine kurze Dusche und schlüpfte dann leicht angewidert in seine nicht mehr ganz so frischen Klamotten. Als er aus dem Bad trat, blinzelte ihn Hetty verschlafen an.

»Wie fühlst du dich?«, fragte er sie und setzte sich zu ihr aufs Bett.

»Ging schon mal besser«, antwortete sie und lächelte ihn tapfer an.

»Ich bringe dich heute nach Hause«, versprach er und gab ihr einen behutsamen Kuss. Ein leises Klopfen an der Tür unterbrach sie. Jules stand auf und öffnete einer Schwester die Tür, die ihnen Frühstück brachte.

»Ihre Schwester wird auch gleich noch bei Ihnen vorbeischauen«, informierte sie Hetty, bevor sie den Raum wieder verließ.

Hettys Frühstück bestand aus Porridge und Tee, während Jules Brötchen mit Marmelade erhielt. Mit ihrem lädierten Kiefer hätte Hetty kein Brötchen essen können. Obwohl sie nicht wirklich Hunger hatte, zwang sie sich, ein paar Löffel von dem Porridge zu essen.

»Wir fahren nach Schottland?«, fragte sie noch mal, um sich zu vergewissern, sich nicht verhört zu haben.

»Ja, du musst hier raus, damit du dich erholen kannst. Lucy sieht das wohl auch so. Sie hat mir versprochen, Doc McInnerty zu informieren und dir für die Reise Medikamente mitzugeben.«

»Meine Familie muss dich ziemlich geschockt haben«, stellte sie nüchtern fest.

Jules spülte grimmig einen Bissen seines Frühstücksbrötchens mit einem Schluck Tee hinunter. »Sagen wir mal so: Sie haben die Abreise beschleunigt.«

Hetty schmunzelte und versuchte, die Schmerzen, die das in ihrem Gesicht verursachte, zu ignorieren. »Sie sind nicht so übel, wie sie sich gestern gegeben haben«, nahm sie ihre Familie etwas in Schutz.

»Wie auch immer, ich bringe dich nach Hause.« Er griff nach dem letzten Brötchen auf seinem Teller. Erst beim Essen hatte er bemerkt, wie ausgehungert er gewesen war, nachdem er gestern kaum was zu sich genommen hatte.

»Danke«, sagte sie leise und legte den Löffel zur Seite. Über die Hälfte des Porridges war noch im Schälchen, aber Hetty hatte keinen Hunger. »Ich bin froh, dass du da bist, Jules«, gestand sie und schob ihm den Porridge auch noch hin.

Kaum hatten sie fertig gefrühstückt, kam wie gerufen Lucy ins Zimmer. Mit dabei hatte sie ein paar Kleidungsstücke von sich, damit Hetty was zum Anziehen hatte. Sie hatte saubere Unterwäsche, ein paar bequeme Jogginghosen, eine Kurzarmbluse, in die sie mit der gebrochenen Hand leichter hineinschlüpfen konnte, eine kuschelige Strickjacke und einen leichten Schal für ihre Schwester ausgesucht. Lucy half Hetty beim Anziehen.

Als Jules die Striemen auf ihrem Rücken und das Pflaster auf ihrer Brust sah, zog sich alles in ihm zusammen. »Ich warte draußen!«, sagte er nur und ließ die beiden allein zurück.

Lucy löste den Wunderverband an der Brust und überprüfte, ob sich Eiter gebildet hatte. Aber die Wunde war sauber vernäht und es sah gut aus. »Es ist nicht leicht für ihn«, meinte Lucy, während sie ein frisches Pflaster zuschnitt und es über der Wunde anbrachte. »Auch ich würde Oliver am liebsten den Hals umdrehen für das, was er dir angetan hat. Es ist schwer, mit dieser Wut umzugehen.«

Hetty nickte leicht und klang heiser, als sie sprach: »Ich bin froh und dankbar, euch beide zu haben. Du hast so viel für mich getan in den letzten beiden Tagen, Lucy.« Sie griff nach Lucys Hand, deren Augen verräterisch feucht glänzten. Dann lagen sich die beiden Schwestern auch schon in den Armen. »Ich will nicht, dass wir uns wieder auseinanderleben wie vorher. Kommst du mich mal in Schottland besuchen?«, fragte Hetty schniefend ihre Schwester.

Lucy strich ihr liebevoll eine Haarsträhne hinters Ohr. »Bestimmt.« Sie spritzte Hetty ein Schmerzmittel und half ihr danach in die Bluse. »Ich wusste ja, dass man in Schottland gut angeln kann, aber dass man solche Traumtypen an Land ziehen kann, wie du einen erwischt hast ...« Sie kicherten wie früher, als sie noch kleine Mädchen waren.

Als Hetty versuchte aufzustehen, drehte sich im ersten Moment alles um sie herum, aber dann pendelte es sich ein und sie schlurfte langsam neben Lucy aus dem Zimmer. Jules wartete davor bereits mit einem Rollstuhl.

»Was soll ich damit?«, fragte Hetty ihn.

»Die Dinger sind dazu da, dass man sich reinsetzt, das hat man mir zumindest gesagt.«

»Ich kann gehen, wie du siehst«, beharrte sie, obwohl ihr verstauchter Fuß schmerzte.

Lucy lachte: »Willst du dir Hetty wirklich als Patientin antun, Jules? Noch kannst du sie hierlassen und allein nach Schottland zurückfahren.«

»Ist ja schon gut«, brummte Hetty und setzte sich widerwillig in das Gefährt.

»Kommt bitte kurz mit mir zum Schwesternzimmer. Ich habe dir dort Medikamente zusammenstellen lassen, Hetty, und ich möchte mir auch noch deine künftige Adresse aufschreiben.« Jules schob die grimmig dreinblickende Hetty ungerührt den Korridor entlang.

Später wartete Lucy neben ihr in der Eingangshalle, bis Jules den Wagen vorgefahren hatte. Sie machten es ihr auf dem Vordersitz des Land Rovers mit Kissen und Decken so bequem wie möglich.

»Du meldest dich bei mir, wenn ihr sicher angekommen seid, ja?«, bat Lucy ihre Schwester und versicherte sich ein letztes Mal, dass sie alles hatte, was sie brauchte.

»Das mache ich. Danke, für alles, Lucy. Du bist die beste Schwester der Welt.« Sie umarmten sich lachend, weil es fast ein Ding der Unmöglichkeit war mit all den Kissen und Decken, schließlich schloss Lucy die Tür und winkte den beiden hinterher, während sie davonfuhren.

Hetty verschlief den größten Teil der Fahrt, da die Medikamente, die Lucy ihr gespritzt hatte, ziemlich stark waren. Als sie noch etwa zwei Stunden von Aberdeen entfernt waren, wurde Hetty etwas unruhig.

»Hast du Schmerzen?«, fragte Jules und schaute prüfend zu ihr hinüber.

»Es geht schon.«

Das klang für ihn nicht wirklich überzeugend. Er nahm die nächste Autobahnausfahrt und steuerte eine Tankstelle an. Nachdem er getankt und bezahlt hatte, kam er mit einer Tragetasche zurück und stellte diese auf den Rücksitz. »Musst du noch aufs Klo?«, erkundigte er sich.

»Ich möchte so nicht unter Menschen«, sagte Hetty und deutete auf ihr Gesicht.

»Verstehe.« Er stieg ein und fuhr wieder los, doch nicht, wie sie erwartet hatte, zurück auf die Autobahn, sondern über Land. Kurz darauf fuhren sie durch einen Wald, wo Jules plötzlich in einen schmalen Waldweg einbog und diesem folgte, bis sie an eine Lichtung kamen. Dann parkte er am Wegrand und stellte den Motor aus.

»Lass uns eine Pause einlegen«, meinte er.

Hetty hatte es gerade erst geschafft, den Sicherheitsgurt zu lösen, als er schon die Wagentür auf ihrer Seite geöffnet hatte. Sie befreiten Hetty aus all den Decken und Kissen und legten diese auf den Fahrersitz daneben.

»Halt dich an mir fest«, ordnete er an, bevor er sie aus dem Sitz hob. Sie hätte selber gehen können, aber das Gefühl, von ihm getragen zu werden, war zu schön, und so schwieg sie lieber.

Er ging mit ihr ein bisschen vom Wagen weg auf die Wiese, wo er sie vorsichtig auf die Füße stellte. Doch Jules ließ sie nicht gleich los, sondern schaute ihr so tief in die Augen, dass sie glaubte, in seinen zu versinken. Ihr Mund war seinen Lippen so verlockend nah. Ganz sachte strich er ihr mit dem Daumen über die Lippen.

»Tut das weh?«, fragte er bewegt.

Sie schüttelte den Kopf, woraufhin seine Lippen der Spur seines Daumens folgten. Hetty spürte seine Zurückhaltung, und obwohl ihr Gesicht schmerzte, wollte sie mehr, brauchte sie mehr.

Stürmisch zog sie ihn an sich heran und eroberte sich seinen Mund. Sie wollte ihn riechen und schmecken, und sie wollte fühlen, dass sie am Leben war! Der Strudel, der sie erfasste, während sie ihn gierig küsste, ließ ihre Knie zu Gummi werden. Sie wäre in sich zusammengesackt, hätten seine starken Arme sie nicht gehalten.

»Entschuldige«, sagte er leise und legte seine Stirn an die ihre. »Wenn du mich so küsst, vergesse ich mich. Alles okay?«

»Alles bestens«, erwiderte sie mit einem leichten Lächeln auf den Lippen. Sie löste sich von ihm, drehte sich um und suchte mit ihren Augen den Waldrand ab. »Kannst du dich bitte mal umdrehen?«, fragte sie.

»Was hast du vor?«

»Ich muss mal für kleine Mädchen.« Leicht humpelnd verschwand sie hinter dem nächsten Baum. Es war gar nicht so einfach, mit nur einer Hand zurechtzukommen. Eine anständige Toilette wäre zudem wesentlich bequemer gewesen, aber so ging es auch. Danach wusch sie sich die Hände in dem kleinen Bach, der etwas weiter hinten über die Wiese plätscherte. Als sie zurückgehumpelt kam, hatte er bereits eine Decke auf dem Boden ausgebreitet und aus der Tüte vom Tankstellenshop Eistee, Sandwiches, Nudelsalat, Bananen, Erdbeeren und Joghurt ausgepackt.

»Ich war mir nicht sicher, was du essen kannst«, gestand er, als sie sich neben ihn setzte und ihren Blick über das Gelage schweifen ließ.

Hetty griff nach dem Nudelsalat, konnte ihn aber selbst nicht auspacken. Langsam, aber sicher begann sie ihr Handicap zu nerven. Noch nie war sie auf die Hilfe anderer angewiesen gewesen. Sie hasste das Gefühl jetzt schon. Jules öffnete die Packung für sie und hielt ihr eine Plastikgabel hin.

»Mittlerweile kann ich Max etwas besser verstehen«, knurrte

Hetty genervt. Er zog die Augenbrauen fragend nach oben. »Wenn du nicht mehr das tun kannst, was du möchtest, weil dein Körper es nicht zulässt und du auf andere angewiesen bist, ist das einfach nur nervig.«

Um Jules' Mundwinkel zuckte es verräterisch.

»Du brauchst gar nicht so zu grinsen, Jules. Das ist nicht lustig.«

»Doch, irgendwie schon. Vor allem, wenn ich mich daran erinnere, wie du Max die Leviten gelesen hast, damit er sich nicht so anstellt.« Grinsend biss er in ein Tomaten-Mozzarella-Sandwich.

Hetty kicherte und erinnerte sich ebenfalls zurück. »Du kannst einem schon fast leidtun, Jules. Nun hast du zwei von der gleichen Sorte am Hals.«

Er hielt ihr die geöffnete Flasche Eistee hin und löste eine Schmerztablette aus der Packung. »Keine Sorge, wenn's mir zu bunt wird, schließe ich euch beide gemeinsam im Schloss ein und überlasse Rose die Arbeit.«

»Glaubst du mir denn endlich, dass es sie gibt?«, fragte Hetty erstaunt und schluckte die Pille, die er ihr hinhielt.

»Nein, aber so bin ich euch trotzdem los.« Prüfend blickte er ihr in die Augen. »Als die Polizisten gesagt haben, dein Haus wäre abgebrannt, hast du nicht einmal mit der Wimper gezuckt. Warum nicht? Du musst doch viele persönliche Erinnerungen darin aufbewahrt haben.«

Hetty stellte die Eistee-Flasche ins Gras zurück. »Ich hätte nicht in das Haus zurückkehren können ... nicht nach dem, was passiert ist. Das Einzige, was ich vermissen werde, sind die Fotos aus der Zeit, als Becky noch klein war. Ich hatte sie zuvor in einen der Koffer gepackt, die ich mitnehmen wollte. Aber schlussendlich sind das alles nur Dinge. Becky lebt, ich lebe und meine Erinnerungen kann mir niemand nehmen.«

Eine Weile aßen sie einfach schweigend ihr Picknick.

»Hast du Angst, weil sie ihn noch nicht gefasst haben?«, fragte er in die Stille hinein.

»In London ja, hier nicht. Oliver weiß nicht, wo Max oder du wohnen.«

Jules legte seinen Arm um ihre Taille. »Trotzdem möchte ich, dass du vorsichtshalber nicht allein irgendwohin gehst. Versprichst du mir das?« Er zog sie vorsichtig mit sich auf die Decke, wo ihr Kopf auf seiner Brust zum Liegen kam.

»Und wenn ich George mitnehme?«, fragte sie. Sie musste ein Lachen unterdrücken, wenn sie an den alten Basset von Max dachte.

»Auch dann nicht. George ist bestechlich und würde für einen Knochen alles tun.«

»Gut, dass er dich nicht hören kann. Das würde er jetzt bestimmt persönlich nehmen. Und apropos Max, ist Stella mit ihm zum Arzt gefahren? Er hätte doch den Gips entfernt bekommen sollen.«

»Ja, zumindest habe ich sie darum gebeten. Ich denke, dass alles gut gegangen ist, sonst hätte der Doc mich angerufen.«

Erschöpft blieben sie eine Weile in der warmen Nachmittagssonne liegen. Um sie herum war außer dem leisen Plätschern des Baches und dem Vogelgezwitscher nichts zu hören. Erst als ein paar Wolken auftauchten und Hetty zu frösteln begann, packten sie ihre Sachen zusammen, bevor sie das letzte Stück des Weges in Angriff nahmen.

Es war bereits dunkel, als Jules den Wagen auf den Parkplatz vor seinem Haus steuerte. Sie waren sich einig, dass Hetty vorerst bei ihm blieb und noch nicht ins Schloss zurückkehrte. Max sollte sie so nicht sehen, fand Hetty. Vorsichtig kletterte sie mit Jules'

Hilfe aus dem Geländewagen. Die Fahrt war anstrengend gewesen, und sie war froh, sich bald richtig hinlegen zu können.

»Möchtest du einen Tee?«, fragte Jules, nachdem er sie ins Haus gelassen hatte.

»Gerne.«

Hetty ging schon mal nach oben ins Schlafzimmer, setzte sich aufs Bett und zog sich mühsam aus. Es ging nur langsam voran, aber sie schaffte es ohne Hilfe, worauf sie ziemlich stolz war. Sie wollte sich gerade auf die Suche nach einem Pyjama machen, den sie sich von Jules borgen könnte, als er mit der Tasse Tee den Raum betrat. Er versuchte sich dieses Mal zusammenzureißen, als er ihren geschundenen Körper sah, aber er war ein mieser Schauspieler. Seine Augen verrieten Hetty, was in ihm vorging. Während er die Tasse auf den kleinen Nachttisch stellte, trat sie leicht humpelnd auf ihn zu. Sie legte ihm sanft ihre Hand an seine Wangen.

»Es ist okay, Jules. Es geht mir gut.«

»Es ist alles andere als okay!«, rief er aus und trat einen Schritt von ihr zurück. »Es macht mich stinkwütend, dich so zu sehen und zu wissen, dass dieses Stück Dreck irgendwo da draußen noch frei herumläuft. Ich will ihm eine reinhauen, verstehst du? Ich will ihn ebenso zurichten wie er dich. Ich will ihn büßen lassen für all das ...«, er deutete auf ihren Körper. In Hettys Augen schimmerten Tränen, und er bereute seinen Ausbruch sofort. »Nein ... nicht. Ich bin so ein Idiot.«

Er trat wieder auf sie zu und zog sie an sich. Einen Moment lang hielten sie sich aneinander fest, und Jules war sich nicht sicher, wer hier wen tröstete.

»Du bist das Kostbarste, was ich habe, Hetty«, flüsterte er in ihr Haar. »Es zerreißt mich, dich so zu sehen ... danebenzustehen, wenn du Schmerzen hast, und nichts tun zu können ...«

»Es geht mir gut, Jules«, wiederholte sie. Hetty hob ihren Kopf, um ihm direkt in die Augen sehen zu können. »Das alles wird verheilen und es wird alles wieder gut werden. Nein, es wird nicht nur gut werden, sondern viel besser. Weil ich bei dir bin. Weil wir eine gemeinsame Zukunft haben. Oliver werden sie irgendwann fassen, und ich will nicht den Rest meines Lebens damit verbringen, ihn zu hassen ... ich will ihn einfach hinter mir lassen, genauso wie diesen schrecklichen Abend.« Mit einem aufmunternden Lächeln fuhr sie fort: »Und du kannst schon was tun. Du könntest mir einen deiner Pyjamas leihen, mir ist nämlich ziemlich kalt.«

Er trat zu der hübschen Holzkommode und zog daraus einen flauschig warmen, blaukarierten Flanellpyjama hervor. Mit Jules' Hilfe schlüpfte sie in ihn hinein. Hetty beobachtete sein Gesicht, als er ihr konzentriert das Oberteil zuknöpfte. Sie erkannte in seinen Augen, dass der Sturm, der in ihm tobte, sich noch nicht gelegt hatte. Zärtlich strich sie ihm mit der Hand über die Wange, doch die Sorgenfalte auf seiner Stirn verschwand nicht.

»Hast du schon vergessen? Ich bin Lara Crofts Mutter und die ist nicht aus Zucker.« Bei der Erinnerung an den Tag, an dem sie sich kennengelernt hatten, verzogen sich Jules' Mundwinkel nun doch leicht nach oben. Hetty berührte seine Lippen mit ihrer Fingerspitze. »Dein Lächeln ist alles, was ich brauche, Jules. Es ist sozusagen meine Medizin. Trotzdem könnte ich jetzt noch eine Zahnbürste gebrauchen.«

Zusammen gingen sie ins Bad, wo er ihr eine saubere Zahnbürste mit Zahnpasta bestrich und ihr in die Hand drückte.

»Kommst du zurecht?«, fragte er.

Als sie nickte, ging er nach unten, um Lucy Bescheid zu geben, dass sie gut angekommen waren. Er versprach ihr, morgen mit

Hetty beim Arzt vorbeizuschauen. Danach rief er noch bei Max an. Er musste es lange klingeln lassen, bis sein Freund sich meldete.

»Verdammt noch mal, Jules! Ich habe die ganze Zeit über versucht, dich oder Hetty zu erreichen. In den Nachrichten haben sie gemeldet, dass die Polizei Hettys lausigen Ehemann sucht. Angeblich hätte er seine Frau krankenhausreif geprügelt. Stella hat mir dann erzählt, du wärst nach London gefahren. Warst du bei Hetty? Wie geht es ihr?«

»Sie ist hier bei mir«, beruhigte Jules ihn gleich. »Wir sind gerade erst nach Hause gekommen, Max. Sobald es ihr etwas besser geht, schauen wir bei dir vorbei, versprochen. Ich wollte nur rasch hören, ob beim Doc alles gut gelaufen ist und du den Gips nun los bist.«

»Ja, was sollte da schon schiefgehen!?«, knurrte Max in den Hörer. »Zudem wacht ja dieser Drachen Stella über mich.«

Jules lachte müde. »Ach komm, so übel ist sie nicht.«

»Ist Hetty sehr schlimm zugerichtet?«, fragte Max hörbar besorgt.

Jules seufzte, denn er wusste, dass Max nicht lockerlassen würde, bevor er nicht ganz genau Bescheid wusste. Als er geendet hatte, sagte Jules: »Ich darf mir nicht vorstellen, was passiert wäre, wenn Becky nicht nach Hause gekommen wäre.« Jules schloss für einen Moment die Augen und versuchte vergebens, das hässliche Bild aus seinem Kopf zu vertreiben.

»Wie verkraftet sie es?«, fragte Max mir rauer Stimme.

»Sie kommt klar damit ... fast noch besser als ich. Ich würde am liebsten rausgehen und diese Ratte selbst aus dem Loch jagen, in dem sie sich versteckt hat.« Er hieb mit der Faust gegen die Wand vor ihm.

»Sachte, Junge. Damit hilfst du niemandem«, versuchte Max ihn zu mäßigen. »Sei einfach für Hetty da und versuch, deine Wut unter Kontrolle zu halten. Ja? Sag ihr einen lieben Gruß von mir und schaut morgen mal bei mir rein.«

»Ich weiß nicht ... sie möchte nicht, dass jemand sie so sieht. Lass uns morgen mal abwarten, und dann sehen wir weiter.« Er wünschte Max eine gute Nacht und ging wieder nach oben ins Schlafzimmer.

Hetty kam gerade aus dem Bad. Sie sah verloren und doch unglaublich süß aus in seinem für sie viel zu großen Pyjama. Er spürte, wie sich sein Verlangen nach ihr regte, und schämte sich gleich dafür. Sie war verletzt! Wie krank war sein Hirn eigentlich?! Verdutzt schaute Hetty zu, wie Jules nach einem der Kopfkissen und einer Bettdecke griff.

»Was wird das jetzt?«, fragte sie verwirrt.

»Es ist besser, wenn ich auf dem Sofa schlafe«, sagte er knapp. Erst als er ihren verletzten Blick sah, bemerkte er, dass sie das auch falsch verstehen könnte und fügte daher rasch hinzu: »Vielleicht würde ich mich im Schlaf drehen und auf dich drauf ... Ich will dir einfach nicht noch mehr Schmerzen zufügen.«

Zornig sprudelte es aus ihr heraus: »Hör endlich auf, mich zu behandeln, als wäre ich ein rohes Ei, Herrgott noch mal! Ich weiß, du bist besorgt, aber es treibt mich in den Wahnsinn. Nimm mich in die Arme, küss mich, berühr mich, damit ich mich wieder stark, lebendig und sicher fühle. Mehr brauche ich nicht, verstehst du?« Ihre Stimme klang fast schon flehend.

Prüfend wanderten seine Augen über ihr Gesicht, dann legte er sein Bettzeug wieder zurück. »Ist das etwa unser erster Streit?«, fragte er mit einem schiefen Grinsen.

Hetty wuschelte ihm lächelnd durchs Haar, bevor sie unter die herrlich weiche Decke schlüpfte. Genüsslich schaute sie ihm dabei zu, wie er sich auszog. Als er es bemerkte, zog er amüsiert eine Augenbraue hoch.

»Es scheint Ihnen wirklich besser zu gehen, Mylady.«

»Wie gesagt, du bist meine Medizin«, schmunzelte sie und hielt ihm die Bettdecke auf.

Er deutete mit dem Kopf auf ihr Nachttischchen, wo der Tee und die Tabletten standen. »Nimm zuerst die, dann sehen wir, ob du noch etwas Stärkeres brauchst.«

»So wie dich, meinst du?«, kicherte sie. Trotzdem rappelte sie sich wieder auf und schluckte ihr Medikament. In seine Arme gekuschelt schlief sie bald darauf ein.

Die lange Fahrt hatte auch an seinen Kräften gezerrt. So lauschte er nur kurz ihrem gleichmäßigen Atem und driftete schließlich selbst ins Reich der Träume ab.

14. Kapitel

In London fand ein anderer Mann hingegen keinen Schlaf. Hass und Rachepläne hielten Oliver wach. Nachdem er mit dröhnendem Schädel auf dem Boden in seinem Flur aufgewacht war, hatte er Victor, seinen Kontaktmann bei der russischen Mafia, angerufen und vorgewarnt. Natürlich war der alles andere als begeistert gewesen. Wie konnte man bloß Beweismittel offen im Büro herumliegen lassen?! Es beruhigte Victor auch nicht sonderlich, dass Oliver ihm versicherte, Henrietta hätte nichts finden können, was auf die Organisation zurückschließen ließe. Victor befahl ihm, zu warten, bis seine Männer vorbeikämen, sie würden die Sache nun in die Hand nehmen.

Tatsächlich fuhren bereits zehn Minuten nach seinem Anruf zwei schwarze BMWs vor Olivers Haus vor. Die Männer wiesen ihn an, im Garten zu warten, während sie eiligst Benzinkanister ins Haus trugen. Schon wenige Minuten später sah er durch die Fenster die ersten Flammen auflodern. Die Polizei sollte keine Möglichkeit erhalten, weitere Beweismittel sicherzustellen. Nur gut, dass er die Dokumente in Henriettas Handtasche entdeckt hatte. Oliver glaubte nicht, dass sie nach der Abreibung, die er ihr verpasst hatte, noch in der Lage gewesen war, weitere Unterlagen aus seinem Büro zu holen. Als er auf Victors Leute gewartet hatte,

hatte er trotzdem seinen Schreibtisch überprüft. Soweit er das auf die Schnelle beurteilen konnte, schien nichts zu fehlen.

Die Männer fuhren Oliver anschließend an einen geheimen Ort, wo er untertauchen und sich von dem Schlag auf den Kopf auskurieren konnte.

»Du bleibst jetzt erst mal hier, bis die Wogen sich etwas geglättet haben«, hatte Victor, der im Unterschlupf auf ihn gewartet hatte, zu ihm gesagt. »Wir werden für dich inzwischen neue Ausweispapiere organisieren.«

Kaum waren die Männer weg, legte er sich im Schlafzimmer hin. Doch sein Schädel pochte zu schmerzhaft, so konnte er nicht einschlafen. Daher starrte er lediglich in die Dunkelheit und überlegte krampfhaft, wie er das alles hätte vermeiden können. Hätte er geahnt, dass Henrietta nach Hause kommt, hätte er die Beweise rechtzeitig verschwinden lassen können. Da sie nun aber von seinen Machenschaften wusste, musste er Henrietta aus dem Weg schaffen. Wütend krallte er seine Finger in die Bettdecke. Es ärgerte ihn, dass er sich hatte hinreißen lassen und nicht gleich das Notwendige erledigt hatte. Er hatte sie bestrafen wollen, das war ganz klar. Aber nun musste er sich verkriechen wie ein Schwerverbrecher. Wie hatte nur alles so aus dem Ruder laufen können? Und wer hatte ihn eigentlich niedergeschlagen?

Nach einer schlaflosen Nacht sah er sich am nächsten Morgen seine Unterkunft etwas genauer an. Die Rollläden waren alle heruntergelassen, damit man weder rein, noch rausschauen konnte. Soweit Oliver auf der Fahrt mitbekommen hatte, musste er sich in der Nähe von Crystal Palace befinden. Allerdings traute er sich noch nicht, die Wohnung zu verlassen, um zu prüfen, ob er mit dieser Vermutung richtiglag.

Sein Versteck war ein einziges Drecksloch, was seine Wut auf Henrietta noch steigerte. Warum musste dieses blöde Weib auch ohne Ankündigung nach Hause kommen? Das passte gar nicht zu ihr. Wegen jedem Mist schickte sie ihm sonst eine SMS, warum dieses Mal nicht? Er hatte gedacht, dass, wenn er ihr die Konten sperrte, ihr schnell klar würde, dass sie ohne ihn nicht zurechtkäme. Er hatte erwartet, sie würde reumütig anrufen, nach Hause kommen und ihn um Verzeihung bitten. Dann hätten sie mit ihrem gewohnten Leben weitermachen können. Er hätte weiterhin Geld beiseitegeschafft und sich in zwei oder drei Jahren von Henrietta getrennt, bevor er sich irgendwo in der Karibik zur Ruhe gesetzt hätte. Niemand hätte den Familienvater verdächtigt, mit der Mafia in Verbindung zu stehen. Nach außen war er ein rechtschaffener Bürger. Nie hatte er Henrietta einen Grund zur Klage gegeben und so dankte sie es ihm? Wenn er schon finanziell für sie aufkam, durfte er doch zumindest erwarten, dass sie sich ordentlich um das bisschen Haushalt kümmerte. Aber nein, sie haute einfach nach Schottland ab – wegen so eines alten Trottel, den sie noch nicht mal kannte.

Er hatte ihr nicht zugetraut, so lange ohne sein Geld auszukommen. Erst als Becky ihm von dem Typen erzählt hatte, war ihm ein Licht aufgegangen. Das Miststück hatte sich einfach den Nächstbesten geangelt, der für sie zechte. Wie sie sich den eingefangen hatte, war ihm unerklärlich. Henrietta war weder ein besonderer Hingucker noch begabt, wenn es darum ging, einen Mann im Bett glücklich zu machen. Es war nett mit ihr, mehr aber auch nicht. Da hatten die russischen Frauen seines Auftraggebers schon anderes auf Lager. Aber Henrietta war fleißig, zuverlässig und sie hatte ihm blind vertraut. Er grinste über ihre Naivität, die sie nicht hatte erkennen lassen, was er hinter ihrem Rücken trieb.

Es hatte vor neun Jahren begonnen, als er zum ersten Mal im Auftrag der Bank nach Moskau musste. Ein bisschen zu viel Wodka, ein bisschen zu viel von den jungen russischen Frauen, wo ihm bei einer auch die Hand etwas zu heftig ausgerutscht war. Das eine hatte zum anderen geführt, und schlussendlich saß er in einem protzigen Büro einem Koloss von Mann gegenüber, der ihn nicht gerade freundlich anblickte. Mit einer sanften Stimme, die gar nicht zu ihm passte, hatte dieser Mann ihm erklärt, dass sein Mädchen wegen ihm halb tot ins Krankenhaus eingeliefert worden wäre. Er mochte es nicht, wenn man seine Sachen beschädigte, daher würde man ihm jetzt sämtliche Finger brechen und ihn danach der russischen Polizei übergeben. Oliver erinnerte sich noch daran zurück, wie er zitternd auf dem Stuhl gesessen und sich beinahe in die Hose gemacht hatte. Doch es gäbe auch noch eine andere Möglichkeit, hatte der Koloss dann glücklicherweise gemeint: Er könnte sich erkenntlich zeigen und für die Familie ein paar Bankgeschäfte tätigen. Diese Variante fand Oliver wesentlich angenehmer.

Da die Mafiabosse schnell merkten, dass sie in ihm eine Goldgrube gefunden hatten, beteiligten sie ihn nach den ersten Transaktionen. Und so war er nach und nach immer tiefer in die illegalen Geschäfte hineingerutscht. Es war nicht zu seinem Schaden, wenn er an die Villa auf den Caymans dachte. Ganz bestimmt würde er sich nun nicht alles von Henrietta vermasseln lassen.

Später am Tag kam Victor vorbei und knallte neben ein paar Nahrungsmitteln eine Flasche Haarfärbemittel auf den Tisch sowie ein Foto eines Typen. »Du wirst bereits von der Polizei gesucht. Versuche dein Aussehen dem hier anzupassen. In zwei oder drei Tagen bringt ein Kurier die neuen Ausweispapiere hierher. Mit denen kannst du dich vom Acker machen. Setz dich am besten gleich ins Ausland ab. Sollte die Polizei dich erwischen, werden wir Mittel und Wege finden, dich zu erledigen, bevor du eine Aussage machen kannst. Kapiert?«

Oliver war klar, dass Victor keine leeren Drohungen machte.

Mit der russischen Mafia war noch nie zu spaßen gewesen. Er würde sich absetzen müssen, was auch bedeutete, dass er seine Tochter nie wiedersehen würde. Und das alles nur wegen Henrietta! Bevor er sich aus dem Staub machte, würde er das, was er begonnen hatte, beenden.

Hetty stand in der Küche, als sie Schritte hinter sich hörte. Lächelnd drehte sie sich um, weil sie dachte, es wäre Jules. Doch das Lächeln verschwand schlagartig, als sie nicht Jules, sondern Oliver vor sich stehen hatte.

»Überrascht?«, fragte er süffisant.

Hettys Augen suchten verzweifelt den Raum nach einer Fluchtmöglichkeit ab, aber es gab keine, bei der sie nicht an ihm vorbeimusste.

»Hättest wohl nicht gedacht, dass ich dich hier finde? Aber du bist meine Frau. Es gibt keinen Ort, an dem du dich vor mir verstecken könntest.«

Er trat näher an sie heran, und sie konnte den Irrsinn in seinen Augen aufflackern sehen. Hetty wich einen Schritt zurück, doch an ihrem Rücken fühlte sie bereits die Küchenabdeckung, es gab kein Entrinnen. Als seine Hände sie packen wollten, schlug sie wild um sich, doch damit erreichte sie nur, dass er sie an einem ihrer Arme erwischte und gegen den Küchentisch schleuderte. Der Schmerz ließ sie zu Boden gehen, und schon stand er über ihr. Seine Hände legten sich um ihren Hals und drückten zu.

»Atme, Hetty … atme!«, befahl ihr eine energische Stimme, die sich wie Jules anhörte. Aber das konnte nicht sein. Sie fühlte Arme um sich, die ihr halfen, sich aufrecht hinzusetzen. Dann schnappte sie nach Luft. Erleichtert fühlte sie, wie ihre Lungen den benötigten Sauerstoff ungehindert einsaugen konnten. Ihre Kehle war frei. Verwirrt öffnete sie die Augen.

Einen Moment schaute sie sich orientierungslos um. Jules saß neben ihr im Bett und hielt nach wie vor einen Arm um ihre Schultern gelegt.

»Es war nur ein Traum, Liebes«, sagte er eindringlich. »Es ist alles okay. Du bist in Sicherheit.«

Zitternd wie Espenlaub flüchtete sie sich in Jules' Umarmung. Sie spürte seine Körperwärme an ihrer Wange und hörte sein Herz beständig schlagen, wenn auch ein bisschen schneller als üblich. Alles war gut, sie war sicher. Oliver war nicht hier und konnte ihr nichts tun. Erleichtert atmete sie auf.

»Es war so real«, flüsterte sie.

»Das haben Albträume so an sich. Willst du mir erzählen, was du geträumt hast, oder möchtest du lieber nicht darüber reden?«

Sie legten sich zurück in die Kissen und Hetty bettete ihren Kopf an seine Schulter, bevor sie ihm von ihrem Traum erzählte.

»Er wird dich hier nicht finden, Hetty. Und wenn er doch auftauchen sollte, bin ich da. Ich werde nicht zulassen, dass er dir noch einmal wehtut, hörst du?«, versicherte er ihr.

Später am Tag fuhr Jules sie zu Doc McInnerty. In der Zeit, in der sie beim Arzt war, erledigte er die Einkäufe, da sie sich mit ihrem Gesicht noch nicht in der Öffentlichkeit zeigen wollte.

»Es sehen doch gleich alle, dass ich verprügelt worden bin. Am Ende denken die noch, du wärst das gewesen. Trish und Konsorten zerreißen sich bereits genug das Maul über dich.«

»Okay, aber Max würde dich wirklich gern sehen. Er macht sich Sorgen, schließlich liest er auch Zeitung und schaut fern.«

»Lass mir noch einen Tag Zeit. Morgen fahren wir zu ihm, ja?«

Jules hatte nachgegeben und ihr geholfen, einen Schal um ihren Hals zu binden, damit man die Würgemale nicht gleich sah.

Dann hatte er sie zum Arzt gefahren und bis in die Praxis hinein begleitet, wo er sie eine halbe Stunde später wieder abholte.

»War er zufrieden mit dir?«, erkundigte er sich auf der Rückfahrt. Er musste die Scheibenwischer eine Stufe höher einstellen, weil es heftig regnete.

»Ja, ich soll mich heute noch ausruhen und die nächsten Tage langsam angehen. Mit Max war er übrigens auch zufrieden«, lenkte sie das Thema von sich ab. »Er kann jetzt den Fuß normal belasten, und seine Zuckerwerte seien so gut wie noch nie. Vielleicht kann ich in ein paar Tagen wieder beim Kochen und Putzen helfen.«

Grimmig schaute Jules zu ihr hinüber. »Mit Sicherheit nicht! Du trägst einen Gips, falls du das vergessen haben solltest. Lass Stella ihren Job machen und erhol dich erst mal.«

Er lenkte den Wagen auf den Parkplatz und stieg aus. Bevor er auf ihrer Seite stand, um ihre Wagentür zu öffnen, war sie auch schon ausgestiegen. Sie standen sich im Regen gegenüber und schauten sich trotzig an.

»Ich weiß schon, was mir guttut, Jules. Wenn ich den ganzen Tag nur rumsitze, hilft mir das nicht. Zudem wird Max Stella bald nicht mehr bezahlen können. Jetzt, wo es ihm besser geht, wird ihm die Haushaltshilfe bestimmt gestrichen werden.«

»Dann werde ich mitkommen. Bis die Oliver erwischt haben, lasse ich dich ganz sicher nicht allein in das Schloss zurück.«

»Max ist ja auch noch da!«

Jules schob Hetty energisch Richtung Haustür. »Super, ein über Achtzigjähriger wird deinen gewalttätigen Ehemann bestimmt aufhalten können! Lass uns erst mal abwarten, was in den nächsten Tagen passiert, vielleicht schnappt die Polizei ihn ja.«

»Was hast du hier zu suchen?!«, wetterte Max. Er hatte trotz starkem Regen mit George eine kurze Runde durch den Garten gedreht und war gerade dabei, seine pitschnasse Jacke in der Eingangshalle aufzuhängen, als er Liz auf der Treppe stehen sah. »Wie bist du überhaupt hereingekommen?«

»Ich wünsche dir auch einen guten Morgen, Max. Deine Haushälterin war so nett und hat mich hereingelassen.« Liz klang überfreundlich, was Max gleich skeptisch machte.

»Was willst du?!«, fragte er unhöflich.

»Nun sei nicht so grantig, Max. Ich wollte nur mal nach dir sehen. Anscheinend sind ja deine Großnichte und dein Kumpel nicht da, um sich um dich zu kümmern. Soll ich dir einen Tee kochen, du bist bestimmt durchgefroren. Was gehst du auch draußen bei dem Wetter spazieren?«

»Du bist hier nicht willkommen, Liz! Ich brauche weder dich noch sonst jemanden. Mir geht es gut, wie du siehst. Ich bitte dich jetzt zu gehen!« Max deutete mit dem Gehstock, den er für den Spaziergang sicherheitshalber mitgenommen hatte, vehement Richtung Eingangstür.

Liz zog eine Aktenmappe aus ihrer Handtasche und hielt sie Max hin. »Ich möchte, dass du dir das hier in Ruhe durchliest, Max.«

Doch da Max keine Anstalten machte, nach der Mappe zu greifen, legte Liz sie auf die Bank neben der Garderobe. »Lies es! Es ist ein Kaufangebot für das Schloss. Ich weiß, ich müsste das nicht tun, da mir und Jane das Schloss irgendwann sowieso zustehen wird. Aber du kannst nicht ewig hier wohnen bleiben. Und mit dem großzügigen Betrag könntest du dir noch einen schönen Lebensabend machen …«

»Raus hier! Aber sofort!« Max griff nach Liz‘ Arm und wollte sie hinausbefördern, doch die wich keinen Zentimeter von der Stelle. In diesem Moment kam Stella die Treppe hinunter.

»Was geht hier vor?«, fragte sie höflich.

»Stella, hätten Sie die Güte, dieses Weibsbild aus meinen Augen zu schaffen? Und wenn Sie sie jemals wieder hereinlassen, sind Sie gefeuert!«

Wütend auf sich selbst, weil er nicht mehr die Kraft hatte, seine Nichte selbst hinauszuwerfen, griff er nach der Aktenmappe und warf sie ihr mit aller Kraft entgegen. Dann stampfte er wütend davon. Er hörte nur noch, wie Stella Liz leise aufforderte, nun besser das Schloss zu verlassen.

Jules hatte am Nachmittag in seiner Werkstatt den Kamin eingefeuert. Da er noch etwas arbeiten musste und er Hetty nicht allein im Haus lassen wollte, stellte er einen gemütlichen Ohrensessel vor den Ofen. Sie hatte sich ein Buch aus seiner eher mageren Bibliothek ausgesucht, bevor sie sich in den Sessel kuschelte. Es hätte ein gemütliches Bild abgegeben, wenn ihm nicht aufgefallen wäre, dass sie nun schon seit einer guten Viertelstunde keine Seite mehr umgeblättert hatte, sondern immer noch die gleiche Seite anstarrte wie zuvor. Er sagte nichts, sondern fuhr grimmig fort, die Gartenbank vor ihm mit einem in Pflegeöl getränkten Lappen einzureiben. Außer dem Regen, der an die Fensterscheibe prasselte, und dem Knacken des brennenden Holzes im Kamin war nichts zu hören.

Jules erinnerte sich an den frühen Morgen, als er aufgewacht war, weil Hetty neben ihm verzweifelt nach Luft japste und zu ersticken schien. Er hatte sich gehörig erschrocken, weil er zuerst dachte, sie bekäme aufgrund ihrer Verletzungen keine Luft. Aber ihm war schnell klar geworden, dass sie wohl einen Albtraum gehabt haben musste. Nach seiner Zeit im Krieg war es ihm gleich ergangen. Die Träume würden sie wohl noch eine Weile verfolgen.

Erneut warf er ihr einen Blick von der Seite zu und sah, wie ihr

Tränen über die Wangen liefen. Er warf den Lappen hin, wischte sich die Hände sauber und trat vor ihren Sessel. An der gesunden Hand zog er sie hoch, setzte sich selbst auf den Sessel und zog sie dann zurück auf seinen Schoß. Ihr Kopf lehnte an seiner Halsbeuge und er fühlte ihre Tränen auf seiner Haut.

»Es tut mir leid«, flüsterte sie leise. »Ich will nicht heulen.«

Tröstend rieb er ihren Arm. »Es ist gut so. Lass es einfach zu.«

Nach einer Weile beruhigte sie sich, aber Jules machte trotzdem keine Anstalten aufzustehen. Es war schön, die Nähe und den Trost des anderen zu spüren.

Schließlich unterbrach Hetty die Stille: »Ich kann nicht verstehen, wie ich so lange neben ihm her gelebt habe, ohne zu bemerken, in welch schmutzige Geschäfte er verwickelt ist. Wie konnte ich in all der Zeit nicht sehen, wie brutal er ist? Was wäre passiert, wenn Becky es herausgefunden hätte und nicht ich? Ich habe wirklich gedacht, er bringt mich um, Jules.« Sanft streichelte er ihren Arm und ließ sie weiterreden. »Man sagt doch, im Moment des Todes sähe man sein Leben an sich vorbeiziehen. Aber das habe ich nicht, ich hatte nur unglaubliche Angst und habe versucht, ihn von mir wegzustoßen, damit ich Luft bekam. Er war so schwer und so kräftig ... ich hatte keine Chance ... ich dachte nur noch: So nicht, so will ich nicht sterben. Doch ohne Becky wäre genau das passiert.« Wieder flossen die Tränen.

Jules murmelte beruhigende Worte auf sie ein. »Du hast es überlebt, Hetty. Und auch Becky geht es gut. Es bringt nichts, wenn du dir Vorwürfe machst und dich immer wieder fragst, warum du nicht früher etwas bemerkt hast. Er wird es gut vor dir verborgen haben.«

Hetty schüttelte vehement den Kopf. Sie war noch nicht bereit, sich selbst zu verzeihen. »Ich war bequem, Jules. Habe mich mit dem zufriedengegeben, was ich hatte. Habe nichts hinterfragt. Wenn Oliver fand, ich sollte einen Jaguar fahren, dann ließ ich es zu, dass er meinen alten Vauxhall einfach verkaufte und mich vor vollendete Tatsachen stellte. Verstehst du? Er sagte ›hüpf‹ und ich hüpfte. Wie hatte ich es nur so weit kommen lassen können?!«

Er zog ihren Kopf an seine Schulter. »Ganz einfach, Süße, du hast ein Helfersyndrom.«

»Was?!«, entrüstet schlug sie ihm leicht gegen die Schulter.

Er hielt lachend ihre Hand fest. »Na, ist doch so. Das hat nicht nur Oliver ausgenutzt, sondern auch der Rest deiner Familie. Und irgendwie muss ich ihnen dafür sogar noch dankbar sein, denn sonst wärst du vermutlich nicht nach Schottland gekommen und wir hätten uns nie kennengelernt.«

Hetty sah ihn wieder ernst an. »Das wird mir nie wieder passieren. Ich werde niemandem mehr erlauben, so über mein Leben zu bestimmen.«

»Mist, und ich dachte schon, ich hätte endlich jemand gefunden, der für mich kocht, den Haushalt erledigt, putzt, mir das Bett vorwärmt und ...«, weiter kam er nicht, Hetty hatte seinen Mund längst mit einem Kuss verschlossen.

Sanft strich sie mit den Fingern über sein Gesicht. »Danke ... danke, dass du da bist«, sagte sie mit belegter Stimme. Er seufzte leise auf, als ihre Lippen sich erneut auf seine senkten. »Wolltest du nicht noch arbeiten?«, fragte sie etwas atemlos, während er in ihren tiefblauen Augen versank.

»Hab' grad alle Hände voll zu tun«, brummelte er und ließ diese wie zur Bestätigung über ihren Rücken wandern.

Hetty legte sich bereits kurz nach dem Abendessen, das aus einer Tiefkühlpizza bestanden hatte, hin. Nachdem sie eingeschlafen war, ging Jules ins Büro, schaltete den Computer ein und durchforstete das Netz nach Neuigkeiten. Den Zeitungen zufolge suchte die Polizei Oliver nach wie vor. Die Fahndung lief auf Hochtouren. Es wurde auch berichtet, dass die Polizei auf dem Handy der Ehefrau Daten sicherstellen konnte. Demnach stand Collins nun unter dringendem Verdacht, in illegale Bankgeschäfte verwickelt zu sein.

Jules fluchte leise. Er fand es alles andere als hilfreich, dass Oliver nun darüber Bescheid wusste, wie die Polizei an Beweismaterial gelangt war. Nachdem er noch seine E-Mails beantwortet hatte, schaltete er den Rechner schließlich aus. Hetty schlief bereits tief und fest, als er sich zu ihr ins Bett legte und ihrem gleichmäßigen Atem lauschte.

Max hatte in dieser Nacht schlecht geschlafen. Nicht etwa weil ihn Rose wach gehalten hatte – obwohl er sich tatsächlich lange mit ihr unterhalten hatte. Er hatte ihr erzählt, was mit Hetty passiert war. Die Nachricht hatte Rose ziemlich mitgenommen, und er konnte sie nur beruhigen, indem er ihr versicherte, dass Hetty inzwischen bei Jules wäre und es ihr den Umständen entsprechend gut ginge.

»Wird sie jetzt bei uns bleiben?«, hatte Rose ihn gefragt.

»Ich weiß es nicht«, hatte er ihr ehrlich gestanden. »Vielleicht wird sie auch mit Jules ein neues Leben beginnen, keine Ahnung.«

Als Rose ihn wieder auf dem üblichen Weg durch das Fenster verlassen hatte, konnte er lange nicht einschlafen, weil er sich genau die gleiche Frage stellte. Würden die beiden wegziehen, um irgendwo von vorne zu beginnen? Mit den dahinschleichenden nächtlichen Stunden nahm ein Plan in seinem Kopf Gestalt an, wie er dafür sorgen konnte, dass die beiden für ihn wichtigsten Menschen nicht plötzlich wieder aus seinem Leben verschwanden. Er wusste, es war ein wenig manipulativ, doch waren nicht im

Krieg und in der Liebe alle Mittel erlaubt? Ja, er liebte diese beiden Menschen. Sie waren mehr Familie für ihn, als es seine Nichten jemals sein konnten.

Nachdem Stella am nächsten Tag zum Einkaufen aus dem Haus war, telefonierte Max mit seinem Notar und verabredete sich mit ihm in der Stadt.

»Ich komme gerne auch zu Ihnen raus, Mister Gordon, das wissen Sie, oder?«

»Die Sache ist etwas delikat, Mr Finch. Aber das erkläre ich Ihnen, wenn ich heute Nachmittag bei Ihnen bin.«

Anschließend rief Max bei einem Taxi-Unternehmen an, das ihn kurz nach dem Mittagessen abholen sollte. Stella schaute ihn argwöhnisch an, als er ihr sagte, er werde am Nachmittag außer Haus sein.

»Ich glaube nicht, dass Ihre Großnichte das gutheißen würde, Mr Gordon«, wandte sie ein. »Mir wäre lieber, Sie ließen sich von mir begleiten.«

»Stella, wenn ein Mann zum Urologen muss, will er dabei nicht von seiner Haushälterin begleitet werden.«

»Warum hat Doktor McInnerty mir davon nichts gesagt?«, fragte Stella misstrauisch.

»Weil ich mich nicht von einem Land- und Wiesenarzt an so einer delikaten Stelle behandeln lassen will. Und nun hören Sie schon auf mit dieser dummen Fragerei. Ich bin alt genug, um über mich selbst bestimmen zu können.«

Pünktlich um halb eins stand schließlich das Taxi bereit und fuhr Max nach Aberdeen, direkt vor das Notariatsbüro. So musste er nur wenige Schritte zu Fuß gehen. Als die Vorzimmerdame Max bei ihrem Chef angekündigte, kam Finch gleich selbst heraus, um ihn in sein Büro zu begleiten. Immerhin kümmerte er sich schon seit Jahren um die Geschäfte der Familie Gordon. Er hatte als junger Notar bei der Familie begonnen und würde nun selbst in wenigen Jahren das Pensionsalter erreicht haben.

»Was führt Sie zu mir, Mr Gordon?«, fragte er und setzte sich in seinen Lederstuhl hinter dem großen Mahagonischreibtisch.

Seine Kanzlei schien hervorragend zu laufen, stellte Max zufrieden fest. Er mochte den Notar, der es mit Fleiß vom kleinen Angestellten bis zum Inhaber dieser Kanzlei geschafft hatte.

»Nun, es geht um das Schloss. Wie Sie ja schon einmal mitbekommen haben, ist eine meiner Nichten ziemlich scharf darauf.«

Finch lächelte wissend: »Weswegen wir ja das Testament auch angepasst und sie weitgehend ausgeschlossen haben. Genauso wie die Nichte, die diesen Engländer geheiratet hat.«

Finchs Sekretärin trat leise ein und servierte den beiden Herren einen Tee. Erst als sie wieder draußen war, fuhr Max fort: »Nun ja, der englische Teil meiner Verwandtschaft scheint nicht ganz so schlimm zu sein, wie sich jetzt herausgestellt hat.«

»Dann wollen Sie das Testament zu ihren Gunsten anpassen?«

»Nein, ich möchte das Schloss meiner Großnichte schenken.«

»Wie bitte?« Finch hätte sich beinahe an seinem Tee verschluckt. »Sie wollen das Schloss verschenken?«

»Ja, es wird Zeit, die Verantwortung jemand Jüngeren zu übergeben, und ich glaube, Henrietta ist da die Richtige. Sie wird sich als würdig erweisen.«

Finch sah seinen Klienten prüfend an. »Und Sie wurden nicht unter Druck gesetzt? Verzeihen Sie mir meine Direktheit, aber ich weiß ja, was Ihnen das Schloss bedeutet.«

»Sehen Sie etwa eine Waffe auf mich gerichtet?«, schmunzelte Max.

»Na schön«, Finch lehnte sich in seinem Stuhl etwas zurück.

»Und warum haben Sie den langen Weg in die Stadt auf sich genommen? Das hätten wir doch auch bei Ihnen regeln können.«

»Ja, aber ich möchte nicht, dass jemand schon Wind davon bekommt. Vor allem nicht meine Nichte Liz. Hetty hat im Moment bereits genug Probleme.« Max berichtete Finch von den Vorfällen. Als er geendet hatte, schaute er den Notar fragend an. »Ich weiß, dass Hetty aus dem Schloss etwas machen wird. Es soll ihr auch die Zukunft sichern. Gibt es eine Möglichkeit, ihr das Schloss zu schenken, ohne dass dieser missratene Ehemann davon etwas abbekommt?«

Finch schmunzelte. »Aber sicher doch! Ihre Großnichte wird sich bestimmt von diesem Typen scheiden lassen, liege ich da richtig?«

Max nickte und ließ sich von dem Notar das Vorgehen erklären. Nachdem das entsprechende Dokument aufgesetzt war, rief Finch im Computer noch das Testament von Max auf und passte auch das noch mit ihm zusammen an. Verschmitzt gab Max an, dass das Bild, das im grünen Zimmer über dem Kamin hing, nach seinem Ableben an Liz ginge. Das Bild war ein Selbstporträt von ihm, das Hazel von einem unbekannten Künstler hatte anfertigen lassen. Er hatte es noch nie gemocht, obwohl Hazel es ihm geschenkt hatte. Die Vorstellung, wie Liz es auspacken würde, bereitete ihm ein heimliches Vergnügen, für das er seiner verstorbenen Frau dankbar war. Das Bild zeigte ihn vor dem Schloss stehend.

Der Notar druckte das fertige neue Testament aus, ließ Max es unterschreiben und rief dann seine Sekretärin zu sich, die es für ihn wegschloss. Die unterschriebene Absichtserklärung drückte er Max beim Abschied in die Hände.

»Ich hoffe, Mrs Collins weiß dieses großzügige Geschenk zu schätzen, Mr Gordon. Selbstverständlich würden wir unsere

Dienste auch gerne Ihrer Großnichte anbieten. Wenn Sie ihr das bitte ausrichten würden?«

»Selbstverständlich, Mr Finch. Sobald die Scheidung meiner Großnichte durch ist, werden wir gemeinsam vorbeikommen und die Schenkung bei Ihnen notariell abschließen. Bei der Gelegenheit können Sie sich gleich kennenlernen.«

»Es war mir wie immer eine Freude, Ihnen behilflich zu sein, Mr Gordon. Kommen Sie gut nach Hause.«

Sie gaben sich zum Abschied die Hand, anschließend wies Finch seine Sekretärin an, für seinen Klienten ein Taxi zu rufen.

»Wie du willst«, sagte Liz grimmig und warf die Aktenmappe mit ihrem Kaufangebot schwungvoll in den Mülleimer. Sie hatte es sich zuvor noch einmal durchgelesen. Es war wirklich ein sehr großzügiges Angebot von ihr gewesen, zumal dieser alte Trottel froh sein sollte, wenn ihm jemand diese Bürde abnahm. Selbst war er doch gar nicht mehr in der Lage, für den Unterhalt des Schlosses zu sorgen, und es wies bereits ziemliche Schäden auf, die den Wert minderten. Egal, sie würde auch so in seinen Besitz kommen. Wenn es nicht auf die ehrliche Art ging, dann eben anders. Sie hatte bereits ein wenig vorgesorgt und schon mal ein paar Hebel in Bewegung gesetzt, da sie davon ausgegangen war, dass Max das Angebot ablehnen würde. Allerdings hatte sie gehört, dass Henrietta nun wieder zurück war und mit diesem Kindermörder herumturtelte. Auch dass Henrietta von ihrem Ehemann verletzt worden war, wusste Liz, aber Mitleid empfand sie deswegen nicht. Jeder kriegte das, was er verdiente. Das Dumme war nur, dass Henrietta und Jules schon vor ihrer Abreise um Max herumgeschwirrt waren. Die beiden hatten bestimmt ebenfalls vor, Max das Schloss abzujagen. Sie würde ihnen zuvorkommen müssen. Es ärgerte Liz, nicht schon früher zur Tat geschritten zu sein. Nun musste sie sich nicht nur um Max, sondern auch noch um Hetty kümmern. Wobei sie auch darauf achten musste, dass dieser Jules ihr nicht in die Quere kam. Ihr Plan war damit etwas gefährdet. Es würde wohl unumgänglich sein, neben ihrer Kontaktperson noch jemanden hinzuzuziehen. Schließlich kannte sie sich mit Verbrechen nicht wirklich aus und wollte sich selbst auch nicht die Hände schmutzig machen. Liz hatte bereits eine Idee, wen sie hinzuziehen wollte. Das einzige Problem war, dass sie nicht wusste, wie sie an ihn herankommen sollte.

Im Fernseher flimmerten die Nachrichten und erneut wurde das Fahndungsbild von Oliver Collins gezeigt. Liz schnappte sich die Fernbedienung, um die Lautstärke zu erhöhen. Gespannt verfolgte sie die Berichterstattung, aber es gab keine neuen Erkenntnisse über den Verbleib von Henriettas Ehemann.

Auf der Heimfahrt aus der Stadt ließ Max das Taxi bei Jules' Blockhaus anhalten. Da er sicher war, dass Jules ihn danach zum Schloss fahren würde, bezahlte er den Fahrer und verabschiedete sich von ihm. Jules, der den Wagen gehört hatte, öffnete ihm die Tür, noch bevor er klingeln musste.

»Max?! Was machst du denn hier? Ist etwas passiert?«

Max grinste. »Kann ich meinen Freund nicht einfach so mal besuchen?«

Jules ließ ihn herein. »Klar, aber mit dem Taxi? Hetty und ich wollten heute eh noch bei dir vorbeischauen, aber Stella hatte uns gesagt, du seist noch unterwegs. Komm rein.«

Er führte ihn ins Wohnzimmer, wo Hetty auf dem Sofa lag. Sie setzte sich auf, als die beiden eintraten. Max zog es das Herz zusammen, als er seine Großnichte sah. Es war ja mittlerweile schon ein paar Tage her, seit es passiert war und die Schwellungen im Gesicht hatten einer bunten Farbpalette Platz gemacht.

»Bleib doch liegen!«, rief er und eilte zu ihr hin. Mit feuchten Augen setzte er sich zu ihr auf die Kante des Sofas, doch er schämte sich seiner Tränen nicht. Es tat ihm weh, die fröhliche Hetty, die für ihn alles hatte stehen und liegen lassen, um ihn zu pflegen, so zu sehen.

»Es geht mir gut, Max«, versuchte Hetty ihn zu beruhigen. Sie nahm ihn in die Arme. Er wusste nicht, wie lange es her war, seit ihn jemand umarmt hatte, doch es fühlte sich einfach nur gut an.

»Entschuldige«, raunte er und wischte sich mit seinem Ärmel übers Gesicht. Jules reichte ihm bereits ein Taschentuch, er verstand nur zu gut, was in seinem Freund vorging. »Es ist nur ...«

Hetty tätschelte seinen Arm. »Ich weiß, Max. Zurzeit schaue ich eher wie ein Picasso-Gemälde aus, aber das verheilt alles wieder. Oliver hat es nicht geschafft, mich kleinzukriegen, und die Polizei wird ihn früher oder später erwischen. Aber wie geht es dir? Der Gips ist weg, wie ich sehe.«

Max nickte und sah dankbar, wie Jules einen Whisky vor ihn hinstellte. »Du kriegst keinen«, sagte Jules mit einem Grinsen an Hetty gewandt. »Die Auswirkungen bei dir sind mir noch zu präsent.«

»Haha, sehr komisch«, lächelte Hetty dankbar, weil er die Stimmung etwas aufgelockert hatte.

Max berichtete Hetty von seinen letzten Tagen ohne sie, bis Jules mit einer frischen Kanne Tee aus der Küche zurückkam. Nachdem Hettys Tasse wieder aufgefüllt war, toastete Jules Max mit seinem Whiskyglas zu.

»Eigentlich wäre Champagner im Moment angebrachter«, sagte Max geheimnisvoll und registrierte die verwirrten Blicke der beiden.

»Haben sie Oliver erwischt?«, fragte Jules gleich. Einen anderen Grund zum Feiern konnte er sich nicht vorstellen.

»Nein. Das heißt, ich weiß es nicht. Aber das meine ich auch nicht. Ich war heute bei meinem Notar.« Verständnislos schauten Hetty und Jules ihn an und warteten darauf, dass er sich erklärte.

»Hetty, ich möchte das Schloss noch zu meinen Lebzeiten jemandem übergeben, der es verantwortungsbewusst weiterführt und der das alles zu schätzen weiß und auch unserem Hausgespenst seinen Platz zugesteht.«

»Max, nein ...«, Hetty ahnte, worauf er hinauswollte, doch Max ließ sich nicht zurückhalten.

»Doch, ich möchte, dass du dieser jemand bist. Du wirst jetzt in London nicht mehr gebraucht, hier aber sehr wohl.« Max wandte seinen Blick zu Jules. »Du wirst ihr doch helfen, Jules, oder? Ihr beide zusammen werdet das Schloss wieder mit Leben und Lachen erfüllen.«

»Ist das wirklich dein ernst, Max?«, fragte Jules betroffen.

»Absolut! Ich habe es so satt, mich immer gegen Liz zu wehren, und ich bin müde. Das Schloss überfordert meine Kräfte. Ich habe eine Schenkungsurkunde aufsetzen lassen. Da ich ja deine Situation kenne, Hetty, ist diese erst nach deiner Scheidung rechtskräftig. Dein nichtsnutziger Ehemann soll dir nicht noch dazwischenfunken können. Bis dahin habe ich eine Absichtserklärung unterzeichnet.« Max sah seine Großnichte auffordernd an.

»Ich weiß nicht, was ich dazu sagen soll«, sagte Hetty fassungslos. Max' Geste rührte sie zutiefst.

»Du musst nichts sagen, sondern nur zu gegebener Zeit die Besitzurkunde unterzeichnen. Ach, und bezüglich Liz«, Max zwinkerte Hetty verschmitzt zu, »da behalten wir das Ganze noch unter uns. Soll sie ruhig glauben, sie bekäme was zu erben.« Max hob sein Glas und nahm nun einen tüchtigen Schluck. Er seufzte zufrieden: »Das tut gut.«

Hetty lachte und wartete, bis er das Glas wieder abgestellt hatte. Dann schlang sie ihren gesunden Arm um seinen Nacken und drückte ihm einen Kuss auf die Wange. »Danke. Aber ich nehme das Schloss nur an, wenn du darin wohnen bleibst.«

»Fürs Erste gerne, aber ich möchte mir bald etwas Kleineres suchen, damit ich mir nicht ständig euer Gejammer anhören muss. So, und nun mache ich mich wieder auf den Weg, damit ihr Pläne schmieden könnt.«

Hetty strich Max zum Abschied noch mal über den Arm. »Danke, Max, ich werde mich bemühen, dich nicht zu enttäuschen.«

Er lachte laut. »Darüber solltest du dir keine Gedanken machen. Denk lieber darüber nach, wie du den alten Kasten in Schwung halten willst. Werde gesund und komm bald nach Hause, ja?« Dann stand er auf.

»Ich fahr' dich«, bot Jules an, obwohl er Hetty nicht gerne allein ließ. Jules drehte sich an der Wohnzimmertür noch einmal zu Hetty um. »Niemandem die Tür öffnen, hörst du!?«, ermahnte er sie.

»Auch nicht dem Weihnachtsmann?«, fragte sie neckend.

Er hob warnend den Zeigefinger. »Selbst dann nicht, wenn er den Osterhasen dabeihat.«

Sie kicherte nur und scheuchte ihn nach draußen. Danach legte sie sich zurück in die Kissen. Schlossbesitzerin. Wie das schon klang! Hoffentlich überschätzte Max sie da nicht.

Max hing im Wagen seinen Gedanken nach. Er hatte absichtlich nichts davon gesagt, dass Liz noch mal im Schloss aufgetaucht war. Hetty hätte sich bestimmt über deren Unverfrorenheit nur aufgeregt. »Wie geht es ihr wirklich?«, fragte er Jules nach einer Weile.

»Sie reißt sich zusammen, aber sie hat nachts Albträume. Außerdem macht sie sich nach wie vor Vorwürfe, nichts gemerkt und ihre Tochter in Gefahr gebracht zu haben. Die neue Aufgabe mit dem Schloss wird ihr guttun. Hast du dir das Ganze auch gut überlegt? War es nicht nur eine Entscheidung, die du aufgrund ihrer Situation getroffen hast?«

»Willst du es mir etwa wieder ausreden?«, fragte Max schmunzelnd.

»Nein, aber du sollst wissen, dass für Hetty gesorgt sein wird. Sobald sie sich von Oliver getrennt hat, werde ich sie heiraten.«

»Aha. Weiß sie das auch schon?«

»Nein, noch nicht. Ich will sie damit nicht überfahren, schließlich sind wir noch nicht so lange zusammen.«

Max lachte amüsiert auf. »Und vor allem solltest du es dann ein bisschen geschickter anstellen mit dem Heiratsantrag. Das mit dem ›versorgt sein‹ lässt du wohl besser weg.«

Jules seufzte. »Ich habe ja noch ein wenig Zeit, mir darüber Gedanken zu machen. Erst muss das mit ihrem künftigen Ex geregelt sein. Damit wollte ich dir nur sagen, dass du ihr nicht deswegen das Schloss vermachen sollst.«

»Das ist nicht der Grund«, gestand er. »Ich bin langsam wirklich zu alt, um mich um das Schloss zu kümmern. Trotzdem möchte ich es in Familienhänden wissen. Liz kommt dafür nicht infrage, und Hettys Mutter kenne ich nicht. Henrietta ist schon die Richtige. Sie hat Herz, kommt mit Rose gut zurecht und, mein Junge, sie hat dich an ihrer Seite ... wenn du es nicht vergeigst mit dem Antrag.« Sie waren inzwischen vor dem Schloss angelangt, und Max stieg aus. »Danke fürs Herbringen, Jules.«

»Gern geschehen. Schlaf gut, Max.«

Seit Tagen versuchte Oliver herauszufinden, wo sich Henrietta verkrochen hatte. In den Zeitungsberichten hatte er nichts darüber lesen können. Becky wüsste es bestimmt, doch sie anzurufen traute er sich nicht. Gestern hatte er zum ersten Mal mit seiner neuen Tarnung die Wohnung verlassen. Wie er es hasste, immer einen Blick über die Schulter werfen zu müssen. Es konnte ja sein, dass ihn trotzdem jemand erkannte, auch wenn die blonden Haare, der Bart, den er sich angeklebt hatte, sowie die runde Brille ihm ein völlig anderes Aussehen verliehen. Hinzu kam Kleidung, über die er früher nur die Nase gerümpft hätte, und die eher zu den Freunden seiner Tochter als zu ihm passte. Er sah aus wie einer dieser verdammten Ökofritzen! Es fehlte nur noch, dass er sein Essen in einem Bioladen kaufen musste. Wenn er sich in der Spiegelung eines Schaufensters sah, war er verblüfft über seine Verwandlung. Das war gut so, denn die Tarnung musste einwandfrei sein, damit er tatsächlich unerkannt blieb. Jetzt saß er in einem Café gegenüber dem Elternhaus von Henrietta und beobachtete, wer ein und aus ging. Eventuell erfuhr er hier mehr über Henriettas Verbleib. Gegen Abend wollte er sich in der Nähe von Pippas Wohnung umsehen. Vielleicht war Henrietta aber auch zu dem Schotten zurückgekehrt. Warum hatte er ihr bloß nicht besser zugehört, dann wüsste er zumindest, wo sich das Schloss ihres Großonkels befand. Er hatte auch schon überlegt, in der Bibliothek die Schlösser in Schottland nachzuschlagen, aber dazu müsste er etwas mehr über Henriettas Familie wissen. Das hatte ihn jedoch noch nie interessiert. Bisher wusste er nur, dass ihre Mutter mit der Familie zerstritten war, weil sie einen Engländer geheiratet hatte. Welchem Familiengeschlecht sie entstammte, war ihm gänzlich unbekannt. Da kein Geldadel dahintersteckte, hatte er das Geschwätz ignoriert.

Er nippte an seinem Tee und ärgerte sich erneut über die ungewohnte Behaarung in seinem Gesicht. Henrietta würde büßen müssen für das, was sie ihm angetan hatte. Nur wegen ihr musste er sich verstecken und dieses ganze Verkleidungstheater auf sich nehmen. Was hatte er denn schon Schlimmes getan? Er hatte nur etwas Geld auf die Seite geschafft und niemanden dabei verletzt. Aber sie, sie hatte all das, was er ihr gegeben hatte, einfach nicht zu schätzen gewusst. Sie hatte ihre Pflichten vergessen, ihn stattdessen mit irgendeinem Typen betrogen und ihn am Ende auch noch bei der Polizei verpfiffen. So was tat man als Ehefrau nicht. Wegen ihr würde er England verlassen müssen und könnte sich noch nicht einmal von seiner Tochter verabschieden. Das Risiko, dass Becky ihn verraten würde, war einfach zu groß. Bestimmt hatte Henrietta sie auf ihre Seite gezogen und Lügen über ihn verbreitet. Er merkte, wie er die Faust auf dem Tisch geballt hatte, bis die Knöchel weiß hervortraten. Beherrsch dich, rief er sich selbst zur Ordnung. Du darfst nicht auffallen. Er trank seine Tasse leer und stellte sich dabei vor, was er mit Henrietta alles anstellen würde, wenn er sie erst mal in die Finger bekam.

»Aber wie wollen Sie das anstellen? Dieser Oliver ist abgetaucht und hat sich bestimmt bereits ins Ausland abgesetzt. Alles andere wäre doch idiotisch.«

Es war später Abend, und Liz hatte sich mit ihrer Kontaktperson im Pub getroffen. Sie saßen sich an einem kleinen Tisch gegenüber und unterhielten sich gedämpft, damit niemand mitbekam, um was es ging. Liz hatte gerade erzählt, dass sie für ihr Unterfangen Henriettas Ehemann mit ins Boot holen müssten.

»Die Idee kam mir neulich, als ich einen Artikel über den Vorfall in London gelesen und die Nachrichten geschaut habe. Im Zusammenhang mit den illegalen Geldgeschäften wurde von Olivers Verschwinden berichtet und davon, wie er seine Frau krankenhausreif geprügelt hatte. Meine Schwester und ihr Mann wurden auch interviewt. Sie haben nicht viel gesagt und nur darum gebeten, sie in Ruhe zu lassen. Ihre Tochter bräuchte Zeit, um sich von dem, was passiert war, zu erholen. Man solle bitte ihre Privatsphäre respektieren, schließlich gälte es, Henrietta jetzt zu schützen. Auf die Frage, wo sich Henrietta befände, haben sie nicht geantwortet. Es schien, als befürchteten sie, Oliver könnte versuchen, ihrer Tochter noch mal etwas anzutun. Ich muss also dafür sorgen, dass Oliver erfährt, dass ich weiß, wo Henrietta steckt, und da kommt meine Freundin ins Spiel, die bei einer Zeitung in London arbeitet.«

»Das ist riskant«, wandte ihr Gegenüber ein. »Vielleicht würden üblere Gestalten als Oliver bei Ihnen auftauchen. Wollen Sie das Risiko wirklich eingehen?«

»Haben Sie eine bessere Idee?«, fragte Liz leicht genervt. »Wir sollten Henrietta und Max wenn möglich auf einen Schlag loswerden und dazu brauchen wir Hilfe.«

»Trotzdem, wir dürfen jetzt nicht übereilt handeln. Das muss alles gut durchdacht sein. Wenn wir uns einen Fehler leisten, war alles umsonst.«

Liz erhob sich von ihrem Stuhl. »Ich muss mir das alles noch mal genau durch den Kopf gehen lassen, bevor ich handle. Aber ich werde Sie auf dem Laufenden halten.«

15. Kapitel

Jules streckte seinen Kopf ins Büro, wo er Hetty grinsend vor dem Computer sitzen sah. Die Verfärbungen in ihrem Gesicht waren blasser geworden und kaum noch zu sehen. Lediglich die kleine Wunde über ihrem Auge war noch gut zu erkennen. Hetty wieder so unbeschwert zu sehen, hob auch seine Laune beträchtlich.

»Amüsierst du dich?«, fragte er mit einem Schmunzeln.

Abrupt drehte sie ihren Kopf vom Bildschirm zu ihm. Ihre Augen funkelten vor Unternehmungslust, das hatte er schon lange nicht mehr an ihr gesehen.

»Es ist unglaublich, was die Leute alles mit Geistern erlebt haben wollen. Hätte ich Rose nicht selbst gesehen und mit ihr gesprochen, würde ich die alle für bekloppt halten. Eine Frau hat geschrieben, auf ihrem Dachboden würde nachts James Dean Gedichte herunterleiern.« Sie musste wieder lachen bei der Vorstellung. »Dabei trägt er nichts anderes als seine Bluejeans.«

Jules pfiff durch die Zähne. »Da ist wohl der Wunsch der Vater des Geistes«, schmunzelte er. »Warum liest du diesen Quatsch?« Er trat hinter sie und massierte sanft ihre Schultern, während er selbst auf den Bildschirm blickte.

»Wegen Rose. Ich hatte ihr doch versprochen, in London jemanden aufzusuchen, der sich mit Geistern auskennt. Das hat ja dann nicht mehr geklappt. Da kam mir die Idee, im Internet nach so jemandem zu suchen. Allerdings ist das schwieriger, als ich dachte. Wie unterscheide ich die Verrückten von den ...«

»... anderen Verrückten?«, beendete Jules für sie den Satz und kassierte dafür prompt einen kleinen Hieb gegen sein Bein. Er lachte nur: »Ist doch wahr, Hetty. Die sind doch alle irgendwie bekloppt, wenn sie an Geister glauben.«

Schwungvoll drehte Hetty den Bürostuhl zu Jules herum: »Dann gehöre ich wohl auch zu den Bekloppten? Ich glaube nicht nur an Geister, ich habe sogar mit einem gesprochen.«

Jules stützte sich mit den Armen auf die Lehnen ihres Bürostuhls ab und brachte sein Gesicht nur wenige Zentimeter vor ihres. »Ja, du gehörst zu einer ganz besonderen Spezies der Bekloppten. Einer verführerischen und hoffnungslos romantischen Spezies, einer, der man einfach nicht widerstehen kann.«

Den letzten Teil murmelte er nur noch an ihrem Mund. Die Faust in sein Hemd gekrallt, zog sie ihn noch näher und vertiefte den Kuss. Er zog sie vom Stuhl hoch, hob sie in seine Arme, als wöge sie nicht mehr als eine Feder, und ging zügig Richtung Schlafzimmer.

»Was wird das jetzt?«, kicherte sie. »Schleppst du mich in deine Höhle?«

»Mhm«, grinste er, drückte mit seinem Rücken die Tür weiter auf und ließ sie gleich darauf vorsichtig auf das Bett gleiten.

»Ich sollte eigentlich noch etwas Recherche betreiben«, wandte sie zaghaft ein.

»Widme dich lieber den Lebenden«, entgegnete er, legte sich neben sie und knöpfte ihr sein Hemd auf, das sie trug. Es stand ihr viel besser als ihm, zumal sie nichts außer ihren BH darunter trug. Sein Mund wanderte zwischen ihre Brüste, während seine Hände ihr das Hemd über die Schultern gleiten ließen. Da waren sie wieder, die Spuren, die Oliver auf ihr hinterlassen hatte. Sie waren zwar gut verheilt, aber noch immer sichtbar. Abrupt wich Jules von ihr zurück. Sein eigenes Verhalten widerte ihn an. Wie konnte er so über sie herfallen, nach dem, was sie durchgemacht hatte?!

»Was ist los?«, fragte Hetty leise und leicht außer Atem.

»Ich hätte nicht ... entschuldige. Als du mich so geküsst hast, habe ich vergessen ...«

Sie legte ihm den Zeigefinger auf die Lippen. »Es ist gut, wenn wir vergessen, Jules. Es ist alles gut. Ich will dich. Lass mich dich spüren, bitte.« Zärtlich strich sie ihm über die Wange. »Ich liebe dich.« Als sie seinen immer noch zweifelnden Blick sah, fuhr sie fort: »Wenn mir etwas wehtun sollte, werde ich es sagen, versprochen.«

Ihre Hand wanderte über seine Brust und begann nun ihrerseits sein Hemd aufzuknöpfen. Ganz langsam, Knöpfchen für Knöpfchen. Sie schmiegte sich an ihn und er sog ihren herrlich weiblichen Duft ein. Zärtlich begann sie an seinem Hals zu knabbern und ließ ihren Mund weiter über seine Schulter wandern, über die sie das Hemd längst abgestreift hatte. Sein Herz klopfte wie verrückt und er musste sich beherrschen, sie nicht einfach zurück in die Kissen zu werfen und über sie herzufallen. Das ist verrückt, sie ist erst seit knapp drei Wochen aus dem Krankenhaus raus, sagte er sich, doch schon wanderte ihre Hand tiefer und kämpfte mit dem Verschluss seiner Jeans. Das war alles andere als einfach mit nur einer Hand. Er sah in ihr konzentriertes Gesicht und musste kopfschüttelnd grinsen. Sie wusste genau, was sie tat. Er nahm ihre Hand und führte sie an seine Lippen. Dann drückte er sie sanft zurück in die Kissen, während er sich die Hose auszog und sie achtlos neben das Bett warf. Als er neben ihr lag und in ihren Augen versank, wusste er, dass er nie wieder ohne sie sein wollte. Er hatte sie gefunden, die Liebe seines Lebens, nach der er die ganze Zeit gesucht hatte.

»Ich liebe dich, mein Herz«, sagte er tief bewegt von seinen Gefühlen für die Frau, die hier neben ihm lag.

Seine Hände streichelten ihren nackten Rücken und fuhren dann tiefer zu ihren Hüften, die noch immer in Leggins steckten. Er half ihr, sich daraus zu befreien, und bald waren alle Kleidungsstücke irgendwo neben dem Bett verstreut. Bereit, ihr die Kontrolle zu überlassen, zog er sie auf sich. Ihre rotblonden Locken glitten kitzelnd über seinen Körper, als sie mit ihrem Mund eine heiße Spur von seinem Bauchnabel hoch zu der kleinen Vertiefung an seinem Hals hinterließ. Er sog scharf den Atem ein und vergaß mit einem Schlag alle Sorgen und Befürchtungen. Mit einem wohligen Seufzer nahm Hetty ihn in sich auf und bewegte sich quälend langsam. Was für eine süße Folter! Wieder eroberte sie seinen Mund voller Leidenschaft und Zärtlichkeit zugleich. Er keuchte auf, als ihre Lippen zurück zu seiner Kehle wanderten und ihr Atem über seine feuchte Haut glitt. Er roch sein Rasierwasser hinter ihrem Ohr – hatte sie es etwa als Parfum benutzt? Weiter konnte er den Gedanken nicht verfolgen, denn ihre Hüften begannen sich schneller zu bewegen. Sein Hirn war nicht mehr in der Lage, die Gefühle, die auf ihn einströmten, zu sortieren.

»Oh, Hetty«, flüsterte er in ihr Haar.

Sie fühlte sich so unglaublich gut an, als wäre ihr Körper nur für ihn gemacht worden. Jules schloss die Augen, sog sie mit jeder Pore seiner Haut ein, fühlte und spürte sie, und überließ ihr die völlige Kontrolle. Erst als er das leichte Zittern ihres Körpers fühlte, zerriss er die Zügel und preschte mit ihr den Hügel hinauf, wo es kein Zurück mehr gab. Aufstöhnend zog Jules Hetty mit sich, als er sich zurück in die Kissen legte. Träge und zufrieden lag sie auf ihm. Sie hatte sich noch nicht von ihm gelöst, und er genoss die kleinen Nachbeben ihrer Lust, wenn seine Hände entlang ihrer Seite strichen. Er konnte sich nicht daran erinnern, wann er sich das letzte Mal so glücklich gefühlt hatte.

Sie hatten die letzten Tage viel geredet und geplant, wie es weitergehen sollte. Hetty wollte nicht zurückschauen, aber Jules wusste, wenn sie ihre Albträume, von denen sie noch zu oft gequält wurde, loswerden wollte, musste sie mit jemandem sprechen, der sich mit seelischen Verletzungen auskannte. Doch wenn er davon begann, schüttelte Hetty immer vehement den Kopf.

»Ich muss nicht darüber reden, Jules. Ich will es einfach nur vergessen, und das gelingt mir am besten, wenn ich wieder arbeiten kann, glaub mir.«

Glücklicherweise wurde in den Nachrichten seit ein paar Tagen nicht mehr über Oliver berichtet. Es gab wichtigere Themen auf der Welt. Nur sein Fahndungsfoto flimmerte immer mal wieder über den Bildschirm oder wurde in Zeitungen abgedruckt. Gegen die Bank, in der er gearbeitet hatte, wurde nach wie vor ermittelt. Die Beweise, die Hetty der Polizei übergeben hatte, brachten nur Oliver mit den illegalen Geschäften in Verbindung, nicht aber seinen Arbeitgeber. Der wusch seine Hände in Unschuld und behauptete, von nichts gewusst zu haben.

Hetty hatte in den letzten Wochen immer wieder mit Becky telefoniert, um sich zu vergewissern, dass es ihr gut ging, aber auch um zu hören, ob Oliver versucht hatte, sich mit ihr in Verbindung zu setzen. Ansonsten mieden sie aber das Thema und Hetty fragte ihre Tochter mehr nach dem Leben auf dem Campus aus. Auch Lucy und Pippa riefen hin und wieder an, um mit ihr zu plaudern.

Hetty hatte das Herumsitzen inzwischen längst satt und wollte endlich wieder etwas anderes zu tun haben, als nur zu telefonieren oder am Computer Recherchen zu betreiben. Es erstaunte Jules daher nicht wirklich, als sie dicht an ihn gekuschelt meinte: »Wenn der Gips weg ist, werde ich ins Schloss zurückziehen. Stella kann ja nicht ewig bei Max bleiben. Er hat mir erzählt, er habe ein Schreiben vom National Health Service erhalten, dass die Kosten für seine Haushaltshilfe nur noch bis Ende des Monats getragen werden.«

Liebevoll strich Jules ihr eine vorwitzige Haarlocke hinters Ohr. »Dann werde ich mitkommen.«

»Das brauchst du nicht. Du hast hier deine Werkstatt ...«

»Ich lasse dich nicht allein, bis sie Oliver erwischt haben!«, unterbrach er sie mit einer Stimme, die keinen Widerspruch duldete. Er hasste es, sie an ihren Ehemann zu erinnern, aber diesbezüglich würde er keinen Millimeter nachgeben. Noch einmal wollte er das Risiko, sie zu verlieren, nicht eingehen.

Hetty löste sich etwas von Jules und stützte sich auf ihrem Ellbogen auf. Sie wusste, er meinte es nur gut und war besorgt, aber so konnte es doch auf Dauer auch nicht weitergehen. »Und wenn sie ihn nie erwischen? Jules, das geht doch nicht! Du hast einen eigenen Betrieb, um den du dich kümmern musst. Ich will nicht, dass du deswegen deine Kunden verlierst. Zudem hat sich Oliver bestimmt schon ins Ausland abgesetzt.«

»Mag sein, aber bis wir Gewissheit haben, hast du mich an der Backe.«

Hetty setzte sich entrüstet auf. »Nein, Jules! Ich weiß, du bist besorgt, aber wenn ich eines aus meiner Ehe gelernt habe, dann dass ich nicht mehr fremdbestimmt leben möchte. Ich bin alt genug, ich kann auf mich selber aufpassen! Natürlich werde ich nicht nachts draußen allein herumspazieren, aber ich brauche auch keinen Bodyguard. Wenn ich Hilfe brauche, sage ich es dir. Hast du das kapiert?«

Sie schauten sich einen Moment trotzig in die Augen, keiner war bereit nachzugeben.

»Hetty …«, begann Jules, doch sie hielt ihre Hand auf seinen Mund.

»Nein, Jules«, sagte sie leise. »Trau es mir bitte zu! Trau mir zu, kein dummes Naivchen zu sein, das nicht auf sich selbst achten kann.«

Er drückte einen sanften Kuss auf ihre Finger und nahm sie dann in seine Hand. »Darum geht es doch nicht, Hetty. Natürlich traue ich dir das zu, aber der Typ ist gefährlich und wenn die russische Mafia auch darin verwickelt ist …«

»Das wissen wir nicht mit Gewissheit.«

Jules nickte leicht. »Gut, Hetty. Wenn du den Gips los bist, lass' ich dich ins Schloss ziehen. Aber Stella soll vorerst noch bleiben, ich übernehme die Kosten. Sie soll zumindest das Putzen im Schloss für dich übernehmen, damit nicht alles an dir hängen bleibt. Und ich bestehe darauf, dass du darauf achtest, nicht allein irgendwohin zu gehen oder allein im Schloss zu sein. Und nachts schlafe ich bei euch oben. Deal?«

»Deal«, lächelte sie zufrieden und besiegelte ihre Vereinbarung mit einem Kuss.

Nachdenklich fuhr sich Oliver mit der Hand durchs Gesicht, bevor er den Artikel vor sich noch einmal las. Beinahe hätte er ihn übersehen. Doch irgendwie kam ihm das Gesicht der Frau vertraut vor und im Untertitel las er das Wort »Schottland«. Seine Aufmerksamkeit war geweckt. Der Titel des Artikels lautete »Brutale Ehemänner sind schlecht fürs Geschäft«. Liz Gordon erzählte darin über ihr kleines Bed & Breakfast in Schottland. Im letzten Abschnitt wurde erwähnt, dass ihre Nichte von ihrem gewalttätigen Ehemann in London fast totgeschlagen worden wäre und nun Schutz in der Umgebung gesucht hätte. Die Polizei suche den Mann. Er sei zudem noch in andere schmutzige Geschäfte verwickelt gewesen, doch bisher hätten sie ihn nicht schnappen können. Liz beklagte sich darüber, dass einige Gäste, die der Nichte im Ort begegnet wären, ihren Aufenthalt abgebrochen hätten, aus Angst, der Typ könnte hier auftauchen. »Dabei weiß der doch nicht einmal, wo genau sie sich aufhält. Das ist auch gut so, sie muss sich jetzt erholen und zur Ruhe kommen.« Mit keinem Wort war erwähnt, wo sich das B & B befand, und das Dorf im Hintergrund kannte Oliver auch nicht. Aber die Frau erinnerte ihn entfernt an seine Schwiegermutter. Wie hatte deren lediger Name noch mal gelautet? Mist, hätte er nur besser zugehört!

Er blätterte weiter in der Zeitung und stieß ein paar Seiten weiter hinten auf ein kleines Inserat eines B & Bs in Schottland, wo er den Namen Liz Gordon erneut las. Doch das Inserat war seltsam, denn es war nicht angegeben, wo sich das B & B befand. Es stand da lediglich der Name des Betriebes und der Besitzerin. Wer würde schon ein Zimmer buchen, wenn er nicht wusste, wo sich die Unterkunft befand? Auf der letzten Zeile des Inserats stand eine Handynummer.

Was ging hier vor? War diese Liz tatsächlich Henriettas Tante? Und versuchte sie womöglich mit ihm in Kontakt zu treten? Könnte es am Ende eine Falle sein? Steckte die Polizei dahinter? Oliver griff zu seiner Jacke, zog sich einen Hut tief ins Gesicht und verließ die Wohnung. Sein Ziel war ein Internetcafé gleich um die Ecke. Er musste mehr herausfinden. Doch als er zwei Stunden später wieder zurückkehrte, war er fast genau so schlau wie vorher. Weder hatte er das Bed & Breakfast von Liz Gordon gefunden, noch hatte die Handynummer ihn weitergeführt. Allerdings hatte er den Namen von Henriettas Mutter vor ihrer Heirat herausgefunden: Gordon. Eine Verwandtschaft schien ihm ziemlich eindeutig. Sollte er es wagen, sie anzurufen? Was würde geschehen, wenn die Polizei ihm eine Falle gestellt hatte und nur darauf wartete?

Er fand in dieser Nacht keinen Schlaf und überlegte hin und her. Es war schon verlockend, wenn er über diese Liz an seine Ehefrau rankäme. Danach könnte er sich aus dem Staub machen. Die Cayman Islands warteten auf ihn. Er grinste, als er sich das azurblaue Wasser, den schon fast blendend weißen Sandstrand und die Bikini-Schönheiten vorstellte. Seine untreue Ehefrau wäre da bestimmt schnell vergessen. Aber dass sie ihm seine Tochter geraubt hatte, dieser Stachel saß tief. Er hatte, kurz nachdem alles passiert war, in den Nachrichten Beckys Gesicht gesehen, wie sie voller Abscheu in die Kamera gesagt hatte, dass sie hoffte, die Polizei würde ihn erwischen. Durch die Nachrichten hatte er auch erfahren, dass sie es gewesen war, die ihn niedergeschlagen und seinen Porsche geklaut hatte. Aber ihr konnte er verzeihen. Sie hatte ja nicht gewusst, um was es ging und was ihre Mutter getan hatte. Becky hatte nur ihrer Mutter helfen wollen, das war verständlich. Trotzdem, jetzt hatte er keine Chance mehr, sich ihr zu erklären. Sie könnte ihn verraten und dieses Risiko war ihm zu groß. Am nächsten Tag fuhr er mit dem Zug nach Bornemouth, kaufte sich mit Bargeld und dem gefälschten Ausweis ein Prepaidhandy, setzte sich ans Meer und tippte die Nummer von Liz Gordon ein.

Als sie sich meldete, nannte er keinen Namen, sondern kam gleich zur Sache: »Ich habe in der Zeitung von Ihrem Bed & Breakfast gelesen. Kann es sein, dass Sie Kontakt zu jemandem aus Ihrer Verwandtschaft suchen?«

Liz musste sich erst setzen, bevor sie antworten konnte. Ihr Plan war aufgegangen, obwohl sie schon nicht mehr daran geglaubt hatte. Ihre Freundin hatte den Artikel in den letzten beiden Wochen in verschiedenen Zeitungen platziert. Aber außer ein paar Irren, die tatsächlich interessiert gewesen waren, ein Zimmer zu mieten, obwohl sie nicht wussten, wo sich das Bed & Breakfast befand und wie es ausschaute, war nichts passiert.

»Möglicherweise. Wer sind Sie?«, erkundigte sie sich im Gegenzug und versuchte gelassen zu klingen.

»Möglicherweise ein Bekannter Ihres Verwandten. Was wollen Sie von dem Gesuchten?«

Liz hörte im Hintergrund das Meer rauschen, das war bestimmt Absicht. Falls ihr Telefon abgehört wurde, würde das die Polizei auf eine falsche Fährte führen.

»Das kann ich nicht am Telefon besprechen. Dazu müsste ich denjenigen treffen. Haben Sie einen Vorschlag, wo ich ihn sprechen könnte?«

»Kann er Ihnen denn trauen?«, fragte Oliver.

»Absolut. Wir haben dieselben Interessen«, sagte Liz bestimmt. »Die Person, hinter der er her ist, verhindert mir ein lukratives Geschäft. Reicht Ihnen das als Information?«

»Nein«, erwiderte Oliver unumwunden. »Sie könnten ihm mit der Polizei eine Falle gestellt haben. Er braucht einen Vertrauensbeweis. Sagen Sie mir, wo sich das Schloss befindet, das er sucht.«

»Es ist Abbotswood Castle, aber das hilft Ihnen nicht, denn Ihre Frau wohnt da zurzeit nicht. Sie brauchen mich ...«

Es klickte in der Leitung, der Typ hatte aufgelegt. Mist, das war alles andere als gut gelaufen. Wenn Oliver jetzt im Schloss auftauchte, konnte er alles vermasseln. Max würde Henrietta warnen, und dann würde es hier in der Gegend nur so von Polizei wimmeln. Liz wollte nicht, dass Staub aufgewirbelt wurde, alles sollte ruhig und glatt über die Bühne gehen. Ihr eigener Plan wäre perfekt gewesen. Wütend über sich selbst warf sie ihr Handy auf das Sofa.

»Es ist lieb, dass du mich nach Aberdeen begleitest«, sagte Hetty und warf Jules, der am Steuer seines Land Rovers saß, ein Lächeln zu.

Er erwiderte es und meinte: »Na ja, ich kann dich ja schlecht allein zu diesen Verrückten gehen lassen.«

Hettys Recherche im Internet hatte sie schlussendlich zu zwei Personen geführt, die behaupteten, Erfahrung in Bezug auf Geister zu haben. Die eine Person war ein Psychologe mit einer eigenen Praxis, und die andere war eine Ladenbesitzerin, die esoterischen Krimskrams verkaufte. Beide betrieben ihr Geschäft mit dem Übersinnlichen in Aberdeen. Die Ladenbesitzerin bot nebenher auch Gespräche mit Verstorbenen an. Als Hetty Jules neulich an ihrem See bei einem Picknick davon erzählt hatte, hatte er nur gelacht. Ihr strafender Blick hatte ihn vergebens versuchen lassen, das Lachen zu unterdrücken.

»Es gibt Dinge, Jules, die gehen eben über unseren Verstand hinaus. Man sollte offen sein für Neues und keine Vorurteile haben.«

Immer noch schmunzelnd, hatte er ihr eine Erdbeere in den Mund gesteckt. »Mag sein, Süße, aber man sollte den erwähnten Verstand auch nicht ganz ausschalten und skeptisch bleiben.«

Erst neulich hatten sie Max die Kapelle und Roses Grab gezeigt. Jetzt, wo er nur noch einen Gehstock brauchte, konnte auch er den Weg durch den versteckten Korridor gehen. Der alte Mann hatte verblüfft in der Kapelle gestanden. Das Licht hatte durch die Glasfenster farbenfrohe Muster auf sein schütteres Haupt gezeichnet. Max war vor Roses Ruhestätte getreten und hatte tief bewegt seine Hand auf den kalten Stein gelegt. Dann hatte er sich zu Hetty umgedreht.

»Wir müssen ihr helfen, Hetty. Es muss doch einfach einen

Weg geben, dass Rose verziehen wird und sie zur Ruhe kommt. Sie sollte hier nicht so versteckt und allein ruhen müssen.«

Hetty hatte Max daraufhin von ihrer Suche nach einer Lösung erzählt. Leider wäre es aber nicht so einfach, wie sie sich das vorgestellt hätte. Eine Weile waren sie in der Kapelle geblieben, jeder in seine eigenen Gedanken versunken. Dann war Max aufgestanden und hatte die Tür der Kapelle geöffnet, um zu sehen, was sich davor befand. Verwundert hatte er sich umgeschaut. Hetty und Jules hatten ihm ja bereits zuvor erzählt, dass die Kapelle mitten im Wald stand, aber dass noch nicht mal das Schloss zu sehen war, hatte er ihnen zuvor nicht geglaubt.

»Da hat William ein ziemlich gutes Versteck für seine Rose gefunden«, hatte er trocken festgestellt.

»Das musste er«, hatte Hetty leise darauf erwidert. »Sonst hätten sie sie vermutlich geholt und ihren Leichnam doch noch geschändet.«

Max hatte genickt und versonnen in den Wald hinaus geblickt. Es war Jules gewesen, der schließlich die Stille unterbrochen und Max vom See erzählt hatte.

»Da wohne ich nun mein Leben lang in dem Schloss und weiß trotzdem nicht alles über diesen Ort«, hatte Max geseufzt.

»Der See ist nicht wirklich groß, eher ein Teich«, fuhr Jules fort. »Und es führen keine Wege an ihn heran. Man muss da vorne durchs Gehölz gehen. Willst du ihn dir ansehen?«

Auch wenn Hetty und Jules den See am liebsten für sich behalten hätten, war Max der Besitzer und hatte ein Recht darauf, von ihm zu erfahren. Doch Max hatte nur mit einem schiefen Grinsen vom einen zum anderen geblickt.

»Irgendwas sagt mir, dass der See euch beiden ziemlich wichtig ist. Aber lasst mal, ich bin für heute schon weit genug gelaufen. Ich bin etwas müde, lasst uns umkehren.«

Jules hatte zwar immer noch erhebliche Mühe, an Roses Existenz als Geist zu glauben, aber selbst er hatte an diesem Nachmittag in der Kapelle bemerkt, dass Max nicht vor dem Grab einer Fremden gestanden hatte. Die Mimik seines alten Freundes hatte Bände gesprochen, so als hätte er diese Rose persönlich gekannt. Als er ihn dann noch mit Hetty reden hörte, wie sie Rose helfen könnten, hatte Jules beschlossen, die beiden auch weiter in ihren Bemühungen zu unterstützen. Dabei war es völlig nebensächlich, ob diese Rose nun existierte oder nicht.

Daher lenkte er nun seinen Wagen in die Tiefgarage eines Parkhauses, um Hetty in diesen Esoterik-Schuppen zu begleiten. Seine Erwartungen wurden nicht enttäuscht, bereits im Schaufenster waren Engel aufgestellt, dazwischen ein seltsames Brett mit Buchstaben drauf. Ein Schild, das von zwei Engeln gehalten wurde, versprach, dass der Tod nicht endgültig war.

Jules schluckte und wisperte Hetty zu: »Mist, und ich dachte schon, spätestens nach meinem Ableben wäre ich die lästige Rasiererei los.«

Hetty verkniff sich ein Lachen: »Ein bisschen mehr Ernsthaftigkeit, Mr Webster. Wenn du das nicht hinkriegst, wartest du wohl besser draußen.«

»Auf keinen Fall, das will ich mir nicht entgehen lassen.« Vor seinem inneren Auge stellte er sich die Ladenbesitzerin als kleine, rundliche, in Tücher gehüllte Frau vor, an deren Handgelenke zig goldene Reife gegeneinander klirrten. An den Ohren trug sie bestimmt große Kreolen, und die Augen hatten vermutlich einen fetten schwarzen Lidstrich, der irgendwie mystisch erscheinen sollte. Ja, so in etwa hatte er sich diese Madame Louise, wie sie sich nannte, vorgestellt. Daher musste er zwei Mal hinschauen, als eine kleine, zierliche Blondine aus dem hinteren Teil des Ladens kam und sich nach ihren Wünschen erkundigte.

»Wir haben einen Termin bei Madame Louise, mein Name ist Hetty Collins und das ist mein Freund Jules Webster.«

Die Frau, die in ihrem sandfarbenen Deuxpièces mit weißer Bluse und Perlenkette eher in ein Vorzimmer eines Anwaltes gepasst hätte, lächelte freundlich und hielt Hetty die Hand hin. »Das freut mich sehr, nennen Sie mich einfach Louise.«

Jules starrte sie ungläubig an. »Sie sind Madame Louise?«

Louises Lachen war hell und ansteckend. »Es tut mir leid, wenn ich Ihrer Fantasie nicht gerecht werde. Ich weiß, manche meiner Kunden haben eine etwas andere Vorstellung von jemandem, der mit Verstorbenen in Kontakt tritt. Madame nenne ich mich nur, weil ich ursprünglich aus Paris komme. Kommen Sie, wir setzen uns nach nebenan, da ist es etwas gemütlicher.«

Sie führte Jules und Hetty in einen Raum, der nicht wie erwartet abgedunkelt war, sondern von Licht durchflutet. Augenscheinlich war der Raum später an den Laden angebaut worden und zwei Dachfenster ließen das warme Sonnenlicht hineingleiten. Ein weißes, gemütliches Stoffsofa und passende Sessel luden dazu ein, es sich bequem zu machen.

»Setzen Sie sich bitte. Ich hole uns einen Tee, dann können Sie mir erzählen, weswegen Sie genau meine Hilfe benötigen.«

Nachdem Louise ihnen Tee in hübsche, mit Blümchen verzierte Tassen eingeschenkt hatte, gesellte sie sich zu ihnen und ließ sich von Hetty die Geschichte von Rose erzählen. Louise unterbrach sie nicht ein einziges Mal, sondern hörte interessiert zu.

»Ja, und nun wissen wir nicht mehr weiter. Ich war so überzeugt, wenn wir das Tagebuch finden, würden wir auch eine Lösung darin entdecken, wie Rose zu helfen wäre.« Hetty griff zur Teetasse und gönnte sich endlich ein Schlückchen.

»Stört Sie denn der Geist in dem Schloss?«, fragte Louise nach.

»Nein«, stellte Hetty überrascht klar. Vorsichtig platzierte sie ihre Tasse zurück auf den kleinen Glastisch vor ihr. »Rose ist nicht bösartig. Am Anfang hatte ich mich schon ein bisschen vor ihr gefürchtet, aber nur, weil ich noch nie zuvor einen Geist getroffen hatte. Inzwischen ist sie schon fast wie eine Freundin für mich und daher möchte ich ihr einfach helfen. Es muss doch schrecklich sein, sich immer wieder aus dem Fenster stürzen zu müssen – immer wieder erneut zu durchleben, wie man gestorben ist. Und Rose ist anscheinend nun schon seit über dreihundert Jahren in dem Schloss. Sie kann nicht weg und sie möchte doch nur endlich zu ihrem Mann.« Hetty ergriff unbewusst Jules‘ Hand.

Madame Louise wandte sich an ihn: »Haben Sie Rose auch schon gesehen?«

»Nein, und ich war am Anfang auch eher skeptisch, ob Rose wirklich existiert. Aber Hettys Großonkel Max spielt anscheinend öfters mit ihr Schach.«

Louise schmunzelte. »Ihr Geist klingt sehr sympathisch.«

»Ja, das ist sie«, bestätigte Hetty. »Sie zeigt sich aber nur Familienmitgliedern, daher hat Jules sie auch noch nicht gesehen. Können wir ihr irgendwie helfen, damit sie eine Ebene weiterkommt oder wie man das auch immer nennen mag?«

Louise wurde ernst. »Als Erstes muss ich Ihnen wohl gestehen, dass ich selbst noch nie mit einem Gespenst zu tun hatte.«

Hetty schaute sie entgeistert an. »Aber Sie sprechen doch mit Verstorbenen! Das steht doch da draußen auch auf dem Schild.«

»Ja, das ist auch so. Aber die Verstorbenen sind keine Gespenster, sie sind da angekommen, wo sie hinmussten. Ich nehme Kontakt zu ihnen auf und wenn die Verstorbenen mögen, können sie durch mich als Medium mit ihren Angehörigen sprechen. Das ist was völlig anderes als das, wonach Sie suchen. Allerdings habe ich schon viele Gespenstergeschichten gehört und bin auch schon zu Häusern gerufen worden, wo es angeblich spuken sollte. Doch einen Geist gesehen habe ich dabei nie. Ich bin also alles andere als eine Expertin für die Frage, wie man einem Geist helfen kann, in die nächste Dimension zu kommen. Und wie Sie erzählt haben, haben Sie auch bereits mit einem Verstorbenen gesprochen: mit William. Sie brauchen mich also nicht als Medium. Vielleicht hat dieser William ja recht, und Rose muss lediglich sich selbst verzeihen. Möglicherweise wird aber auch von ihr erwartet, dass sie ihren Fehler wiedergutmacht. Sie hat zwei Menschenleben auf dem Gewissen, eventuell müsste sie da zwei Leben retten. Das sind aber alles nur Spekulationen. Wenn Sie möchten, kann ich mich für Sie etwas umhören und mich bei Ihnen wieder melden, sollte ich von einem Kollegen etwas anderes hören.«

»Ja, gerne, das wäre sehr nett«, sagte Hetty etwas enttäuscht, nicht mehr von Louise erfahren zu haben.

»Machen Sie sich aber bitte nicht zu große Hoffnungen. Die meisten meiner Kollegen haben jeweils nur den Auftrag, einen Geist zu vertreiben. Wohin, das ist ihnen ziemlich gleichgültig. Es kommt nicht oft vor, dass jemand ›seinem‹ Geist helfen möchte, zur Ruhe zu kommen.« Louise stand auf und begleitete die beiden noch zur Tür.

Als Jules Hettys enttäuschtes Gesicht sah, strich er ihr leicht durchs Haar. »Komm, noch nicht aufgeben. Du hast ja noch diesen Psychofritzen an der Hand. Und wenn der auch nicht weiterhelfen kann, kann ich ja so tun, als würde ich mich aus dem Fenster stürzen, damit Rose mich retten kann.«

Unwillkürlich musste Hetty lachen.

Die Praxis von Paul Walker sah aus wie vermutlich jede andere Psychologenpraxis auch. Nichts ließ darauf schließen, dass er sich mit Übersinnlichem beschäftigte. Hetty erzählte auch ihm, was sie mit Rose erlebt hatte und sah ihn am Ende fragend an.

»Können Sie uns sagen, wie wir Rose helfen können?«

Paul lehnte sich nach vorne und sah Hetty ernst an. »Was ich Ihnen sagen werde, wird Ihnen wohl nicht gefallen.«

Hetty seufzte. »Das heißt, Sie können mir auch nicht helfen?«

Der eindringliche Blick des Psychologen machte sie irgendwie nervös.

»Das habe ich nicht gesagt.« Gelassen setzte sich Paul wieder etwas zurück. »Wissen Sie, wenn man sich mit Geistern und Gespenstern beschäftigt, sollte man immer als Erstes klären, ob sie wirklich existent sind, oder ob sie nur in den Köpfen herumspuken. In Ihrem Fall scheint es mir eindeutig.«

»Was wollen Sie damit andeuten? Dass ich mir das alles nur eingebildet habe?!«, entrüstet stand Hetty auf. »Dass ich verrückt bin?!«

»Nein. Nicht verrückt ... einsam vielleicht. Es ist doch seltsam, dass sich diese Rose immer nur Ihnen oder Ihrem Onkel zeigt. Mr Webster hat Rose noch nie gesehen, haben Sie berichtet. Als Sie nach Schottland kamen, mussten Sie Ihre Familie zurücklassen, bestimmt auch Freundinnen. Und wann war der Geist Ihnen zum ersten Mal begegnet? Genau, als Sie ganz allein im Schloss waren. Ob die Person, die Ihr Onkel und Sie sich einbilden, ein und dieselbe ist, bleibt noch zu bezweifeln.«

»Sie hat sich uns beiden als Rose vorgestellt«, wandte Hetty empört ein, nicht gewillt, sich wieder zu setzen. Unweigerlich hatte sie das Gefühl, hier nur ihre Zeit zu verschwenden, und sie fragte sich, wieso die Leute im Internet so von den Erfolgen dieses Typen geschwärmt hatten.

»Das kann Zufall sein. Auch Ihr Onkel war einsam, bevor Sie im Schloss eingezogen sind. Hören Sie, ich will Ihnen ja nichts unterstellen, aber für mich klingt das alles nicht nach einem wirklichen Gespenst. Gespenster jagen den Leuten Schrecken ein und benehmen sich nicht freundlich.«

»Vielleicht haben Sie nur noch kein freundliches Gespenst kennengelernt«, wandte Jules ein.

»Sie doch auch nicht«, gab der schlagfertige Psychologe zurück. »Eine Therapie bei mir könnte Ihnen helfen, Mrs Collins. Und wenn der Geist dann immer noch da ist, kann ich ja mal bei Ihnen im Schloss vorbeikommen und mit ihr reden.«

Hetty sah ihn wütend an. »Danke, aber es scheint mir, als hätten Sie nicht die nötige Sachkenntnis. Es tut mir leid, Ihre und meine Zeit vergeudet zu haben. Komm, Jules, lass uns gehen.«

Im Auto hatte Hetty sich noch immer nicht wieder beruhigt. »Was glaubt dieser eingebildete Fatzke eigentlich, wer er ist?!«, schimpfte sie.

»Psychologe«, grinste Jules. »Komm, Hetty, ärgere dich nicht. Eigentlich war's ja klar. Ein Psychologe setzt nun mal auf einer anderen Ebene an. Er vertreibt schon Geister, aber eben jene im Kopf.«

Hetty knurrte leise. »Ich wette, der hat noch nicht mal einen Geist von Weitem gesehen. Der fängt mit dieser Masche doch bloß neue Kunden. Wie soll ich Rose erklären, dass wir keinen Schritt weitergekommen sind?«

»So würde ich das nicht bezeichnen. Louise hat ja schon einen Anhaltspunkt geliefert. Rose muss sich selbst verzeihen können und vielleicht kann sie das erst, wenn sie wirklich ein Leben gerettet hat.«

»Und wenn es kein Leben zu retten gibt? Ich meine, sie kommt ja nicht mal vor die Tür, Jules!«

»Wie gesagt, ich könnte mich immer noch aus dem Fenster stürzen.«

»Darüber macht man keine Witze, Jules!«, rief sie entrüstet.

»Ach, komm schon, Hetty. Sieh das doch nicht so ernst. Du und Max habt sie doch in euer Herz geschlossen, sie gehört sozusagen schon zur Familie. Was ist so schlimm daran, wenn sie ein Weilchen länger bleibt? Du recherchierst weiter, und wer weiß, vielleicht stößt du plötzlich auf eine andere Lösung.«

Hetty seufzte ergeben. »Es bleibt mir ja nichts anderes übrig.«

»Willst du zurückfahren oder noch etwas in Aberdeen unternehmen?«, fragte Jules, nachdem er einen Blick auf die Uhr geworfen hatte.

»Wäre es weit zu der Institution, wo du manchmal Vorträge hältst? Ich würde mir das gerne mal ansehen.«

Erstaunt blickte Jules zu ihr hinüber. »Nein, sie liegt nur etwa eine Viertelstunde außerhalb der Stadt.«

»Lass uns hinfahren.«

Der Weg, der von der Hauptstraße zum Institut abzweigte, war von dichtem Wald umgeben. Hetty dachte schon, dass sich das Gebäude mitten zwischen den Bäumen befinden würde, doch plötzlich führte der Weg aus dem Wald hinaus über offenes Weideland. Das Anwesen selbst war hinter einer großen Thuja-Hecke verborgen, durch die ein hölzernes Tor führte. Hetty stieg aus und öffnete es, damit Jules hindurchfahren konnte. Dahinter befand sich der Parkplatz, wo sie den Wagen zurückließen. Händchen haltend schlenderten sie über den Kiesweg zum Haus. Jules erklärte ihr, dass es auf dem Gelände noch vier Nebengebäude und zwei Farmen gab, wo die jungen verletzten Soldaten während ihrer Genesung neue Fertigkeiten für eine spätere berufliche Tätigkeit lernten.

»Jeder lernt das, wozu er Lust hat und was er mit seinen körperlichen Gebrechen tun kann. Wenn der Beruf hier nicht erlernt werden kann, wird für denjenigen ein Ausbildungsplatz im Dorf oder in der Stadt gesucht.«

»Und du wurdest hier zum Schreiner ausgebildet?«, fragte Hetty interessiert.

»Ja. In einem der Nebengebäude ist eine vollständige Schreinerei eingerichtet. Das Holz wird aus dem Wald geholt, durch den wir eben gefahren sind. Danach wird es in einem Lagerraum zum Trocknen aufbewahrt. Es wird hier nicht nach den neuesten Methoden unterrichtet, sondern nach alten Praktiken. Gerade das hat mir besonders gefallen. Ich wollte so viel wie möglich von Hand arbeiten und nicht mit Maschinen. Natürlich braucht es auch Geräte dazu – sie vereinfachen das Leben –, aber am Anfang wollte ich einfach das Holz in meinen Händen fühlen, die Wärme und die Kraft, die davon ausgehen.«

Er öffnete die Tür und trat mit Hetty hindurch. Das Innere des Hauses erinnerte sie irgendwie an ein Internat.

»Lass uns zuerst bei Rick vorbeischauen, er ist der Verwalter und übrigens einer der ganz wenigen, der selbst nicht im Krieg war. Alle anderen Stellen sind von Kriegsveteranen besetzt.«

Rick freute sich sichtlich, Jules zu sehen, und begrüßte ihn mit einem herzlichen Schulterklopfen.

»Und das ist Hetty, meine Freundin«, stellte Jules sie vor.

Ricks Gesicht hellte sich auf. »Wurde auch Zeit, dass ihn endlich mal jemand an die Leine nimmt. Freut mich sehr, Sie kennenzulernen, Hetty.« Als er ihr die Hand reichte, bemerkte er erst, dass die andere im Gips war. »Oh, hatten Sie einen Unfall?«

»So ähnlich, aber es ist nicht weiter schlimm. Nächste Woche werde ich das dumme Teil schon wieder los«, verharmloste Hetty das Ganze. »Jules hat mir schon viel von dieser Einrichtung erzählt, und da wir in der Nähe waren, wollte ich es mir gerne mal ansehen.«

»So, so. Na, du kennst dich hier ja bestens aus und kannst

Hetty alles zeigen, Jules. Wenn ihr durch seid, kommt einfach zurück, dann trinken wir zusammen noch einen Tee.«

So eine Einrichtung hatte Hetty noch nie gesehen, für sie war alles neu und spannend. Sie folgte Jules von der Küche in die Wäscherei und anschließend hinaus in die Gärtnerei, Schreinerei, die Garage, das Forsthaus und die Bauernbetriebe. Und überall kannte er irgendjemanden, mit dem er ein paar Worte wechselte. Hetty beobachtete derweilen die ehemaligen Soldaten bei der Arbeit. Manchen sah man die Verletzungen überhaupt nicht an, bei anderen erkannte man auf den zweiten Blick die Prothese und wiederum andere saßen im Rollstuhl. Doch eines hatten sie gemeinsam, alle waren sie fleißig bei der Arbeit, was nicht bedeutete, dass es ruhig zuging. Es herrschte eine gute Stimmung, es wurde gescherzt und derbe Sprüche geklopft. Niemand käme auf die Idee, diese Jungs könnten traumatisiert sein. Als sie etwas später Jules darauf ansprach, meinte er: »Das ist typisch im Militär: Nach außen gibst du keine Schwäche zu. Nachts werden die meisten von ihnen von Albträumen geplagt.«

Hetty wusste, wie das war. Hin und wieder wachte auch sie immer noch mitten aus einem Albtraum auf. Doch dann war Jules da, hielt sie fest und gab ihr das Gefühl von Sicherheit. Hier hingegen mussten die Männer allein zurechtkommen. Immerhin konnten sie tagsüber darüber reden, was sie bevorzugt in Einzelgesprächen beim Psychologen taten, erklärte Jules.

»Wie lange warst du hier?«, fragte Hetty auf dem Weg zurück ins Haupthaus.

»Als Bewohner ein halbes Jahr, als Schreinerlehrling drei Jahre. Die meisten, die hier eine Ausbildung machen, wohnen in einer der Wohnungen im nahe gelegenen Dorf. Es sind nur jene im Haus, die noch eine medizinische oder psychologische Betreuung brauchen.«

Später beim Tee mit dem Verwalter erkundigte sich Hetty, wie viele Personen für einen solchen Betrieb benötigt wurden. Jules warf ihr einen fragenden Blick zu, den sie ignorierte. Stattdessen löcherte sie Rick weiter, der ihr geduldig Rede und Antwort stand.

»Gibt es ausreichend Hilfseinrichtungen dieser Art in unserem Land?«, fragte sie und stellte ihre mittlerweile leere Teetasse zurück auf den kleinen Tisch vor ihnen. Jules dämmerte es langsam, weshalb Hetty sich so interessierte.

Rick zwinkerte ihr zu: »Das klingt fast so, als wollten Sie selbst in das Geschäft einsteigen.«

Hettys Wangen röteten sich etwas und sie winkte schnell ab. »Nein, ja ... also vielleicht, es sind alles erst ein paar Hirngespinste und wilde Ideen.«

»Wilde Ideen sind oftmals die besten«, meinte Rick. »Aber es muss schon alles gut überlegt sein. Und wenn Sie wirklich etwas in diese Richtung planen, stemmen Sie so etwas nicht allein. Tun Sie sich zusammen mit Hilfsorganisationen, die haben Erfahrungen damit. Um Ihre Frage noch zu beantworten: Einrichtungen für Opfer von Gewalt gibt es definitiv nicht genug. Medizinisch werden die Leute top versorgt, aber danach stehen sie oftmals allein da und da beginnen dann die Probleme von Neuem. Man muss den Menschen eine Perspektive geben, nur so können sie sich von dem, was sie erlebt haben, lösen und weiterkommen, sonst holt es sie früher oder später wieder ein.«

Als sie sich von Rick verabschiedete, hielt er ihre Hand einen Moment länger fest als nötig. »Sollten Sie das Projekt wirklich in Angriff nehmen, dürfen Sie sich jederzeit an mich wenden, wenn Sie Rat oder Hilfe benötigen.«

»Danke, das mache ich gerne, sollte es so weit kommen. Doch noch ist alles wirklich nur so ein Gedanke und nicht spruchreif.

Was Sie alle hier geschaffen haben, ist wirklich sehr beeindruckend – vielleicht habe ich mich dadurch etwas hinreißen lassen.«

Auf der Rückfahrt sah Jules sie von der Seite an: »Du willst tatsächlich so was im Schloss aufziehen, nicht wahr?«

»Ich weiß nicht«, antwortete Hetty ehrlich. »Es wäre eine Möglichkeit, das Schloss sinnvoll zu nutzen. Bevor ich die Idee weiterverfolgen kann, möchte ich mit Max darüber reden. Es ist immer noch sein Schloss, auch wenn er es mir irgendwann übergeben möchte. Ich will ihm nicht sein Zuhause wegnehmen oder ihm das Gefühl geben, er müsse ausziehen. Wenn er sich vorstellen könnte, mit anderen Menschen zusammenzuleben, dann käme es auch für mich infrage. Aber du kennst ja seine Einstellung in Bezug auf Fremde im Haus.«

Jules lachte. »Da wirst du wohl auf Granit beißen.« Eine Weile fuhr er schweigend weiter. »Außer vielleicht ... wenn wir eines der Außengebäude für ihn so herrichten würden, dass er sich da zurückziehen könnte«, überlegte er laut.

Hetty seufzte. »Am besten vergesse ich das Ganze gleich wieder. Mir fehlen sowieso die Mittel, um so etwas auf die Beine zu stellen.«

»Nicht unbedingt«, meinte Jules. »Du müsstest, wie Rick gesagt hat, nur die richtigen Organisationen und Leute ansprechen. Zuerst müsstest du dir wohl überlegen, was für Menschen deine Einrichtung aufnehmen soll. Denkst du da auch an ehemalige Soldaten?«

»Nein«, antwortete Hetty sofort. »Eher an Frauen, die Gewalt in der Ehe oder im Elternhaus erlebt haben. Frauen, die keine berufliche Ausbildung haben und in ein Abhängigkeitsverhältnis fallen.«

Natürlich war Hetty klar, woher der Wunsch kam. Sie selbst hatte schließlich lange genug in einem solchen Abhängigkeitsverhältnis gelebt, auch wenn sie das nicht hatte wahrhaben wollen und zumindest von Oliver zuvor nicht verprügelt worden war. Doch das Gefühl der Hilflosigkeit, des Wissens, dass man keine Ausbildung hat, die Welt nicht gerade auf einen gewartet hat und die Möglichkeit, einen Job zu erhalten, eher aussichtslos war, das kannte sie nur zu gut.

»Ich denke, mit den richtigen Kontakten würden sich bestimmt Leute finden, die einen solchen Betrieb unterstützen würden«, meinte Jules ermutigend. »Sprich doch mal mit deiner Schwester darüber, vielleicht hat auch sie Verbindungen, die du nutzen könntest.«

»Zuallererst sollte ich mit Max reden«, stellte Hetty klar. »Denn wenn er Einwände hat, lohnen sich weitere Abklärungen nicht. Dann werde ich mir einen Job suchen.«

16. Kapitel

Liz öffnete ihre Wohnungstür und trat in den Flur. Nachdem sie die Tür wieder geschlossen hatte, stellte sie ihre Handtasche auf die Kommode und zog die Jacke aus, die sie fein säuberlich an der Garderobe an einen Bügel hängte. Es war ein anstrengender Tag gewesen. Sie hatte eine unliebsame Besprechung mit einem Investor gehabt, der sie gedrängt hatte, den Verkauf des Schlosses endlich voranzutreiben. Immerhin hätte er schon Auslagen für die Projektplanung gehabt, da sie ihm zugesichert hatte, der Verkauf wäre nur noch eine Formsache. Anschließend war sie zu Besuch bei einer Bekannten gewesen, die ihr die Ohren vollgeheult hat wegen ihrer unmöglichen Nachbarn, und zur Krönung war ihr auf dem Nachhauseweg noch der Wagen liegen geblieben. Sie musste einen Abschleppdienst organisieren und am Ende mit dem Taxi nach Hause fahren. Ein super Tag, wirklich!

Gerade eben wollte sie das Licht in ihrem Wohnzimmer anmachen, um sich gemütlich aufs Sofa fallen zu lassen, als eine Stimme sie aufschreckte.

»Guten Abend, Liz. Ich darf doch Liz sagen, schließlich sind wir so etwas wie verwandt?«

Liz wäre beinahe das Herz stehen geblieben. »Himmel, haben Sie mich erschreckt! Wie sind Sie überhaupt hereingekommen?«

Liz drückte den Lichtschalter und es wurde mit einem Schlag

so hell im Raum, dass der Mann auf ihrem Sofa die Augen zusammenkneifen musste.

»Ihre Terrassentür ist ein Witz. Sie sollten sie austauschen lassen.«

Ein Blick zur besagten Tür bestätigte seine Worte. Aber wer rechnet denn hier draußen schon mit Einbrechern? Das größte Verbrechen, das hier verübt worden war, war, als der junge Rotzlöffel von der Morgan Farm die Kasse am Tankstellen-Shop hatte mitgehen lassen. Die Polizei schnappte ihn bereits am nächsten Tag, weil er sich so dämlich angestellt hatte. Liz schaute den Mann, der vor ihr saß, prüfend an. Ob er wohl eine Waffe besaß? War sie in Gefahr? Der Mann hatte nichts mit dem Typen auf den Fahndungsfotos gemein, dennoch war sie sich sicher, dass es Oliver war. Seine Tarnung war ziemlich perfekt.

»Wollen Sie einen Tee?«, bot sie dem unerwarteten Besucher an, um ihre Nerven zu beruhigen. Er nickte und erhob sich vom Sofa, um ihr in die Küche zu folgen.

»Kommen wir zur Sache«, begann er, während Liz den Wasserkessel füllte. »Sie haben mich gesucht und nun bin ich da. Ich versteh' nur noch immer nicht ganz, weshalb?«

Liz stellte den Kessel auf den Herd, griff nach zwei Tassen und gab je einen Teebeutel hinein. »Ihre Frau soll von hier verschwinden, und das lieber gestern als heute«, gab Liz unumwunden zu. »Wie ich gehört habe, sind auch Sie daran interessiert, dass sie nicht vor Gericht aussagen wird.«

Oliver lachte. »Und da haben Sie gedacht, ich komme mal eben her und niete meine Frau um?«

Liz drehte sich zu ihm und sah in seine kalten grauen Augen. »Ob Sie sie umbringen, oder was Sie mit ihr anstellen, ist mir völlig egal. Hauptsache, sie ist weg!«

»Warum? Sie haben etwas von einem Geschäft erwähnt. Worum geht es dabei?«

»Sie steht mir im Weg. Ich will an das Schloss meines Onkels kommen. Ich habe bereits Investoren an der Hand, die darauf warten, dass ich ihnen das Schloss verkaufe. Aber es scheint, als wolle sich meine Nichte das Schloss selber unter den Nagel reißen.«

Liz wandte ihre Aufmerksamkeit wieder dem Teekessel zu und goss die beiden Tassen vor ihr mit heißem Wasser voll. »Eigentlich hatte ich bereits jemanden engagiert, der mir dabei helfen sollte, das Schloss von Max zu erhalten. Doch leider kamen mir Ihre Frau und ihr neuer Lover dazwischen. Meine Kontaktperson könnte allein damit überfordert sein, aber mit Ihnen im Team werden wir es schaffen.« Mit den beiden Tassen ging sie an ihm vorbei zurück ins Wohnzimmer, wo sie sich endlich auf das Sofa setzen konnte.

»Und weshalb sollte ich mich darauf einlassen?«

»Wie gesagt, Ihre Frau könnte gegen Sie vor Gericht aussagen«, gab Liz zu bedenken, was Oliver jedoch nur ein herablassendes Grinsen entlockte.

»Für mich spielt es keine Rolle, ob meine Frau vor Gericht aussagen wird oder nicht. Die Polizei hat angeblich Kontoauszüge gegen mich in der Hand. Sie braucht Henrietta nicht als Zeugin.«

»Und warum sind Sie dann trotzdem hier? Ich gehe nicht davon aus, dass Sie Henrietta für sich zurückgewinnen wollen.« Liz' Stimme triefte vor Sarkasmus. »Das könnte nämlich schwierig werden, da ihr neuer Lover sie kaum aus den Augen lässt.« Genüsslich registrierte Liz, wie seine Knöchel an der Teetasse weiß hervortraten. Oliver war sauer, stinksauer, und für Liz galt es nun, diese Wut auszunutzen. »Sie wohnt im Moment noch bei ihm, aber laut meiner Kontaktperson wird sie schon morgen zurück in das Schloss ziehen.«

»Trotzdem dürfen wir nichts überstürzen«, knurrte Oliver, und Liz wusste, sie hatte ihren Fisch an der Angel. »Ist Ihre Kontaktperson wirklich vertrauenswürdig?«

»Absolut«, versicherte Liz.

»Ich will fünfzig Prozent von dem Erlös des Schlosses«, sagte Oliver ungerührt und stellte die halb leere Teetasse scheppernd auf den Tisch.

»Was?! Mit Sicherheit nicht!«, rief Liz entrüstet aus.

»Wenn Sie tatsächlich geglaubt haben, ich würde meine Frau nur aus Rache umbringen wollen, sind Sie naiver, als ich gedacht habe. Ich habe mich bereits in Ihrem Büro etwas umgesehen und kenne das Angebot Ihres Investors.« Seine Stimme klang einschmeichelnd und ließ Liz unweigerlich einen kalten Schauer über den Rücken gleiten. »Zudem habe ich mit Ihrem Onkel, der ja auch wegsoll, keine Probleme.«

Liz überlegte kurz. »Es könnte verdächtig sein, wenn gleich zwei Personen aus meinem Umkreis gleichzeitig zu Tode kämen und ich das Schloss erbe.«

»Sind Sie denn sicher, dass Sie das Schloss Ihres Onkels überhaupt erben werden? Es klingt nicht so, als würden Sie beide sich sehr gut verstehen. Ich meine, vielleicht hat er ja auch seinen gesamten Besitz Jane vermacht.«

»Für wie blöd halten Sie mich eigentlich?«, fragte Liz gereizt. »Natürlich bin ich entsprechend vorbereitet. Das Testament ist bereits aufgesetzt, es fehlt nur noch Max' Unterschrift, und die werden wir vor seinem Ableben auch noch kriegen.«

»Ein *wir* gibt es – wie gesagt – nur gegen die fünfzig Prozent«, beharrte Oliver.

»Das ist Wucher!«

»Ich kann auch gleich wieder hier zur Tür rausgehen, dann können Sie dabei zusehen, wie Ihr Onkel das Schloss meiner Henrietta vermacht und ich mir als ihr Ehemann alles unter den Nagel reiße, wie Sie so schön zu sagen pflegen.«

»Ist ja gut«, beschwichtigte Liz. »Fünfzig Prozent geht in Ordnung.«

Das würde zwar ein großes Loch in ihre Tasche reißen, war aber immer noch besser als gar nichts. Und wer weiß, vielleicht konnte sie ja Oliver danach austricksen und der Polizei einen Tipp geben.

»Gut. Als Erstes bräuchte ich ein Bett. Wie ich gelesen habe, führen Sie ja ein Bed & Breakfast«, grinste Oliver hämisch.

»Ist das schön, dass du wieder da bist, Mädchen!«, strahlte Max, als er sie und Jules zur Tür hereinließ. Auch George wedelte freudig mit dem Schwanz und hoffte auf ein paar tüchtige Streicheleinheiten. Doc McInnerty hatte Hetty gestern den Gips entfernt, woraufhin sie wieder zurück ins Schloss wollte. Nicht, dass es ihr bei Jules in der Schreinerei nicht gefallen hätte, im Gegenteil, es war der Himmel auf Erden gewesen. Jules hatte sie nach Strich und Faden verwöhnt. Aber wenn sie ihren Händen und ihrem Kopf nicht bald etwas Vernünftiges zu tun gäbe, würde sie noch durchdrehen. Wie mit Jules vereinbart, würde Stella ihr in den ersten Tagen noch zur Hand gehen, darüber war sie sehr froh, denn die Muskeln ihrer Hand mussten zuerst wieder gekräftigt werden.

Nachdem Jules Hetty bei Max abgeliefert hatte, verabschiedete er sich gleich wieder. In der Werkstatt warteten noch ein paar Aufträge auf ihn. Noch gefiel ihm der Gedanke nicht, nicht in Hettys Nähe zu sein, für den Fall, dass Oliver doch auftauchen sollte. Es war für ihn nur ein schwacher Trost, dass sie zumindest nicht allein sein würde. Neulich hatte er bei der Londoner Polizei angerufen und sich nach dem Stand der Dinge erkundigt. Man hatte da gemeint, sie müssten sich wohl eher keine Sorgen machen. Oliver hätte das Land bestimmt längst verlassen, sonst hätte man mittlerweile irgendwelche Hinweise oder Spuren gefunden. Das beruhigte Jules nicht wirklich, schließlich hatte sich Oliver mehrere Jahre so verstellt, dass nicht mal seine Ehefrau mitbekommen hatte, was für Geschäfte er hinter ihrem Rücken betrieb. Und wenn der Typ Kontakte zur russischen Mafia hatte, dann wussten die auch, wie man jemanden spurlos untertauchen lassen konnte.

Als er Hetty von der Auskunft der Polizei berichtete, hatte sie ihn nur angelächelt und gemeint: »Mach dir nicht so viele Gedanken. Wen Oliver noch im Land ist, hat er größere Sorgen als mich.«

»Ich will, dass du trotzdem aufmerksam bleibst«, hatte er ernst verlangt und ihr das Versprechen abgenommen, sofort bei der Polizei oder bei ihm anzurufen, falls ihr irgendetwas seltsam vorkam.

Sie hatte nur gegrinst und zwei Finger zum Schwur in die Luft gehalten. »Indianerehrenwort.«

Jetzt saß Hetty mit Max im Wohnzimmer bei einer Tasse Tee, während Stella in der Küche das Mittagessen zubereitete. Sie hatte ihm zuvor von ihren Recherchen in Bezug auf Rose erzählt. »Ich habe sie richtig vermisst. Hoffentlich zeigt sie sich mir bald, damit wir zusammen reden können, auch wenn ich ihr noch nicht wirklich helfen kann.«

»Rose scheint seit dem Fund des Tagebuches etwas geknickt zu sein. Sie hat auch nach dir gefragt«, berichtete Max. »Ich habe ihr erzählt, was passiert ist.«

Hetty nickte. »Es tut mir so leid, noch nichts Konkretes herausgefunden zu haben. Ich habe zwar im Internet noch weitergeforscht, aber bin bisher auf nichts Brauchbares gestoßen. Man findet unzählige Tipps und Anleitungen, wie man einen Geist vertreiben kann. Wie man einem hilft, ins Jenseits zu kommen, darüber schreibt niemand was«, seufzte Hetty. »Es ist so ungerecht, Rose hat damals doch nicht wirklich in böser Absicht gehandelt.«

»Trotzdem ist eine Mutter mit ihrem Kind ihretwegen ums Leben gekommen«, gab Max zu bedenken. Damit lieferte er ihr gleich das Stichwort, ihm ihren Plan näherzubringen.

»Ich habe mir was überlegt, Max«, begann sie und berichtete ihm von ihrer Idee, was man aus dem Schloss machen könnte. »Weißt du, vielleicht können wir so auch ein kleines bisschen wiedergutmachen, was früher in diesen Gemäuern geschehen ist. Ich werde das Projekt aber nur weiterverfolgen, wenn du damit einverstanden bist.«

Max kraulte den Kopf seines Hundes, der sich in einem unbeobachteten Moment neben sein Herrchen auf das Sofa geschlichen hatte. »Es ist bald dein Schloss, Hetty. Du musst mich nicht fragen, wenn du es anders nutzen möchtest, als ich es getan habe. Es steht dir völlig frei, damit zu tun und zu lassen, was du möchtest.«

»Das ist lieb, Max. Aber ich möchte, dass auch du dich weiterhin wohlfühlst und hier wohnen bleibst. Es ist dein Zuhause, und das soll immer so bleiben. Ich weiß, du magst keine Fremden im Schloss, daher haben Jules und ich uns überlegt, eines der Nebengebäude für uns umzubauen. Wir könnten da zu dritt als Familie wohnen und hätten immer noch unsere Privatsphäre. Was meinst du?«

»Ich meine, dass ich euch nur im Weg sein würde. Es ist ja lieb von dir, mich in deine Pläne einzubeziehen, aber ich werde ganz bestimmt nicht das dritte Rad am Wagen sein.«

»Dann werde ich das Projekt nicht angehen, Max. Nicht ohne dich!«

»Das ist Erpressung«, brummelte er und war gleichzeitig gerührt. »Trotzdem, wie du schon gesagt hast, ich mag nicht mit anderen zusammenleben und da ändere ich mich aufs Alter auch nicht mehr.«

»Das stimmt doch gar nicht, Max!«, versuchte es Hetty ein letztes Mal. »Du hast zwar auch mich vertreiben wollen, aber schau uns jetzt an! Wir zwei kommen doch gut miteinander aus und Jules ist dein Freund. Du spielst mit Rose Schach und Stella hast du auch akzeptiert. Ich denke, du redest dir nur ein, keine anderen Menschen um dich herum zu mögen.« Max wollte etwas einwenden, doch Hetty hielt ihre Hand wie ein Stoppsignal in die Luft. »Sag jetzt nichts. Mach dir einfach ein paar Tage Gedanken darüber und dann reden wir noch mal. Vielleicht hast du auch eine andere Idee, wie das Zusammenleben für dich funktionieren könnte. Und wenn du es trotz allem nicht möchtest, dann ist das okay. Dann bleibt hier alles beim Alten, und ich suche mir einen Job.«

Max schmunzelte. »Du bist ziemlich hartnäckig, was?«

»Stur wie ein Esel, sagt Pippa immer«, stimmte ihm Hetty zu.

Am Abend, als Jules und Max vor einer Partie Schach saßen, ging Hetty in Roses Zimmer. Sie musste auch gar nicht lange warten, bis der Geist auftauchte.

»Wo warst du so lange?«, fragte Rose etwas pikiert. Sie legte den Kopf schief und schien Hetty genauer zu betrachten.

»Ich war in London und später habe ich eine Weile bei Jules gewohnt …«

Rose kam näher und fuhr ihr über die Wange. Es fühlte sich wie ein erfrischender Windhauch an. »Du warst verletzt, hat Max gesagt.«

»Ja, aber wie du siehst, geht es mir wieder gut.«

Doch Rose schien nicht überzeugt und betrachtete sie prüfend von allen Seiten, bevor sie wieder vor ihr stehen blieb.

»Hat Jules diesen Mann zum Duell herausgefordert?«, fragte Rose sichtlich aufgewühlt.

Hetty lachte laut heraus. »Nein, Rose, diese Zeiten sind schon eine Weile vorbei. Zudem ist Oliver danach untergetaucht. Niemand weiß, wo er steckt. Lass uns über etwas anderes reden. Ich war in Aberdeen und habe mit zwei angeblichen Geisterexperten gesprochen. Viel ist dabei leider nicht herausgekommen.«

Sie erzählte Rose von ihren Treffen mit Madame Louise und dem Psychologen.

»Ich bin also bloß eine Einbildung!«, schnaubte Rose entrüstet. »Was für ein Idiot!«

»Keine Sorge, Rose. Ich werde dranbleiben und weiterrecherchieren. Vermutlich hatte Madame Louise schon auch recht. Du musst lernen, dir zu verzeihen. Du hast niemanden umbringen wollen, es war ein Unfall!«

Rose blickte hoffnungslos zu Boden und drehte sich dann Richtung Fenster um.

»Nein, du stürzt dich jetzt nicht wieder da raus!«, Hetty wollte nach Rose greifen, griff dabei aber natürlich ins Leere. Sie vergaß immer wieder, dass Rose keinen menschlichen Körper besaß. »Ich möchte noch etwas anderes mit dir besprechen, Rose. Ich weiß nicht, ob Max dir schon erzählt hat, dass er mir das Schloss schenken will.«

»Das ist eine gute Neuigkeit«, sagte Rose. Ihre Stimme klang dabei noch immer traurig. Das Fenster vor ihr öffnete sich, doch Hetty war schneller und knallte es vehement wieder zu.

»Jetzt hör mir erst mal zu, bevor du dich da wieder rausstürzt!«

Rose schaute sie erstaunt an, doch dann stahl sich ein Lächeln in ihr Gesicht. Hetty ignorierte es und setzte sich auf einen der

Stühle an dem kleinen Salontisch. Dann erzählte sie ihrer übersinnlichen Freundin von ihren Plänen mit dem Schloss. »Das ist bisher nur eine Idee und ich werde erst daran weiterarbeiten, wenn Max damit zurechtkommt. Und«, Hetty zögerte einen kurzen Moment, »ich wollte auch hören, was du davon hältst.«

»Würde jemand in mein Zimmer einziehen?«, fragte Rose skeptisch und zog dabei leicht angewidert ihr Näschen kraus.

»Nein. Dein Zimmer wäre tabu und bliebe weiterhin allein dein Refugium. Ich würde es abschließen. Aber ich müsste mich darauf verlassen können, dass du keinen Unfug anstellst und dich wirklich wie bis jetzt nur der Familie zeigst. Wenn wir hier tatsächlich misshandelten Frauen und Kindern eine Zukunft ermöglichen wollen, können wir sie nicht noch zusätzlich mit einem Geist erschrecken.« Rose sah sie einen Moment entrüstet an. »Auch wenn es ein freundlicher Geist ist«, fügte Hetty daher rasch hinzu. »Ich weiß, du würdest keiner Fliege was zuleide tun, aber wir Menschen sind den Umgang mit Geistern nicht gewohnt. Ich habe mich schließlich auch tüchtig erschrocken, als ich dir zum ersten Mal begegnet bin.«

Rose schmunzelte. »Ja, ich erinnere mich. Du hast dich unter der Bettdecke verkrochen und mich angefleht, dir nichts zu tun.«

»Ja, ja, reib es mir ruhig unter die Nase«, sagte Hetty gutmütig.

In einer fließenden Bewegung ging Rose erneut zum Fenster, das bereits wieder offen stand und die kühle Nachtluft hineinließ. Bevor sie hinaussprang, drehte Rose sich noch mal zu Hetty um.

»Es ist lieb, dass du an mich denkst. Dein Plan könnte mir gefallen. Es ist manchmal ein bisschen langweilig hier.«

Sie drehte sich um und sprang über die Brüstung. Kopfschüttelnd stand Hetty auf und blickte ihr hinterher.

»Ich wünschte wirklich, du würdest das bleiben lassen«, seufzte sie, bevor sie das Fenster schloss.

Niemand nahm Notiz von dem alten VW Golf, der an der Straße vor der Bäckerei stand. Oliver blieb im Wagen sitzen und beobachtete, wie auf der gegenüberliegenden Straßenseite Henrietta aus Jules' Wagen stieg. Sie ging um die Karre herum zu diesem Idioten, der immerzu zu grinsen schien, wenn er ihn sah. Der Kerl hielt ihr die Hand hin, die Henrietta ergriff. Händchen haltend – wie kindisch war das denn? – gingen die beiden in den Einkaufsladen. Schon seit ein paar Tagen beobachtete er das Schloss, Henrietta und Max – aber auch diesen Schreiner. Er wollte genau Bescheid wissen, bevor er einen endgültigen Plan festlegte. Ein paar Szenarien hatte er sich schon ausgedacht. Selbst wenn ihn Liz zur Eile drängte, wusste er, es musste alles gut überlegt sein. Zu schnell hatte man etwas übersehen, das einem dann das Genick brechen konnte. Liz hatte den Kontakt zwischen ihrer Verbindungsperson und ihm hergestellt. Es schien immerhin eine fähige Person zu sein, die verschwiegen und besonnen war. Zwei wichtige Eigenschaften, wie er fand. Er würde sich heute noch mal mit ihr treffen, damit sie die verschiedenen Pläne durchgehen konnten. In einem waren sie sich jetzt schon einig: Liz würden sie nicht in der Nähe des Schlosses haben wollen. Das Risiko, dass sie mit ihrer Unfähigkeit alles vermasseln würde, war zu groß. Auch war es besser, wenn sie nicht in der Nähe gesehen wurde, zumal sie ja später als Alleinerbin auftreten würde. Oliver schloss einen Moment die Augen und stellte sich vor, wie sich alles abspielen könnte. Kurz erwog er, diesen Idioten zusehen zu lassen, wie das Leben langsam aus Henrietta wich. Das würde ihm eine ziemliche Befriedigung geben. Er öffnete die Augen wieder und beobachtete durch das Ladenfenster, wie seine Frau sich lachend mit ihrem Lover und einer weiteren Person unterhielt.

»Ja, genieß es noch, solange du kannst«, zischte er.

Im Laden hatte Hetty Anne wiedergetroffen und ein paar Worte mit ihr ausgetauscht. Dieses Mal hatten sie sich gleich zum Tee am nächsten Tag verabredet, sonst würde das wieder nichts werden, meinte Anne lachend.

»Oh und Jules, bitte komm auch mit. Ich hätte noch gerne einen neuen Küchentisch mit Eckbank. Bei der Gelegenheit könntest du gleich Maß nehmen.«

»Sehr gerne, Anne«, sagte Jules.

Nachdem Anne sich verabschiedet hatte, suchten sie die benötigten Lebensmittel zusammen und gingen dann zur Kasse. Dieses Mal traute sich Trish nicht, eine dumme Bemerkung von sich zu geben. Stattdessen tippte sie rasch die Produkte ein, während Jules mit dem Einpacken begann. Voll bepackt verließen danach auch sie das Geschäft. Mitten in der Bewegung hielt Hetty plötzlich inne. Ein VW Golf war an ihr vorbeigefahren und sie hatte im ersten Moment geglaubt, darin Oliver gesehen zu haben. Doch der Typ hatte eine völlig andere Haarfarbe. Blond, wenn sie es richtig erkannt hatte, und zudem trug er einen Bart.

»Was ist? Kommst du?«, rief ihr Jules zu, der bereits beim Wagen stand.

»Ja ... ja, klar.«

Bestimmt hatte sie sich getäuscht. Oliver wusste ja noch nicht einmal, wo sie war, und wie hätte er es auch herausfinden sollen? Vermutlich hatte ihr Unterbewusstsein das Geschehene noch immer nicht verarbeitet und ließ sie schon in irgendwelchen beliebigen Männern Oliver wiedererkennen. Vielleicht bräuchte sie doch psychologische Hilfe. Als sie zurück im Schloss waren, und Jules mit Max in ein Gespräch vertieft war, rief sie Becky auf ihrem Handy an.

»Hallo, meine Kleine, wie geht es dir?«, fragte sie, als sich Becky meldete.

»Gut, oder zumindest besser«, gestand Becky. »Ich hab' nun Lucys Rat doch befolgt und bin zu dem Therapeuten gegangen, den sie mir herausgesucht hatte. Es hilft, darüber zu reden, auch wenn es das Ganze nicht ungeschehen macht.«

»Es tut mir so leid, Becky ...«

»Du musst dich nicht schon wieder bei mir entschuldigen, Mum. Du kannst genauso wenig dafür wie ich. Geht es dir gut? Hast du noch Schmerzen?«

»Nein, Liebes. Es ist alles gut verheilt, und Max und Jules kümmern sich gut um mich.« Hetty legte eine kurze Pause ein, bevor sie die nächste Frage stellte: »Kommst du etwas besser mit dem Gedanken zurecht, dass ich einen anderen Mann als deinen Vater liebe?«

Einen kurzen Augenblick blieb es still auf der anderen Seite der Leitung, doch dann sagte Becky zögernd: »Jules ist bestimmt ein netter Mann und nach dem, was Dad getan hat ... ich kann verstehen, dass du ihn da nicht mehr liebst. Es war trotzdem nicht richtig von dir, mit Jules etwas anzufangen, obwohl du verheiratet warst – beziehungsweise noch verheiratet bist. Gott, ich weiß, das klingt jetzt ziemlich moralisch, aber du hast Dad ein Versprechen gegeben!«

Hetty schloss die Augen und rieb sich mit der Hand die Stirn. »Ich weiß, Becky. Du hast recht. Ich hätte mit deinem Vater reden müssen. Nur ist im Leben nicht immer alles nur schwarz oder weiß.«

»Na klar!«, seufzte Becky am anderen Ende.

»Was? Was willst du damit sagen?«, forderte sie ihre Tochter auf.

»Dieser Spruch kommt immer, wenn jemand weiß, dass er eigentlich etwas Falsches getan hat, sich aber irgendwie aus der Sache herausreden will. Es ist gut, Mum, du musst dich vor mir nicht rechtfertigen.«

Hetty nickte, was hatte sie denn anderes als Antwort erwartet? Becky war schon immer sehr direkt und klar gewesen, was ihre Vorstellungen von Recht und Unrecht betraf. Und sie wusste ja selbst, dass sie in Bezug auf Jules Oliver gegenüber nicht korrekt gehandelt hatte. Aber hatte Oliver ihr denn eine Wahl gelassen? Wie auch immer, sie würde das nicht mit ihrer Tochter diskutieren.

»Sag mal, Becky, hat sich Dad in der Zwischenzeit mal bei dir gemeldet?«, fragte sie schließlich, da dies einer der Gründe für ihren Anruf war.

»Nein. Warum fragst du?«

»Ach, nur so. Hätte ja sein können.«

»Ist sonst noch was, Mum? Ich treffe mich gleich noch mit einer Freundin.«

»Nein, Becky. Ich wollte dir nur noch mal sagen, dass ich dich sehr, sehr lieb habe und du immer hierherkommen kannst, wenn du Lust dazu hast.«

»Hab' dich auch lieb, Mum. Tschüss.«

»Tschüss.«

Nachdem Hetty aufgelegt hatte, schaute sie den Telefonapparat nachdenklich an. Jules trat aus dem Wohnzimmer, weil er sich und Max eine Tasse Tee machen wollte. Als er sie sah, lächelte er sie liebevoll an, und Hettys Herz schmolz dahin. Egal, was ihre Tochter eben gesagt hatte, sie wusste, sie hatte die richtige Entscheidung getroffen, als sie sich mit ihm eingelassen hatte. Er würde sie oder Becky niemals verletzen. Das Einzige, was sie bedauerte, war, ihm nicht schon früher begegnet zu sein.

»Alles klar?«, fragte er, und sie antwortete aus vollem Herzen: »Alles bestens.«

»Ich wollte uns gerade frischen Tee machen. Magst du auch eine Tasse?«

Sie ging zu ihm, schlang ihre Arme um seinen Nacken und küsste ihn, bis ihm der Atem wegblieb.

»Wow«, grinste er, als sie ihn wieder freigab. »Womit habe ich das denn verdient? Kriege ich das immer, wenn ich dir Tee anbiete?« Sie lachte befreit und fühlte sich einfach nur glücklich.

Am nächsten Tag saß sie bei Anne in der Küche. Jules hatte kurz davor die Maße für den gewünschten Tisch und die Bank ausgemessen und notiert. Danach war er zurück zur Werkstatt gefahren und hatte die beiden allein gelassen, damit sie einen gemütlichen Kaffeeklatsch halten und sich besser kennenlernen konnten. Anne würde sie anschließend zurück ins Schloss fahren. Sie saßen in dieser herrlichen Landhausküche, von der Hetty selbst auch schon immer geträumt hatte, und genossen den Apfelkuchen, den Anne am Morgen für sie gebacken hatte. Anne redete nicht lange um den heißen Brei herum, sondern sprach gleich das an, was sie bewegte.

»Ich habe in den Nachrichten gehört, was passiert ist und dass die Polizei deinen Mann sucht. Du musst eine ziemlich harte Zeit hinter dir haben.«

Hetty nickte leicht. »Ja, es war nicht einfach. Es macht mir vor allem zu schaffen, weil meine Tochter da mit hineingezogen wurde. Sie musste mit ansehen, wie ihr Vater mich fast umgebracht hätte. Wäre sie nicht im rechten Moment dazugekommen, wäre ich wohl nicht mehr da. Becky hat ihn mit einem Kerzenständer niedergeschlagen und mich ins Krankenhaus gefahren – mit seinem Porsche und ohne Führerschein«, fügte sie hinzu.

»Oh Gott.« Anne hatte selbst zwei Kinder im Teenager-Alter, die gerade in der Schule saßen. Sie konnte sich kaum vorstellen, wie es ihr gehen würde, wenn ihre beiden so etwas miterleben müssten. »Es tut mir so leid. Wie geht es ihr damit?«

»Sie ist wütend auf ihren Vater und auf mich – ich glaube, überhaupt auf die ganze Welt. Meine Schwester hat für sie einen Therapeuten gefunden, er scheint ihr helfen zu können. Ich kann das anscheinend nicht.« Hetty klang selbst in ihren eigenen Ohren frustriert.

Anne legte tröstend ihre Hand auf die von Hetty. »Auch Mütter können nicht immer helfen. Ihr habt Schwieriges durchgemacht, aber ich bin dankbar, dass du lebst und jetzt hier bist.«

»Danke. Auch dafür, dass du nicht denkst, ich wäre in die Geschäfte meines Mannes verwickelt gewesen.«

»Na, hör mal!« Anne klang entrüstet. »Ich kenne dich zwar noch nicht gut, aber nach dem, was ich damals im Einkaufsladen mitbekommen habe, wäre ich niemals auf den Gedanken gekommen. Wie geht es denn jetzt bei dir weiter?«

Hetty zuckte mit den Schultern. »Genau weiß ich es noch nicht. Ich bin seit ein paar Tagen wieder im Schloss bei Max.«

»Das wird Jules wohl nicht gefallen«, lächelte Anne wissend.

Auch Hettys Mundwinkel verzogen sich zu einem Schmunzeln. »Er schläft nachts auch bei uns. Er meint wohl, uns beschützen zu müssen.«

»Ja, so sind sie, unsere Kerle. Müssen immer den Helden und großen Beschützer herauskehren.«

Sie kicherten wie zwei alte Freundinnen. »Es war schon schön, als ich im Krankenhaus aufgewacht bin und er da war. Es gab mir ein Gefühl von Sicherheit. So viel Aufmerksamkeit kannte ich bisher nicht, er nimmt Rücksicht und es scheint ihn zu kümmern, wie es mir geht …«

»Das ist doch normal, wenn man sich liebt«, meinte Anne.

»Für dich vielleicht. Von Oliver kannte ich das nicht. Wir lebten in den letzten Jahren irgendwie nur noch so nebeneinanderher. Mehr als eine Haushälterin war ich wohl nie für ihn. Weißt du, im Nachhinein entsetzt es mich, wie ich das überhaupt zulassen konnte. Ich frage mich immer wieder, wie ich mich damit zufriedengeben konnte.«

»Du hattest Becky, und ich denke, für unsere Kinder tun wir einfach alles.«

»Nicht ganz«, korrigierte Hetty. »Becky nimmt es mir ziemlich übel, dass ich mich mit einem anderen Mann eingelassen habe, obwohl ich noch mit ihrem Vater verheiratet bin. Sie gibt mir immer noch die Schuld an dem, was in jener Nacht passiert ist. Sie denkt, wenn ich ihren Vater nicht betrogen hätte, wäre er nicht ausgerastet.«

Anne ergriff mitfühlend ihre Hand. »Sie wird es irgendwann verstehen. Suchst du dir nun einen Job oder hast du auch wieder Zugriff auf euer Geld?«

»Machst du Witze? Die Polizei hat sämtliche Konten gesperrt. Ich habe noch ein bisschen Reserve von dem Verkauf meines Wagens. Ansonsten bin ich auf Jobsuche. Nur: Wer stellt jemanden ein, der nichts gelernt hat, außer sich um eine Familie zu kümmern?« Sie überlegte es sich kurz und entschied sich, Anne einzuweihen: »Max will mir das Schloss schenken, sobald sie Oliver gefasst haben und die Scheidung rechtskräftig ist. Oliver soll von dieser Schenkung nichts abbekommen.«

»Und dann, was planst du damit?«, fragte Anne aufgeregt und neugierig zugleich.

»Ich würde gerne ein Zuhause für Opfer von Gewalt daraus

machen. Weißt du, für Frauen und Kinder, die keine Zukunft sehen und eine Möglichkeit suchen, der Abhängigkeit ihres Zuhauses zu entfliehen. Frauen, die einen Job lernen möchten. Natürlich möchte ich selbst in dieser Institution mitarbeiten.«

»Wow, das klingt großartig!« Anne war sichtlich beeindruckt. »Und da bist du noch auf Jobsuche?!«

»Ja, es ist eben nicht sicher, ob ich es überhaupt umsetzen werde. Bis jetzt ist es nur eine Idee. Es hängt von Max ab. Du weißt ja, er mag keine Fremden im Schloss. Ich habe ihm vorgeschlagen, wir könnten eines der Nebengebäude für uns umbauen und alle gemeinsam als Familie dort leben. Aber er muss es sich erst noch überlegen.« Hetty seufzte. »Weißt du, wenn ich dieses Projekt angehen könnte, das wäre schon genial. Doch ich werde Max auf keinen Fall sein Zuhause nehmen. Es ist sein Schloss, auch wenn er es mir schenken will.«

»Warum tut er das eigentlich?«, fragte Anne neugierig.

»Ich weiß es nicht so genau. Er meinte, er wolle auf alle Fälle verhindern, dass Liz das Schloss in die Finger bekäme. Irgendwie habe ich aber auch das Gefühl, dass er das Schloss zwar wirklich liebt, aber auch erschöpft ist von der Verantwortung, die es mit sich bringt. Ständig die Sorge, ob wieder etwas kaputtgeht, geflickt werden muss und ob das Geld auch reicht.«

»Kannst du das denn? Du bist ja, was Geld betrifft, zurzeit auch nicht gerade auf Rosen gebettet.« Anne nahm wirklich kein Blatt vor den Mund, stellte Hetty schmunzelnd fest. Das machte ihr die Bäuerin noch sympathischer.

Nachdenklich nippte Hetty an ihrem Tee. »Ich habe mich das auch gefragt. Jules meinte, gemeinsam würden wir es schaffen. Ihm liegt das Schloss auch sehr am Herzen. Und dann gibt es ja noch Organisationen, die man um Unterstützung bitten könnte, vor allem bei dem Projekt mit Gewaltopfern.«

»Wenn ihr Max‘ Okay habt, wäre es bestimmt auch gut, die Gemeinde mit ins Boot zu holen. Du hast gesagt, dass du den Frauen die Möglichkeit geben willst, eine Ausbildung zu machen, da bräuchtest du Ausbildungsplätze in der Nähe des Schlosses. Ich werde mit Tom, meinem Mann, reden. Vielleicht können auch wir jemanden für eine Ausbildung aufnehmen.«

Hetty strahlte Anne an. »Du bist klasse! Für die Leute im Dorf muss ich mir noch etwas einfallen lassen. Denn du hast recht, wenn ich sie nicht überzeugen kann, ist das Projekt zum Scheitern verurteilt. Zuerst muss allerdings Max dem Ganzen zustimmen.«

»Und wenn nicht«, meinte Anne, »kannst du das Projekt immer noch zu einem späteren Zeitpunkt umsetzen. Es ist so eine tolle Sache, da wäre es schade, sie nicht anzupacken. Das Schloss ist perfekt dafür.«

17. Kapitel

Jules trat gerade aus der Dusche, als er im Flur das Telefon klingeln hörte.

»Ich gehe schon«, rief Hetty und huschte in ihrem Nachthemdchen am Badezimmer vorbei und die Treppe in den ersten Stock hinunter, um den Anruf entgegenzunehmen.

Aus der Ferne hörte er sie sagen: »Ja, Jules ist hier. Einen Moment, ich rufe ihn ans Telefon.« Noch mit dem Handtuch in der einen Hand kam er bereits die knarzende Treppe hinabgestiegen. Hinter ihm erschien auch Max, der ahnte, dass ein Anruf um diese späte Uhrzeit nichts Gutes bedeuten konnte.

Hetty hielt Jules den Hörer entgegen. »Webster«, meldete er sich und während er zuhörte, wurde er aschfahl im Gesicht. »Ich bin gleich da!«, sagte er knapp, hängte auf und sprintete die Treppe wieder hoch.

»Was ist denn los?«, rief Max hinter ihm her und schaute Hetty fragend an.

»Das war die Feuerwehr«, erklärte sie und lief ebenfalls die Treppe hoch zurück ins Schlafzimmer. »Was ist passiert, Jules?«

»Die Schreinerei brennt«, sagte er aufgebracht und schlüpfte bereits in seine Jeans, während er gleichzeitig nach seinem Pullover griff. »Die Feuerwehr ist schon vor Ort, aber ich will sehen, ob ich irgendwie helfen oder noch was retten kann.«

Hetty griff ebenfalls bereits zu ihren Klamotten, um sich wieder anzuziehen.

»Was wird das jetzt?«, fragte er verwirrt.

»Ich komme natürlich mit. Was denkst du denn?« Sie schlüpfte bereits in ihre Unterwäsche.

»Vergiss es. Du bleibst hier!«

Unbeirrt zog sie sich ihr Sweatshirt über und wollte gerade nach ihrer Hose greifen, doch Jules hielt sie an ihrem Arm fest. »Nein, Hetty. Bitte, bleib hier. Ich kann mich dort nicht auch noch um dich kümmern.«

»Das musst du auch nicht. Stell dir vor, ich bin schon groß.«

»Hetty, verdammt noch mal! Du stehst dort nur im Weg. Wenn du mir helfen willst, dann bleib hier bei Max und lass mich jetzt einfach gehen! Ich habe keine Zeit, mich zu streiten!«

Die Ansage saß. Betroffen schaute sie ihn an. »Okay«, gab sie schließlich nach. »Wenn ich irgendwas tun kann, rufst du an. Ja?«

»Versprochen.«

Er gab ihr einen flüchtigen Kuss, dann rannte er an Max vorbei hinaus zu seinem Wagen und brauste davon. Zig Mal überlegte er sich auf der Fahrt, wie das Feuer hatte entstehen können. Er hatte doch alle elektrischen Geräte ausgeschaltet gehabt, bevor er die Werkstatt verlassen hatte. So wie jeden Abend. Den Kamin hatte er schon länger nicht mehr benutzt. Das Wetter war trocken und kein Gewitter hätte einen Blitz einschlagen lassen können. Warum zum Teufel brannte dann seine Schreinerei? Schon von Weitem sah er den hell erleuchteten Himmel und ihm war klar, er musste sich nicht mehr beeilen. Wenn eine Schreinerei brannte, dann brannte sie richtig. Durch das viele trockene Holz konnte sich ein Feuer rasend schnell verbreiten. Da gab es nicht mehr viel zu retten. Verdammte Scheiße! Er hatte so hart für seinen Erfolg gearbeitet, und nun ging alles in Flammen auf. Das war einfach nicht fair!

»Es bringt nichts, wenn wir beide wach bleiben, Max«, sagte Hetty, die sich mittlerweile wieder ganz angezogen hatte und mit ihm im Wohnzimmer stand. »Geh du doch wieder ins Bett. Ich bringe dir gleich noch eine Tasse Tee hoch.«

»Als ob ich jetzt schlafen könnte«, wetterte Max, zog sich aber dennoch in sein Schlafzimmer zurück. Er hatte da sein eigenes kleines Fernsehgerät, vielleicht brachte der Lokalsender ja etwas über den Brand.

In der Küche griff Hetty zum Teekessel und füllte ihn mit Wasser auf. Sie wollte ihn gerade auf die Herdplatte stellen, als eine Stimme sie hochschrecken ließ.

»Guten Abend, Henrietta«, sagte der Mann. Sie musste sich nicht mal umdrehen, um zu wissen, wem sie gehörte. Diese Stimme kannte sie nur zu gut, auch wenn sie gehofft hatte, sie nie wieder hören zu müssen.

»Wie fürsorglich, dass du uns einen Tee kochen wolltest, aber ich denke, das wird nicht nötig sein«, sagte Oliver hämisch grinsend.

Einen Moment war Hetty wie gelähmt vor Schreck, doch dann drehte sie sich langsam zu ihm um. Es war immer besser, eine Schlange im Blick zu haben und ihr nicht den Rücken zuzukehren. Oliver trat mit einer Pistole in der Hand auf sie zu, nahm ihr den Teekessel aus der Hand und stellte ihn auf den Herd. Er kam ihr dabei so nah, dass sie sein Rasierwasser riechen konnte. Ihr drehte sich beinahe der Magen.

»Na, hast du mich vermisst?«, raunte er und fuhr ihr mit dem Lauf der Pistole den Hals entlang.

Entsetzt schloss sie kurz die Augen und versuchte, ihre Panik in den Griff zu bekommen. Max! Max war oben in seinem Schlafzimmer. Sie durfte nicht zulassen, dass ihm wegen ihr etwas passierte. Ohne weiter nachzudenken, rammte Hetty abrupt und heftig ihr Knie zwischen Olivers Beine. Er schrie auf und krümmte sich mit schmerzverzerrtem Gesicht zusammen. Jetzt musste es schnell gehen! Hetty griff nach dem Teekessel und schlug ihn Oliver mit voller Wucht gegen die Schläfe. Es gab ein dumpfes Geräusch, Wasser schwappte über, Oliver taumelte und ging zu Boden. Hetty ließ den Kessel fallen und rannte aus der Küche zum Telefon. Sie musste Hilfe herbeirufen. Vor Panik zitternd, hob sie den Hörer ab, doch da war kein Freizeichen. Ihr Blick wanderte entlang des Kabels und sie sah, dass es durchgeschnitten war. Mist, das musste Oliver gewesen sein. Wie lange war er denn schon im Schloss? Es blieb keine Zeit, weiter nachzudenken, sie rannte die Treppe hoch, um in ihrem Schlafzimmer das Handy zu holen. Oben angekommen, sah sie Stella im Korridor stehen. »Stella, Sie schickt der Himmel!«, keuchte Hetty.

»Sie sind ja ganz außer Atem, meine Liebe, was ist denn los?«

»Oliver hat mich gefunden. Er ist unten in der Küche ... ich hab' ihn bewusstlos geschlagen.« Auf einmal schaute sie Stella verwundert an: »Waren Sie nicht längst nach Hause gefahren?«

»Mr Webster hatte mich angerufen. Er müsse dringend weg und ob ich kurz nach dem Rechten sehen könnte. Da ich bei Bekannten in der Nähe war ...«

»Aha, ja. Sie können mir das später genauer erklären, wir müssen uns beeilen«, Hetty rannte weiter in ihr Schlafzimmer, in der Annahme, Stella würde ihr folgen. »Wir müssen Hilfe holen. Oliver hat die Leitung zerschnitten. Wo zum Henker ist mein Handy?!«

Zwischen den Magazinen, Büchern und anderem Krimskrams auf der Kommode lag es nicht, stellte sie verzweifelt fest. Vermutlich war es noch in ihrer Handtasche. Ihr suchender Blick erfasste die Tasche auf dem Fußboden neben dem Kleiderschrank. Hastig griff sie danach und entleerte den Inhalt auf den Boden. Gerade wollte sie nach ihrem Handy greifen, als sie hörte, wie die Tür ihres Zimmers zugezogen wurde. Sie schnellte hoch, aber es war zu spät, der Schlüssel wurde bereits von außen im Schloss gedreht. Sie war eingesperrt.

»Stella? Stella! Was machen Sie da?«, rief sie durch die verschlossene Tür.

»Mr Webster hat mich beauftragt, für Ihre Sicherheit zu sorgen, Henrietta. So kann Ihnen nichts passieren, während ich im Garten mit meinem Handy die Polizei anrufe.«

Dann hörte Hetty nur noch, wie sich Stellas Schritte entfernten. Aufgebracht hieb Hetty mit der flachen Hand gegen die Tür.

»Stella! Verdammt noch mal, schließen Sie auf!«

Kurz überlegte Hetty, ob sie die Tür eintreten könnte, aber außer ein paar blauen Flecken würde ihr das wohl nichts bringen. Sie setzte sich aufs Bett und versuchte krampfhaft zu überlegen, was sie tun konnte. Max war allein und machtlos gegen Oliver. Warum zum Teufel hatte sie bloß nicht daran gedacht, wenigstens Olivers Pistole mitzunehmen?! Tränen der Verzweiflung brannten in ihren Augen. Ihr war klar, dass Stella es nur gut gemeint hatte, aber sie einzuschließen war wohl das Dümmste, was sie tun konnte.

»Du musst die Kommode vor die Tür schieben!« Rose stand plötzlich neben dem Kamin und zeigte energisch auf das von ihr genannte Möbel.

Hetty schaute sie verwirrt an. »Was? Wieso?«

»Stella ist nicht die, für die du sie hältst. Sie ist böse. Los, beeil dich, ich kann dir später deine Fragen beantworten.«

Hetty vertraute Rose, sprang auf und wischte alle Gegenstände von der Kommode herunter. Sie brauchte all ihre Kraft, um das schwere Teil mit Zerren und Schieben vor die Tür zu bekommen.

»Und jetzt geh weg von der Tür!«, befahl Rose weiter, denn es waren bereits sich schnell nähernde Schritte im Korridor zu hören.

Der Schlüssel drehte sich im Schloss und die Klinke wurde heruntergedrückt. Es wurde heftig an der Tür gerüttelt, aber die ließ sich keinen Zentimeter öffnen.

»Henrietta?«, rief Stella erstaunt. »Haben Sie etwas vor die Tür geschoben?«

Henrietta antwortete nicht, daher fuhr Stella fort: »Sie brauchen sich nicht zu fürchten, Oliver ist noch immer bewusstlos. Ich habe im Garten mit meinem Handy die Polizei alarmiert. Sie werden bald hier sein. Lassen Sie mich rein, bitte.«

Hetty sah Rose fragend an, doch die schüttelte vehement den Kopf. »Sie hat den fremden Mann ins Haus gelassen, ich habe es gesehen«, flüsterte Rose grimmig. »Sie hat auch versucht, Max in sein Schlafzimmer einzusperren. Ich war aber schneller und habe ihn gewarnt.«

»Ist er in Sicherheit?«, flüsterte Hetty angstvoll.

»Fürs Erste ja. Er hat die Tür von innen verriegelt und sicherheitshalber noch einen Stuhl davorgestellt. Ich habe ihm gesagt, er solle warten, bis wir Entwarnung geben.«

»Danke, Rose, was hätten wir nur ohne dich getan?«

»Henrietta? Ich glaube, ich höre Oliver in der Küche. Bitte lassen Sie mich herein! Sie können mich ihm doch nicht einfach so ausliefern«, flehte Stella weinerlich.

Verzweifelt blickte Hetty zu Rose. Was würde geschehen, wenn sie sich täuschte und Stella die Wahrheit sagte? Doch Rose hob warnend den Zeigefinger. Dann ging sie zur Mauer und streckte ihren Kopf hindurch, als wäre die aus Papier. Ein gruslicher Anblick. Augenblicklich ertönte vor der Tür ein schriller weiblicher Schrei. Rose zog ihren Kopf mit einem wissenden Lächeln wieder zurück.

»Was war das?!«, fragte fast gleichzeitig eine männliche Stimme, die Hetty sofort als Olivers entlarvte. Gerührt blickte Hetty zu ihrer Freundin. Noch nie hatte Rose sich Fremden gezeigt und nun tat sie es, als wäre nichts dabei.

»Du bist unglaublich, Rose, danke!« Hetty drehte sich wieder der Tür zu. »Stella, wie konnten Sie nur?! Ich habe Ihnen vertraut und Sie in unser Heim gelassen!«

»Ihre Tante bezahlt besser«, höhnte Stella.

»Liz? Was hat denn Liz damit zu tun?«, rief Hetty erstaunt aus.

Was sie nicht sehen konnte, war, wie Oliver Stella einen Hieb versetzte, damit sie den Mund hielt. Hetty war davon ausgegangen, dass Stella mit Oliver unter einer Decke steckte, mit Liz hätte sie die beiden nicht in Verbindung gebracht.

»Jetzt komm schon raus, Henrietta, ich kriege dich sowieso!«, rief Oliver. Doch Hetty dachte nicht im Traum daran. Wütend schoss er mit der Pistole in die Tür, doch die Kugeln blieben im Holz der Kommode stecken.

»Ich gehe rasch zu Max, um zu sehen, ob bei ihm noch alles in Ordnung ist. Bin gleich zurück«, sagte Rose und wählte ihren üblichen Weg durch das Fenster.

»Eigentlich solltest du dich bei uns dafür bedanken, dass wir deinen Hengst mit dem Feuer von hier weggelockt haben. Es wäre für mich ein Leichtes gewesen, ihn einfach abzuknallen.« Oliver klang ziemlich gönnerhaft.

»Das warst du?«, fragte Hetty, und ihr Herz flog zu Jules hinaus. Sie betete, dass Oliver ihm wirklich nichts angetan hatte.

»Du widerst mich so an, Oliver. Wenn ihm etwas zugestoßen ist, bringe ich dich um!«, schrie sie zornig durch die Tür.

Er lachte nur höhnisch. »Du kannst gerne rauskommen und es versuchen. Solltest du doch lieber drinbleiben wollen, ist mir das auch recht. Wir werden jetzt mit einem Feuerchen dafür sorgen, dass du und dein Großonkel es schön warm habt. Wenn dein Hengst zurückkommt, kann er sozusagen von einem Logenplatz aus verfolgen, wie du und Max hier auf tragische Weise ums Leben kommen. Mach's gut, Henrietta, ich denke dann an dich, wenn ich am Strand sitze, Margaritas schlürfe und den Bikini-Schönheiten hinterhersehe. Wobei, nein, das werde ich bestimmt nicht tun. Deinen dicken Hintern möchte ich nur noch vergessen.«

Stella und Oliver taten so, als würden sie von der Tür weggehen. Doch so dumm war Hetty nicht. Bestimmt warteten sie im Korridor, bis sie die Kommode wegschob und herauskäme. Hettys Hirn lief auf Hochtouren. Es musste doch eine Möglichkeit geben, sich aus dieser Situation zu befreien. Sie ging zum Fenster, das immer noch offen stand. Suchend blickte sie sich nach einem Fluchtweg um. In der Dunkelheit konnte sie kaum was erkennen. Wieder hörte sie Geräusche vor der Tür, die sie leise zurückschleichen ließen. Unter dem Türspalt sickerte eine klare Flüssigkeit hindurch. Vorsichtig tunkte Hetty ihren Finger hinein und hob ihn an die Nase. Mist, das war Benzin! Im selben Augenblick tauchte Rose wieder neben ihr auf und flüsterte: »Du musst hier raus und Max helfen. Stella hat vor seiner Zimmertür Feuer gelegt.«

»Wie denn?«, jammerte Hetty verzweifelt. »Kannst du das Feuer nicht auspusten, so wie du das bei mir in der ersten Nacht gemacht hast, als ich die Kerzen anzünden wollte?«

»Ich habe es zu spät bemerkt, weil ich mich mit Max unterhalten habe. Ich kann zwar mit der Luft herumwirbeln, doch das würde in diesem Fall das Feuer nur noch schneller ausbreiten lassen. Stella hat eine Flüssigkeit verteilt, die unglaublich schnell brennt. Beeil dich, Hetty!« Sie war bereits wieder zum Fenster geschwebt und winkte Hetty zu sich heran. »Nimm dir einen Stuhl, dann kannst du einfacher auf den Fenstersims klettern.«

»Ich habe Angst«, gestand Hetty, die trotzdem Roses Rat folgte.

»Das verstehe ich. Vertrau mir einfach, ich bin doch deine Freundin.«

Tief durchatmend zwang sich Hetty zur Ruhe, dann kletterte sie vom Stuhl auf den Sims. An dieser Fassade war sie schon mal herumgeturnt, und auch damals war sie nicht runtergefallen, rief sie sich in Erinnerung, um sich selbst Mut zu machen.

»Siehst du den kleinen Vorsprung an der Wand etwas unterhalb des Fensters?«

Er war in der Dunkelheit schwer auszumachen, aber ja, Rose hatte recht, da war ein Vorsprung.

»Lass dich langsam auf ihn hinabgleiten, drück dich dicht an die Wand und lass den Sims nicht los, bis du sicheren Halt hast. Etwas oberhalb des Fenstersimses verläuft ein weiterer Mauervorsprung, an dem kannst du dich festhalten. Jetzt kannst du langsam Schritt für Schritt vorwärts gehen.«

Hetty folgte den Anweisungen und versuchte erfolglos, ihre Panik zu verdrängen. Es ging nur im Schneckentempo vorwärts, da sie fürchtete abzurutschen. »Geh zu Max zurück, Rose! Vielleicht kannst du ihm irgendwie helfen. Ich komme hier schon zurecht.«

»Sicher?«, fragte Rose nach. Hetty nickte und tastete sich vorsichtig weiter vor.

»Gut, aber beeil dich, Hetty. Du musst da vorne nur noch um die Ecke. Das dritte Fenster gehört zu Max' Zimmer. Und sei vorsichtig, wenn du ein Fenster queren musst, nicht dass sie dich von drinnen entdecken.«

»Ja, ich versuch's. Besser wäre es, du würdest sie ablenken.« Rose sagte nichts. »Rose? Rose?!«, rief Hetty leise und musste sich beherrschen, um nicht hysterisch zu klingen.

Aber Rose war schon weg, und sie selbst musste auch weitergehen. Nicht nachdenken, nicht nach unten schauen, redete sie sich immer wieder zu. Ein Fenster hatte sie ohne Probleme gequert, danach ging es um die Ecke und zu einem weiteren Fenster. Auch da schien niemand im Raum zu sein. Dann stand sie vor dem dritten und letzten Fenster, das sie von Max' Zimmer noch trennte. Durch die geöffnete Tür des Raumes sah sie bereits die Flammen im Korridor lodern. Jetzt würde da bestimmt niemand mehr freiwillig herumstehen, sagte sie sich, und trat mit aller Wucht die Scheibe ein. Als das Loch groß genug war, schlüpfte sie rasch hindurch und landete im Arbeitszimmer. Sie erinnerte sich daran, dass neben dem Schrank ein Feuerlöscher gestanden hatte. Erleichtert atmete sie auf, als sie ihn noch an Ort und Stelle vorfand. Mit dem Feuerlöscher in der Hand trat sie in den Korridor hinaus, wo ihr gleich die Hitze entgegenschlug. Sie blickte sich kurz um und machte zwei Feuerherde aus: einen vor ihrer und einen vor Max' Tür. Es blieb nur zu hoffen, dass Oliver und Stella das Feuer mit dem Benzin nicht weiter nach unten gezogen hatten. Egal, ein Schritt nach dem anderen. Zuerst musste sie Max herausholen. Sie las kurz auf dem Feuerlöscher, wie das Teil zu benutzen war und bahnte sich dann damit einen Weg zu seiner Zimmertür, die ebenfalls bereits in Flammen stand. Die Hitze war schier unerträglich, und Hetty lief der Schweiß in kleinen Bächen den Rücken hinunter. Da, wo das Löschmittel hin traf, erlosch das Feuer ziemlich schnell. Glücklicherweise hatte es die Tür noch nicht ganz zerstört, sodass Max hoffentlich einigermaßen wohlauf war. Hetty wollte gerade automatisch nach dem Türgriff greifen, als Rose wieder neben ihr erschien.

»Nicht! Du verbrennst dir die Hand.« Stimmt, daran hatte sie gar nicht gedacht. In wenigen Sekunden wurde es wieder eisig kalt um Hetty herum. »Jetzt sollte es gehen«, sagte Rose zufrieden, und Hetty konnte tatsächlich das Metall berühren, ohne sich zu verbrennen. Doch das Schloss hatte sich durch die Hitze verklemmt und ließ sich nicht öffnen.

»Geh zu Max. Führe ihn von der Tür weg, falls er dahinter steht. Ich versuche, sie mit dem Feuerlöscher zu zertrümmern«, wies Hetty Rose an.

Das Feuer hatte dem Holz bereits arg zugesetzt. Mit nur wenigen Hieben konnte sie daher die Tür einschlagen. Max stand gebeugt am offenen Fenster und versuchte, ruhig zu atmen. Eine Hand ruhte auf dem Kopf von George, der neben ihm stand und ihn treu ergeben anschaute.

Hetty lief zu den beiden hin: »Max, ist alles okay mit dir?«

Er nickte, doch sein blasses Gesicht widersprach seiner Geste.

»Beeilt euch«, mahnte Rose. »Bei den beiden Treppen brennt es auch bereits.«

Hetty wollte Max an der Hand mit sich ziehen, doch der blieb stehen. »Lass mich hier, aber nimm George mit.« Seine Stimme war rau und kratzig. Er hatte Mühe, Luft zu bekommen, vermutlich hatte er schon reichlich Rauch eingeatmet, der unter dem Spalt der Tür ins Zimmer gekrochen war.

»Bist du verrückt? Sicherlich lasse ich dich nicht zurück. Nun komm, wir schaffen das.«

»Nein, Hetty, du bist schneller ohne mich.«

Nun baute sich Rose vor Max auf: »Maxwell Gordon, jetzt reiß dich gefälligst am Riemen und komm mit! Hetty und ich bringen uns alle hier raus.« Dann drehte sie sich zu Hetty. »Geh ins Bad und tauche zwei Tücher in Wasser! Die könnt ihr euch vor Mund und Nase halten. Los jetzt!«

Hetty sprintete dicht gefolgt von George in das gleich angrenzende Bad, griff sich zwei Badetücher und zwei Waschlappen, warf alles in die Wanne und besprühte es mit der Brause. Mit den triefend nassen Tüchern rannte sie zurück zu den beiden. Sie breitete das eine Badetuch über Max' Haupt aus und reichte ihm den Waschlappen, den er sich vor Mund und Nase halten sollte. Das ganze Prozedere wiederholte sie bei sich, dann traten sie mit dem Feuerlöscher wieder in den Korridor hinaus. Beim zweiten Brandherd vor Hettys Zimmertür musste sie ihren Waschlappen fallen lassen, damit sie den Feuerlöscher bedienen konnte. George jaulte auf und ging ein paar Schritte zurück. Vermutlich hatte er sich die Pfoten auf dem heißen Boden verbrannt.

»Max, kannst du den Feuerlöscher nehmen? Dann trage ich George.«

So arbeiteten sie sich weiter vor zur Treppe, die in den ersten Stock führte. Rose hatte recht, auch hier brannte es. Anscheinend hatten Stella und Oliver aber glücklicherweise etwas mit dem Benzin gegeizt. Noch stand nicht die ganze Treppe in Flammen, und sie konnten es schaffen, sich mit dem Feuerlöscher einen Weg in den unteren Stock zu erkämpfen. Rose und Hetty sahen sich erleichtert an. Hetty setzte George ab, nahm Max das Löschgerät wieder ab und ging voran. Als sie unten angekommen waren, war kein Löschschaum mehr in der Flasche. Sie stellte die Flasche auf den Boden und eilte noch mal zurück, um auch George herunterzutragen. In der Küche, die noch nicht in Flammen stand, holte Max inzwischen den zweiten Feuerlöscher.

»Ich habe keine guten Nachrichten«, sagte Rose zu Hetty, die gerade den Hund wieder auf den Boden setzte. »Die Treppe zur

Eingangshalle brennt lichterloh. Sogar ein Teil der Decke hat schon Feuer gefangen.«

Verzweifelt blicke Hetty in Roses leblose Augen. »Gibt es einen anderen Weg?«

Rose schüttelte nur den Kopf. »Ihr müsst da durch. Ich versuche euch zu helfen so gut es geht.«

Bevor die Flucht weitergehen konnte, holte Hetty vier mit Wasser befeuchtete Tücher aus der Küche, die sie George um die Pfoten band. Denn jetzt musste er allein gehen. Diese Treppe würde sie kein zweites Mal schaffen. Sie konnten schon froh sein, wenn sie überhaupt einen Weg durch das Flammenmeer finden konnten. Hetty hatte immer gedacht, Feuer sei leise, aber so war es nicht. Es knackste, zischte und brodelte.

»Rose!«, brüllte Hetty, während sie die Düse des Löschgeräts auf die Flammen vor sich hielt. »Kannst du es uns nicht noch etwas kühler machen?«

»Ich versuche es bereits, aber die Hitze ist zu gewaltig.«

Hetty drehte sich zu Max um: »Halte George am Halsband fest und bleibt dicht hinter mir!«

Gezielt sprühte Hetty das Löschmittel in die Feuersbrunst, damit ein Weg für sie frei wurde. George jaulte und wollte umkehren, doch Max zerrte ihn unerbittlich am Halsband weiter. Sie waren bereits auf der Hälfte der Treppe, als ein lautes Krachen ertönte, gefolgt von einer Erschütterung unter ihren Füßen. Erschrocken drehte Hetty sich um. Ein Balken am oberen Ende der Treppe war von der Decke heruntergestürzt. Erst wenige Sekunden zuvor waren sie dort durchgegangen. Nur noch ein paar Meter, sagte sich Hetty, dann hätten sie es fast geschafft, dann wären sie zumindest in der Eingangshalle. Hetty betete, der Inhalt des Feuerlöschers möge bis dahin ausreichen und dass keine weiteren Balken einstürzten.

Als Jules klar wurde, wer hinter dem Feuer stecken könnte, wurde ihm speiübel. Wie hatte er nur so dämlich sein können!? An der nächsten möglichen Stelle riss er das Lenkrad herum und wendete seinen Wagen. Wie ein Irrer fuhr er den Berg wieder hoch, zurück zum Schloss. Es war so sonnenklar: Oliver hatte ihn vom Schloss weglocken wollen, damit er einfacher an Hetty rankam. »Und ich Idiot falle auch noch darauf rein!«, schimpfte er mit sich. Wütend hieb er auf das Lenkrad ein. Natürlich bestand die Chance, dass er sich irrte, aber er glaubte auch nicht mehr an Märchen. Daher fuhr er nicht auf den Parkplatz, sondern bog in den kleinen Feldweg ein, der kurz davor abzweigte. Es war schwierig, sich in der Dunkelheit zu orientieren. Als er meinte, die Stelle erreicht zu haben, die ihm vorschwebte, stellte er den Motor aus und ließ den Wagen mitten auf dem Weg stehen. Dann griff er zu seinem Handy. Gott sei Dank, er hatte ein Netz. Schnell tippte er die Notrufnummer ein und alarmierte die Polizei, bevor er den Wagen verließ. Aus dem Heck holte er eine Taschenlampe hervor, die er immer für nächtliche Pannen bei sich hatte. Er knipste sie an und rannte dem Lichtstrahl hinterher durchs Gebüsch. Einen Weg gab es nicht, und er konnte nur hoffen, die richtige Richtung eingeschlagen zu haben.

In der Dunkelheit sah alles etwas anders aus als bei Tag. Er schreckte mit dem Licht der Taschenlampe einen Hasen auf. Nicht sicher, wer sich dabei mehr erschrocken hatte – er oder der Hase –, versuchte er seinen Herzschlag wieder etwas zu beruhigen. Nach einer gefühlten Ewigkeit erreichte er endlich die Kapelle. Während er den Schlüssel an seinem Schlüsselbund hervorsuchte, zwang er sich, ruhiger zu atmen. Das neue Türschloss ließ sich problemlos öffnen.

In der Kapelle berührte er kurz Roses steinernen Sarg. »Helft uns, wenn ihr könnt«, bat er William und Rose eindringlich. Dann öffnete er die Tür zum Geheimgang und rannte ihn so schnell er konnte entlang. Schon wenige Augenblicke später schlich er auf leisen Sohlen die Kellertreppe hinauf. Das Erste, was er hörte, war das Knacken eines Feuers. Dieser Mistkerl wird doch nicht das Schloss angezündet haben, ging es Jules entsetzt durch den Kopf. Wusste er denn nicht, was er hier für ein Kulturerbe zerstörte?! Plötzlich hörte er die Stimme einer Frau.

»Ich denke, das reicht jetzt, Oliver. Die kommen hier nicht mehr raus.«

Das war eindeutig Stella. Was tat die denn hier? Oliver antwortete ihr nicht. Vorsichtig blickte Jules hinter der schützenden Wand hervor, und was er dann sah, ließ ihm den Atem stocken. Hetty und Max waren dabei, sich mit einem Feuerlöscher den Weg die brennende Treppe hinunterzukämpfen. Stella würde sie gleich entdecken, er musste etwas tun!

»Hey!«, rief er und trat in die Eingangshalle. Doch weiter als zwei Schritte kam er nicht, schon knallte ein Stuhl gegen seine Brust. Für einen Sekundenbruchteil blieb ihm die Luft weg und er wäre beinahe zu Boden gegangen. Oliver musste ihn gehört und ihm hinter der Ecke aufgelauert haben. Endlich machte sich das Training beim Militär bezahlt, dachte Jules grimmig. Er war wild entschlossen, Hetty und Max nicht im Stich zu lassen.

Oliver hatte bereits erneut ausgeholt, Jules wartete ab und duckte sich im letzten Moment weg. Der Schlag ging ins Leere und ließ den Angreifer taumeln. Sofort nutzte Jules die Gelegenheit aus. Er warf sich mit seinem ganzen Körpergewicht auf Oliver und versuchte, ihn in den Schwitzkasten zu nehmen. Oliver hatte mittlerweile den Stuhl fallen gelassen und wehrte sich nach Leibeskräften. Das war Jules nur recht, jetzt konnte er diesem miesen Kerl alles heimzahlen, was er Hetty angetan hatte. Er verpasste ihm einen rechten Haken und hörte, wie die Nase seines Gegners dabei brach.

»Ist was anderes, wenn man es mit jemandem zu tun hat, der gleich stark ist, nicht wahr, du mieses Stück Scheiße?!«, fuhr Jules ihn an. »Komm, wehr dich gefälligst, ich habe noch mehr auf Lager.«

Oliver wischte sich das Blut von der Nase und stürzte sich erneut auf Jules.

Stella stand unten an der Treppe, mit dem Rücken zu ihnen. Erst auf den zweiten Blick sah Hetty weiter hinten zwei kämpfende Männer.

»Geh von ihm weg«, brüllte Stella in Richtung der Männer.

Sie hielt eine Waffe in den Händen und zielte auf die beiden. Oliver drehte sich von seinem Kontrahenten weg, und da erkannte Hetty geschockt, dass es Jules war, auf den Stella die Waffe gerichtet hatte.

»Max, lauf so schnell du kannst mit George in den Keller! Rose, hilf ihnen!«, rief sie, während sie bereits losrannte und den fast leeren Feuerlöscher mit aller Kraft Richtung Stella schleuderte. Der Schuss löste sich, noch bevor Stella vom Feuerlöscher getroffen zu Boden ging. Hetty blieb das Herz stehen und sie sah entsetzt, wie Oliver sich erneut auf Jules stürzte. War Jules getroffen worden? Lebte er noch? In Hettys Kopf herrschte ein heilloses Durcheinander, aber es blieb keine Zeit, um darüber nachzudenken. Die Waffe, wo ist die Waffe? Stella hatte sie beim Sturz fallen gelassen. Leider war Stella durch den Feuerlöscher nicht ganz außer Gefecht gesetzt worden und nun sahen beide Frauen gleichzeitig zur Waffe auf dem Boden vor ihnen. Hetty stürzte sich auf die Pistole, doch Stella war näher und erwischte sie noch vor ihr. So leicht gab Hetty nicht auf. Sie stürzte sich auf Stella, schlug, biss und kämpfte wie eine Löwin. Noch ein Mal würde sie nicht das Opfer sein, nicht dieses Mal!

Mit aller Kraft versetzte sie Stella einen Kinnhaken, der sich gewaschen hatte und ihre Gegnerin zu Boden taumeln ließ. Hetty schüttelte kurz die schmerzende Hand. Verflixt, tat das weh! In den Filmen sah das doch immer so leicht aus. Schnell entriss sie Stella die Waffe.

»Wenn dir dein Leben lieb ist, haust du jetzt ab!«, zischte Hetty wütend. »Ich zähle bis drei, und wenn du dann nicht zur Tür raus bist, dann erschieße ich dich. Nun mach schon! Das ist die einzige Chance, die du bekommst, und wehe, du kehrst zurück.«

Das ließ sich Stella nicht zwei Mal sagen und rannte los, noch bevor Hetty mit Zählen begann. Oliver hatte Jules gerade einen zünftigen Schlag in den Magen verpasst, der ihn aufstöhnen ließ. Er lebt, ging es Hetty dankbar durch den Kopf. Sie hob die Pistole über ihren Kopf und gab einen Schuss ab. Oliver ließ sofort von Jules ab, der schwer atmend auf den Boden sank. Hetty hatte die Waffe auf Oliver gerichtet, doch der lachte nur laut heraus.

»Das würdest du niemals tun, Henrietta. Du kannst auf keinen Menschen schießen. Nicht du.«

»Da hast du verdammt recht, Oliver. Aber du bist kein Mensch! Nach dem, was du unserer Tochter und mir angetan hast, bist du für mich nichts weiter als ein Stück Dreck. Was sollte mich davon abhalten, dich hier und jetzt einfach zu erledigen?«

»Hetty, tu's nicht …«, stieß Jules schwer atmend hervor. »Die Polizei wird gleich hier sein.«

Doch Hetty senkte die Waffe keinen Millimeter. Oliver schien sich seiner Sache nicht mehr ganz so sicher zu sein, das konnte sie in seinen Augen erkennen. Trotzdem war sein überhebliches Grinsen nicht von seinem Gesicht gewichen. Hetty spürte die

Hitze des Feuers hinter sich. Aber sie hatte keine Angst mehr, weder vor dem Feuer noch vor ihrem Ehemann.

»Du hättest Max und mich in diesem Feuer einfach verbrennen lassen. Warum? Warum Max, er hatte dir doch nichts getan?«

»Ich habe mit deiner Tante eine kleine Vereinbarung.« Sein Lachen triefte vor Spott, als er fortfuhr: »Mein Gott, ist deine Familie kaputt! Deine Mutter ist ja schon der Hammer, aber deine Tante erst ...« Er legte eine theatralische Pause ein und wischte sich noch mal mit dem Ärmel das Blut von der Nase. »Die schreckt noch nicht mal davor zurück, ihre Nichte und ihren Onkel über die Klinge springen zu lassen, damit sie an das Schloss kommt.« Er sprach nicht weiter, sondern trat kopfschüttelnd einen Schritt auf Hetty zu. Sie senkte die Waffe nur einen Hauch und drückte ab. Der ohrenbetäubende Schuss landete direkt vor seinen Füßen. »Verdammt noch mal, Hetty! Du hättest mich beinahe getroffen!«, schrie er wütend.

»Der nächste tut's bestimmt.« Hetty war verblüfft über ihre eigene Zielgenauigkeit. Schließlich hielt sie zum ersten Mal eine Waffe in den Händen. »Ich wollte dir nur noch etwas Zeit geben, dich wenigstens bei mir zu entschuldigen für das, was du getan hast.«

»Bist du übergeschnappt?«, lachte Oliver nervös.

Hetty hob die Waffe und zielte genau auf seinen Kopf. Wie aus dem Nichts stand Rose plötzlich zwischen ihnen. Rose, die sich nie anderen Menschen zeigte, offenbarte sich an diesem Tag bereits zum zweiten Mal. Sie stand da und hob eine Hand wie ein Schutzschild vor die Pistole.

»Hetty, nicht! Er ist es nicht wert.«

»Er hat meine Tochter in Gefahr gebracht, Rose. Er hat den Mann, den ich liebe, bedroht. Und er will Max und mich umbringen.« Hetty liefen die Tränen über die Wange, doch sie senkte die

Waffe keinen Deut. »Warum ... warum sollte ich diesen Mistkerl am Leben lassen?«

»Das weißt du ganz genau, Hetty.« Rose klang mitfühlend und trotzdem unerbittlich. »Wenn du ihn erschießen willst, musst du durch mich hindurch schießen.«

»Du bist doch schon tot, Rose«, rief ihr Hetty schniefend in Erinnerung.

»Ich bin deine Freundin, ich liebe dich und du mich. Du weißt, ich würde dir niemals schaden. Du und Jules, ihr sollt eure Liebe leben können – nicht wie William und ich. Sei vernünftig, Hetty.«

In diesem Moment wurde die Schlosstür aufgestoßen, und zig Menschen in Uniformen strömten herein. Alle sahen Rose, das Gespenst, und standen mit offenen Mündern da.

»Übergib ihn der Polizei. Lass ihm sein kümmerliches Leben«, bat Rose sie ruhig, aber eindringlich.

Der Polizist, der sich am ehesten wieder gefangen hatte, rief ihr ebenfalls zu: »Madam, lassen Sie bitte die Waffe fallen!«

Dieses Mal gehorchte sie der Aufforderung. Als ob man den Stecker aus ihr herausgezogen hätte, sank Hetty kraftlos zu Boden. Im selben Moment verschwand Rose. Jules rappelte sich auf und humpelte zu Hetty hinüber. Er kniete sich zu ihr und hob ihr Kinn etwas an. Seine Augen strahlten vor Liebe und Stolz.

»Es ist alles gut, Hetty, es ist vorbei.« Sie legte ihm die Arme um den Nacken und zog ihn so nah heran, dass sie ihre Stirn an seine legen konnte.

»Ich dachte für einen Moment, Stella hätte dich erschossen«, schniefte sie.

»Es geht mir gut, Hetty.«

Die Menschen um sie herum waren ihm völlig einerlei, als er ihr mit seinem Kuss bewies, wie lebendig er noch war. Er schmeckte das Salz ihrer Tränen und roch den Rauch in ihren

Haaren. Unendlich dankbar, dass alles so glimpflich ausgegangen war, drückte er sie fest an sich.

»Ähm …«, meinte Trevor, einer der Feuerwehrmänner, die inzwischen auch eingetroffen waren, »ihr solltet jetzt besser raus hier. Ist sonst noch jemand im Schloss?«

»Max!«, rief Hetty aus, die sich siedend heiß daran erinnerte, ihn in Richtung Geheimgang geschickt zu haben. »Er ist im Keller!«

»Nein, ich bin hier, Hetty.«

Keuchend kam er die Kellertreppe hoch. George, der zuvor noch neben ihm her gegangen war, rannte bereits nach draußen, um endlich von dem angsteinflößenden Feuer wegzukommen.

»Na, dann können jetzt ja alle dem Hund folgen. Raus hier!«, wies der Feuerwehrmann an.

Auf dem Weg zur Tür fiel Hetty Jules' Humpeln auf. Ihr Blick wanderte entlang seines Beines, bis zu dem dunklen feuchten Fleck auf seiner Jeans.

»Du blutest!«, rief sie entsetzt.

»Nur ein Kratzer«, sagte er heldenhaft und wollte seinen Arm um sie legen, doch Hetty sah ihn entgeistert an. »Wirklich, Hetty, es ist nicht so wild. Bestimmt ist das nur ein Streifschuss.«

Draußen vor dem Schloss standen diverse Fahrzeuge mit Blaulicht. Polizei, Feuerwehr und Krankenwagen, alle waren sie da. Hetty nahm aus dem Augenwinkel wahr, wie Oliver in ein Polizeifahrzeug verfrachtet wurde. Dann kam auch schon ein Rettungssanitäter auf sie zugeeilt und begleitete sie zum Krankenwagen. Max wurde als Erster versorgt, er erhielt Sauerstoff, der ihm das Atmen erleichtern sollte. Der Rettungsarzt verband Jules' Unterschenkel, der tatsächlich einen Streifschuss abbekommen hatte.

»Wir bringen euch gleich ins Krankenhaus«, meinte der Rettungsarzt.

»Aber mir geht es doch gut, mir fehlt nichts«, versicherte Hetty ihm.

Doch der Arzt grinste sie nur an. »Ja, daher zittern auch Ihre Hände kaum. Sie können hier im Moment sowieso nichts tun, Madam. Das Schloss wird in den nächsten Tagen nicht bewohnbar sein.«

Hetty sah ein, dass ihr Widerstand zwecklos war, doch da war noch George. »Und was ist mit ihm?« Hetty zeigte auf den Hund, der brav neben dem Krankenwagen saß. »Wir können ihn hier nicht allein zurücklassen.«

»Ich nehme ihn mit zu mir«, sagte ein uniformierter Polizist, der gerade hinzukam. »Max, Jules, da war ja reichlich was los bei euch.«

»Hallo, Jeff«, begrüßte Jules den Beamten. »Kannst du mir sagen, wie es mit meiner Schreinerei aussieht? War da noch was zu retten?«

Jeff klang ziemlich betroffen, als er antwortete: »Es tut mir wirklich leid, soweit ich gehört habe, konnten die Jungs nichts mehr ausrichten. Die Schreinerei und das Wohnhaus sind komplett abgebrannt.«

Jules unterdrückte einen Fluch und schaute grimmig vor sich hin.

»Es war eindeutig Brandstiftung, und wer immer das gemacht hat, hat nicht mal versucht, es zu verheimlichen. Am Tatort lagen sogar noch die Benzinkanister herum.«

»Officer«, mischte sich Hetty in das Gespräch ein. »Sie müssen zu Liz Gordon fahren, bevor sie flüchten kann. Sie ist in das Ganze ebenfalls verwickelt.«

»Inwiefern?«, fragte der Officer und hörte sich dann die kurze Zusammenfassung von Hetty an.

Später auf dem Weg ins Krankenhaus schaute Hetty von Max zu Jules. »Ihr wünscht euch bestimmt, ich wäre hier nie aufgetaucht. Es tut mir alles so schrecklich leid …«

Max hob die Sauerstoffmaske etwas an, damit sie ihn verstehen konnte: »Du redest Unsinn, Mädchen.«

Jules verschränkte seine Finger mit ihren. »Max hat recht. Liz hätte auch ohne dich versucht, das Schloss an sich zu reißen.«

»Aber deine Schreinerei …«, warf Hetty ein.

»Die lässt sich wieder aufbauen. Wichtig ist, dass niemand ernsthaft verletzt worden ist. Das Einzige, was man dir vorwerfen kann, ist die Wahl deines erstens Ehemannes. Die war ziemlich bescheiden, um ehrlich zu sein. Beim Nächsten wird es besser.«

Trotz allem grinste er sie nun frech an.

»Ah ja? Meinst du? Aber ein Ehemann hat mir für mein ganzes Leben gereicht, das sage ich dir.«

Jules versuchte, sich seine Enttäuschung nicht anmerken zu lassen. So leicht würde er bestimmt nicht aufgeben. Irgendwann würde er Hetty zu seiner Frau machen und er wusste auch schon ganz genau, wo.

»Rose ist wunderschön«, sagte er unvermittelt.

»Das habe ich dir doch gesagt«, knurrte Max unter der Maske hervor.

»Sie hat sich allen gezeigt.« Hetty klang richtig stolz auf ihre Freundin. »Und sie hat Oliver das Leben gerettet.«

»Hättest du wirklich abgedrückt?«, fragte Jules ernst.

»Vermutlich schon. Ich fühlte nur noch Hass auf ihn. Zumindest sollte er ein Mal die Angst und den Schmerz fühlen, den er anderen zugefügt hat. Wäre er noch einen Schritt näher gekommen …«, ihr fehlten die weiteren Worte.

Jules strich ihr beruhigend mit dem Daumen über die Oberfläche ihrer Hand. »Ich bin froh, dass Rose das verhindert hat. Glaub mir, es ist nicht einfach, damit zu leben, wenn man einen Menschen getötet hat.«

Hetty nickte. »Ob Rose jetzt endlich erlöst wurde? Ich meine, sie hat doch nun uns und Oliver das Leben gerettet.«

Jules deutete mit dem Kopf zu den Männern auf den Vordersitzen des Krankenwagens. »Sobald die uns gehen lassen, kehren wir zurück und schauen nach, ob sie noch da ist.«

Im Krankenhaus wurde festgestellt, dass Max eine leichte Rauchvergiftung hatte, ansonsten war er wohlauf. Jules' Streifschuss wurde medizinisch versorgt, aber auch er hatte außer ein paar Prellungen keine weiteren Verletzungen. Hetty kam mit einem leichten Schock davon. Alle drei wurden am darauffolgenden Tag wieder aus dem Krankenhaus entlassen. Jeff holte sie ab und brachte sie ins Polizeirevier, damit er ihre Aussagen zu Protokoll nehmen konnte.

»Anne lässt euch ausrichten, dass ihr bei ihr und Tom auf der Willow Farm schlafen könnt, bis Abbotswood Castle wieder bewohnbar ist«, berichtete Jeff. Er würde später auch auf der Farm vorbeischauen und ihnen George vorbeibringen.

Die Feuerwehr rief sie zwei Tage später an und meinte, das Schloss dürfte jetzt wieder betreten werden. Tom fuhr daraufhin Jules und Hetty zum Schloss, damit sie sich ein paar Sachen und ihren eigenen Wagen holen konnten. Als sie an Jules' Schreinerei vorbeifuhren, qualmten noch immer kleine Rauchschwaden aus der Asche. Am Spiel seiner Wangenknochen sah Hetty, wie nah ihm der Brand ging, auch wenn er das nicht zugeben mochte. Sie nahm seine Hand und drückte sie zuversichtlich.

»Du wirst es wieder aufbauen, Jules«, sagte sie leise.

Er nickte und legte seinen Arm um ihre Schultern. »Es ist viel wichtiger, dass dir und Max nichts passiert ist«, sagte er und gab ihr einen leichten Kuss aufs Haar. »Du bist das Wichtigste für mich, Hetty, nicht die Schreinerei.«

Ihr Herz machte einen kleinen Sprung. Jules tippte Tom auf die Schulter: »Kannst du bitte den kleinen Feldweg da vorne nehmen? Mein Wagen steht noch da hinten.«

»Na klar, Jules.«

Sie fuhren anschließend mit Jules' Wagen weiter, und Tom kehrte auf die Farm zurück. Als sie kurz darauf vor dem Schloss standen, waren von außen gar keine großen Schäden durch den Brand zu erkennen. Einige zerbrochene Glasscheiben und ein paar verkohlte Fensterrahmen waren zu sehen, mehr aber nicht. Erst drinnen wurde das ganze Ausmaß des Desasters sichtbar. Sie waren froh, dass Max auf der Farm geblieben war. Der Anblick hätte ihm wohl das Herz gebrochen.

»Wie konnte Liz nur zulassen, dass Oliver im Schloss Feuer legt?«, wunderte sich Hetty. »Ihr musste doch wohl bewusst gewesen sein, was es alles zerstören würde.«

»Na ja, ich denke, ihr war klar, dass die Flammen den dicken Steinmauern wenig anhaben konnten. Die Versicherung hätte den Schaden übernommen, und sie hätte die Räume renovieren lassen können. Das Feuer sollte wohl zudem euren Tod wie ein Unfall aussehen lassen. Liz wäre damit aus dem Schneider gewesen.« Allein der Gedanke, was hätte passieren können, ließ Jules wünschen, er hätte Liz selbst in die Finger gekriegt.

Sie kletterten über die provisorischen Stiegen, die die Feuerwehr eingerichtet hatte, bis in den zweiten Stock zu den Schlafzimmern hoch. Es war einfach nur fürchterlich, was das Feuer, aber auch das Löschwasser hier angerichtet hatten. Auch das Zimmer von Rose war komplett ausgebrannt. All die schönen Möbel, die Gemälde, die Rosentapete ... alles war zerstört. Die Tränen traten Hetty in die Augen und sie suchte Halt an Jules' Schulter.

»Es ist alles gut, Hetty«, sagte plötzlich eine sanfte Stimme hinter ihnen, die Hetty so vertraut geworden war.

»Du bist noch immer da, Rose«, schniefte Hetty.

»Ja, aber ich habe nur noch auf dich gewartet. Ich wusste, du würdest zurückkommen.«

Hetty wischte sich die Tränen weg und lächelte Rose an: »Heißt das, du darfst nun endlich weiterziehen?«

Rose nickte und ihre Augen waren selbst verräterisch feucht. »Mir wurde vergeben und William wartet auf mich. Aber ich wollte nicht gehen, ohne mich bei euch zu bedanken.«

»Für was denn?«, lachte Hetty. »Du hast mir und Max geholfen, und mich davor bewahrt, einen großen Fehler zu machen. Ich habe zu danken, Rose. Du wirst mir ganz schrecklich fehlen, auch wenn ich mich natürlich sehr für dich freue.« Hetty bemerkte, wie ein heller Schimmer Rose umgab und sie von innen zu leuchten begann.

»Du mir auch, Hetty. Du warst mir eine so liebe und gute Freundin, die beste, die ich in den letzten dreihundert Jahren hatte. Aber du wirst keine Zeit haben, mich zu vermissen. Du wirst hier noch Großartiges leisten – und wenn er dich fragt, spring über deinen Schatten, er ist es wert.« Damit lächelte Rose Jules an.

»Was meinst du damit?«, fragte Hetty und blickte verwirrt von einem zum anderen.

Jules war sofort klar, was Rose damit sagen wollte. Er schmunzelte und wunderte sich, wie er je an ihrer Existenz hatte zweifeln können.

Ohne auf Hettys Frage zu antworten, ging Rose zum Fenster, dessen Scheibe größtenteils aufgrund der Hitze zersprungen und aus dem Rahmen gefallen war.

»Sagt bitte auch Max Lebewohl von mir.«

Sie zwinkerte ihnen ein letztes Mal zu, dann drehte sie sich um. Entgegen ihrer Erwartungen sprang Rose nicht hinaus, sondern verwandelte sich vielmehr in eine glitzernde Rauchschwade, die durch das Loch im Fenster ins Freie entschwand. Jules und Hetty hörten nur noch ihr glockenähnliches Lachen.

»Tschüss, meine liebe Freundin«, wisperte Hetty leise.

EPILOG

Noch in derselben Nacht, als es im Schloss gebrannt hatte, war Liz von der Polizei geschnappt und später wegen Anstiftung zum Mord für mehrere Jahre ins Gefängnis gesteckt worden. Oliver wurde bereits wenige Tage nach seiner Verhaftung tot in der Zelle der Untersuchungshaft aufgefunden. Es hieß, es wäre Gift im Spiel gewesen. Wie es in das Gefängnis und dann in sein Essen gelangen konnte, blieb ein ungelöstes Rätsel.

Hetty konnte nicht behaupten, dass sie diese Nachricht besonders schockiert oder gar mitgenommen hätte. Es tat ihr nur für Becky sehr leid. Deshalb hatte sie sich, nachdem sie davon erfahren hatte, ein Zimmer in einem kleinen Hotel in Oxford genommen und mit ihrer Tochter viel Zeit verbracht. Sobald die Polizei Olivers Leichnam freigegeben hatte, wurde er in aller Stille beerdigt.

Für Hetty war es immer wieder erstaunlich zu sehen, was für ein einfühlsamer Mann Jules war. Er gab ihr nicht nur die Zeit, die sie brauchte, um mit ihrer Tochter das Erlebte zu verarbeiten, sondern wahrte bei der Beerdigung Abstand, indem er in Schottland blieb. Sie telefonierten in dieser Zeit täglich und es war Jules, der sie darüber informierte, dass auch Stella geschnappt wurde. Sie hätte erneut versucht, einen Rentner auszunehmen, doch sein Sohn habe sie auf frischer Tat ertappt. Es schien eine Masche von ihr gewesen zu sein, sich an ältere Herrschaften ranzumachen, um sie entweder auszunehmen oder an ihr Erbe zu gelangen. Nun hatte sie die Quittung dafür erhalten.

Es war Herbst, und der Hügel, auf dem sich das Schloss befand, war in dichten Nebel eingehüllt, als Hetty endlich ins Schloss zurückkehrte. Verblüfft ließ sie sich von Max und Jules durch die Räume führen. Natürlich waren längst nicht alle Schäden behoben, aber einige der Zimmer waren zumindest wieder bewohnbar. Am Telefon hatte Jules sie immer auf dem Laufenden gehalten, was die Aufräum- und Reparaturarbeiten anging. Es dann mit eigenen Augen zu sehen, war am Ende doch noch mal etwas anderes.

Max grinste sie an diesem ersten Abend schief an und meinte: »Wenn du unbedingt das Zentrum eröffnen willst, solltest du wohl langsam loslegen. Meinen Segen hast du.«

Danach musste er sich allerdings die Ohren zuhalten, weil Hetty einen lauten Freudenschrei von sich gab. Noch bevor er die Hände wieder von den Ohren nehmen konnte, nahm Hetty sein Gesicht in ihre Hände und drückte ihm einen dicken Schmatzer auf.

»Danke, danke, danke! Du wirst sehen, wir werden für uns alle eine gute Lösung finden.«

Hetty hatte nicht viel Zeit vergeudet. Wenige Tage nachdem Max ihr das Schloss überschrieben hatte, hatte sie im Dorf eine Versammlung abgehalten. Natürlich gab es zu ihrem Vorhaben nicht nur positive Stimmen, einige befürchteten, durch die misshandelten Frauen könnten auch gewaltbereite Typen hergelockt werden.

»So wie bei dir!«, rief jemand aus dem Publikum.

»Wir wollen unsere Ruhe und unseren Frieden!«, ertönte eine andere Stimme.

Anne erhob sich und blickte in die Runde: »Das Risiko besteht, aber sollen wir vor solchen Leuten etwa klein beigeben? Wir sind doch keine Angsthasen, und unsere Polizei ist gut gerüstet. Ich bin gerne dabei und unterstütze Hettys Vorhaben. Das Zentrum hilft nicht nur Menschen, die Schlimmes durchgemacht haben, nein, auch wir profitieren davon. Es bringt Arbeitsplätze in den Ort.« Zustimmendes Raunen war im Saal zu hören. »Mein Mann und ich sind bereit, eine Lehrstelle für das Zentrum anzubieten. Bei uns können wir Frauen zu Bäuerinnen ausbilden.«

Nach Anne meldete sich Jules zu Wort. Er erklärte dem Publikum, welche Umbauten am Schloss geplant waren und dass sie jederzeit noch freiwillige Helfer gebrauchen könnten. Wie Anne erwähnt hätte, würden auch noch Ausbildungsplätze für die Frauen benötigt, da nicht alle im Schloss beschäftigt oder ausgebildet werden könnten.

»Diejenigen von euch, die mich etwas besser kennen, wissen, dass auch ich mal von so einer Institution profitiert habe. Ich habe einen anständigen Beruf erlernt und mein Leben wieder in den Griff bekommen. Helfen wir doch auch anderen, das zu schaffen.«

Wieder nickten ein paar Zuhörer kräftig, und gegen Ende des Abends hatten sie tatsächlich nicht nur einige freiwillige Helfer an der Hand, sondern auch den Laden- und den Pub-Besitzer davon überzeugt, eine Lehrstelle anzubieten. Doc McInnerty war ebenso bereit, das Zentrum zu unterstützen, wie Hettys Schwester Lucy, die ihr half, Kontakte zu Organisationen zu knüpfen, die Geld investieren wollten, wenn anschließend eine Zusammenarbeit stattfände.

Jules baute seine Schreinerei an dem Ort wieder auf, an dem sie immer gestanden hatte. Doch anstelle des Wohnhauses erstellte er einen Ausstellungsraum, in dem er die Möbel aus dem Waschhaus des Schlosses unterbringen konnte. Das ehemalige Waschhaus ließen Hetty und Jules bis zum Frühjahr komplett umbauen und vergrößern. Heathers Zimmer hatten sie ausgeräuchert und anschließend ebenfalls vollständig renoviert. Nichts ließ mehr auf das schließen, was sich hier einmal vor mehreren Hundert Jahren zugetragen hatte.

Jules und Hetty waren bereits vor einigen Wochen vom Schloss ins renovierte Waschhaus umgezogen. Nur Max weigerte sich weiterhin standhaft, zu ihnen zu ziehen. Vorläufig blieb er im Schloss wohnen, doch sie waren bereits dabei, den alten Schuppen am Ende des Gartens für ihn umzubauen. Im Juni wurden die ersten Bewohner des Zentrums erwartet, bis dahin sollte auch diese altersgerechte Wohnung für ihn bereitstehen.

Zuvor gab es aber ein Fest zu feiern, denn am Weihnachtsmorgen hatte Jules Hetty gedrängt, mit ihm einen Spaziergang durch die verschneite Landschaft zum See zu machen. Am Ufer hatte Jules von hinten seine Arme um sie gelegt und sich dicht an sie geschmiegt.

»Mir ist klar, dass du eigentlich nie wieder heiraten willst, aber hör mir trotzdem zu«, hatte er dicht an ihrem Ohr gesagt. »Du weißt, ich liebe dich, ob mit oder ohne Trauring. Und du weißt auch, ich würde dir niemals etwas antun oder dich in deiner Freiheit einschränken. Hetty, ich möchte den Rest meines Lebens mit dir verbringen. Ich möchte neben dir einschlafen, und wenn ich aufwache, in deinen wunderschönen blauen Augen ertrinken. Ich möchte ganz offiziell dein Mann sein, nicht nur dein Freund oder dein Lebenspartner, verstehst du? Ich liebe dich und wünsche mir nichts sehnlicher, als dass wir unsere Liebe feiern und verewigen. Heiratest du mich?«

Im ersten Moment hatte Hetty kein Wort herausgebracht, sein Bekenntnis hatte sie mitten ins Herz getroffen. Stattdessen hatte sie sich zu ihm umgedreht, mit ihren Händen sein Gesicht umfasst und ihn hingebungsvoll geküsst.

»Heißt das ›Ja‹?«, hatte er etwas atemlos gefragt, als sie ihn schließlich freigab.

Sie hatte fröhlich lachend ein lautes »Ja« über den silbrigen See gerufen, sodass ein paar Enten erschrocken aufgeflattert waren.

Das war mittlerweile fünf Monate her, und nun stand sie da, in Roses ehemaligem Zimmer, das sie neu, aber dem Original so ähnlich wie möglich eingerichtet hatten, und betrachtete sich im Spiegel. Ihre Augen leuchteten vor Glück. Sie trug ein cremefarbenes Spitzenkleid und einen Kranz aus Gänseblümchen im Haar. Pippa und Lucy standen mit einem Glas Prosecco ebenfalls bei ihr und lächelten, zufrieden mit ihrem Werk. Die Tür ging schwungvoll auf, und Becky kam hereingestürmt. Sie trug wie die beiden anderen ein hellgrünes Kleid, das ihr absolut bezaubernd stand.

»Es sind alle bereit, Mum. Es geht los.«

Zu viert verließen sie das Zimmer und gingen die neue Schlosstreppe hinunter in den Keller. Kichernd huschten sie durch den Geheimgang, die Röcke leicht angehoben, damit sie nicht schmutzig wurden.

»Bist du nervös?«, fragte Lucy ihre Schwester mitten im Gang.

»Nein, überhaupt nicht. Ich kann es nicht abwarten, endlich Mrs Webster zu sein«, rief Hetty überglücklich und lief weiter den Gang entlang.

Mit klopfendem Herzen blieb sie vor der Tür stehen, die in die Kapelle führte und vor der ihr Vater auf sie wartete.

»Ich hätte ja nicht gedacht, dass ich das noch einmal tun darf«, schmunzelte er. »Aber es hat was und du schaust absolut bezaubernd aus. Bist du sicher, dass du den da drinnen wirklich willst?«

Hetty gab ihm ein Küsschen auf die Wange und wischte gleich danach ihre Lippenstiftspuren wieder von ihm ab. »Absolut und nun bring mich endlich zu ihm.«

Er öffnete die Tür, und Hetty sah staunend in die kleine Kapelle, die so romantisch mit creme- und zartrosafarbenen Rosen dekoriert worden war. Pippa und Lucy hatten ein Wunderwerk vollbracht. Die Tür der Kapelle war nach außen hin geöffnet, von wo noch mehr Leute die Zeremonie verfolgen konnten. Ein Dudelsackspieler stimmte das Lied an, zu dem Hetty die Kapelle betrat.

Jules musste den Kloß in seiner Kehle herunterschlucken, als er seine strahlende Braut erblickte. Das war sie, seine Hetty, seine Frau – für immer und ewig. In diesem Moment musste er wohl der glücklichste Mensch auf Erden sein. Augenblicklich stahl sich ein Lächeln in sein Gesicht.

»Schau dir unser Mädchen an«, grinste Max, der stolz als Trauzeuge neben ihm stand.

Jules wollte zu ihr gehen, doch Max hielt ihn an seinem Jackett zurück.

»Wirst du wohl hierbleiben!«

Ein Kichern ging durch die Gäste. Es schien ewig zu dauern, bis Hettys Vater sie ihm vor dem Altar übergab. Jules ergriff ihre Hand und führte sie an seine Lippen, dann drehten sie sich zum Pfarrer, damit die Zeremonie beginnen konnte. Die Kapelle war bis auf den letzten Stehplatz gefüllt, als sie sich vor Roses Sarg das Jawort gaben. Und irgendwie war es, als wären Rose und William ebenfalls unter ihnen.

Schlusswort

Einige Leserinnen und Leser mögen denken, dass die Schreiberin nun völlig durchgedreht ist, ein Gespenst in ihre Geschichte einfließen zu lassen. Wer aber einmal Schottlands Schlösser besichtigt hat, weiß, dass da ohne Geistergeschichten gar nichts geht. Ganz besonders amüsiert haben wir uns in Glamis Castle, wo es schaurig schöne Geschichten gibt, die uns von der Führerin immer mit einem wissenden Lächeln erzählt wurden. Wie hätten wir an der tatsächlichen Existenz der Gespenster da noch zweifeln können?

Aber bereits als Teenager kam ich mit Geistergeschichten in Berührung. Mein Grossi (Oma) hatte zwei Mal Begegnungen mit Verstorbenen, die ihr erschienen waren, damit sie für sie betete. Ich muss vielleicht erklären, dass mein Grossi eine sehr gläubige Frau war. Sie hat aus den Begegnungen auch nie eine Story gemacht, sondern sie nur ihren Töchtern erzählt. Natürlich hatte sie sich im ersten Moment auch immer sehr erschrocken, doch nie hatte sie Furcht vor den verstorbenen Seelen.

Ihnen kann ich ja zudem verraten, dass ich unser Haus auch bereits einmal mit weißem Salbei ausgeräuchert habe, weil ich mir nicht sicher war, ob da nicht der verstorbene Vorbesitzer noch seine Spielchen mit uns trieb. Plötzlich brannte zum Beispiel Licht auf dem Dachboden, obwohl ich ganz sicher war, den Schalter nicht betätigt zu haben. Aber so mutig wie mein Grossi bin ich nicht und ich gesteh's ganz offen: Ich hatte Angst. Meine Freundin gab mir dann den Salbei und eine Anleitung mit, wie ich das Haus ausräuchern konnte. Liebe Leserin, lieber Leser, falls Sie vorhaben, das nachzumachen, so kann ich Ihnen lediglich empfehlen, es nicht zu machen, wenn Sie danach einen Handwerker oder gar Besuch erwarten. Der Salbei stinkt zum Gotterbarmen nach Schweiß. Natürlich rauchte bei mir der Salbei wunderbar vor sich hin, als es an der Tür klingelte. Um nicht völlig durchgeknallt zu wirken, habe ich den vor sich hin rauchenden Salbei rasch auf dem Dachboden versteckt, bevor ich die Tür geöffnet und den Handwerker hereingelassen habe. Das dauerte nur wenige Sekunden und natürlich hatte ich darauf geachtet, dass auf dem Dachboden nichts brennen konnte. Aber den Rauch und den Gestank in dem kleinen Raum ohne Fenster stellen Sie sich jetzt besser nicht vor. Auch möchte ich nicht wissen, was der Handwerker gedacht hat, als es in unserem Haus so penetrant nach Männerschweiß gerochen hat ...

Brief an die Leser

Lieber Leser, liebe Leserin,

ich möchte mich bei Ihnen ganz herzlich bedanken, dass Sie sich die Zeit für Hettys und Jules' Geschichte genommen haben. Ich hoffe, sie hat Ihnen so viel Freude beim Lesen bereitet wie mir beim Schreiben.

Bedanken möchte ich mich aber auch bei meiner Lektorin Louisa Pagel vom Forever Verlag. Die Wertschätzung und das Verständnis, die sie mir entgegenbrachte, war motivierend und inspirierend. Ich hoffe sehr, wir können wieder mal gemeinsam ein Buchprojekt angehen.

Eigentlich hätte ich an erster Stelle Ute Kathmann danken sollen, denn sie hatte wirklich Arbeit mit mir. Ich weiß, dass die Grammatik und ich nicht wirklich eine Liebesbeziehung haben. An Fantasie hat's noch nie gemangelt, an Satzzeichen und richtiger Rechtschreibung hingegen schon. Danke, Frau Kathmann, dass Sie den Fehlerteufel aus der Geschichte bugsiert haben und mir anregende Gedanken zur Geschichte mit auf den Weg gaben.

Ein Merci auch an meine beiden Testleserinnen, Doris Steiner und Caro Metzger. Ich bin froh, in Euch beiden zwei willige Opfer gefunden zu haben, die mir ihre ehrliche Meinung sagen und mir so helfen, weiter an der Geschichte zu feilen.

Meinen Eltern möchte ich Danke sagen – dafür, dass sie so ganz anders sind als Henriettas Eltern.

Einen dicken Kuss und eine Umarmung gehen an meinen Mann. Danke, dass du so viel Verständnis hast für meinen Großbritannien-Wahn, aber auch dafür, dass die Wäsche und der Haushalt darunter leiden, wenn die Frau mal wieder nicht vom Computer wegkommt, weil es noch gilt, einen Helden anzuhimmeln oder eine Heldin zu retten. Ich hoffe, du wirst es nie müde, mit mir durch Großbritannien zu reisen und neue Geschichten zu entdecken. Einfach danke.

Und bevor ich jetzt noch beginne, meinem Kater zu danken, dass er, während ich schreibe, nicht auf der Tastatur herumtanzt, beende ich dieses lange Schlusswort.

Alles Liebe!

Eure
Alex Zöbeli

In den Highlands liegt das Glück

Job weg, Freund weg, Wohnung weg. Jo Müller bleibt nichts anderes übrig, als mit Ende dreißig noch einmal zu ihren Eltern zu ziehen. Ein Garten-Praktikum in den schottischen Highlands kommt da gerade recht. Doch statt grüner Idylle findet sie dort vor allem harte Arbeit und einen hitzigen, wenn auch ziemlich gut aussehenden, Chefgärtner namens Duncan vor. Und der treibt sie mit seinen Ansprüchen zur Weißglut. Jo versucht mit allen Mitteln, zu verheimlichen, dass sie eigentlich vom Gärtnern keine Ahnung hat — was natürlich im Chaos endet. Zum Glück ist Duncans kleiner Sohn Nick deutlich verständnisvoller als sein Vater, der erst nach und nach merkt, dass Jo auch in seinem Herzen einiges durcheinandergebracht hat …

Alexandra Zöbeli
Ein Ticket nach Schottland

Roman
Taschenbuch
www.ullstein-buchverlage.de

ullstein

Dramatisch, romantisch und einfach herrlich britisch!

Seit Jahren hatte Emma keinen Kontakt mehr zu ihrer Tante Milly. Jetzt ist Milly tot und hinterlässt ihrer einzigen Nichte nicht nur eine Menge Geld, sondern auch ihre Farm am Fuße der Black Mountains an der Grenze zu Wales. Allerdings darf Emma ihr Erbe erst antreten, nachdem sie ein Jahr zur Probe auf der Farm gelebt hat. Ihr Job in London erfüllt sie nicht wirklich, und in letzter Zeit hat sie mehr und mehr das Gefühl ihr Freund wird niemals diese eine Frage stellen. Also wagt Emma das Abenteuer und haucht der alten Farm neues Leben ein. Unterstützung erhält sie dabei nicht nur von den Nachbarn und dem gutaussehenden Tierarzt Ben, sondern auch dem smarten Polizisten Jack. Bald schon sprühen die Funken zwischen den beiden. Doch Jack hütet ein Geheimnis, dass sie beide in größte Gefahr bringen könnte...

Alexandra Zöbeli

Der Himmel über den Black Mountains

Roman
Taschenbuch
forever.ullstein.de

FOREVER

Eine Farm in Wales, liebenswerte Vierbeiner und die ganz große Liebe

Caitlin ist erfolgreiche Krimi-Autorin und eigentlich zufrieden mit ihrem Leben in Glasgow. Wäre da nicht ihr schreckliches Lampenfieber. Bei einer Lesung geht alles schief und Caitlin findet sich am nächsten Tag komplett verkatert in einem Hotelzimmer wieder mit einer Notiz eines rettenden Helfers. Als dann noch ihre nervige Schwester bei ihr einzieht, sucht Caitlin kurz entschlossen Ruhe auf einer Farm am Fuße der walisischen Black Mountains. Diese Ruhe wird bereits in der ersten Nacht von einem vermeintlichen Einbrecher gestört, der sich zum Glück als der charmante Tierarzt Ben herausstellt. Und als ihr Retter in der Not aus Glasgow! Fast scheint es Schicksal, dass die beiden sich hier wiedertreffen sollten...

Alexandra Zöbeli

Die Sterne über den Black Mountains

Roman

Klappenbroschur

forever.ullstein.de

FOREVER

Ein Cottage, ein Pub und die zweite Chance zum Glück

Nach dem Tod ihres Sohnes haben sich Sam und Hannah völlig voneinander entfernt. Als Hannah Sam schließlich nicht mehr sehen will, kommt das Angebot seines Freundes, eine Auszeit in dessen Cottage im kleinen Ort Dinorwig in Wales zu nehmen, gerade recht. Dort findet Sam tatsächlich die viel benötigte Ruhe und Ablenkung. Im Pub zur guten Hoffnung zwischen grünen Hügeln und kauzigen Dorfbewohnern schöpft er wieder Mut. Nicht zuletzt wegen Hope, die bald mehr als nur eine Freundin für ihn ist. Doch dann steht Hannah wieder vor ihm und Sam muss sich entscheiden ...

Alexandra Zöbeli
Der Pub der guten Hoffnung

Roman
Taschenbuch
forever.ullstein.de

FOREVER